Mary Cronos
NAFISHUR

Band II

Cara

Aus der Reihe Nafishur bereits erschienen:
Band I: Nafishur Praeludium – Dariel
Band I: Nafishur Praeludium – Cara
Band II: Nafishur Draco Adest – Dariel
Band II: Nafishur Draco Adest - Cara

Weitere Werke der Autorin:
Houston Hall – Schatten der Vergangenheit

Mary Cronos

Draco Adest

Cara

Fantasy

Bibliografische Information der Deutschen Nationalbibliothek:
Die Deutsche Nationalbibliothek verzeichnet diese Publikation in
der Deutschen Nationalbibliografie; detaillierte bibliografische
Daten sind im Internet über http://dnb.dnb.de abrufbar.

TB 1. Auflage © 2019 Mary Cronos
www.mary-cronos.world

Cover und Layout: Colors of Cronos
www.colors-of-cronos.de

Herstellung und Verlag:
BoD – Books on Demand, Norderstedt

ISBN: 978-3-7386-5352-6
Dieses Buch ist auch als Hardcover und Ebook erhältlich.

PRAESCRIPTUM

Du hast wirklich lange genug auf diesen Band gewartet. Deshalb fasse ich mich kurz. Ich freue mich riesig, Dich nun endlich mit Nachschub versorgen zu können. Und die lange Wartezeit kompensiere ich direkt, indem Du in diesem Jahr nicht nur Band II, sondern auch gleich noch Band III bekommen wirst. Warum? Tja. Die Geschichte von Band II ist ein kleines bisschen komplexer als geplant geworden und so musste ich sie teilen. Dieser und der Folgeband werden also eng miteinander verbunden sein.

Wie schon bei Nafishur Praeludium erwarten Dich auch bei Band II zwei unterschiedliche Ausgaben: Ein Buch aus der Sicht des Ex-Hunters Dariel Jean Seine und eines aus der Sicht der Feuer-Vampirin Cara Clow.

Und auch in diesem Band lade ich Dich natürlich dazu ein, die QR-Codes auszuprobieren. Dazu ist lediglich ein Smartphone oder Tablet nötig. Es gibt unzählige kostenlose Apps, die diese Codes durch simples Abfotografieren lesen können. Hinter jedem Code findest Du einen Link zu einem versteckten Teil meiner Website. Dort kannst Du zusätzliche Informationen, Grundrisse, Zusatzkapitel und vieles mehr entdecken. Das Beste: Die Inhalte der Links bleiben nicht beim Alten. Immer wieder gibt es Neues zu entdecken! Also probier es aus!

Wie schon bei den ersten Bänden werde ich meine Danksagungen direkt in den ersten QR-Code stecken, damit Du üben kannst und ich mich nicht kurzfassen muss.

Und nun: Viel Spaß in Nafishur!

*Ich widme Caras Version von Band II Evangeline,
einem kleinen Engel, der diese Welt viel zu früh
verlassen hat – stellvertretend für all die Kinder,
die zu früh Engel werden.*

PROLOG

Als ich zum ersten Mal in Nafishur erwachte, glaubte ich, noch immer an Italiens Südküste zu sein. Goldene Sonnenstrahlen ließen mich blinzeln und ein Teil von mir – ein großer Teil – konnte nicht glauben, dass ich mich in einer fremden Welt befand. Alles war so schnell gegangen nach jener Nacht.

Der italienische Sommer brannte gnadenlos und so hatte ich meine Arbeit auf dem Wasser in die Nacht verlegt. Im Sonnenuntergang war ich hinausgefahren in die Bucht vor Sorrento, um nun im Morgengrauen einzusammeln, was mir eine gnädige Strömung beschert hatte.

Doch noch ehe ich auch nur die Hälfte meines Fangs eingeholt hatte, musste ich feststellen, dass sich mein Netz am Grund des Meeres verfangen hatte. Ich zog und zog, doch das Netz ließ sich nicht lösen. Ich wusste, wie wichtig dieser Fang war; ich wusste, wie dringend ich diese Fische auf den Märkten von Capri und Sorrento verkaufen musste. Angst und Ärger stritten in mir und ich zerrte immer stärker am Netz, als es plötzlich unter meinen Händen Feuer fing.

Mit einem Aufschrei ließ ich das Netz fallen – der nächste Fehler, denn innerhalb weniger Sekunden hatte das Feuer auf mein Boot übergegriffen. Die Holzplanken, die schon eingeholten Netze, die Taue – alles brannte. Ehe ich mich versah, war ich vom Feuer umzingelt.

Das Land war zu weit entfernt. Ich wusste, dass mich kein Löschboot rechtzeitig erreichen konnte – nicht einmal, wenn man das Feuer inzwischen bereits bemerkt hatte.

Hitze schlug mir entgegen, jedes Mal, wenn ich versuchte, aus dem Boot zu springen. Ich wagte es nicht, durch die Flammen zu springen. Sie waren zu hoch, zu wild, und sie schienen immer dann an Höhe zu gewinnen, wenn ich auf sie zu lief. Als wollten sie mich am Gehen hindern.

Meine Augen suchten das Wasser ab, ob nicht doch ein anderes Boot in der Nähe war und da bemerkte ich ihn. Er stand ganz ruhig in der Luft. Nicht einmal an seinen schwarzen Locken zog der Wind. Wie ein Trugbild, geschaffen von meiner Angst und Verzweiflung, angestrahlt vom flackernden Schein der Flammen. Seine klaren, blauen Augen durchbohrten mich und ich spürte eine Welle der Ruhe. Sein Gewand war so rot, wie das Feuer um mich und in seiner Hand hielt er einen kunstvoll geschwungenen Hirtenstab. Es konnte nur Petrus sein, der Schutzpatron der Fischer.

Ich war so gläubig wie jeder gute Italiener Ende der 70er, aber dennoch hätte ich bis zu diesem Zeitpunkt nie geglaubt, dass die Heiligen unsere Hilferufe wirklich erhören würden. Ohne zu zögern fiel ich auf die Knie und streckte meine Hände nach meinem Retter aus.

Er erhob seinen Hirtenstab und murmelte etwas, das ich nicht verstand, aber es erinnerte mich an die Worte unseres Priesters und so hielt ich es für Latein. Ich spürte, wie Wind aufkam und fürchtete schon, er würde das Feuer noch anfachen. Aber das Gegenteil war der Fall: Die Flammen zischten und knisterten immer leiser, bis sie völlig erloschen.

Stille legte sich über die Szene. Ich hörte leise die Wellen gegen das Boot schlagen und die angekohlten Dielen knarrten unter den Bewegungen des Wassers. Fassungslos richtete ich mich auf und drehte ich mich im Kreis. Wie schnell das Feuer verschwunden war … Als ich wieder auf die Stelle blickte, an der der Heilige Petrus gestanden hatte, war ich allein. Doch schon einen Augenblick später hörte ich ein Boot mit anderen Fischern, die meinen Namen riefen, und sah sie auf mich zu rudern.

Ich war gerettet.

Das war meine erste Begegnung mit Magnus Magister Athanasius. Doch das begriff ich erst, als er am Abend des gleichen Tages plötzlich neben mir auf der Kaimauer saß.

Vor mir lagen die Reste meines Bootes vor Anker und meine Gedanken überschlugen sich. Wovon sollte ich die Reparatur bezahlen? Würde ich betteln müssen, um an ein Abendessen zu gelangen? Sollte ich mit meinem Priester über die wundersame Rettung reden? Und vor allem: Wie hatte sich das nasse Netz unter meinen Händen entzünden können?

Wieder und wieder ging ich die schrecklichen Sekunden in meinem Geist durch. Ich erinnerte mich an ein Gefühl von Hitze und Spannung und dann war alles ganz schnell gegangen.

Ich starrte auf meine schwieligen Hände und schüttelte den Kopf. Es gab keine logische Erklärung für das Feuer. Und erst recht keine dafür, wie ich ihm entronnen war. Und doch bewiesen die traurigen Überreste meines Bootes, dass ich mir all das nicht nur eingebildet hatte.

»Komm mit mir und ich gebe dir alle Antworten, die du brauchst«, riss mich eine angenehme Stimme aus meinen Gedanken. Bis zu diesem Zeitpunkt hatte ich nicht einmal gemerkt, dass jemand neben mir saß – geschweige denn, dass ich begriffen hätte, wer er war und was er mir da anbot. »Komm mit mir und du wirst lernen, dein Feuer zu beherrschen.«

KAPITEL I

Ich starrte die Zimmerdecke an und lauschte meinem Herzschlag. Er hatte mich ernsthaft allein hier zurückgelassen. Nicht in einer fremden Stadt oder einem fremden Land. Nein. In einer fremden Welt! Das hätte ich Magnus um ehrlich zu sein nicht zugetraut.

›*Hey, wieso allein? Ich bin doch bei Dir!*‹, hallte eine etwas beleidigt klingende Stimme durch meinen Kopf.

Ich seufzte. »Oui, Aby, du bist bei mir.«

›*Und ich kann für dich dolmetschen. Also ... Zumindest nehme ich das an. Schließlich hab ich Ginga auch verstanden. Oder zweifelst du daran?*‹

Ginga.

Meine Freundin aus einer anderen Welt. Meine Freundin, die jetzt in *meiner* Welt saß, während ich in *ihre* gereist war. Ich vermisste sie jetzt schon. Aber sie hatte ihren frischgebackenen Nachwuchsvampir mir vorgezogen. Ich musterte Aby. Für andere war sie einfach eine hübsche schwarze Katze mit wunderschönen grünen Augen. Für mich war sie eine Freundin. Bis ich Ginga begegnet war, sogar meine einzige Freundin. Ich konnte mit ihr über alles sprechen. Allerdings musste ich auch mit allem rechnen, wenn ich eine Antwort erwartete.

›*Ich erwarte auch eine Antwort von Dir, junge Dame*‹, hallte ihre Stimme pikiert durch meinen Kopf. Wie immer bekam ich ihre Worte ungefiltert ab.

»Entschuldige. Es wäre wirklich beruhigend, wenn du auch die Sprache hier verstehen könntest. Dieses Nefishit. Aber wenn ich richtig vermute, dann sind wir hier in Zambala, dem Feuerreich. Und Ginga kommt mit Sicherheit nicht aus diesem Reich.«

›*Dann sollten wir das testen. Lass uns rausgehen und die Gegend erkunden. Ich muss nur nah genug an ein paar ... wie heißen die hier? Zambalaner ...? heran, um zu lauschen.*‹

»Was? Non! Aby, Magnus hat gesagt, wir sollen hier warten. Er hat mir das Zimmer hier besorgt. Und was ist, wenn wir uns verlaufen? Ich kann nicht mal nach dem Weg fragen!«

›*Ausreden.*‹

»Wie bitte?«

›*Faule Ausreden. Die ganze Zeit wolltest du nach Nafishur und jetzt traust du dich nicht vor die Tür.*‹

»Das ist nicht wahr! Ich bin nur ... ich meine ... ich hab nur ...«

›*Angst.*‹

Ich hasste es, wenn sie mich so durchschaute. Schneller als ich mich selbst.

›*Ich hab dich auch lieb, Cara.*‹

Ich starrte auf das Gepäck, das Magnus für unsere ›intergalaktische‹ Reise geschrumpft hatte und das nun wieder in seiner echten Größe in einer Ecke des Zimmers stand. Als wir in Nafishur angekommen waren, war früher Morgen gewesen und Magnus hatte mich in dieser Pension untergebracht. Er hatte von einigen wichtigen Erledigungen gesprochen und davon, dass ich hier gut aufgehoben war; dass er mich spätestens am kommenden Abend wieder abholen würde. Dann hatte er mein Gepäck abgeladen, mir das Zimmer gezeigt, einen Schlüssel in die Hand gedrückt und war verschwunden. Kein optimaler Start in eine neue Welt. Ich hatte mich auf das Bett gesetzt und irgendwann hingelegt. Seitdem starrte ich die Decke an. Das Bett und die Decke waren nicht viel anders als auf der Erde. Es fühlte sich sicher an, sich hier aufzuhalten. Zumindest, solange ich meinen Blick nicht weiter schweifen ließ. Die Decke, das ganze Haus, schien aus gebrannten Lehmziegeln und Feldsteinen gebaut zu sein. Selbst das Bettgestell und das restliche Mobiliar waren aus Stein. Das Ganze erinnerte mich irgendwie an Bilder aus meinen Geschichtsbüchern. Frühes Mittelalter.

Ein gedehntes Maunzen riss mich aus meinen Gedanken. Mein Blick suchte Aby. Sie saß auf dem Fenstersims und sah mit großen Augen nach draußen. Für einen Moment schloss ich die meinen. Dann gab ich mir einen Ruck und stand auf. Wenn selbst meine Katze keine Angst hatte, dann sollte ich es doch auch irgendwie schaffen. Und wenn ich mit meinen Vermutungen Recht hatte, wenn die Tagebucheinträge von Mamé und Papa tatsächlich keine schlechten Scherze waren, dann gehörte ich ja durchaus in diese Welt. Ich zupfte an dem rot-schwarzen Umhang, den mir Magnus ›angehext‹ hatte – er war angenehm weich und leichter, als er aussah – und stellte mich neben Aby.

Draußen war einiges los. Menschen, nein, Nafish zogen Karren mit allerlei Krügen, Körben und Kisten über den Platz vor der Pension. Sie sahen ganz normal aus und schienen einen Markt aufzubauen. Einige Stände waren bereits fertig. Andere wurden erst noch bestückt. Im Himmel über all dem war ebenso viel los. Vor allem dank der vielen Heißluftballons. Ich wusste kaum, wohin ich zuerst sehen sollte. Hinter dem Marktplatz glitzerte Wasser und Maste von Segelbooten schaukelten in der Nähe des Ufers hin und her, während größere Schiffe mit riesigen, merkwürdigen Säulen am Horizont zu sehen waren. Bestimmt hatte diese Stadt auch einen Hafen.

Die Sonne tauchte die ganze Szenerie in ein weiß-blaues Licht. Es schien etwas kälter zu sein als das Licht unserer irdischen Sonne. Der vampirische Teil in mir empfand es jedenfalls als deutlich angenehmer.

›Komm schon, Cara, lass uns rausgehen.‹

»Aber Magnus hat–«

›... dir einen Schlüssel gegeben. Den würdest du wohl kaum brauchen, wenn du hier drinnen bleibst. Ich hab doch deinen staunenden Blick gesehen. Gib es zu: Du willst auch da raus. Außerdem ...‹

Mein Magen knurrte und Aby sah mich vielsagend an. Ich erwiderte ihren Blick etwas gequält, nickte dann aber. »Du hast recht. Ich muss auch etwas essen und trinken.« Aus den Augenwinkeln sah ich wieder zu meinem Gepäckberg. Irgendwo da drin war auch mein Tee. Der Tee, der mir half, meinen Blutdurst im Griff zu behalten. Noch verspürte ich diesen Durst nicht. Aber wer konnte schon sagen, wie lang das so blieb.

»Au!« Ich drückte meine Hand an meine Brust. Aby funkelte mich kampflustig an. Ihre Krallen lugten noch aus ihren schwarzen Samtpfoten hervor.

›Hör auf, in Selbstzweifel zu versinken und komm mit. Du willst doch auch wissen, wie Nafishur aussieht. Das weiß ich.‹

»I-ich hab es doch schon gesehen, als wir angekommen sind.«

›Du weißt ganz genau, dass du nichts erkennen konntest. Du warst vom weißen Licht aus dem Port noch total geblendet. Magnus musste dich sogar führen.‹ Ich musterte für einen Augenblick meine Hand und konnte die von Magnus in meiner spüren. Dann drehte ich mich wortlos um, schnappte mir den Schlüssel und hielt auf die Tür zu. Dort angekommen, drehte ich mich schwungvoll um und deutete eine Verbeugung an, damit Aby mir folgte. Ich hätte schwören können, sie in meinem Geist lachen zu hören. Das war selten. Ich schloss die Tür sorgfältig hinter uns ab. Es war ein einfacher, kleiner Bronzeschlüssel, aber das Klicken des Schlosses klang, als würde sich eine Tresortür schließen. Ich starrte die Tür für einen kurzen Moment an. Dann maunzte Aby ungeduldig und ich beschloss, mir eine Liste mit Fragen anzulegen, die ich Magnus stellen würde. Es brachte nichts, sich jetzt unnötig den Kopf zu zerbrechen. Ich war in einer fremden Welt. In einer Welt, in der Vampire und Magie Alltag waren. Türen, die robuster waren, als sie aussahen, waren sicher noch das harmloseste.

Die Pension war leer. Sie machte wirklich einen gemütlichen Eindruck. Wahrscheinlich durch die vielen Kerzen und Windlichter, die für ein warmes, angenehmes Licht sorgten. Oder durch die einladenden Sessel in rot und orange, die in großer Zahl den Eingangsbereich zierten. Der Empfang war unbesetzt. Irgendwie war ich erleichtert. Aby hingegen schien enttäuscht.

Ich öffnete die Tür und trat mit ihr nach draußen. Sofort umfingen mich Geräusche, Gerüche, Licht und Wärme. Ich wurde regelrecht von Eindrücken und Empfindungen überschwemmt. So gut konnte dieses einfache Haus doch gar nicht isoliert gewesen sein! Ich kniff die Augen zusammen und zwang meine Sinne dann dazu, herunterzufahren. Das war alles etwas zu viel auf einmal. Ich rieb über meine Arme, um zuerst das Licht und die sommerliche Wärme in den Griff zu kriegen. Dann öffnete ich vorsichtig die Augen und nach ein paar Sekunden sah ich wieder die Marktszene vor mir, die ich schon vom Zimmer aus betrachtet hatte. Alles wirkte einladend und freundlich. Ein friedlicher Sommertag. Ein klassischer Sonntag in einer Kleinstadt. So kam es mir zumindest vor. Als sich meine Augenlider entspannten, machte ich mich nach und nach an meine anderen Sinne. Das hatte mir Ginga beigebracht.

Alles nacheinander ›einschalten‹, wenn's dir zu viel wird.

Als nächstes war das Gehör dran. Ich hörte Rufe und Gespräche in einer Sprache, die ich nicht verstand; dazu Gelächter und im Hintergrund das Rauschen von Wasser und etwas, das klang, als würden sich Wellen an einer Kaimauer brechen. Das hatte ich schon bei meiner Ankunft wahrgenommen. Außerdem machte sich wieder ein beschleunigter Herzschlag meinerseits bemerkbar. Diesmal war es keine Angst. Es war … Neugier.

Ich hatte gar nicht bemerkt, wie ich mich in Bewegung gesetzt hatte. Aber noch bevor ich meinen Geruchssinn wieder einschaltete, war ich auch schon ein ganzes Stück auf den Marktplatz gelaufen. Obwohl die Sonne heiß war, prickelte sie nur angenehm auf meinem Gesicht. Der Rest von mir war unter dem Umhang verborgen, aber ich hatte das Gefühl, dass mir diese Sonne nicht schadete. Es war warm, aber ihr Licht fühlte sich dennoch weniger heiß an als das Licht auf der Erde. Unlogisch, aber das war auch gut so. Meine Augen konnten sich kaum satt sehen. Ich wusste nicht, was ich zuerst anstarren sollte. Die braungebrannten Menschen, die mich an Fischer im Hochsommer an der Côte d'Azur erinnerten. Die Stände, die voll beladen waren mit Pflanzen, Früchten und anderen mir völlig fremden Dingen. Die krummen Steinhäuser, die den Platz umsäumten, und deren obere Etagen teilweise gefährlich weit ihr Erdgeschoss überragten. Das weite Meer, das verlockend glitzerte.

Vorsichtig atmete ich ein, um das Bild zu komplettieren.

›*Cara? Alles okay?*‹

Langsam drehte ich meinen Kopf zu Aby. Dem einzigen Gesicht hier, das für mich vertraut war. Sie war verblüffend lange still geblieben. In ihren Augen stand das gleiche Staunen, das ich auch in mir spürte. Schon ohne meinen Geruchssinn war ich wie davongefegt von all den Eindrücken. Aber jetzt hatte ich ein Stadium erreicht, in dem mein Hirn am liebsten den Anrufbeantworter angeschaltet hätte. ›Bin gerade nicht da. Hinterlasst eine Nachricht nach dem Piepton.‹

Alles okay, Aby. Ich ... es ist nur alles so ...

›*Oui. Ich weiß, was du meinst. Vielleicht ... beschränkst du das Atmen auf ein Minimum – so lange es geht..*‹

Ich nickte. Mir war klar, worauf sie hinauswollte. Mein erster bewusster Atemzug hier draußen war schon eine klare Überforderung gewesen. In der Pension hatte ich vor allem Stein und Staub gerochen – und mein eigenes Gepäck. Aber hier draußen ... jenseits von Abys Geruch war da nichts, aber auch rein gar nichts gewesen, das ich hätte einordnen können. Und so gern ich mein Bild von Nafishur auch vervollständigen wollte, das würde warten müssen, bis ich mich etwas ... akklimatisiert hatte. Ich war nur ein halber Vampir. Mein Herz schlug noch. Ich brauchte Sauerstoff. Aber ich hatte früh gelernt, dass ich überdurchschnittlich lang ohne auskam. Das war jetzt ein Vorteil. Für die nächsten Minuten würde ich versuchen, aufs Atmen zu verzichten.

Dafür begann ich nun, bewusst an den Ständen des Marktes entlangzugehen und die Auslagen zu mustern. Ich konnte es kaum erwarten, all die seltsamen Waren auch zu riechen. Die Verkäufer hinter ihren Ständen strahlten mich alle freudig an und wollten mich eindeutig dazu animieren, bei ihnen zu kaufen. So verschieden waren unsere Welten nicht. Einige Händler deuteten anerkennend auf meinen Umhang. Ob sie so freundlich waren, weil sie ihn als Teil meiner Schuluniform erkannten? Dann musste die Akademie beliebt sein. Oder die Studenten kauffreudig und wohlhabend. Ich hingegen wusste bisher nicht einmal, ob ich überhaupt gültiges Geld besaß. Sicher hatten Papa und Mamé vor ihrer Flucht auf die Erde hier kein Bankkonto auf meinen Namen abgeschlossen.

Eine etwas füllige Dame mit einem geflochtenen strohblonden Dutt und einem bereits zum Bersten gefüllten Weidenkorb machte neben mir halt und plapperte freudig los, als sie mich sah. Ich war mir sicher, dass wir uns nicht kannten. Ich kannte hier schließlich niemanden. Aber sie hörte nicht auf zu plappern. Ich verstand nichts, außer ›Johanna‹, falls sie denn wirklich einen Namen genannt hatte und das nicht einfach auch Teil ihrer Sprache war. Hatte sie sich vorgestellt? Oder hielt sie mich für eine Johanna? Oder suchte sie vielleicht jemanden dieses Namens? Hilfesuchend sah ich zu Aby, die prompt auf meine Schulter sprang.

Bitte sag mir, dass du sie verstehst!

›*Sie heißt Johanna und ist Köchin an der Akademie. Sie hat dich an deinem Erstsemesterumhang erkannt und fragt, ob du neu in der Stadt bist.*‹

Neu in der Stadt ... Wenn es nur das wäre. »Cara«, sagte ich leise, lächelte verlegen und nickte. Hoffentlich reichte das als Erwiderung auf ihren Redeschwall.

Johanna lächelte um einiges breiter und kramte dann in ihrem Korb. Kurz darauf reichte sie mir ein ... ja ... was war das? Eine Frucht vielleicht? Ein wenig erinnerte sie an eine Ananas – nur ohne den grünen Büschel. Und sie war kleiner und eher rund.

›*Ein Willkommensgeschenk. Du sollst kosten. Das sei eine regionale Spezialität.*‹

Ich nahm ihr mit einem dankbaren Nicken die Frucht ab und untersuchte sie skeptisch. Wie aß man sowas? Vertrug ich überhaupt alles hier? Vielleicht hatte ich ja Allergien oder so. Der Verkäufer hinter seinem Stand schaltete sich ein und es gab einen kurzen Austausch zwischen Johanna und ihm. Ich wog die Frucht in meiner Hand – sie war recht schwer für ihre Größe – und fuhr über ihre raue, unebene Hülle.

»Aby«, zischte ich zwischen zusammengebissenen Zähnen hervor.

›*Er meint, du solltest die Frucht vorher flambieren, dann wäre sie leckerer.*‹ Ich blickte erst Aby und dann den Verkäufer mit großen Augen an. Dieser streckte mir grinsend eine Hand entgegen und ich hätte schwören können, dass seine dunkelbraunen Augen kurz aufglühten. Johanna nickte mir ermutigend zu, also legte ich die Frucht nach kurzem Zögern in seine große Hand. Gegen seine wirkte meine Hand noch blasser als sonst und beinah kindlich klein.

Er zwinkerte mir zu, hielt die Frucht auf Armeslänge vor sich und plötzlich stand seine Hand samt Frucht in Flammen. Mit vor Schreck geweiteten Augen starrte ich die brennende Hand an. War er etwa so wie ich? War er ein Feuerdruide? Ich hätte ihn so gern gefragt ...

Wenige Sekunden vergingen und das Feuer war so unmotiviert verschwunden, wie es gekommen war. Die Schale der Frucht war jetzt dunkelbraun bis schwarz und es zogen kleine Rauchfädchen davon auf. Geschickt brach der Verkäufer die Frucht auf und reichte sie mir. Vorsichtig nahm ich sie entgegen. Ich hatte erwartet, dass sie kochend heiß wäre. Aber ich konnte sie problemlos halten. Das Innere sah aus wie Kokosmilch. Vorsichtig roch ich daran. Ich versuchte, mich nur auf diesen einzelnen Geruch zu konzentrieren. Und es fiel mir verblüffend leicht, denn die Frucht strahlte einen sehr intensiven Duft ab. Sie roch nicht wie Kokos, aber dennoch süß und irgendwie kam mir der Duft bekannt vor. Ganz langsam hob ich die Frucht unter den neugierigen Blicken von Johanna und dem Verkäufer an meine Lippen und kostete.

›*WOW! Mon Dieu!*‹

War der erste Schluck noch klein und vorsichtig, trank ich den Rest der Frucht in drei großen Zügen aus. Wie Crème Brûlée zum Trinken! Ich leckte mir über die Lippen und sah staunend zu meinen zwei neuen Bekanntschaften. Die grinsten zufrieden mit ihrem Werk. Ich hätte mich zu gern bedankt, aber ich wusste nicht, wie ich das machen sollte, also strahlte ich die beiden einfach so dankbar und glücklich wie möglich an. Aby konnte mir vielleicht sagen, was die anderen zu mir sagten, aber sie konnte meine Worte nicht für die anderen zurückübersetzen. Das war schon damals das Problem gewesen, als ich Ginga getroffen hatte. Doch da hatte Aby irgendwann begonnen, Ginga meine Gedanken einzupflanzen. Das konnte sie ja aber nicht mit völlig Fremden tun. Wer wusste schon, was man in Nafishur von telepathisch begabten Katzen hielt. Gab es hier überhaupt Katzen?

Johanna klopfte mir verständnisvoll auf die Schulter und wünschte mir noch eine schöne Zeit bis zum Start des Semesters – was ich wieder dank Aby erfuhr. Sie freue sich schon darauf, mich an der Akademie wiederzutreffen. Der Verkäufer streckte mir ein weiteres Mal seine Hand entgegen und ich verstand auch ohne Aby, dass er mir anbot, die leere Schale für mich zu entsorgen. Lächelnd gab ich sie ihm, nickte nochmals und ging weiter.

Danke Aby. Du warst meine Rettung!

›*Immer wieder gern. Das weißt du doch. Es ist sehr interessant, was all die Men– Nafish hier denken. Sie scheinen ein temperamentvolles, aber freundliches Volk zu sein.*‹

Temperamentvoll also. *Sag mal, hat einer der beiden gesagt, wie die Frucht heißt, die ich getrunken habe?*

Aby schüttelte den Kopf und ich war etwas enttäuscht. Hoffentlich konnte ich das in Erfahrung bringen. Ich wollte unbedingt mehr davon trinken.

***

Ich wusste nicht, wie lange ich über den Markt schlenderte. Ich wusste nur, dass ich am liebsten nicht mehr damit aufgehört hätte. Er war vergleichbar mit einem klassischen Wochenmarkt bei uns. Es gab Obst, Gemüse, Gebäck, Fleisch und Fisch. Zumindest nahm ich das an. Ich hatte zwar nichts von all dem jemals zuvor gesehen, aber irgendwie konnte ich doch das meiste zuordnen. Ich hätte zu gern nachgefragt oder gekostet, aber neben der Sprachbarriere war da ja auch noch das kleine Hindernis mit dem fehlenden Geld. Ich wusste nicht mal, wie die Währung hieß oder aussah.

Als wir zum zweiten Mal den Markt durchstreift hatten – und ich deutlich spürte, wie hungrig ich inzwischen war –, verließen wir die engen Gassen zwischen den Ständen und landeten an einem Steg oder vielleicht eher einer Seebrücke, die weit in das Meer hineinreichte. Es musste ein Meer sein. Ich konnte kein Ufer am anderen Ende ausmachen. Das Wasser glitzerte einladend und einige Boote waren auf ihm unterwegs. Andere waren an der Seebrücke festgetaut. Jetzt fühlte ich mich noch mehr an die Côte d'Azur versetzt. Wären da nicht die fremde Sprache, all die seltsamen Lebensmittel und der Verkäufer mit der brennenden Hand, ich hätte daran gezweifelt, unsere Welt verlassen zu haben. Es war eher, als wäre ich einfach in der Zeit zurückgereist.

Gemeinsam mit Aby machte ich es mir auf der Brüstung der Brücke bequem. Ich ließ die Beine baumeln und meinen Blick in die Ferne schweifen. Ich betrachtete die Segelboote und die anderen seltsamen Schiffe. Irgendwas schien zwischen ihnen knapp über dem Horizont im Himmel zu schweben, halb vom Dunst verdeckt.

Der Himmel über uns wirkte beinah wie der Himmel über Paris. Er war genauso blau. Vielleicht noch etwas blauer, durch das kältere, bläuliche Sonnenlicht. Ein paar wenige Wolken zogen dahin und er war noch immer gut gefüllt. Unzählige Fesselballone durchkreuzten lautlos die Lüfte über der Stadt. Einer bunter und verzierter als der andere. An manchen schienen goldene Kordeln zu hängen, andere trugen Netze mit komplizierten Mustern. Sie alle waren bunt und sahen wunderschön aus und plötzlich wollte ich Zambala von oben sehen. Es musste berauschend sein.

Wie schön wäre es, das gemeinsam mit *ihnen* zu sehen...

›*Woran denkst du?*‹

Ehrlich jetzt? Das kannst du doch auch so lesen. Meine Stimmung hatte hoch oben zwischen den Wolken geschwebt, aber genauso abrupt wie sie sich vorhin beim Verlassen der Pension gehoben hatte, war sie nun abgestürzt.

›*Schon, aber ich glaube, es würde dir guttun, es auszusprechen.*‹
Ich seufzte leise. *Ich vermisse sie. Alle.*
Ginga.
Dariel.
Selbst Artemis ...
und ...

›*Magnus*‹, ergänzte Aby meinen ausgeschwiegenen Gedanken.

Ich nickte nur. Irgendwie hatte ich geglaubt, dass er mir helfen würde, mich hier zurechtzufinden. Ich fühlte mich alleingelassen. Vielleicht war es ein Fehler gewesen, meine einzigen richtigen Freunde zurückzulassen, für jemanden, den ich nicht kannte, und eine Wahrheit, die sich mir vielleicht nie offenbaren würde.

›*Sag mal, Ginga hat dir doch vor deiner ... Abreise einen Brief in die Hand gedrückt. Vielleicht hilft er dir ja. Und wenn nur dadurch, dass du merkst, dass sie an dich denkt.*‹
Der Brief!
Du hast Recht! Und ich hab ihn sogar hier! Mit den Fingerspitzen angelte ich ihn aus meiner Hosentasche. Er sah inzwischen etwas mitgenommen aus. Mein Herz machte einen kleinen Sprung. Ich faltete das zerknitterte Papier auseinander. Es waren zwei kleine Briefbögen. Der untere schien älter zu sein. Das machte mich neugierig. Was Ginga wohl entdeckt hatte?

Salût Cara,

ich würde Dich ja fragen, wie es Dir geht und ob Du den Flug durch das Licht gut überstanden hast, aber ich bekäme ja doch keine Antwort. Ich hoffe aber, dass es Dir gut geht. In Nafishur müsste jetzt Frühling sein. Vor allem in Zambala wird es da schon ziemlich heiß. Trink genug!

Es gibt so vieles, das ich Dir noch hätte sagen sollen. Denk daran, dass Dinge, die harmlos aussehen, in Nafishur nicht immer harmlos sind. Verwechsele nicht die Dinge in Luv mit denen Nafishurs. Erinnerst Du Dich zum Beispiel, wie ich anfangs nie auf Gras getreten bin? In Nafishur ist nicht jedes Gras harmlos.

Aber nun zum eigentlichen Grund meines Briefes. Ich nehme an, Nefishit bereitet Dir mindestens so große Probleme, wie mir am Anfang Deine Sprache. Nur wirst Du keine so geduldige Lehrerin haben, wie ich sie hatte. Unter den Briefen deiner Großmutter habe ich einen Zauber gefunden, der Dir helfen könnte. Sie hatte ihn offenbar benutzt, um es nach ihrer Flucht in Luv einfacher zu haben. Er sollte aber auch andersherum funktionieren. Scheint nicht auf eine spezielle Sprache festgelegt zu sein.

Ich habe Dir darübergeschrieben, wie du alles aussprechen musst. Sollte es nicht klappen, frag Magnus oder so, ob er es Dir vorliest. Ich hoffe, das hilft Dir. Pass auf Dich auf und komm bald zurück!

Ginga

P.S.: Grüße Aby von Artemis. Er hat mir beim Schreiben geholfen.

Mit großen Augen las ich noch zwei Mal Gingas Brief. *Denk daran, dass Dinge, die harmlos aussehen, in Nafishur nicht immer harmlos sind.* Ich wusste ja, dass sie Nafishur für gefährlich hielt. Aber übertrieb sie da nicht? Wie sollte ich diese Welt kennenlernen, wenn ich allem und jedem misstraute? Dann wandte ich mich dem zweiten Blatt Papier zu. Es war alt und fühlte sich rau und dünn an in meinen Fingern.

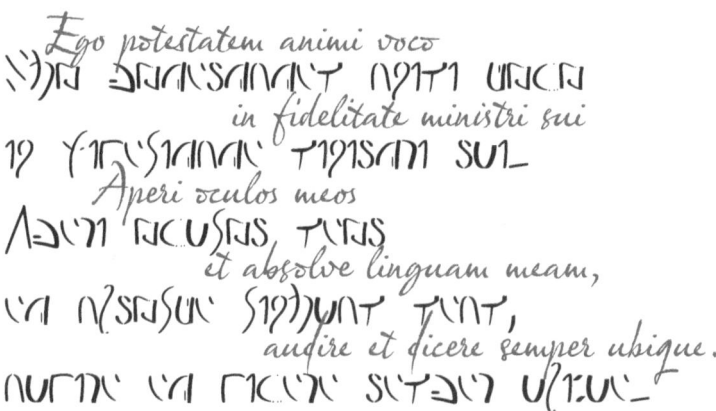

Ein Zauberspruch, um Nefishit zu lernen. Ungläubig starrte ich auf die fremden Zeichen und Gingas Gekritzel dazwischen. Ehrfürchtig strich ich über die Zeilen. Sie fühlten sich irgendwie warm an unter meinen Fingerspitzen. Aber das war sicher nur die Sonne, die das Papier erwärmte.

›*Na super. Das hättest du ruhig schon früher lesen können.*‹

»Woher hätte ich DAS denn wissen sollen? Ich hab ja mit vielem gerechnet, aber doch nicht damit? Außerdem bezweifle ich, dass ich das hinkriege«, murmelte ich und kniff die Augen zusammen. Ginga hatte eine ziemliche Sauklaue. Vor allem, wenn sie sich zwischen die eigentlichen Zeilen quetschte. Aber auch, wenn ich nicht schlau aus dem Gekritzel wurde, konnte ich meinen Blick doch nicht vom Text abwenden. Ich hatte einzelne Schriftzeichen auf dem Markt gesehen. Aber nicht so viele auf einmal. Der Text erinnerte mich an antike Inschriften, wie man sie in Dokus sah. Nefishit. Und das sollte ein Zauberspruch sein? Aber bräuchte ich dafür nicht so einen Stab, wie Magnus ihn besaß? Oder vielleicht irgendetwas anderes? Kerzen? Eine Kröte? Irgendwelche seltenen Kräuter? Das Herz eines Drachen? Okay. Das vielleicht nicht. Aber es würde wohl kaum reichen, Gingas Geschreibsel zu lesen.

Ein lautes, kehliges Lachen riss mich aus meinen Gedanken. Ich drehte mich um und entdeckte eine Gruppe von vier Typen und einer jungen Frau. Sie alle trugen ein deutlich überhebliches Lächeln zur Schau – zusammen mit einem Umhang, wie ich ihn umhatte. Schnell faltete ich den Brief wieder zusammen und ließ alles in meiner Jeans verschwinden. Ich grinste unsicher und fragte mich, was die Gruppe von mir wollte.

Aby

›*Nichts Gutes, fürchte ich. Sie machen sich über dich lustig ...*‹

Was? Wir kennen uns doch nicht mal! Was sagen sie denn? Ich sah skeptisch zwischen den Fünfen hin und her. Sie waren alle in etwa in meinem Alter. Anfang zwanzig. Zumindest wenn Altern hier genauso funktionierte, wie für Menschen auf der Erde.

›*Das möchte ich lieber nicht wiederholen ...*‹ Na, wenn das nicht ermutigend war. Instinktiv schloss sich meine Hand um den kleinen Sternanhänger, den ich im Versteck meiner Großmutter gefunden hatte. Waren es Anfeindungen wie diese gewesen, die meine Mamé in die Flucht nach Luv getrieben hatten? Wie sollte ich mich wehren, wenn ich sie nicht verstand und sie mich nicht?

Mir blieb im Grund nichts anderes übrig, als sie reden zu lassen und sie mir gut einzuprägen. Sie trugen die Umhänge der Akademie. Ich würde sie also bald wiedersehen – ob ich nun wollte oder nicht.

Die Frau war ziemlich aufgeziegelt. Ihr blondes Haar sah wenig echt aus und erinnerte mich an Elsa, die Eiskönigin. Das überzogene Makeup um ihre eisig blassblauen Augen passte auch wunderbar in dieses Bild. Im deutlichen Kontrast dazu stand nur ihre dunkle Hautfarbe. Vielleicht wirkte deshalb alles andere an ihr so unecht.

Was sie unter ihrem Umhang trug, konnte ich nicht sehen. Nur, dass sie alle irgendwas Dunkles anhatten. Die Typen sahen mit ihren breiten Schultern und kantigen Köpfen wie die personifizierten Klischees von Türstehern aus. Mit ihrer nichtssagenden Mimik waren sie wohl die Garde ihrer Königin.

Die sagte gerade etwas, das ihr Gefolge amüsant fand. Abys Fauchen nach würde es mir weniger gefallen. Meine kleine Beschützerin sprang von meiner Schulter und baute sich mit einem imposanten Katzenbuckel vor mir auf.

Alle verstummten und starrten Aby mit hochgezogenen Brauen an. Dann zeigte sie auf meine Katze und die Typen bewegten sich auf uns zu. Ich wich ein Stück zurück, aber mir war klar, dass diese Brücke im Wasser endete. Um genau zu sein in einem Gewässer, das ich nicht kannte und von dem ich gar nicht wissen wollte, was so alles darin schwamm.

Nafishur ist ein Grund, Angst zu haben!

Gingas Stimme hallte zum wiederholten Male durch meinen Kopf. Der Brief hatte mich wieder an unsere Unterhaltungen erinnert und an ihre Warnungen.

Aby, was sollen wir tun? Kurz hatte ich die Idee, einen Feuerball nach ihnen zu schleudern. Aber dann verhagelte ich mir die Idee mit zig Einwänden selbst. Ich konnte diese Gabe nicht kontrollieren. Was, wenn ich den Marktplatz hinter meinen Angreifern traf. Oder schlimmer noch ... Das letzte Mal hätte ich Ginga und Dariel dabei beinah getötet. Die Fünf waren nicht gerade Sympathieträger, aber ich ging davon aus, dass das hier eher unter Mobbing fiel als unter echte Bedrohung. Und jeder Harry Potter-Kenner wusste, dass Zauberschüler nicht außerhalb der Schule zaubern durften. Schade, dass sich Dariels Dolch irgendwo in meinem Gepäck befand. Der hätte hier sicher für Eindruck gesorgt – ganz und gar unmagischen Eindruck.

»HEY!«, schrie eine laute, durchdringende Stimme vom Markt her. Wir zuckten alle zusammen. Erst glaubte ich, es sei der Verkäufer von vorhin. Aber dann sah ich, zu wem die Stimme gehörte. Ein Typ, vielleicht Mitte zwanzig, ebenfalls mit Umhang bekleidet, kam auf uns zu. Sein Umhang sah anders aus. Er war außen schwarz und schimmerte von Innen rot. Neben der Brosche, die ihn verschlossen hielt, prangte ein kleines goldenes Wappen. Er sah wichtig aus. Dann wanderte mein Blick höher und ich sah sein Gesicht. Es war nicht so blass wie meines, aber auch nicht so braungebrannt wie das der Marktleute. Sein Blick war hart und ich war heilfroh, als ich merkte, dass er nicht mir galt, sondern der kleinen Gruppe zwischen uns. Er sagte irgendwas zu der Frau. Es klang alles andere als freundlich und sie zuckte zusammen, nickte dann aber betreten. Er hob die Hand und zeigte hinter sich. Ohne ein weiteres Wort trollten sich die Halbstarken mit ihrer Königin.

Ich atmete erleichtert aus. Aber jetzt stand ich vor dem nächsten Problem: Schon wieder musste ich mich bedanken oder zumindest die Situation erklären. Aber wie sollte ich das schaffen?

Er fuhr sich durchs Haar und sah dem seltsamen Gespann hinterher. Jetzt erst bemerkte ich, dass er seine dunkle Mähne im Nacken zu einem Zopf zusammengebunden hatte. Das passte so gar nicht zu seinem strengen Auftreten.

»Dickheads«, murmelte er leise.

Moment.

War das ein Zufall oder Englisch?

»Dickheads?«, wiederholte ich ebenso leise und trat näher an ihn heran. Er drehte sich erschrocken zu mir um und kratzte sich dann verlegen am Hinterkopf. Seine einschüchternde Ausstrahlung war wie weggeblasen. Dann plapperte er auf Nefishit los und meine Hoffnung schwand.

›*Er erzählt gerade irgendwas davon, dass er von weit herkommt und das nur ein Dialekt sei.*‹ Oh. Schade. Aber wie hätte es auch anders sein sollen. ›*Warte. Ich war noch nicht fertig. Das sagt er. Aber er denkt in einer anderen Sprache. Kommt mir bekannt vor.*

Aus den Büchern, die du so gerne liest. Aber ich versteh es nicht.‹
Mein Blick flog erst zu Aby, dann wieder zu meinem fremden Retter. Er zog gerade die Brauen zusammen und grinste zerknirscht.
Und du bist dir sicher, Aby?
Sie maunzte nur zur Bestätigung. Alles andere war wohl unter ihrer Würde. Also setzte ich alles auf eine Karte. Ich hatte sowieso schon fünf Feinde an der Akademie. Falls wir falsch lagen, kam dann eben noch ein süßer Typ dazu, der sich über mich lustig machte.
»Do you speak English?«
Seine Augen weiteten sich. »Who are you? Ich meine ... wie kannst du ... wo kommst du her?«
Ich verstand ihn! Mein Englisch war vielleicht nicht das beste, aber ich verstand ihn! Erleichtert lachte ich auf. »Du hast keine Ahnung, wie erleichtert ich bin. Ich beherrsche noch kein Nefishit.«
Jetzt war es an mir, eine verlegene Grimasse zu ziehen.
»Kein Nefishit?« Er musterte meinen Umhang und schaute etwas ungläubig.
»Ich, ahm, ich bin gerade erst angekommen. Ich komme aus ...« Ich zögerte. Was sollte ich jetzt sagen? Magnus hatte mir diesbezüglich keine Anweisungen gegeben. Aber laut Ginga war es ja verboten, nach Luv zu reisen. Wer also aus Luv kam, konnte nicht sehr beliebt sein. Aber andererseits ... Er klang so, als käme er ebenfalls aus Luv mit seinem deutlich britischen Akzent.
»Aus?«, wiederholte er ungeduldig.
»Paris?« Irgendwie klang es eher wie eine Frage.
»Aus Paris?!« Er musterte mich neugierig. »Du bist Französin?«
Gott sei Dank! Er kannte Paris. Also lag ich richtig. Ich nickte und kaute verlegen auf meiner Unterlippe herum. »Woher ... Und woher kommst du?«
»Surrey, London, UK.« Er grinste. »Unglaublich. Ich dachte, Shun und ich wären die einzigen Luvianer unter den Lehrlingen.«
Luvianer. Es klang, als seien wir Außerirdische. »Wer ist Shun?« War ja auch irgendwie so.
»Ein Kommilitone. Ein anderer Lehrling der Akademie. Er kommt aus einem kleinen Ort in der Nähe von Osaka, Japan.«

Ich schüttelte ungläubig den Kopf. »Also gibt es noch mehr wie mich?« Ich hatte nicht vorgehabt, das laut auszusprechen.

»Scheint ganz so. Wer genau bist du denn eigentlich? Ich bin Cole.«

»Oh! Stimmt ja. Ich heiße Cara und dieses tapfere Fellknäul ist Aby. Freut uns, dich kennenzulernen, Cole.«

»Die Freude ist ganz meinerseits, Cara und Aby. Ihr seid also gerade erst angekommen?«

Ich nickte.

»Und du kannst kein Nefishit. Und wie habt ihr euch was zum Essen besorgt?«

»Well ... Bisher noch gar nicht. Wir sind ja erst seit heute Morgen hier.«

»Aber es ist inzwischen fast Abend! Ihr zwei müsst hungrig sein. Das kann ich nicht zulassen! Als Patronus sollte ich mich um das Wohl meiner Kommilitonen kümmern.« Als ich ihn nur verwirrt ansah, ergänzte er: »Der Patronus ist sowas wie ein Vertrauensschüler oder Studierendenrat. Und zugleich auch Mediator, Mentor, Motivator – was gerade nötig ist. Eben ein Beschützer und Begleiter.« Er tippte sich auf das Emblem an seinem Umhang. Ein feuerspeiender Drache wickelte sich um ein Schriftzeichen. »Wir kümmern uns um die Neuzugänge und alle alltäglichen Probleme in der Akademie.« Das erklärte sein autoritäres Auftreten eben.

»Ah. Okay. Danke, dass du mir eben geholfen hast. Aby hat ... ahm«, ich räusperte mich, »ich hab kein Wort von dem verstanden, was die Fünf von mir wollten. Aber sie sahen wenig freundlich aus.«

›Cara, ich glaube, es ging darum, dass einer von ihnen dich vorhin mit Johanna gesehen hat.‹

»Johanna?« Ich sah Aby irritiert an.

»Was ist mit Johanna?«, fragte nun auch Cole und ich biss mir auf die Zunge. Mist. Ich hatte mich in Dariels und Gingas Gegenwart zu sehr daran gewöhnt, laut mit Aby zu sprechen.

»Ich, ahm. Ich glaube, ich hab einen von ihnen ›Johanna‹ sagen hören. Das ist jemand aus der Akademie, oder?«

Unsere Heimat ist gefährlich. Vor allem für solche wie uns.

»Ja. Unsere Köchin.« Er sah nachdenklich und deutlich unglücklich aus. »Kennst du Johanna?«

»Oui. Ich meine, yes. Wir haben uns vorhin auf dem Markt kennengelernt.«

»Verstehe.« Er schüttelte verärgert den Kopf. »Johanna trägt, wie du merkst, einen Namen aus Luv. Die Bevölkerung Nafishurs glaubt größtenteils, dass Luv nur ein Ammenmärchen ist, um Kindern Angst zu machen. ›Wenn du nicht schläfst, tut sich die Welt auf und du fällst nach Luv‹ und so. Aber vor allem unter den Druiden gibt es so einige, die Luv gesehen haben oder zumindest von dessen Existenz wissen. Allerdings schätzt kaum einer von ihnen Luv. Vor allem die adligen Druiden halten von Luvianern ungefähr so viel wie von Schlinggras an ihren Füßen.« Ich hob die Brauen. »Nicht viel.«

Ich erinnerte mich wieder an Gingas Worte ...

Für Dich als halber Vampir und Luvianer. Wer von hier kommt ist in den Augen der meisten Nafish nicht mehr wert als eine Hand voll Schlinggras.

»Das heißt, diese Frau und ihr kleiner Hofstaat mögen keine Luvianer und damit auch nicht Johannas Namen.«

»Und keinen, der sich nett mit ihr unterhält. Johanna ist Luv-freundlich. Sie ist stolz auf ihren Namen. Wahrscheinlich wollten sie dir klarmachen, dass es nicht klug ist, sich auf die Luv-freundliche Seite zu begeben – schon gar nicht wegen niedrig gestelltem Personal.« Er sah grimmig aus. Wahrscheinlich hatte er mit solchen Leuten bereits seine ganz eigenen Erfahrungen gemacht.

Wir haben in dieser Welt nichts zu suchen.

Ich sah ihn traurig an. Das war also die Nafishur-Version von Vorurteilen und Klassendenken. Oder auch: Die klassische Angst vor dem Unbekannten. ›Luv‹ hieß ›sehr großes Nichts‹, das hatte mir Ginga erklärt. Kein Wunder, dass die Nafish, die von dessen

Existenz wussten, Angst davor hatten und negativ reagierten. Aber es war dennoch traurig.

Für einen Augenblick stellte ich mir vor, wie wohl die Erde darauf reagieren würde, wenn Nafish ganz offen auf ihr herumlaufen würden. Sicher auch nicht mit Freude und Neugier. Nein, andersherum wäre es wohl genauso. Unglaube oder Feindseligkeit.

Cole klatschte in die Hände und lächelte wieder. »Genug Trübsal geblasen! Willkommen in Medivia, der Hauptstadt Zambalas, dem Feuerreich Nafishurs!« Nun breitete er die Arme aus und drehte sich einmal im Kreis. Ich musste lachen.

»Merci.« Ich knickste.

»Also. Wie wäre es, wenn ich uns etwas zu Essen organisiere und wenn wir uns gestärkt haben, zeige ich euch noch etwas die Stadt?«

»Sehr gern. Aber … können wir mitkommen bei deiner ›Nahrungssuche‹? Ich wüsste zu gern, was das alles ist, das es auf diesem Markt gibt.«

»Aber klar! Was esst ihr zwei denn gern?«

»Hmm. Ich esse eigentlich so ziemlich alles. Generell gern süß und weniger gern scharf oder bitter. Aby isst alles, was man nicht als Katzenfutter bezeichnet.«

***

Diese zweite Runde über den Markt war einfach nur schön. Ich fühlte mich nicht mehr so verloren. Endlich erklärte mir jemand, was ich da vor mir sah. Ich hatte gar nicht mal so falsch gelegen. Cole kaufte uns ein paar kleine Brote, ich suchte uns Verschiedenes an Obst und Gemüse aus. Vor einer Frucht warnte er mich. Sie war lila und sah eigentlich wie irgendeine Art von Beere aus. Aber laut ihm war sie extrem bitter und damit eher nichts für mich. Ich beschrieb ihm auch die Frucht, die ich mit Johanna zusammen probiert hatte. Sie hieß Octaria. Er kaufte mir eine Flasche mit ihrem Saft. Aby bekam die Nafishurvariante von Milch und Fisch. Wann immer ich neugierig stehenblieb, weil etwas besonders interessant aussah, brachte er den Verkäufer dazu, mir eine Kostprobe zu überlassen. Er besaß wirklich einen regelrecht unnatürlichen

Charme. Ich kostete lauter süße Früchte. Die Ambrosiafrucht zum Beispiel. Sie schimmerte golden und hatte die Form einer Birne. Sie schmeckte einfach himmlisch süß.

Ich kostete auch Luxariakerne und Kuumwurzeln. Wenn mich Cole dazu auch etwas überreden musste. Luxaria schienen so etwas Ähnliches wie unsere Sonnenblumen zu sein. Nur dass sie stärker auf die Sonne reagierten. Sie nahmen sogar deren Farbe an – und bei Nacht die der Monde. Die Kuumwurzeln sahen wenig ansprechend aus. Es waren eben Wurzeln. Aber ich musste zugeben, dass sie wirklich lecker schmeckten. So ähnlich wie Schokolade.

Um meinen Arm trug ich einen gut gefüllten Korb, den Cole gleich zu Anfang besorgt hatte. Darin war alles Mögliche von Gebäck bis zu geräucherter Wurst. Das Ganze nahm Ausmaße an, die mich in Verlegenheit brachten. Das Essen, das wir kauften, hätte sicher für die halbe Akademie gereicht. Aber mein Patronus war nicht zu stoppen. Es schien ihm Spaß zu machen, Dinge herauszusuchen, die entweder relativ vertraut schmecken oder zumindest ihm sehr gut. Es war mir unangenehm, wie viel Geld er für mich ausgab, aber auf der anderen Seite war ich viel zu neugierig, um ihn aufzuhalten. Zu neugierig und zu hungrig.

Als auch Cole der Meinung war, wir könnten von dem satt werden, was er zusammengesucht hatte, nahmen wir wieder Kurs auf die Seebrücke. Wir liefen ganz nach vorn, zu ihrer Spitze und ließen uns dort nieder. Zuerst bekam Aby etwas, dann waren wir dran.

»Okay, okay. Und was ist das hier?« Ich hielt ein Brot hoch, das so aussah, wie ein langer, dicker Donut.

»Das ist ein Stabbrot. Stix. Es wird auf eine Stange gespießt und dann im Ofen gedreht. So wird es von allen Seiten gleichmäßig gebacken. Es ist so ziemlich das bekannteste Brot hier in der Gegend. Von den traditionellen Bäckern wird es noch per Hand gebacken.«

Schön, dass es hier noch Bäcker gab, die ihr Brot selbst backten und es nicht nur aus irgendeiner Großfabrik liefern ließen. Es sah wirklich lecker aus. Wie ein krosses Landbrot. Ich riss ein Stück ab und kostete. Es sah nicht nur so aus. Es schmeckte auch so.

Irgendwie beruhigte es mich, dass es bei all dem Neuen auch Speisen gab, die nicht so fremdartig zu sein schienen. Ich testete noch Dinge, die aussahen wie Salami und Camembert, aß Trauben, deren Geschmack mich eher an Pfirsiche erinnerte, und eine Frucht, die aussah wie eine kleine Sprungfeder.

»Deine ›Sprungfeder‹ heißt Helix. Sie umwickelt beim Reifen ihren schmalen Stamm. Dadurch die verdrehte Form. Ich finde sie ziemlich lecker, aber mir ist noch kein passender Vergleich eingefallen. Du musst sie schälen. Hier, vom oberen Ende. Koste mal!« Während Cole sprach, half er mir dabei, die Helixfrucht aus ihrer Schale zu befreien und der Hitze in meinen Wangen nach wurde ich ziemlich rot im Gesicht, als er dabei meine Hand streifte.

Nafishur ist schön.

Er war so nett zu mir. Es war wie ein Wunder, dass er mir vorhin begegnet war. Ich genoss jede neue Entdeckung. Als ich mich satt und zufrieden gegen das Geländer der Brücke sinken ließ, war immer noch jede Menge von unserem Picknick über. Ich ließ den Blick von allen Resten weg und auf das Wasser gleiten. Inzwischen stand die Sonne tief und tauchte alles in ein goldenes Licht.

Es ist wirklich schön.

Der Kontrast war noch stärker als bei unserer Abendsonne auf der Erde, weil die Sonne tagsüber kein ansatzweise so warmes Licht ausgestrahlt hatte. Merkwürdigerweise schien mir diese goldene Abendsonne mehr auszumachen als das bläuliche Licht am Mittag. Mir war plötzlich viel zu warm und meine Haut kribbelte. Ich zog den Umhang um mich, so dass nur noch mein Gesicht dem Licht ausgesetzt war. Cole musterte mich neugierig.

Aber es ist gefährlich schön.

»Ist dir kalt?«
»Was? Oh, non, non. Es geht schon.«

Laut Ginga waren Vampire hier noch unbeliebter als auf der Erde. Ich wollte den ersten Nafish, der ein Freund werden könnte, nicht gleich wieder verjagen. Okay. Er war ›Luvianer‹ wie ich. Aber offenbar auch ein Druide. Und ich log ja nicht, wenn ich für ihn eine Französin war oder ein Akademielehrling. Das stimmte ja alles. Ich musterte ihn neugierig. Langsam ließen all die anderen Eindrücke nach und meine Sinne hatten Zeit, sich mit ihm zu beschäftigen. Seine Augen waren dunkel. Sogar dunkler als meine. Seine geraden Brauen konnten ihm einen sehr strengen Blick verleihen, das hatte ich vorhin gesehen. Jetzt hingegen erwiderte er mit einem Lächeln meinen Blick.

»Was denkst du?«

»Hm?«

»Du schaust mich so nachdenklich an. Was geht dir gerade durch deinen hübschen Kopf?«

Traue nie dem äußeren Schein.

»G-gar nichts. Ich …« … brauchte schnell eine Ausrede fürs Anstarren. »Ich hab mich nur gefragt, wie du hierhergekommen bist.« Und wann.

Hinterfrage alles.

Er sah mich erst überrascht an und dann stolz. Und ich musste zugeben, dass ihm der Stolz in seinem Blick stand. Wahrscheinlich starrte ich jetzt nur umso mehr. »Großmeister Athanasius hat mich persönlich ausgewählt. Ich bestand die Prüfung und daraufhin wurde mir ein Stipendium gewährt.« Jetzt verschwand der stolze Blick wieder und wich einem bescheideneren Lächeln. »Ich hoffe sehr, dass ich seinen Erwartungen gerecht werde.«

»Da bin ich mir sicher.« Ich beugte mich ein Stück zu ihm hinüber und drückte kurz seine Hand. »Großmeister Athanasius … klingt sehr wichtig. Wenn so ein großer

Zauberer – ich meine, Druide – dich ausgewählt hat, dann wird er einen guten Grund gehabt haben. Ich bin mir sicher, du machst ihn stolz.«

»Pah. ›Wichtig‹ ist gut. Er ist der mächtigste Mann in Zambala. Als Großmeister untersteht er direkt Fürst Raiquard Nathum. Es heißt sogar, er sei der wahrscheinlichste Nachfolger des Fürsten und schon jetzt sein engster Berater.«

Irgendwie fühlte ich mich, als hätte ich diese Diskussion schon mal geführt, aber ich konnte mich einfach nicht mehr daran erinnern. Wahrscheinlich war ich noch zu sehr von all den neuen Eindrücken eingenommen. Ein Großmeister, ein Vertrauter des Fürsten also. Und so ein mächtiger Mann hatte ihn persönlich hierhergeholt? Er musste außergewöhnlich talentiert sein. »Okay«, ich hob lachend meine Hände, »und wer ist jetzt wieder dieser Fürst Raiquard Nathum?«

»Ach, niemand weiter. Nur mächtiger als alle Politiker der Erde. Er herrscht über die gesamte Welt Nafishur.«

»Der Weltenherrscher?« Von diesem Fürsten hatte mir Ginga erzählt. Daran erinnerte ich mich.

»Yes, genau der. Siehst du die fliegende Insel am Horizont? Das ist sein Palast. Er liegt im Geistreich, Xamax – oder vielmehr darüber.«

Darüber? Ich kniff meine Augen fest zusammen und blinzelte gegen die immer wärmer strahlende Abendsonne an. Sie leuchtete rechts von uns, aber ihr Licht überreizte meine Augen.

Es ist nicht alles Gold was glänzt.

»Sie ist zugegeben nur schwer zu erkennen. Vor allem zwischen den ganzen Fluggefährten da oben. Eigentlich sollte man sie überhaupt nicht sehen. Erdkrümmung und so. Aber angeblich sorgt Magie dafür, dass der fliegende Palast von jeder Küste aus zu sehen ist.«

Irgendwas war da im Himmel, dass nicht aussah wie ein Heißluftballon. Es erinnerte mich daran, dass ich vorhin etwas am Horizont entdeckt hatte, das ich nicht klar hatte erkennen können. Das musste dieser fliegende Palast gewesen sein! Aber dank der

Sonne konnte ich ihn noch immer nur schwer ausmachen. Ich seufzte. »Ich kenne mich wirklich so gar nicht aus. Ich weiß so gut wie nichts über diese Welt. Ich werde mich in der Akademie hoffnungslos blamieren. Ich verstehe niemanden, ich kenne weder die Geschichte dieser Welt noch ihre Regeln und ich kann meine Feuerbälle nicht kontrollieren.«

Jetzt war es an Cole, mich anzustarren. »Feuerbälle? Du beherrschst bereits Elementarmagie?!«

»Das ist es ja eben. Ich beherrsche sie nicht! Ich hab beinah zwei gute Freunde angezündet und mein Haus demoliert. Wenn Magnus nicht gewesen wäre oder dieser schwebende Brief und all das, ich wäre ziemlich aufgeschmissen gewesen.«

Mir wurde einmal mehr bewusst, wie dringend ich Hilfe brauchte und wie gefährlich mein neues ›Talent‹ war.

»Magnus?« Er sah mich nachdenklich an. Doch noch bevor er weitersprach, war der seltsame Ausdruck aus seinem Gesicht verschwunden. »Ich begreife langsam, warum du hier bist.«

»Ehrlich? Da bist du weiter als ich.«

»Wenn du jetzt schon Elementarmagie be–«

»Ich sagte doch schon, ich beherrsche sie eben nicht!«

»Na schön. Wenn du jetzt schon Elementarmagie auslösen kannst, dann bist du weiter als die meisten Druidenlehrlinge in den ersten zwei Jahren ihres Studiums.«

»Oh.« Mehr brachte ich nicht heraus. War das wirklich so? »Aber woher weiß man denn dann, ob man überhaupt an die Feuermagieakademie gehört?«

Mein Patronus legte den Kopf schräg und musterte mich. »Hat dir denn wirklich niemand erklärt, wie diese Welt funktioniert?« Ich schüttelte verlegen den Kopf und lief mit Sicherheit wieder so rot an wie eine Tomate. »Also. Wo fang ich da an? Nafishur ist in sieben Reiche nach den sieben Elementen hier unterteilt. Du hast ja schon mitbekommen, dass Zambala das Feuerreich ist. Es liegt im Norden Nafishurs. Im Westen daneben liegt Pungan, das Wasserreich. Im Osten hat Zambala das Erdreich neben sich: Garingea. Darunter liegt das Pflanzenreich Umbrind und ganz im Süden kommt Liminon, das Luftreich. Die Reiche ordnen sich um das

Meer der Mitte, in dessen Zentrum Xamax liegt, das Geistreich, Sitz des Fürsten und Ursprung der Magie. Du weißt schon, die fliegende Insel und so.«

Einmal mehr versuchte ich gegen die Abendsonne anzublinzeln und diese Insel zu erkennen. Aber die Sonne war zu grell und die Insel zu weit entfernt. »Das waren aber erst sechs Reiche, richtig?« Ich hatte mich ganz darauf konzentriert, mir Nafishur vorzustellen und irgendwas fehlte. Überhaupt waren diese Reiche entweder riesig oder der Planet recht klein.

»Das letzte Reich ist das Erzreich. Es umspannt die obere Hälfte Nafishurs und seine mächtigen Gebirge beeinflussen stark das Klima des gesamten Planeten. Krastun ist das größte aller Reiche und das einzige, das nicht am Mittelmeer liegt. Dafür grenzt es an ein anderes, weit größeres Meer. Denn Nafishurs Festland hängt noch als eine relativ geschlossene Fläche zusammen. Ähnlich wie man das von unserem Urkontinent auf der Erde annimmt. Die andere Seite Nafishurs besteht sozusagen aus Wasser. Ich werde dir die Bibliothek und darin ein paar besonders nützliche Bücher zeigen, sobald wir in der Akademie sind.«

»Die Akademie hat eine eigene Bibliothek?« Meine Augen wurden größer und ich freute mich wieder etwas mehr auf die Zeit dort. »Aber wo du sie gerade erwähnst. Warum erklärst du mir das alles? Ich hab doch eigentlich was ganz anderes gefragt?«

»Wie entschieden wird, wer an die Feuermagieakademie kommt. Yes. Dafür war dieser kleine Exkurs nötig.« Wenn Cole so verschmitzt lächelte wie jetzt, bildeten sich kleine Grübchen auf seinen Wangen. Das stand ihm viel zu gut. »Jedes Reich orientiert sich ganz und gar an seinem jeweiligen Element. Die Nafish, Tiere, Pflanzen, alles dort unterliegt der jeweiligen Magie. Und jedes dieser Reiche besitzt eine eigene Akademie, die ebenfalls dem jeweiligen Element untergeordnet ist.«

»Heißt das, wer auf die Feuermagieakademie kommt, wird automatisch Feuerdruide?«

Er lachte auf. »No, no! Es heißt aber: Wenn zwei Feuerdruiden Kinder haben, muss auch das Kind ein Feuerdruide sein. Eine reine Feuer-Familie kann sich also sicher sein, was ihr Kind später für

Magie entwickelt. Bei gemischten Familien ist es so, dass die Eltern einfach entscheiden, auf welcher Akademie das Kind beginnt. Wenn sich während des Grundstudiums in Zambala herausstellt, dass der Lehrling ein anderes Element ausbildet, kann er zum Hauptstudium die Akademie immer noch wechseln. Im Grundstudium gibt es noch keine Elementarlehre.«

Langsam aber sicher begann ich, diese Welt wenigstens im Ansatz zu begreifen. Magie war nicht nur ein Teil des Alltags hier. Sie beherrschte vielmehr alles. Auch die Wesen, die eigentlich keine Druiden waren. Sofort musste ich an den Verkäufer mit der brennenden Hand denken. Dann war er vielleicht gar nicht wie ich, sondern jemand, der einfach durch die Magie von Zambala geprägt war. Hier war das, was mich in Paris fast in eine Katastrophe gestürzt hätte, also völlig normal.

Die vielen Informationen ließen meinen Kopf surren. Ich war froh, dass er besser funktionierte, als bei normalen Menschen. Ich würde zumindest nichts mehr vergessen. Auch wenn ich nicht sehr gut darin war, Erinnerungen wieder hervorzuholen. Ginga meinte, das lag daran, dass ich kein vollwertiger Vampir war. Ich konnte meine Erinnerungen zwar nicht vergessen, aber auch nicht gezielt wieder abrufen. Das war ein echter Vorteil für einen richtigen Vampir.

Der Nachteil an meiner untoten Hälfte war die verfluchte Lichtempfindlichkeit. So sehr es mich am Mittag gefreut hatte, dass die Sonne nicht wehtat, so sehr musste ich jetzt am Abend einsehen, dass sie doch höllisch brennen konnte. Es würde mich nicht wundern, wenn meine Wangen jetzt ganz ohne Coles Hilfe knallrot waren. Am liebsten hätte ich mir die Kapuze des Umhangs übergeworfen und tief ins Gesicht gezogen.

Aber das wäre meinem Begleiter wohl aufgefallen. Vor allem, weil Coles Blick noch immer auf mir lag und aus irgendeinem Grund sorgte das für ein seltsames Gefühl in mir.

Ich war nicht blind. Ich sah, wie attraktiv der Mann vor mir war. Und ich war auch kein Teenager mehr. Aber so schnell verliebte ich mich nicht und ›körperliche Genüsse‹ hatte ich mir abgewöhnt, als ich schmerzlich gelernt hatte, dass Lust für einen Vampir auch immer mit Durst einher ging. Das war kein Klischee, das war leider die bittere Wahrheit. Und dass Cole den menschlichen Teil in mir vom Puls her in einen Kolibri verwandelte, machte die Sache nicht leider nicht besser.

›*Er hat keine bösen Gedanken, wenn dich das beruhigt.*‹

Ich dachte, du kannst ihn nicht verstehen?

Ich sah zu Aby. Sie war sehr still gewesen.

›*Nicht verstehen. Nein. Aber sagen wir: Ich kann die Farbe seiner Gedanken sehen. Seine Stimmung.*‹

Meinst du, wir können ihn als Freund betrachten?

›*Du musst ihm ja nicht gleich auf die Nase binden, was dir alles passiert ist und was du neben einer Hexe noch so bist.*‹ Aby maunzte unschuldig.

»Na? Was meinst du? Hab ich bestanden? Akzeptiert mich Aby?«

Ich erstarrte. Wusste er von unserer telepathischen Verbindung? Konnte er sehen, dass Aby keine gewöhnliche Katze war? »Ahm. Was meinst du?«

»Naja. Sie beobachtet mich die ganze Zeit. Sieh dir das an, ich bekomme eine Gänsehaut von diesem Blick.« Er schob seinen Umhang zurück und zeigte mir seinen Unterarm. Einen ziemlich sportlichen Unterarm … *Lass Dich nicht ablenken!* Non, er ahnte nichts. Alle Katzen waren launisch und herablassend. Es war sicher eine ganz normale Frage. Ich musterte Aby, die mich mit verengten Augen anstarrte. In meinem Geist blieb es verdächtig still. Ich würde die Quittung für meine Kritik wohl später bekommen.

»Oui. Ich denke schon. Y-yes.«

»Seid ihr denn beide satt geworden?« Er streckte sich und ich konnte seine Arme noch besser begutachten. »Satt ist gar kein Ausdruck! Ich hab lange nicht mehr so viel gegessen.«

Er sah mich eine Weile schweigend an. Dann richtete er sich auf und reichte mir die Hand. »Dann sollte ich dich vielleicht häufiger zum Essen einladen.« Er zwinkerte mir zu, während ich mich an ihm hochzog. Als ich dann direkt vor ihm stand – nah vor ihm, sehr nah, zu nah –, konnte ich seinen Puls hören. Er räusperte sich leise und machte einen Schritt zurück. Sein Blick glitt über das Wasser und die Kaimauern. »Ich könnte euch noch etwas den Hafen zeigen, bevor die Sonne ganz verschwunden ist. Was meinst du?«

KAPITEL 11

»Huch!« Ich wich erschrocken zurück, als über mir ein leises Zischen zu hören war und Funken auf mich hinabrieselten.
»Keine Panik, das ist nur die Straßenbeleuchtung.«
»Die was?« Zögernd hob ich den Blick. Ich hatte geglaubt, eine Allee am Hafen entlangzugehen, aber das waren offenbar keine Bäume, sondern Laternen.
»Das sind Lucerna. Also die Baumversion der Lucerna. Es gibt sie in allen möglichen Größen. Das sind Pflanzen, die tagsüber Energie sammeln und sie dann fluoreszierend abgeben, sobald es dunkel wird. So locken sie nachtaktive Insekten an und beleuchten nebenbei so ziemlich jeden öffentlichen Ort in Nafishur.«
»Also Baum und Laterne in einem.« Ich starrte in das hell erleuchtete Geäst. Was verursachte das Leuchten? Selbst die Rinde schimmerte, aber das Licht ging vor allem von den Blättern aus.
»Genau. Lampen mit Solarzellen und Dämmerungsschalter quasi.« Cole schritt auf einen der Lucerna-Bäume zu, dessen Äste besonders tief hingen und rieb über ein Blatt. Das verstärkte das Leuchten. »Sie blühen das ganze Jahr über, stoßen aber alle paar Tage ihr altes Blätterkleid ab, um es durch ein neues, wieder stärker leuchtendes zu ersetzen.« Während er sprach, zerfiel das Blatt, das er berührt hatte, in einen feinen, leuchtenden Staub und flog hinaus aufs Meer. Cole schüttelte am ganzen Ast und eine leuchtende Wolke löste sich vom Baum. »Diese Dinger werde ich in London wirklich vermissen.«

Ich wusste sofort, dass es mir genauso gehen würde, wenn ich in ein paar Jahren wieder von hier fortgehen würde. Und ich wusste in diesem Augenblick, dass auch mein Vater und Mamè diese Bäume vermisst haben mussten. »Du willst wieder zurück?«

»Irgendwann sicher.« Er sah aufs Meer hinaus und sah irgendwie traurig aus. »London ist mein Zuhause.« Etwas in seinem Blick machte mir klar, dass er inzwischen auch die Akademie oder zumindest dieses Feuerreich als sein Zuhause betrachtete.

Stille breitete sich zwischen uns aus.

Kurz darauf wehte ein kräftiger Wind durch die Licht-Allee und überall um uns herum wirbelten leuchtende Funken. Ich drehte mich zwischen den Bäumen im Kreis und versuchte, den schimmernden Staub einzufangen, aber er schien sich aufzulösen, bevor er meine Finger erreichte. Wie schön musste das vom Meer her aussehen, wenn man sich dem Land näherte und einem diese leuchtende Wolke entgegentrieb.

»Faszinierend, oder?« Cole stand wieder neben mir. In seinen Augen spiegelte sich das Funkeln der Bäume und die Begeisterung, die sie noch immer in ihm hervorriefen.

Ich nickte und beobachtete Aby dabei, wie sie noch immer versuchte, die sich auflösenden Blätter zu fangen.

»Das ist wirklich unglaublich«, flüsterte ich nach einer Weile.

»Gibt es in Nafishur noch mehr solcher Wunder?«

»Unzählige!« Er lachte auf und deutete eine leichte Verbeugung an. »Dass die Lucerna leuchten, heißt, dass es schon recht spät ist. Ich sollte dich wohl besser wieder zurück zu deiner Unterkunft begleiten.«

Passend zu seiner Verbeugung knickste ich kichernd und machte mich gemeinsam mit ihm auf den Weg. ›*Aby? Kommst du?*‹

Sie klang wenig begeistert, folgte uns aber. Auch ich wollte noch nicht gehen. Aber Cole war länger hier als wir. Vielleicht war es nicht sicher bei Nacht. Er hatte bestimmt einen guten Grund, jetzt schon aufzubrechen.

Wie auch auf dem Hinweg liefen wir durch viele kleine Gassen mit ganz reizend anmutenden Cafés und Läden. Am liebsten hätte ich in jedes Geschäft geschaut, aber Cole führte mich weiter, ohne länger anzuhalten. An mir nagte der Wunsch, ihn zum Anhalten zu bringen – oder ihn wenigstens zu fragen, weshalb er es so eilig hatte. Nach dem Überfall und meiner ›Verwandlung‹ hatte ich erst große Angst vor der Nacht gehabt und davor, was in ihr lauerte. Aber mit der Zeit hatte ich verstanden, dass die Nacht meine Freundin war; dass sie mich ebenso verbergen konnte und sie für mich nicht so finster war wie für andere.

Vor allem sah ich noch immer volle Cafés, belebte Straßen und lachende Gesichter. Medivia wirkte wie eine klassische mediterrane Stadt, die bei Sonnenuntergang ein zweites Mal zum Leben erwacht.

Wir waren fast an der Pension – zumindest konnte ich den Marktplatz vor uns sehen –, als ich es nicht mehr länger aushielt. »Warum hast du es plötzlich so eilig?«

Cole blieb stehen und zog an seinem Pferdeschwanz. Er senkte kurz den Blick. »Shit. Sorry. Das war nicht sehr Gentleman-like.« Dann sah er mich wieder an. »Das kannst du nicht wissen. Du magst noch hier draußen wohnen, aber ich lebe auf dem Akademiegelände und seit unser Wächter verschwunden ist, sollen alle Lehrlinge bis Sonnen-untergang wieder auf dem Gelände sein. Und als Patronus müsste ich eigentlich mit gutem Beispiel vorangehen.«

»Oh, ich verstehe.« Es war jemand verschwunden? »Aber die Sonne ist doch inzwischen untergegangen und da vorn ist der Marktplatz, richtig? Da ist meine Pension. Dann geh lieber schon. Den Rest des Weges finde ich auch allein.«

»No, no. Das kommt gar nicht in Frage. Auf die paar Meter kommt es jetzt auch nicht mehr an.«

Daher das immer ernstere Gesicht. Er war angespannt. Ein Wächter war verschwunden. Was das wohl bedeutete? Hatte die Akademie eigenes Wachpersonal? Aber warum?

Am Rand des Platzes blieb ich stehen. Die Marktstände waren verschwunden. Dafür hatten sich viele Menschen ... Nafish in einem Kreis um ein Feuer versammelt.

»Was ist denn da los?«, flüsterte ich.

»Ich würde sagen, Feuerkünstler. Die Zuschauer dürften vor allem Touristen sein. Für die Nafish in Zambala ist so eine Feuershow nichts Besonderes mehr.«

Ohne weiter darüber nachzudenken, lief ich näher bis ich zwischen all den staunenden Ohs und Ahs ein leises Räuspern hörte.
»Ich muss dann wirklich. Ich nehme an, da drüben ist deine Pension?« Cole zeigte über den Platz auf die andere Seite der Menge. »Wenn ich dich bitten würde, schon auf dein Zimmer zu gehen, würdest du vielleicht ja sagen, aber dann wieder rausgehen, sobald ich fort bin… right? Also lass ich es besser gleich.« Er verzog das Gesicht, lachte dann aber. Er war gut. Mich so schnell schon richtig einzuschätzen. Ich wollte ihn gern als Freund sehen, aber Gingas Worte gingen mir einfach nicht aus dem Kopf … so sehr ich es auch wollte. Ich würde wohl etwas länger brauchen, um ein Urteil über Cole fällen zu können.

»Du scheinst mich schon gut zu kennen.«

Er nickte mit einem Lächeln auf den Lippen. »Ich passe eben gut auf. Der Rest ist Raten.«

Jetzt lachten wir beide. »Danke für den schönen Tag. Ohne dich wäre ich aufgeschmissen gewesen und entweder im Meer gelandet oder verhungert.«

Cole winkt nur ab und drückte mir den Weidenkorb mit den Resten unseres Picknicks in die Hand. »Falls du noch mal Hunger bekommst.« Dann wandte er sich zum Gehen um.

»C-Cole?« Meine Stimme klang leiser und brüchiger als geplant. »Ich … ich werde erst morgen Abend abgeholt … Also vielleicht … ich dachte …«

»Das Semester hat noch nicht begonnen. Ich kann dich morgen gern noch etwas herumführen.«

Ich nickte und mein Herz machte einen kleinen Sprung. Okay. Ich war vielleicht nicht verliebt. Aber vielleicht sowas Ähnliches. Nannten wir es eine kleine Schwärmerei.

»Gegen Mittag? Auch hier läuten mittags Glocken. Dann weißt du, wann ich da bin.« Ich beließ es besser bei einem Nicken, um mich nicht noch mehr zu blamieren. Inzwischen war er zum Glück weit genug weg, um nicht mehr erkennen zu können, dass meine Wangen nicht nur wegen des Feuers neben mir rot leuchteten. »Dein Englisch ist wirklich gut – für eine Französin«, rief er mir mit seinem verschmitzten Grinsen zu und verschwand in der Gasse, aus der wir gekommen waren. Am liebsten wäre ich noch einmal zu ihm gerannt, nur um ihm zu zeigen, was eine Französin noch so alles sagen konnte.

Kaum war Cole nicht mehr zu sehen, hörte ich Aby in meinem Kopf.
›*Du benimmst dich total lächerlich. Der Kerl scheint dir ganz schön den Kopf verdreht zu haben.*‹
Ich bin nur dankbar. Das ist alles. Er hat uns sehr geholfen. Ich drückte den Korb etwas enger an mich.
›*Das hat er. Aber deshalb musst du ihn doch nicht gleich anschmachten.*‹
Ich schmachte nicht! Beinah hätte ich es Aby laut entgegengeschrien, konnte mich aber gerade so beherrschen. Stattdessen drängelte ich mich durch die eng zusammenstehenden Zuschauer, um besser sehen zu können.

Ich war nicht gerade die Größte. Aber glücklicherweise schien der Umhang auch Touristen etwas zu sagen, denn wer ihn an mir sah, rückte freiwillig etwas zur Seite. Ich hätte mich gern bedankt, nickte aber wenigstens lächelnd und hoffte, dass diese Geste auch hier als dankbarer Gruß verstanden wurde.

Es dauerte keine zwei Minuten, da hatte ich die vorderste Reihe erreicht. Gerade in dem Moment, in dem zwei Männer sich gegenseitig mit einer Art Feuer-Strahl attackierten. Keuchend wich ich einen Schritt zurück und stieß mit meinem Hintermann zusammen. Aber der starrte so gebannt auf das Spektakel, dass er mich gar nicht bemerkt hatte. Auch ich sah wieder zu den zwei Kämpfenden. Inzwischen sah es eher aus wie ein Feuertanz. Ein paar Frauen traten hinzu und umkreisten die beiden. Und das waren wirklich keine Druiden? Eine brennende Hand war das eine. Ich hatte auch in Paris schon Feuerartisten gesehen. Aber das hier ging doch etwas weiter. Durch den Tanz der Frauen schien so etwas wie eine Feuersäule zu entstehen, die schnell immer weiter in den Himmel wuchs. Mein Blick folgte dem Feuer in den Himmel und dann sah ich sie: Zwei blutrote Monde, der eine etwas kleiner als der andere, aber beide ein Stück größer als unser Mond, umgeben von unzähligen Sternen. Sie schienen in verschiedenen Farben zu leuchten.

Wunderschön. Ich vergaß völlig die Feuershow vor meiner Nase. Stattdessen starrte ich die Monde und ihre treuen Freunde an – bis um mich herum alles in Jubel und Beifall ausbrach.

Alle Künstler standen in einem Kreis, die Gesichter nach außen zu uns, hielten sich an brennenden Händen und verneigten sich. Es fiel mir nicht schwer, in den Jubel einzustimmen. Ich wünschte nur, ich hätte die Show von Anfang an gesehen.

›*Du bist ein paar Jahre hier. Du wirst sie schon nochmal sehen.*‹ Aby klang wenig begeistert. ›*Natürlich klinge ich wenig begeistert. Mir hat es schon gereicht, dass du sowas kannst. Ich will nicht in einem Land leben, in dem alle so sind.*‹

Ich hob Aby auf meinen freien Arm und drücke ihr einen Kuss auf die Nasenspitze. *Ich pass schon auf dich auf.*

Als sich die Menge auflöste, machte auch ich mich auf den Weg zu meiner Pension. Bis eine warme Hand auf meiner Schulter landete. Sofort bereute ich, nicht auf Cole gehört zu haben. Langsam und mit eingezogenem Kopf drehte ich mich zum Besitzer der Hand um. Und machte große Augen. Es war der Händler von heute Mittag. Er trug das gleiche Outfit wie die Artisten von eben – also ziemlich wenig, wenn man von Shorts und ein paar Lederriemen absah. Wahrscheinlich wären Klamotten an ihm nur in Brand geraten. Er lächelte und ließ seine Hand sinken. Jetzt lächelte ich auch. Er hatte mir einen verfluchten Schrecken eingejagt.

›*Es tut ihm leid, dass er dich erschreckt hat.*‹ Also sah man mir den Schreck an. Na wunderbar. ›*Er hat dich in der ersten Reihe gesehen und will wissen, ob dir die Show gefallen hat.*‹

Ich nickte mit einem möglichst begeisterten Strahlen. Das schien ihm zum Glück zu reichen. Er sah zufrieden mit sich aus und als ich nichts weiter sagte, trat er nervös von einem Bein aufs andere, winkte dann und verschwand wieder zu seiner Truppe.

Bevor mich noch mehr Nafish ansprachen, wollte ich in meinem Zimmer sein. Ich drückte den Korb und Aby fest an mich und lief mit raschen Schritten über den inzwischen wesentlich leereren Marktplatz. Ich zwang mich dazu, nicht die Monde und Sterne anzustarren oder die Lucerna-Bäume. Stattdessen richtete ich meinen Blick starr auf die Front meiner Pension. Sie war hell erleuchtet durch eine Reihe von Fackeln und zwei Feuerkörben. Es sah schön aus, wie das flackernde Licht von den Feldsteinen der Hauswand reflektiert wurde.

Als ich das Haus betrat, wurde mir schnell klar, dass ich diesmal nicht unbemerkt davonkommen würde. Ich nickte einer etwas fülligen, braungebrannten Dame am Empfang zu, lächelte und winkte mit meinem Schlüssel. Daraufhin nickte sie mit einem Lächeln zurück und in mir machte sich Erleichterung breit. Die Gäste, die sich im Eingangsbereich tummelten, ignorierte ich geflissentlich. Ich würde ja sowieso nur eine Nacht hier sein und noch mehr Nicht-Gespräche hielt ich heute einfach nicht aus.

***

Sobald ich meine Zimmertür hinter mir geschlossen hatte, atmete ich erleichtert aus, stellte den Korb ab, ließ Aby los und kramte nach Gingas Brief. Irgendwie musste ich das hinkriegen. Noch einen weiteren Tag mit Lächeln und Nicken würde ich nicht ertragen. Auch wenn Cole mir eine große Hilfe war, musste sich das ändern. Ich wollte hier von so wenigen Menschen … Nafish abhängig sein wie möglich.

Ich hatte mich auf Magnus verlassen und er hatte mich allein gelassen. Ich würde mich nicht auf Cole verlassen und darauf warten, dass er mich allein ließ.

Erst, als ich den Brief auseinanderfaltete, merkte ich, dass es im Zimmer ziemlich dunkel war. Es störte mich eigentlich nicht. Das Licht von draußen – die Monde und Fackeln und Lucerna-Bäume – reichte mir. Aber ich fragte mich trotzdem wie hier Licht funktionierte. Kerzen sah ich keine und Fackeln auch nicht. Aber ich hörte ein leises Summen. Es kam aus einer schwarzen Kiste. Sie war schmal und hoch. Ich hatte sie schon heute Morgen gesehen, aber nicht weiter beachtet. Da hatte sie auch nicht gesummt. Das schwarze Holz schien in Lamellen angeordnet zu sein und zwischen ihnen brach sich etwas Licht Bahn. Ich tastete die Kiste nach einem Mechanismus ab, der die Lamellen weiter öffnete.

› *Sicher, dass das so eine gute Idee ist, Cara?* ‹

Wenn es gefährlich wäre, würde es wohl kaum in einem Gästezimmer stehen. Außerdem war es schon da, als mich Magnus vorhin hergebracht hat. Ich fand einen kleinen Hebel und klappte ihn um. Die Lamellen sprangen auf und Licht flutete den Raum. Ich war kurz geblendet, aber dann ging es.

› *Cara! Da sind Tiere drin!* ‹

»Was?!« Ich blinzelte immer wieder und versuchte, etwas im Licht zu erkennen. Ich hörte jetzt deutlich das Summen, aber ich sah nichts außer Licht. Mit einem frustrierten Seufzen gab ich auf und setzte mich neben die ›Lampe‹ an einen kleinen Tisch.

› *Ich glaube, hier unten kommt Futter rein oder so. Sieht zumindest danach aus und riecht so.* ‹ Aby verzog die Nase.

Gedanklich stellte ich diese lebende Lampe mit auf die Liste der Dinge, die mir Magnus erklären sollte – gleich unter magisch verstärkte Türen, brennende Hände, leuchtende Bäume und fliegende Inseln.

Nun widmete ich mich Gingas Brief, den ich immer noch in der Hand hielt. Wenn mir *das* gelang, dann würde ich mir ein paar Fragen vielleicht selbst beantworten können.

Zuerst musste ich Gingas Sauklaue entziffern. Und dann konnte ich mich fragen, was ich tun musste, damit der Spruch wirkte. Ginga hatte nichts weiter dazugeschrieben. Aber sie war auch keine Druidin. Sie wusste wahrscheinlich gar nicht, was alles nötig war, um zu zaubern.

Ego potestatem animi voco
In fidelitate ministri sui.
Aperi oculos meos
Et absolve linguam meam.
Audire et dicere semper ubique.

Es war sicher schrecklich lächerlich, aber ich murmelte die Zeilen immer wieder vor mich hin. Und es passierte ... nichts. Ich fühlte mich nicht anders als zuvor und ich konnte nicht glauben, dass mir das in irgendeiner Form geholfen haben könnte.

Und? Was meinst du?
›*Lausch doch mal die Treppe vor dem Zimmer runter. Wenn du jemanden verstehst, hat es funktioniert.*‹
Ich nickte und schlich zur Tür. So leise wie möglich machte ich die Tresortür aus dünnen Holzpanelen auf und lauschte angestrengt. Nichts. Wirres Gebrabbel. Ich verstand rein gar nichts. Ich seufzte frustriert auf und lief mit wesentlich weniger Eifer wieder zurück in mein Zimmer.
›*Und?*‹
Ich schüttelte nur den Kopf und lies mich auf mein Bett fallen. Ich ärgerte mich, den Brief gelesen zu haben. Wüsste ich nicht um die Chance, die ich versäumte, wäre all das sicher weniger frustrierend.

Mit einem herzhaften Gähnen streckte ich die Arme nach Aby aus und schloss die Augen. Sie rollte sich auf meinem Bauch zusammen und schnurrte leise. Eigentlich hatte ich vorgehabt, noch die Monde vom Fenster aus zu beobachten; oder Magnus zu verfluchen; oder Ginga und Dariel hierher zu wünschen. Ich hatte vorgehabt, all die neuen Erkenntnisse und Entdeckungen zu überdenken und gut abzuspeichern, um nichts Wichtiges zu vergessen. – Eigentlich.

Aber meine Gedanken drifteten immer wieder ab. Ich hatte Magnus Gesicht noch nicht richtig vor meinem inneren Auge heraufbeschworen, da war ich auch schon eingeschlafen.

***

Ein Klopfen riss mich am nächsten Morgen aus meinen Träumen. Das war auch gut so. Ich war von leuchtenden Menschen ins Meer gejagt worden. Sie schleuderten Feuerbälle nach mir und immer, wenn ich sie fassen wollte, verflüchtigten sie sich zu leuchtendem Nebel. Ich war unglaublich erleichtert, als ich begriff, dass der ganze Unsinn nur ein Traum gewesen war. Dann fiel mein Blick auf den seltsamen schwarzen Kasten, der nun wieder still war. ›Lebendiges Licht‹. So absurd war mein Traum gar nicht gewesen.

Als ich zur Tür schlurfte, fiel mir auf, dass ich immer noch meine Sachen von gestern trug. Sogar meinen Umhang. Selbst die Schuhe hatte ich angelassen. Ich musste wirklich sehr müde gewesen sein.

Ich zog die Tür auf und vor mir stand die dickliche Dame, die ich gestern Abend am Empfang gesehen hatte. Sie lächelte und hielt mir ein Tablett hin. Darauf standen allerlei Dinge, die ich von unserem gestrigen Picknick kannte. Mein Frühstück. Ich nahm ihr das Tablett ab und hatte schneller als ich mich aufhalten konnte ein »Guten Morgen« und ein »Danke« gemurmelt. Ich erstarrte und verfluchte mich selbst. Aber sie nickte lächelnd, erwiderte irgendetwas Unverständliches und verschwand wieder die Treppe hinunter.

Ich hatte erwartet, dass sie mich fragen würde, was ich gesagt hatte oder dass sie zumindest irritiert gucken würde. Aber sie hatte reagiert, als hätte sie mich verstanden.

›Das hat sie auch‹, murmelte Aby in meinem Geist und klang dabei so müde, wie ich mich fühlte. Als ich mit unserem Frühstück ins Zimmer kam, streckte sie sich gerade auf unserem Bett.

»Wie meinst du das?«

›Wie ich es sage. Sie hat dich verstanden. Und ich hab dich nur dank unserer Telepathie verstanden. Du hast Nefishit geredet.‹

Ich hätte beinah das Tablett fallengelassen. Schnell schob ich es auf den Tisch und schnappte mir dann Aby.

Was redest du da? Das kann doch nicht sein. Das hätte ich doch wohl merken müssen! Außerdem: Wieso habe ich dann nicht auch sie verstanden?!

›Keine Ahnung. Aber das ist doch halb so wild! Stell dir vor: Wir können uns zusammen unterhalten. Ich dolmetsche und du kannst antworten!‹

›Und wenn das nur ..., ich weiß nicht, ein Zufall war? Oder weil ich nicht weiter darüber nachgedacht habe? Vielleicht klingt ihr Danke nur so ähnlich wie unseres. Was, wenn wir das testen, ich jemandem antworte, aber plötzlich Französisch spreche?‹

In meinem Kopf überschlugen sich die Gedanken. Der Zauber hatte gewirkt. Zumindest teilweise. Also reichte es, ihn einfach aufzusagen? Wenn Zaubern so einfach war, würde man es nicht über Jahre lernen müssen. Vielleicht wirkte er nur kurzfristig oder er würde Neben-wirkungen haben. Plötzlich schien mir die Idee, den Zauber einfach allein ausprobiert zu haben, doch keine so gute gewesen zu sein. Aber für Reue war es jetzt sowieso zu spät.

›Was soll dir denn schon passieren? Du kannst es ja erst mit einzelnen Worten wie Bitte und Danke versuchen. Selbst wenn du versehentlich Französisch sprechen solltest: Woher sollten die Leute hier wissen, dass es Französisch ist? Sie würden sich höchstens fragen, wo du herkommst. Du hast Ginga ja damals auch geglaubt, dass sie aus dem Ausland kommt.‹

»Du hast ja recht, Aby. Wir werden es testen. Aber vorher zieh ich mir was Frisches an und wir frühstücken. Ich hab da Octariamilch gesehen und Stix.« Ich warf den Umhang aufs Bett, schob die Schuhe von den Füßen und durchsuchte mein Gepäck. Ich hatte die Nafish auf dem Markt gestern beobachtet. Ihre Kleidung sah nicht viel anders aus als unsere. Man könnte sagen, etwas retro und bunter. Aber bei uns kamen ja auch alle textilen Sünden der Vergangenheit früher oder später wieder in Mode. Also schnappte ich mir einen langen, roten Volantrock und eine weiße Bluse, die einen ganz ansehnlichen Schnitt hatte. Dann verschwand ich damit ins Badezimmer.

Das meiste erkannte ich wieder – zum Glück. Die Dusche sah allerdings etwas anders aus. Sie erinnerte mich an diese Regenduschen. Es gab keine Brause, stattdessen kam das Wasser direkt von oben. Das war ärgerlich. Meine Haare hatte ich eigentlich gar nicht waschen wollen. *Was soll's* ... Ich drehte an dem kleinen, bronzenen Hahn und–

›Cara? Alles okay da drin?‹

»Oui, oui. Ich hab nur keine Ahnung, wie man hier das Wasser warm werden lässt.« Das war die kürzeste Dusche meines Lebens. Mit einem leichten Zittern trat ich aus der Duschnische und wickelte mich in mein Lieblingshandtuch. »Ich hoffe, ich finde jemanden, der mir all das erklären kann. Jenseits von Magnus oder Cole.« Bei dem Gedanken an die beiden in meinem Badezimmer wurde mir heiß und kalt zugleich. Keine fünf Minuten später stand ich angezogen und mit einem nassen Dutt auf dem Kopf in unserem Zimmer. Aby hatte die Nase gerade verdächtig nah an etwas, das wie Honig aussah.

›Es scheint auch so süß wie Honig zu sein. Riecht zumindest ähnlich.‹

Gemeinsam testeten wir uns einmal durch das Frühstücksangebot. Der ›Honig‹ roch zwar süß, war aber eher herb. Deshalb war er wohl auch nicht Bestandteil unseres gestrigen Picknicks gewesen. Daneben stand noch eine Schale mit etwas, das an Marmelade erinnerte. Die war süß und schmeckte auf ein paar Stücken Stix ganz ausgezeichnet – auch wenn ich keine Ahnung hatte, nach was genau. Ich gab Aby etwas von den eher herzhaft anmutenden Variationen ab und wir teilten uns die Octariamilch. Es dauerte nicht lang und auf dem Tablett lagen nur noch Reste. Diesmal würden wir die Pension nicht hungrig verlassen.

Für einen Moment sah ich den Umhang auf dem Bett an und fragte mich, ob ich ihn hierlassen sollte. Würden mich die Nafish anders behandeln, wenn ich ihn nicht trug? Andererseits hatten Cole und auch meine anderen unfreiwilligen Bekanntschaften Umhänge getragen. Vielleicht war es Pflicht. Immerhin hatte Magnus ihn mir umgelegt, bevor wir Nafishur durch das Port-Ding betreten hatten.

Es war merkwürdig, wie problemlos mein Verstand das alles hinnahm. Ich gewöhnte mich viel zu schnell an Nafishur. Das war eine fremde Welt für mich. Auch wenn hier vielleicht meine Wurzeln lagen. Es müsste mir doch eigentlich viel schwerer fallen. Ich müsste doch viel häufiger an Paris denken, an Ginga und die anderen. Ich müsste Angst haben – so wie gestern, als ich nicht vor die Tür wollte. Aber dieser eine Tag hatte schon so viel verändert.

Cole hatte das verändert.

Ich warf mir meinen Umhang über und sah abwartend zu Aby. Ich war fest entschlossen, meinen Mut zu genießen, solange er da war – und meine Zeit nicht damit zu vergeuden, über Cole nachzudenken. Ich würde ihn wiedersehen. Wenn er ein Mann war, der Versprechen einhielt, dann sogar in wenigen Stunden.

»Also schön. Wollen wir?«

›Ich dachte schon, du fragst nie.‹

Sekunden später standen wir auf dem Flur. Ich schloss die hölzerne Tresortür hinter uns und auf dem Weg nach draußen stellte ich das Tablett am Tresen ab. Er war unbesetzt. Schade. Diesmal hätte ich gern einen Test gewagt.

Als ich die Eingangstür erreichte, blieb ich stehen und schaltete all meine Sinne – bis auf meine Augen – ab. Dann erst öffnete ich die Tür. Ich hatte aus meinen Fehlern gelernt.

Draußen holte ich zuerst wieder meinen Tastsinn zurück und spürte sofort die Wärme der Sonne auf meinem Gesicht. Glücklicherweise war ihr bereits blassblaues Licht wieder deutlich angenehmer. War es möglich, dass hier in Nafishur die Sonne am Morgen und am Abend gefährlicher für mich war als am Mittag?

Dann kam das Gehör und plötzlich verließ ich die seltsame Blase, die mich umgeben hatte, seit ich ›sinnfrei‹ hinausgetreten war. Ich war wieder Teil dieser Stadt, Teil Medivias.

›Und was hast du jetzt vor? Wo wollen wir zuerst hin? Wollen wir da weitergehen, wo wir gestern Abend umkehren mussten?‹

Gute Idee. Aber zuerst muss ich noch etwas erledigen. Es sollte im wahrsten Sinne des Wortes meine Feuerprobe werden. Ich brauchte nicht lange, bis ich den Stand fand, vor dem ich gestern Johanna getroffen hatte. Ich blieb mit einigem Sicherheitsabstand stehen, als ich den braungebrannten Verkäufer hinter seinem Stand erkannte. Von meinem Mut und dem Hochgefühl war plötzlich gar nicht mehr so viel übrig. Ich wollte gerade wieder umdrehen, als er mich entdeckte und mir lachend zuwinkte.

Ertappt.

Jetzt gab es kein Zurück mehr. Gleich würde ich wissen, ob ich wirklich Nefishit sprach – ohne es zu merken. Zögerlich ging ich auf den Stand zu und sofort begann er, auf mich einzureden.

›Er sagt, dass er sich freut, dich wiederzusehen, und dass er hofft, es geht dir wieder besser. Du wärst so blass. Vor allem gestern Abend wäre ihm das aufgefallen.‹

»Ich hab mich nur noch nicht ganz an das Klima gewöhnt.« Ich setzte eine passende, etwas gequälte Miene auf.

Er nickte mitfühlend. Offenbar hatte er mich verstanden. Ich begriff das nicht. Müsste ich mich nicht selbst etwas anderes sagen hören? Ich merkte ja nicht einmal, dass ich eine andere Sprache sprach.

Bevor er mich fragen konnte, woher genau ich kam, sprach ich rasch weiter. »Ich bin gestern erst angekommen und war noch etwas abgelenkt und erschöpft von meiner Reise. Dabei hab ich ganz vergessen mich zu bedanken. Die flambierte Octaria hat wirklich großartig geschmeckt! Vielen Dank nochmal!«

Er strahlte mich zufrieden an und wollte mir direkt eine weitere anbieten. Ich hob mit einem entschuldigenden Lächeln die Hände. »Tut mir leid, aber ich hab kein Geld dabei.«

›*Er sagt, du sollst unbedingt später nochmal vorbeikommen. Er habe lauter leckere Früchte an seinem Stand und sei jeden Igdeg und Andeg hier. Keine Ahnung, was das heißt, aber ich tippe darauf, dass es sich um Wochentage handelt.*‹

Ich nickte fröhlich. Wenn die Akademie in der Nähe war, dann würde ich das sicher tun. Und wenn es nur war, um regelmäßig eine flambierte Octaria zu trinken.

»Sagen Sie, wie haben Sie das mit dem Feuer gestern gemacht? Aus Ihrer Hand?« Die Frage hatte meine Lippen verlassen, ehe ich sie hätte stoppen können. Er sah mich kurz irritiert an und für einen schrecklich langen Moment glaubte ich, der Sprachzauber hätte seine Wirkung verloren. Doch dann reagierte er, indem er mir seine Hand entgegenstreckte und sie, kurz bevor ich einschlagen konnte, Feuer fing. Während ich erschrocken einen Schritt zurückwich fing er an zu lachen.

›*Er fragt, von wo du kommst, dass du auf die Feuermagieakademie gehen willst und noch nie einen Pyroman gesehen hast.*‹

Was sollte ich jetzt sagen? Die Wahrheit sicher nicht. Ich versuchte mich verzweifelt an Coles Erklärungen zu erinnern. Wie war das? Wie hießen die ganzen Reiche und wo waren sie?

»Ich ahm, ich komme aus dem Süden.« Zambala hatte im Norden gelegen. Daran erinnerte ich mich noch. »Von der anderen Seite des Meeres.«

›*Er meint, dass es auch in Liminon genug Pyroman geben würde und fragt, aus welchem Dorf du kommst, das noch keinen Pyroman gesehen hat.*‹

Was hatte er nur dauernd mit diesem ›Pyroman‹?

»Ein sehr kleines Dorf.« Ich grinste entschuldigend und hoffte, dass er es dabei beließ. »Was ... also ... was ist denn ein Pyroman?«

Jetzt grinste auch er und wedelte dann mit seiner noch immer brennenden Hand vor mir herum. ›*Er meint, wir seien hier im Feuerreich und er könne sich selbst entzünden und fragt, was du denn glaubst, was er wäre.*‹

Ja zugegeben. Das war eigentlich offensichtlich. »Also sind Pyroman Bewohner Zambalas und können Feuer machen?«

›*Wir sind selbst das Feuer. Wir können unseren ganzen Körper in Brand stecken ohne zu verbrennen*‹, gab Aby in wenig begeistertem Ton seine Worte wieder. Zugleich züngelte das Feuer von seiner Hand nun langsam seinen Arm hinauf. Er hatte recht. Das Feuer schien ihn nicht zu verbrennen. Eher ging es von ihm aus. Es roch auch nicht nach verbranntem Fleisch. Fasziniert betrachtete ich das Feuer.

Ich hatte dieses Element immer als unberechenbar und wild empfunden. Aber an meinem Verkäufer wirkte es beinah zahm. Wie ein Haustier.

Dann schüttelte er seine Hand leicht und das Feuer verschwand – als wenn man ein Streichholz durch schütteln löschte. »Avel«, sagte er dann und streckte mir seine völlig unversehrte Hand entgegen.

Ich warf Aby einen raschen Blick zu, weil ich sie nicht parallel in meinem Kopf hörte. ›*Da gibt's auch nix zu hören. Das ist nur sein Name.*‹

»Oh!« Ich ergriff seine Hand. »Cara, freut mich.«

Gerade als ich beschloss, zu gehen, bevor ich noch mehr peinliche Fragen stellte, tauchte wieder eine Frucht vor meiner Nase auf. »Limbia«, sagte Avel und ließ eine schwarze, eiförmige Frucht in meine Hand fallen.

›*Er sagt, wenn dir die Octaria geschmeckt hat, wirst du diese hier auch mögen.*‹

»Ich soll kosten?« Er nickte. »Auch wenn ich nicht bezahlen kann?« Wieder ein Nicken. Ich wollte da sichergehen. Nicht, dass ich plötzlich Schulden machte. »Okay. Und wie? Also … Einfach reinbeißen?« Zur Antwort schnappte er sich auch eine Limbia und biss direkt hinein. So schwarz die Frucht von außen war, innen war sie weiß – so wie die Octaria. Allerdings war diese Frucht innen nicht flüssig, sondern offenbar fest. Wie ein eiförmiger Apfel in schwarz-weiß. Ich machte es Avel nach und biss zu. Ein Prickeln breitete sich in meinem Mund aus – wie von Brausepulver. Es kribbelte meinen Hals entlang und bis in den hintersten Winkel meines Kopfes, während meine Zunge versuchte, den süßen, fruchtigen Geschmack zuzuordnen. Je länger ich kaute, desto saurer wurde die Limbia und als ich glaubte, auf einer Zitrone zu kauen, schluckte ich schnell.

»Das ... Das schmeckt ja unglaublich! Von süß, über fruchtig und frisch bis sauer. Und dann dieses Kribbeln!« Mein Blick huschte immer wieder fasziniert von Avel zur Limbia und zurück zu ihm. »Wenn du mich mit der Octaria noch nicht überzeugt hättest: Spätestens jetzt wäre ich dein zukünftiger Stammkunde!«

Avel schien ausgesprochen zufrieden mit sich selbst. ›*Es ist ihm immer wieder eine Freude, Zugezogenen lokale Spezialitäten zu zeigen.*‹

»Und so neue Kunden zu gewinnen?« Wir zwinkerten einander zu. Zum Glück hieß das hier wohl das gleiche wie in Frankreich.

Wenige Minuten später verließen wir den Markt und liefen weiter durch die verzweigten Straßen Medivias. Wenn die Römer ihre Straßen nach dem Schachbrettmuster anlegten, dann hatten die Bewohner Zambalas ein Labyrinth zum Vorbild. Oder sie hatten schlicht ohne jeden Plan gebaut. Einmal landeten wir in einer Sackgasse, weil direkt auf einer Straße ein Haus stand. Man sah, wie das Pflaster der Straße bis an die Hauswand führte und ich war mir sicher, dass die Straße hinter dem Haus weiterging.

In den schmaleren Gassen, die nicht genug Platz für Lucernas hatten, waren in regelmäßigen Abständen Fackeln an den Häuserwänden befestigt. Ich fragte mich unweigerlich, wie oft es in Medivia brannte; wie oft die Stadt wieder neu aufgebaut werden musste.

Aber egal wie oft: Jedes einzelne Geschäft, jedes Café und jedes öffentliche Gebäude war mit viel Liebe zum Detail verziert worden, als wäre es für die Ewigkeit gebaut. Gestern war mir das nicht aufgefallen. Alles war so überwältigend und anders gewesen. Jetzt öffneten sich meine Sinne den kleineren Details: Den steinernen Fensterrahmen, die fast alle Ornamente aufwiesen; den Eingangstüren, die Wappen und irgendwelche Fabelwesen trugen; den Fassaden mit Bildern und Plastiken. Die Häuser waren wie Kunstwerke, die kreuz und quer gewachsen und an jeder freien Stelle verziert worden waren.

Ich hatte keine Ahnung, wie lange wir schon durch die engen Gassen liefen und mal hier und mal da stehenblieben, um einen Hauseingang zu bewundern oder ein Fresko zu analysieren. Die Sonne stand hoch am Himmel. Sicher war bald Mittag. Aber solange ich keine Glocke hörte, konnte ich entspannt weiterschlendern und diese faszinierende Stadt auf mich wirken lassen.

Manche Fabelwesen tauchten an den Hauswänden immer wieder auf. Drachen zum Beispiel. Laut Ginga gehörten sie auch hier ins Reich der Märchen. Wirklich schade. Ein Drache musste ein unglaublich majestätisches, edles Wesen sein. Woher die Legenden von Drachen wohl kamen, wenn es hier nie welche gegeben hatte?

Ich ließ die Drachenkunst schweren Herzens hinter mir und lief weiter, bis mich ein weiteres, detailliertes Wandbild in seinen Bann zog: Es war ein Blick von einem Berg hinab an die Küste. Das Wasser in der Ferne glitzerte beinah und die Dächer der Küstenstadt schimmerten in den verschiedensten Farben; die Landschaft war über und über in saftiges Grün gehüllt. In der Luft schwebte ein Wesen, das ich auf der Erde als einen Rochen identifiziert hätte – aber Rochen konnten nicht fliegen. Das Wesen war direkt vor den Lichtkegel der Sonne gemalt und so konnte ich nicht viel mehr als einen großen, dreieckigen Schatten erkennen.

Während ich dieses merkwürdige Tier gedanklich auf meine ›Magnus fragen, was das ist‹-Liste setzte, verdunkelte sich über uns der Himmel. Ich sah auf und für einen kurzen Augenblick glaubte ich, genau jenes Tier über uns die Sonne verdunkeln zu sehen. Aber es war eines der Luftschiffe, die ich schon gestern am Himmel gesehen hatte. Nur schwebte dieses wesentlich tiefer. Bis auf das leise Knarren von Holz und Riemen und ab und an Stimmengewirr, glitt es lautlos über uns hinweg. Vielleicht hatte es vor zu landen und war deshalb so tief.

Ohne länger darüber nachzudenken, lief ich dem Schiff nach – was gar nicht so einfach war dank der verwinkelten Gassen. Aber es gelang mir und kurz darauf betrat ich mit Aby einen weiteren Platz. Diesmal kein Marktplatz. Einfach eine Piazza. Und in ihrer Mitte befand sich ein riesiges rechteckiges Bassin, das von einer stetig wachsenden Menschenmenge umringt wurde.

Über dem Bassin schwebte das Luftschiff. Seile wurde herabgeworfen und wenige Sekunden später zogen und kurbelten Teile der Besatzung, um das Schiff ganz und gar am Boden festzumachen. Unglaublich, wie schnell und geschickt sie das anstellten. Insgesamt vergingen keine fünf Minuten bevor Fahrgäste über ein halbes Dutzend Landungsbrücken ein- und ausstiegen, während das Luftschiff in seinem Bassin schwamm.

›*Du brauchst gar nicht so zu starren. Wir fliegen da nicht mit.*‹
Ich weiß, wir haben kein Geld und so weiter.
›*Vor allem und so weiter! Es hat mir schon gereicht, dass du mich regelmäßig auf den Eiffelturm schleppen musstest. Mit sowas heb ich nicht vom Erdboden ab!*‹ Abys Worte waren begleitet von einem kratzbürstigen Fauchen und einem nicht weniger unfreundlichen Katzenbuckel.

Ach Aby ...

Ich hingegen stellte mich auf meine Zehenspitzen, um besser sehen zu können. Der Halt in Medivia war gut organisiert. Auf der einen Seite verließen die bisherigen Passagiere das Schiff, auf der anderen betraten es die neuen. Am hinteren Ende wurden zugleich große Kisten verladen. Ich nutzte die Zeit und versuchte mir jedes Details des Luftschiffes genau einzuprägen. Nachher würde ich Cole danach fragen.

Der Bug des Schiffes war mit verschiedenen bronzenen Beschlägen versehen, die sich wie Tentakel über das Holz ausbreiteten. Die Reling war mit golden schimmernden Ketten gesichert. Der große, gurkenförmige Ballon, an dem das Schiff hing, war dunkelblau und durch ein grobmaschiges Netz bedeckt, das genauso golden funkelte, wie die Ketten der Reling. Der Ballon trug ein Muster. Es sah ein wenig aus wie Wassertropfen. Hübsch. Edel. Wäre es nicht ganz offensichtlich für den Handel und die gesamte Bevölkerung gedacht gewesen, hätte man es problemlos für das Luftschiff des Fürsten halten können.

Ich hätte wohl noch lange dagestanden und dieses Ding angestarrt, wenn ich nicht in diesem Moment das Läuten von Glocken gehört hätte. Es war nicht laut, aber auch nicht zu überhören.
Cole.

***

Schwer atmend legte ich vor meiner Pension eine Vollbremsung hin. Ich stützte die Hände auf meine Knie und versuchte, möglichst menschlich und zugleich nicht zu lächerlich auszusehen. Nachdem ich mich überwunden hatte, an der Landestelle einen Nafish nach dem Weg zu fragen, war eigentlich das schwerste gewesen, wie ein Nafish zu rennen und nicht wie ein Vampir. Oder Halbvampir.
Du hättest über mein Schneckentempo sicher gelacht, Ginga ...
Aber ich wollte nicht mehr Aufmerksamkeit als nötig erregen und nicht schon vor Schulbeginn als Freak oder Monster abgestempelt sein – vor allem nicht bei ihm.
»Hallo Cole. Auch schon da?« Ich blickte grinsend auf und direkt in seine dunklen Augen, die belustigt funkelten.
»Yes, durchaus. Aber du hättest dich nicht so beeilen müssen. Ich hätte auch länger auf dich gewartet.« Er lachte und ich stimmte ein.
»Also? Was steht heute an? Besondere Wünsche? Fragen?«
›*Bah! Muss ich weiter dabeibleiben? Diese Flirterei ist ja scheußlich!*‹
Ignorieren. Einfach ignorieren.
»Durchaus. Gleich mehrere.« Ich setzte mich neben ihn auf eine steinerne Bank, die direkt vor der Pension stand. »Ich hab gerade ein riesiges Luftschiff gesehen! Wie heißt das? Wohin fliegt es? Kann ich auch damit fliegen?«
»Well. Eins nach dem anderen. Welche Farbe hatte sein Ballon?«
»Dunkelblau« Sofort tauchte es vor meinem geistigen Auge wieder auf. »Mit lauter kleinen, goldenen Wassertropfen darauf.«
»Gut erkannt! Das ist das Luftschiff von Pungan, dem Wasserreich. Das Elementsymbol Pungans ist ein stilisierter Wassertropfen. Unseres ist übrigens eine stilisierte Flamme. Aber das hast du dir sicher denken können. Zumal sie überall zu sehen ist.«

Theoretisch ja. Praktisch hatte ich noch nicht darüber nachgedacht. »Also hat jedes Reich ein Symbol seines Elementes als Erkennungszeichen?« Ich räusperte mich. »Nein. Moment. Eins nach dem anderen. Erst möchte ich mehr über dieses Luftschiff erfahren.«

»Also gut. Auf Nefishit heißt es Limigan. Bestehend aus den Worten ›Limi‹ für ›Luft‹ und ›Gan‹ für ›Herrscher‹. Zudem ist es wohl ein Mix aus Liminon, dem Luftreich, und Pungan, dem Wasserreich.«

Ich hob abwehrend die Hände. »Ich glaube, für einen Fachvortrag bin ich nicht konzentriert genug. Bitte nur die spannenden Informationen.«

Cole schüttelte amüsiert den Kopf und fuhr dann fort. »Na schön, du Kulturbanause. Limigan – der Plural wird übrigens gleich gebildet – verbinden alle Reiche miteinander. Sie fliegen der Reihe nach je Reich eine zentrale Küstenstadt an und auch den Fürstlichen Palast in Xamax und ein Hochplateau im Erzreich Krastun. Jeder kann damit reisen – mit genügend Kleingeld. Es gibt pro Reich ein Luftschiff. Mehr wären in der Betreibung wohl zu teuer. Um einmal alle Reiche Nafishurs anzufliegen braucht man etwas mehr als einen Tag. Es gibt also sieben Luftschiffe täglich, die in Medivia Halt machen. Beim achten Halt ist jedes Schiff wieder in seinem Reich. Über Nacht bleiben sie dort vor Anker. Spannend genug?«

Ich nickte und setzte einen Tagesausflug durch Nafishur auf meine Wunschliste. Im Geist flog ich schon mal vor. Das musste toll sein! Zur Bestätigung gruben sich Abys Krallen in meine Oberschenkel.

»Hallo Aby! Na, gefällt dir Medivia?« Cole kraulte Aby und lenkte sie so davon ab, mich weiter zu foltern. Ich war ihm ausgesprochen dankbar.

»Normalerweise lässt sie sich nicht so bereitwillig von Fremden anfassen. Sie muss dich mögen.«

»Stimmt das Aby? Magst du mich?« Jetzt kraulte er sie am Kinn.

›*Pah. Cara hat ja nur noch Augen für Nafishur und einen Briten. Da muss ich sehen, wo ich meine Streicheleinheiten herkriege – und ganz nebenbei kann ich ihn so unter die Lupe nehmen.*‹

Wie selbstlos ...

»Und du, Cara? Wo ist der Rest deiner unzähligen Fragen?«

»Also gut. Wo fang ich an?«

›Da war doch vorhin irgendwas im Badezimmer, oder? Du hast geschrien!‹ Und wenn ich bis an mein Lebensende kalt duschen müsste, DAS würde ich ihn nicht fragen. »Ich habe in meinem Zimmer oben eine merkwürdige Konstruktion entdeckt. Ich denke, es ist eine Lampe. Ein zylinderförmiger schwarzer Kasten mit Lamellen, die man aufklappen kann. Darin scheinen Tiere zu sein.«

Er nickte. »Das ist eine Lampe aus Krastun. In dem Glaszylinder befinden sich Irrliche. Die sind am ehesten mit unseren Glühwürmchen vergleichbar. Nur dass sie wesentlich heller leuchten und dabei wesentlich kleiner sind. Der Kasten funktioniert ähnlich wie ein Bienenstock. Die Irrliche können tagsüber auch ausfliegen. Unten in ihm ist eine Schublade mit Futter und Lockstoffen. Das bringt sie immer wieder pünktlich zum Sonnenuntergang zurück. Klappt man dann die Lamellen auf, schrecken sie auf und fliegen herum. Eine beliebte indirekte Beleuchtung. Deutlich sicherer und angenehmer als Fackeln und Kerzen.«

»Auch angenehm für die … Irrliche?«

Cole zuckte mit den Schultern. »Jenseits des Lichts, das sie produzieren, sind sie ungefähr so nützlich wie Fliegen. Und auch genauso häufig.«

Ich schwieg. Reichte das als Rechtfertigung, um sie die ganze Nacht über zu erschrecken und vom Schlafen abzuhalten? Auf der Erde gäbe es sicher bereits einen Verein, der sich für die Befreiung der unterdrückten Tierchen einsetzte.

»Na schön. Was noch?«

»Da war so viel. Ich habe ein Haus gesehen, das mitten auf der Straße stand. Und anscheinend gibt es hier auch Katzen. Richtig? Aby wurde zumindest von niemandem weiter beachtet.« Was ihr ganz offensichtlich nicht gefiel.

»Nun ja. Es gibt eine Tierart, die Aby zumindest ähnelt. Soux. Sie haben etwas spitzere Ohren und mehr Schwänze, aber sonst…«

»Moment. Was heißt ›mehr Schwänze‹?«

»Neun. Aber viele drehen sie zu zwei oder drei dicken Schwänzen zusammen.«

Ich musterte Aby und versuchte, sie mir mit neun Schwänzen vorzustellen. ›*Lass das!*‹

Ich schüttelte ungläubig den Kopf.

»Auf der Akademie gibt es mehrere Soux. Dann verstehst du, was ich meine.«

Na schön. Ich sollte mir am besten meine offene Haltung bewahren. Sicher waren diese Soux-Katzen noch die harmloseren Wesen hier. »Was gibt es denn noch so an der Akademie?«

Cole beugte sich vor, stützte das Kinn in seine Hände und musterte mich eine Weile, bevor er mir antwortete. »Du weißt wirklich gar nichts über diese Welt, do you?« Er sah nachdenklich aus. Wahrscheinlich fragte er sich, welcher verantwortungslose Idiot mich ohne Vorbildung in eine fremde Welt setzte und dann allein ließ.

»Nicht viel«, gab ich zu. »Ich habe gehört, dass Nafishur so eine Art Parallelwelt zur Erde ist und dass unsere Heimat hier Luv heißt. Ich weiß, dass es hier Magie gibt und Feuermenschen und Vampire und …« Ich hielt inne und hob resigniert die Arme, um zu überspielen, dass ich Coles Reaktion studieren wollte. Hatte sich sein Blick verdüstert, als ich Vampire erwähnte? »Naja, dass es zwei Monde gibt, die rot sind und sonst vor allem das, was du mir erzählt hast.«

Er nickte. »Nafishur ist nicht ungefährlich. Jedes Wesen hat Fähigkeiten, die es uns gegenüber bedrohlich wirken lassen. Sei vorsichtig, solange du dich in dieser Welt noch nicht auskennst. Es ist nicht alles so hübsch und harmlos wie es aussieht.«

»Ja, da bist du schon der Zweite, der mir das sagt. Ginga hat–« Ich biss mir auf die Zunge. Verflucht! Ginga war ein Vampir und verbotenerweise auf der Erde. Das war dumm, dumm, dumm!

»Ginga?« Er lächelte. »Hast du am Vormittag bereits neue Freunde gefunden?« Ich zwang mich auch zu einem Lächeln. Sollte er es ruhig als Ja deuten. Solange er sie nicht treffen wollte, war alles gut. »Da hab ich mir ja ganz umsonst Sorgen um dich gemacht.«

Er wollte schon ansetzen, um mehr über sie zu erfahren, als ich schnell in ein anderes Thema stolperte. »Wolltest du mich nicht noch etwas herumführen? Was gibt es in Medivia noch zu entdecken? Welchen Ort sollte ich unbedingt gesehen haben?«

»Hm. Unzählige Orte. Wo fangen wir da an?« Er stand auf und streckte sich. Kein schlechter Anblick, auch wenn sein Körper größtenteils von seinem Umhang verdeckt wurde.

Ich richtete mich ebenfalls auf. »Ist das das Wappen der Akademie?« Ich deutete auf die goldene Stickerei an seinem Revers.

Er nickte stolz. »Ja, in einer abgewandelten Form zusammen mit der Letter für Patronus.«

Ich sah mir das Wappen genauer an. Es war wirklich ein Drache, der sich um ein Schriftzeichen schlang. Das war dann wohl das ›P‹. Das Wappen war gekrönt von einer stilisierten Flamme. Dem Zeichen Zambalas, das hatte ich mir gemerkt. Der Drache hatte große Schwingen, die er gebieterisch ausgebreitet hatte. Das Maul war bedrohlich weit aufgerissen und so schien das Flammensymbol über dem Wappen das Feuer zu sein, das aus seinem Maul kam. Ich strich über die detaillierte Stickerei. Das war mit Sicherheit handgenäht. Mit einem Faden, der so fein war, dass er eigentlich hätte reißen müssen.

Ein leises Räuspern holte mich aus meinen Gedanken. Ich schreckte auf und sah direkt in Coles Augen – die nur wenige Zentimeter vor meinen waren. »Huch!« Meine Finger glitten vom Wappen, über seine Brust und dann ganz schnell unter meinen Umhang. Ich wollte gar nicht wissen, wie knallrot meine Wangen jetzt wieder waren. Sie brannten vor Hitze. »E-eine wirklich schöne Stickerei!« Mein Herzschlag beschleunigte sich und dann hörte ich auch seinen. Gar nicht gut. Das hieß, er machte mir … Appetit. Ich schluckte und machte schnell einen Schritt rückwärts.

Und stolperte.

Mit einem klaren, freundlichen Lachen ergriff er meine Hand und zog mich wieder zu sich, bevor ich auf meinem Allerwertesten landen konnte. »Du bist ein bisschen impulsiv heute, am I right?« Er war zweifellos kein klassischer ›Vertrauensschüler‹. Zumindest kein typischer Streber. Es fühlte sich irgendwie gut an, so von ihm festgehalten zu werden. Und dabei so von ihm angesehen zu werden. Ich verlor mich beinah in seinen schwarzen Augen.

»Cole«

Wir zuckten gleichzeitig zusammen und ließen uns sofort los.

›Gott sei Dank. Das war ja nicht zum Aushalten. Du hast mich nicht mal mehr gehört.‹

»Luce«

Beide nickten einander zu, während ›Luce‹ auf uns zukam.

Bitte sei jetzt nicht eingeschnappt, sondern hilf mir, Aby!

›Meinetwegen. Aber finde endlich jemanden, der dir den Zauberspruch repariert.‹

Merci.

›Dieser andere Typ meint gerade, dass sich Cole da einen ganz schönen Tollpatsch angelacht habe.‹ Ich konnte aus Abys Worten heraushören, dass sie seiner Meinung war. ›Wo er recht hat ... Dein Cole ignoriert die Stichelei einfach. Er lenkt ab: Auch in Medivia unterwegs? Wo steckt der Rest deiner blondgelockten Großfamilie?‹

Der Fremde, dieser Luce, kam näher. Er hatte blondes Haar und ja, man sah, dass es eigentlich lockig war, aber er hatte es relativ kurz geschnitten, so dass es kaum auffiel. Er hatte einen sonnengebräunten Teint und einen schwachen Dreitagebart, aber am einprägsamsten waren seine Augen: sie waren stechend türkis – beinah wie eine Mischung aus Gingas und Dariels Augen. Ich konnte sein Alter nur schwer schätzen. Wahrscheinlich war er ebenfalls Mitte 20. Immer vorausgesetzt, er war ein Wesen, das alterte wie ein Mensch. Mir wurde klar, dass ich das dringend herausfinden musste.

›Ich hab sie bei Aslanidou gelassen. Meine Schwester bekommt ihr Outfit für die Weihzeremonie. Das heißt: Es wird ihr auf den Leib geschneidert.‹ Er verdrehte die Augen. Es entging mir nicht, dass sich Cole halb vor mich gestellt hatte und sich seine Haltung versteifte, je näher Luce kam. Dass sie sich nicht leiden konnten, war offensichtlich. Aber hielt er ihn auch noch für gefährlich?

›Und wen hast du da nun aufgegabelt? Sie sieht ja so zierlich aus wie ein Arborand, eine kleine Waldelfe.‹ Seine Lippen verzogen sich zu einem süffisanten Grinsen, das ihm unfairerweise ziemlich gut zu Gesicht stand.

›*Was er denkt, würde dir nicht gefallen, Cara. Aber ich soll ja nur übersetzen. Seine Gedanken behalte ich besser für mich.*‹
Wie erfreulich.
›*Das ist Cara, sie wird mit Alisi zusammen an der Weihzeremonie teilnehmen.*‹
»Was für eine Zeremonie?«, flüsterte ich in Coles Richtung.
Er schwieg kurz. »Später«, murmelte er dann kaum hörbar zurück.
›*Wir haben also noch viel vor. Wenn du uns entschuldigen würdest.*‹
Luces Augen glitten einmal mehr an mir herab und er murmelte noch etwas, bevor er ging. Diesmal bekam ich keine Übersetzung und Cole schob mich leicht in die entgegengesetzte Richtung. Sein Blick war seltsam, ich konnte ihn nicht deuten. Aber wenige Sekunden später hatte er sich schon wieder gefangen und ich wagte es, ihn anzusprechen.

»Das war merkwürdig. Wer war das?« Ich sprach leise, als wäre es ein Geheimnis.

»Das war Luce. Und das war definitiv merkwürdig.« Wir bogen um eine Ecke, dann blieb er abrupt stehen und hielt mich an der Schulter fest. »Was spielst du für ein Spiel?«

»I-ich?!« Ich sah ihn erschrocken an; sah das Misstrauen in seinen Augen.

›*Cara. Du hast eben Nefishit mit ihm gesprochen. ... Und ihn nach etwas gefragt, dass du nicht hättest verstehen dürfen.*‹
Oha.

»Hör auf damit. Du weißt genau, was ich meine. Warum spielst du die Unwissende? Was führst du im Schilde?«

»I-ich spiele gar nichts!« Ich entwand mich aus seinem Griff und funkelte ihn so böse wie möglich an. »Ich hab das nicht unter Kontrolle.« Seufzend zog ich Großmutters Zauberspruch aus meinem Umhang. Es blieb mir wohl nichts anderes übrig. Wer wusste schon, für wen oder was er mich sonst hielt. »Ich hab das hier bekommen und ausprobiert. Letzte Nacht. Aber es funktioniert nicht richtig. Ich verstehe nichts.« Ich räusperte mich. »Zumindest so gut wie nichts. Aber plötzlich kann ich Nefishit sprechen. Keine Ahnung warum und wie das geht. Ich rede einfach und merke nicht einmal, dass ich in einer anderen Sprache spreche.«

Er sah mich noch immer skeptisch, aber weniger sauer an und nahm mir den Zettel ab. Ich beobachtete ihn, wie seine Augen den Zeilen folgten und sich seine Brauen nach und nach zu einem irritierten Ausdruck zusammenzogen.

»Ego potestatem animi voco, In fidelitate ministri sui. Aperi oculos meos, Et absolve linguam meam. Audire et dicere semper ubique«, las er vor. »Hm. Eine Formel, um alle Sprachen zu können? Wo hast du die her?«

»Gefunden.« Stimmte ja irgendwie.

»Und da wusstest du sofort, was du da vor dir hast? Respekt.« Er glaubte mir nicht, beließ es aber dabei. Stattdessen lehnte er sich an die Hauswand, um die wir gebogen waren, fuhr sich durchs Haar und brütete über dem Text.

Ich trat nervös von einem Bein auf das andere und fragte mich, ob mir nicht doch eine Ausrede eingefallen wäre. Ich hätte den Spruch erst Magnus zeigen sollen. Er hatte ja schließlich versprochen, spätestens am Abend wieder da zu sein.

»Du kannst also nur sprechen, aber weder verstehen noch lesen?« Ich nickte. Er auch.

»Das liegt daran, dass die Formel einen Fehler hat. Aber es ist erstaunlich, dass deine Fähigkeiten schon ausgeprägt genug sind, um so einen Zauber überhaupt zu wirken.«

»Die Formel?« Ich fühlte mich unangenehm an meinen Mathematiklehrer Monsieur Roché erinnert.

»Das ist eine Zauberformel. Die besteht aus vier Teilen: Zuerst musst du das Element rufen, dessen Hilfe du für den Zauber brauchst. Dann musst du sagen, was du dem Element im Gegenzug bietest; dann–«

»Moment! Was ich ihm biete?!« Schlagartig wurde mir flau im Magen. »W-was hab ich wem da angeboten?«

Nun huschte ein Schmunzeln über seine Lippen. Cole räusperte sich und winkte mich neben sich, damit wir gemeinsam auf den Zettel gucken konnten. »Pass mal auf. Das hier ist die erste Zeile: ›Ich rufe die Macht des Geistes‹. Das ist das Element, das du beschwörst. Dann hier in der zweiten Zeile kommt dein Angebot: ›Bei der Treue deines Dieners‹. Also nichts, was dir Angst machen müsste. Als Druide schwörst du dem Geistelement sowieso spätestens zur Weihzeremonie die Treue.« *Die Weihzeremonie?!* Ich wollte ihn schon unterbrechen. »Ah, ah, ah! No! Schau nicht so geschockt. Eins nach dem anderen. Ich erkläre es dir danach. Du kannst deine Lehrmeister auch nicht ständig unterbrechen, wenn dir etwas Neues einfällt.« Ich nickte. Er würde auch einen guten Lehrmeister abgeben. Seine schwarzen Augen konnten einen mit Strenge durchbohren. »Schritt drei und vier einer Zauberformel enthalten Wunsch und Wirkung. Das ist wie diese Funktionsgleichungen in Mathe früher. Auf beiden Seiten muss das gleiche stehen. Dein Wunsch muss mit deinem Grund harmonieren. Und da liegt hier der Fehler. Sieh mal. Erst heißt es ›Öffne meine Augen und löse meine Zunge‹ und dann ›zu hören und zu sprechen stets und überall‹. Dem Lösen der Zunge steht das sprechen entgegen. Deshalb hat dieser Teil geklappt. Aber die geöffneten Augen würden bedeuten, dass du lesen kannst, nicht, dass du hören kannst. In die dritte Zeile müssen also auch noch die Ohren und in die vierte auch noch das Lesen. Dann sollte die Formel funktionieren.«

Ich sah abwechselnd auf das inzwischen recht mitgenommene Stück Papier und Cole. »Das ist alles? Da fehlen zwei Worte?! Keine Kerzen, magischen Zutaten oder besonderen Objekte? Wieso brauch ich keinen Zauberstab oder so?«

»Ich denke, das sind dir alles zu viel Informationen.« Mein Patronus grinste schelmisch. Er hatte sich wieder entspannt und so gefiel er mir viel besser. »Man unterscheidet zwischen Zauberformeln und Zaubersprüchen. Zauberformeln sind länger und bedienen sich der reinen Elementarmagie. Sowas lernen wir eigentlich erst im Hauptstudium. Man muss viel bedenken und nicht für jeden Zauber reicht ein Treueschwur. Zaubersprüche sind da einfacher. Sie lassen sich über ein bis drei Worte heraufbeschwören. Dafür braucht man für sie immer einen Druidenstab, um sie besser lenken zu können. Ohne Stab kann ein Zauberspruch außer Kontrolle geraten. Man könnte sagen: Sprüche sind Gefälligkeiten der Elemente, während Formeln große Bitten beinhalten. Dafür ist die Formel durch ihre Präzision in der Formulierung stabiler und kann nicht so leicht eskalieren. Die mächtigen Formeln der Großmeister brauchen natürlich mindestens einen Druiden-, wenn nicht sogar einen Hirtenstab. Aber deren Formeln würde wohl niemand von uns bewerkstelligen.«

»Nimm es mir nicht übel, wenn ich dich das später nochmal frage.« Wer sollte sich das alles merken?

»Keine Sorge. Dafür kommst du ja an die Akademie. Zaubern können die wenigsten Lehrlinge vor ihrem ersten Jahr.«

»Wie beruhigend. Aber zumindest können alle Nefishit.« Jetzt oder nie. »Kannst du mir helfen? Bitte. Korrigiere den Spruch für mich. Ich will mich endlich unterhalten können.«

Er sah mich nachdenklich an. Dann seufzte er, fischte einen – ja, was? Gläsernen Füller? – aus seiner Hosentasche und begann, dem Text etwas hinzuzufügen. »Aber damit das klar ist: Du solltest dringend trotzdem Nefishit lernen. Es wäre gut, wenn du den Zauber irgendwann nicht mehr brauchst. Du scheinst ja nicht einmal zu merken, wann du welche Sprache benutzt. Außerdem bezweifle ich, dass deine Magie bereits stark genug ist, um den Zauber dauerhaft aufrecht zu erhalten. Ich glaube nicht, dass das hier dir länger als einen Monat helfen wird. Maximal.«

Ich nickte schnell und Erleichterung durchflutete meinen Körper. Bald würde ich mich verständigen können. Zumindest vorerst.

»Hier. Kannst du alles lesen? Wenn du ihn aufsagst, dann solltest du dich darauf konzentrieren, Versprecher vermeiden und versuchen, dich an die Bedeutung der Zeilen zu erinnern.«

Neugierig nahm ich den Zettel entgegen, der jetzt noch chaotischer aussah, weil Cole die fehlenden Worte zwischen die meiner Mamé und die von Ginga gequetscht hatte – zum Glück so wie Ginga in lateinischen Buchstaben.

Ego potestatem animi voco
In fidelitate ministri sui.
Aperi oculos et audituus meos
Et absolve linguam meam.
Cognoscere, audire et dicere
semper ubique.

»Und das muss ich nur laut lesen? Und mich dabei konzentrieren?«
Ich fragte mich, wie viel man falsch machen konnte, nur indem man nicht bei der Sache war oder etwas falsch betonte.

Cole zuckte mit den Schultern. »So scheint es ja vergangene Nacht auch geklappt zu haben.«

»Soll ... soll ich das jetzt machen?«

Cole sah mich nur mit hochgezogener Braue an. Dafür antwortete Aby. ›Das halte ich für eine gute Idee. Dann brauchst du ihn nicht mehr und wir können allein unterwegs sein.‹

Schnell faltete ich den Zettel zusammen und ließ ihn in meinem Umhang verschwinden. Gut, dass ich nach meiner Dusche die kleine eingenähte Tasche auf Brusthöhe entdeckt hatte.

»Naja. Wenn Konzentration so wichtig ist, verzichte ich wohl lieber noch darauf und versuche es nachher in der Pension. Zeig mir lieber noch ein bisschen mehr von Medivia.«

Zur Belohnung lächelte er zufrieden.

KAPITEL III

»Patronus Silva! Patronus Silva!«

Wir hatten gerade die Piazza erreicht, in dessen Bassin vor Kurzem noch das Luftschiff aus Pungan Halt gemacht hatte, als ich auch ohne Zauberformel mal etwas verstand. Inzwischen war der Platz recht leer und kurz nach dem Ruf sahen wir einen zierlichen Jungen auf uns zurennen. Er fuchtelte mit den Armen und schlug Haken um die vereinzelten anderen Fußgänger.

»Patronus Silva!« Er machte vor uns eine Vollbremsung und rang nach Luft.

Cole beugte sich etwas zu ihm herunter. Erst im Kontrast zu dem Jungen fiel mir auf, dass Cole ziemlich groß war. Dabei hätte ich das schon bemerken müssen, als ich mich strecken musste, um das Wappen an seinem Umhang zu inspizieren.

»Randel!« Es war nicht nur die Größe, die mir jetzt erst auffiel. Plötzlich war nicht ich diejenige, um die er sich sorgte, sondern dieser fremde Junge. Das gab mir die Chance, ihn etwas objektiver und vor allem konzentrierter zu beobachten. Cole hatte eine Hand auf Randels Schulter gelegt und redete ruhig und leise auf ihn ein. Sein Blick hatte etwas ... Intensives, Durchdringendes. Man konnte regelrecht zusehen, wie das bei Randel Wirkung zeigte und er sich beruhigte.

Nach wenigen Minuten richtete sich Cole wieder auf, wuschelte Randel durchs Haar und lächelte ihn ermutigend an. Dann trat er wieder auf mich zu und das Lächeln entglitt ihm etwas. Mit Blick auf Randel schob er mich etwas weiter, um mir auf Englisch erklären zu können, was passiert war. »Es tut mir schrecklich leid, dich jetzt schon verlassen zu müssen. Randel ist der Sohn von Magister Rogatus, einem der Lehrmeister der Akademie. Er hat nach mir und den anderen Patronii schicken lassen. Die Vorbereitungen für die Weihzeremonie warten und der Großmeister scheint nicht anwesend zu sein, so dass alle etwas hektisch sind.« Er zögerte. Irgendwas schien er mir noch sagen zu wollen, überlegte es sich dann aber anders. »Ich freue mich schon darauf, dich während der Zeremonie wiederzusehen. Versuche, dir noch ein paar Informationen über Nafishur oder wenigstens Zambala zu beschaffen.«

Ich nickte und fragte mich, ob ich mich ärgern oder beeindruckt sein sollte. Wenn ich mir Randel so ansah, der mit leuchtenden Augen zu ihm aufsah und sich auch einen kleinen Pferdeschwanz gebunden hatte, nur um seinem Idol ähnlicher zu sein, dann konnte ich ihm zumindest nicht mehr böse sein.

»Geh du und kümmere dich um dieses Weihdings, an dem ich anscheinend teilnehme ohne die geringste Ahnung zu haben, was das ist. Ich komm schon klar.« Ich klopfte auf meinen Umhang – da, wo der Zettel mit der korrigierten Zauberformel steckte.

Kurz huschte dieses spitzbübische Grinsen über sein Gesicht, das so gar nicht zu dem ehrwürdigen Patronus passte. Dann zwinkerte er mir zu. »Du schaffst das schon!« Er beugte sich vor und hauchte einen Kuss in die Luft über meinem Handrücken und schlagartig kam mir eine Idee, wer *sein* Idol sein musste.

Bevor ich etwas erwidern konnte, hatte er sich umgedreht und lief mit Randel davon. Ich blieb starr wie eine Salzsäule stehen bis sie in einer der gegenüberliegenden Gassen verschwunden waren. Dann hörte ich ein leises Maunzen zu meinen Füßen und kam wieder zu mir.

›*Du solltest wirklich Nefishit lernen.*‹

»Da hast du völlig recht.« Mit raschen Schritten lief ich auf eine Bank auf der Piazza zu, die an dem Wasserbecken stand. Noch bevor ich mich gesetzt hatte, hielt ich den Zettel mit dem Zauberspruch – nein, der Zauber*formel* – in der Hand.

›*Ich bewundere deinen Eifer. Willst du gar nicht wissen, warum du so dringend verstehen solltest, was um dich herum gesprochen wird?*‹

Ich denke, das versteht sich von selbst. Cole ist weg und du hast keine Lust mehr, zu dolmetschen. Die Botschaft ist angekommen.

›*Das ist sie eben nicht. Der Kerl hat dir nicht alles gesagt. Absichtlich.*‹

Ich sah Aby mit großen Augen an. Wollte ich wissen, was er mir verschwieg? Ich hatte das Gefühl, es wäre unfair, etwas zu erfahren, das nicht für mich gedacht war. Aber ich war auch neugierig und ich wollte verflucht noch mal wissen, was so streng geheim war.

›*Ich nehme dir die Last der Entscheidung gern ab. Was er dir sagte, stimmte. Aber es gab noch einen weiteren Grund für sein schnelles Verschwinden: Es wurden wohl neue Wächter ausgewählt, die heute Morgen schon in Nafishur angekommen sind und denen er das Gelände zeigen soll. Sie sind wohl wichtig und man will sie auf keinen Fall warten lassen. Offenbar haben schon ziemlich lange mehrere Boten nach deinem Patronus gesucht.*‹

Komisch. Warum hatte er mir das nicht gesagt? Am Abend zuvor hatte er mir doch auch von dem verschwundenen Wächter berichtet. Es schien also kein allzu großes Geheimnis zu sein.

›*Oder er hat gestern schon zu viel gesagt*‹, warf Aby ein.

»Gut möglich«, murmelte ich und starrte auf die von Cole korrigierte Zauberformel. Konzentrieren, an die Bedeutung denken und ohne Versprecher aufsagen. Na schön. Ich sah mich noch einmal um, aber niemand schien mich zu beachten und wenn Nafish nicht so gut hören konnten wie Vampire, dann waren sie auch weit genug entfernt, um nichts mitzubekommen. »Also schön.« Mein Zeigefinger ruhte unter dem ersten Wort. *Konzentration.* »Ego potestatem animi voco/ In fidelitate ministri sui./ Aperi oculos et audituus meos/ Et absolve linguam meam./ Cognoscere, audire et dicere semper ubique.« Ich presste meine Lippen zusammen, um nicht versehentlich irgendetwas hinzuzufügen. Ich konnte nicht sagen, dass ich mich anders fühlte. Vielleicht hatte der Wind etwas aufgefrischt. Vielleicht war mir etwas wärmer. Vielleicht war ich aber auch einfach nervös.

»Ob es funktioniert hat?«
›Keine Ahnung. *Wir müssen näher an ein paar Nafish ran. Dann weißt du es.*‹

Am liebsten hätte ich mich einfach in eines der hübschen, kleinen Cafés gesetzt und unauffällig den Leuten gelauscht, während ich ein paar neue Süßigkeiten Zambalas entdeckte. Aber ohne Geld würde sich das schwierig gestalten. Also drehte ich mich um, und ging wieder in Richtung Marktplatz und Pension. Auf dem Hinweg waren mir an jeder Ecke Nafish begegnet. Das würde jetzt kaum anders sein.

***

Tatsächlich legten wir eine ziemlich weite Strecke zurück, ehe ich die Chance bekam, die Wirksamkeit der Zauberformel zu testen. Als wir schon fast den Marktplatz erreicht hatten, bot sich endlich die erste Möglichkeit: In einer kleinen Nebenstraße stritt sich ein Pärchen. Nichts, bei dem ich gern zuhören wollte. Eigentlich hatte ich vor, schnell weiterzugehen und die Stimmen zu ignorieren. Aber dann sah ich das blonde Haar und die braungebrannte, schlaksige Figur und erkannte ihn wieder: Luce.

Ich ging ein Stück weiter und blieb außerhalb seines Sichtfelds an die Hauswand gelehnt stehen. Meinem Gehör reichte das, er würde mich nicht sehen und ja, ich verstand alles.

»Was soll das heißen, du kommst nicht zu meiner Weihzeremonie?!« Das war eine weibliche Stimme. Jung und energisch, aber durchaus angenehm.

»Jetzt mach kein Drama draus! Nur weil die ganze Familie sich aufführt, als wären wir geradewegs zu deiner Krönung geladen, muss ich diesen Zirkus nicht mitmachen.« Luce klang sichtlich genervt.

»Oh bitte! Als du letztes Jahr deine Zeremonie hattest, hörte sich das aber noch ganz anders an!«

»Schon möglich.« Jetzt wurde seine Stimme leiser und irgendwie melancholisch. »Inzwischen sehe ich die Dinge nun mal anders.«

»Ja. Inzwischen bist es ja auch nicht mehr du, der im Mittelpunkt steht. Nur weil du nicht Patronus geworden bist, sondern Cole. Das ist doch dein ganzes Problem, gib's zu!«

»Red nicht so einen Mist! Als wäre ich auf diesen Streber eifersüchtig. Er ist des Großmeisters Liebling, das ist alles. Sonst hätte er diese Auszeichnung ganz sicher nicht erhalten.«

Ein leises Kichern. »Ach Luce ...« Ich war mir inzwischen recht sicher, dass er mit seiner Schwester sprach. Wie hieß sie noch gleich? Irgendwas mit A ...

»Nein, Alisi. Die Diskussion ist beendet. Lass du dich feiern und dir ein Krönchen aufsetzen. Ich habe Besseres zu tun.« Ein Rauschen von Stoff war zu hören und ich stellte mir grinsend vor, wie er in einer dramatischen Geste à la Dracula seinen Umhang raffte. »Und wo wir gerade davon sprechen: Das habe ich auch jetzt. Also sieh zu, dass du zurück zum Rest des Clans kommst. Ich muss weiter.«

Leider wurden seine Schritte immer lauter. Musste er ausgerechnet in meine Richtung verschwinden? Rasch sah ich mich nach einer Möglichkeit um, mich zu tarnen. Letztlich drehte ich mich nur schnell um, und studierte das Fresko an der Hauswand hinter mir.

Doch ich hatte mir ganz umsonst Sorgen gemacht. Er schoss an mir vorbei und hätte mich eher umgerannt als wahrgenommen. Kurz hatte ich das Bedürfnis, ihm zu folgen, um mehr über ihn und seine furchtbar wichtigen Tätigkeiten zu erfahren, aber dann hörte ich das leise Schluchzen. Ich wollte mich nicht einmischen. Und ich wollte vor allem nicht, dass die beiden erfuhren, dass ich gelauscht hatte. Aber Luces Schwester tat mir leid – allein schon für die bloße Existenz ihres Bruders. Also schaute ich vorsichtig um die Ecke und da saß sie: Ein Umhang, so wie ich ihn trug, hing etwas schief und irgendwie zerknittert an ihr herunter. Sie hatte sich auf eine Kiste gesetzt. Ihr Haar war genauso hellblond wie das ihres Bruders, aber ihre Locken waren deutlich zu sehen. Sie sah aus wie ein trauriger Engel. Ein bisschen wie das Gegenteil von mir.

»Hey. Alles okay?«, murmelte ich leise, während ich langsam auf sie zuging.

Sie zuckte trotzdem zusammen und starrte mich dann aus funkelnden Augen an. Spätestens an ihrem strahlenden Türkis war deutlich zu erkennen, dass sie Luces Schwester war.

»Tut mir leid, ich wollte dich nicht erschrecken. Ich hab dich nur ... ahm ... du sahst traurig aus.«

Alisi wischte sich mit harten Bewegungen durchs Gesicht, um die Spuren der Tränen zu beseitigen. Dann stand sie auf und richtete ihre Kleidung. Unter dem Umhang trug sie ein hübsches, farbenfrohes Sommerkleid im Empireschnitt. Ginga hatte wirklich vollkommen übertrieben. Offenbar hatte Nafishur wirklich eine ganz ähnliche Mode wie wir.

»Du bist auch ein Erstsemester an der Akademie, oder? Ich bin Cara.« Ich streckte ihr die Hand entgegen und hoffte, dass sie endlich dieses verfluchte Schweigen brach. Jetzt konnte ich jedenfalls nicht mehr einfach so gehen.

»Was willst du hier? Hast du uns belauscht? Was soll ich dir geben, damit du es nicht rumerzählst?«

Ich blinzelte und sah sie verwirrt an. Jetzt war ich es, die schwieg.

›Sie traut dir nicht. Ich glaube, sie ist auch auf diese komische Zicke getroffen, die du gestern ... kennenlernen durftest.‹

»Oh!« Ich schüttelte den Kopf. Wie klärte ich das auf, ohne mich beziehungsweise Abys Gabe zu verraten? »Ich hatte nicht vor, irgendwas zu erzählen. Wie kommst du auf sowas? Ich hab mir wirklich einfach nur Sorgen gemacht.«

»Um eine Wildfremde.« Sie fragte nicht, sie stellte fest und hob dabei skeptisch eine Augenbraue. Sie war perfekt gezupft.

Ich wählte meine Worte mit Bedacht. »Um eine zukünftige Kommilitonin. Ich kam hier selbst erst gestern an und hab mich gar nicht gut gefühlt. Heimweh, schätze ich.« Ich zuckte mit den Schultern und grinste zerknirscht. »Okay, und ein wenig warmes Willkommen mit einer wenig freundlichen Zicke. Ich dachte, dir ist vielleicht das Gleiche passiert wie mir gestern. Entschuldige. Ich wollte dir nicht zu nahe treten.«

Nun war es an Alisi, etwas zerknirscht dreinzuschauen. »Tut mir leid. Ich dachte, du bist eine von denen ...«

»Ah, also hast du diese komische Kuh und ihren Hofstaat auch schon getroffen? Sie stolziert umher, als wäre das ihr Palast. Und die Trottel, die ihr hinterherwackeln, sind wahrscheinlich völlig hohl im Kopf.«

Sie kicherte. Die Erleichterung war ihr deutlich anzusehen. »Ganz bestimmt. Danke, Cara. Ich bin Alisi.« Endlich streckte auch sie mir die Hand entgegen und ich schlug ein.

»Freut mich, dich kennenzulernen. Geht's wieder?«

Sie nickte und strich sich das Haar glatt. »Sieht man es noch?«

»Kaum noch. Nur noch etwas an den Augen.«

»Du bist ehrlich. Das tut gut.« Sie wischte über ihre Augen und ich nickte ihr zu, um zu signalisieren, dass jetzt alles in Ordnung war.

»Kommst du von hier?«

»Ja. Wir wohnen hier ganz in der Nähe. Aber sobald das Semester beginnt, werde ich endlich ausziehen und auf dem Akademiegelände wohnen.«

»Das klingt ja, als könntest du es gar nicht abwarten, von Zuhause wegzukommen.«

Für einen kurzen Moment musterte sie mich. Vielleicht kamen wieder Zweifel in ihr auf, wie gut ich es mit ihr meinte. Aber dann wurde ihr Blick weicher. »Ja. Ich … Ich hab mich eben mit meinem Bruder gestritten. Das tue ich eigentlich permanent. Er wird mir auch auf der Akademie auf die Nerven gehen. Aber das ist dann anders. Hoffentlich.« Sie atmete tief ein und seufzte gequält.

»Ja, Brüder können die Geduld strapazieren. Aber sei froh, dass du ihn hast.« Ich würde jeden affigen Streit und jede sinnlose Diskussion mit Tammo akzeptieren, wenn er dafür nur wieder bei mir wäre. Und wir hatten jede Menge sinnloser Streitereien und Diskussionen geführt.

»Dann hast du auch einen Bruder?«

Hatte. Nein. Habe. Er lebt noch.

»Ja, genau.« Kurz schweiften meine Gedanken ab. Weit weg. In eine andere Welt. Nach Paris. Bilder meiner vergangenen Familie und meiner neuen Familie tauchten vor meinem geistigen Auge auf. Für ein paar Sekunden vergaß ich, wo ich war und wie allein ich war. Dann kam alles wieder zurück.

›*Cara. Komm schon. Denk nicht daran. Nicht jetzt.*‹

Aby hatte Recht. Ich straffte die Schultern, schraubte mir ein Lächeln ins Gesicht und sah Alisi an. »Aber ich habe ihn lange nicht mehr gesehen. Was hältst du davon, wenn du mir etwas Gesellschaft leistest und die Stadt zeigst? Wie gesagt: Ich bin neu hier. Es wäre schön, die Stadt noch besser kennenzulernen, bevor das Semester losgeht.«

»Gern! Wie wäre es mit einem Besuch bei meinem Lieblingscafé?« Ihre Augen strahlten und zum zweiten Mal seit meiner Ankunft hatte ich das Gefühl, einen Freund gefunden zu haben. Umso schwerer fielen mir die nächsten Worte.

»Eigentlich sehr gern. Aber ich hab kein Geld mit.« Ich hielt mir die Hände vors Gesicht, so peinlich war es mir, ihr direkt eine Abfuhr zu erteilen. »Ich wurde in einer Pension abgesetzt und werde erst heute Abend abgeholt. Die Pension ist bezahlt, aber ich hab kein Geld für die Zeit bis zur Akademie.«

Alisi legte den Kopf schief, musterte mich einen Moment lang nachdenklich und fing dann an zu lachen. »Kein Problem. Ich lad dich ein! Komm!« Sie schnappte sich meinen Arm und zog mich weiter in die Stadt hinein.

»A-Aber–«

»Kein Aber! Du musst unbedingt meine Lieblingsleckereien kennenlernen.«

»Ich will dich nicht ausnutzen oder so«, murmelte ich verlegen.

Alisi sah mich ernst an, bevor sie antwortete. »Cara. Ich bin in einer wohlhabenden Familie aufgewachsen. Einer sehr wohlhabenden. Und selbst wenn nicht: Es macht mir nichts aus, dich auf ein Stück Torte einzuladen. Außerdem: Wenn du mich geplant ausnutzen wollen würdest, dann hättest du das erst gesagt, nachdem wir schon satt und zufrieden im Café gegessen hätten. So hätte es zumindest Juno gemacht, diese gierige Oberzicke.«

»Juno?«

»Die Königin von gestern?«

»Ah! Ich hatte nicht die Freude, ihr namentlich vorgestellt zu werden. Sie hat mich eigentlich einfach nur beschimpft, bedroht und darauf hingearbeitet, mich ins Meer zu werfen.«

Alisi machte große Augen. »Sie wollte dich ins Meer werfen? Das ist nicht lustig. Auch hier am Hafen ist mehr unter Wasser als mir lieb ist. Minimum die Feuerquallen.«

Hier gab es Feuerquallen? Ich hatte einmal Bekanntschaft mit einer Feuerqualle gemacht. Durch mein Bein schoss ein heißer Schmerz allein beim Gedanken daran. Damals waren wir noch eine glückliche, kleine Familie, die an der Adria Sommerurlaub machte. Tammo war noch ganz klein und schrie lauter als ich.

»Mir hat sie einen Lockstoff verpasst, der mir einen Schwarm Neklece auf den Hals hetzte. Ich bin letztlich in das Landebecken des Limigan gesprungen, um den Duft loszuwerden. Es war schrecklich erniedrigend, dann pitschnass durch die halbe Stadt zu laufen. Juno kam auf ihre Kosten. Ich hab ihr Lachen immer noch im Ohr. Wie bist du dem Ganzen denn entkommen?«

Was für Dinger? Wenn man ihretwegen ins Wasser sprang, konnten sie zumindest nicht allzu harmlos sein. »Ahm, ich gar nicht. Aber zum Glück hatte ich einen Retter in goldener Rüstung. Cole hat sie gerade noch rechtzeitig verjagt.«

»Cole?« Ihre Augen wurden größer und ihre Wangen rot. »*Der* Cole? Patronus Silva?«

Ich nickte. »Genau der. Kennst du ihn?«

»Die Frage ist wohl eher: Wie kannst du ihn nicht kennen? Er ist der Star an der Akademie. Der Beste in allen Fächern. Die Lehrmeister erwarten Großes von ihm und wir Lehrlinge ... naja ... also ...« Inzwischen waren ihre Wangen dunkelrot.

»Ihr erwartet Verabredungen mit ihm?«

Sie sah mich verdutzt an, nickte dann aber kichernd.

›*Kannst du seit neuestem auch Gedanken lesen, Cara?*‹

Nein, aber ich hab Augen im Kopf.

»Naja. Und wenn er sich für dich eingesetzt hat, dann wirst du unweigerlich Junos kleine schwarze Liste anführen noch ehe das Semester begonnen hat.« *Junos was?*

»Wieso das?«

»Na, weil Juno nichts mehr will als seine volle, ungeteilte Aufmerksamkeit. Was glaubst du, wie sie auf eine ›Konkurrentin‹ reagiert?«

»Konkurr– ... Moment mal! Da ist nichts zwischen uns!« Jetzt spürte ich, wie das Blut in *meine* Wangen schoss. »Er, er hat mir nur geholfen. Das ist doch seine Pflicht als Patronus. Das hat er zumindest gesagt. Mehr war da nicht, ehrlich!«

»Cara, *mich* musst du nicht überzeugen. Außerdem würde es wahrscheinlich schon reichen, wenn du auch nur wagst, mit ihm zu sprechen. Du könntest ja etwas erfahren, dass er *ihr* noch nicht anvertraut hat.«

Wie zum Beispiel, dass er so wie ich aus einer anderen Welt kommt?

»Das ist doch lächerlich.« Ich seufzte.

Wie sie wohl reagieren würde, wenn sie wüsste, dass ihr geliebter Cole ein ordinärer Luvianer ist?

»Juno hat zusammen mit Cole und meinem Bruder letztes Jahr angefangen. Seitdem rennt sie ihm hinterher, als sei sie an ihm festgewachsen.«

»Und er? Stört das Cole nicht? Er sah gestern zumindest nicht so aus, als würde er sie sonderlich mögen.«

»Er sagt nichts. Er ist zu höflich, um sie davonzujagen. Jedenfalls nicht, solange sie sich nicht gegenüber anderen falsch benimmt.«

In Gedanken wog ich das Bild des strengen, durchsetzungsfähigen Cole gegen das des friedlichen, ruhigen Cole ab. Tatsächlich war er immer nur dann zu einer starken, grimmigen Version seiner selbst avanciert, wenn er mir damit helfen konnte. Ich lächelte stumm in mich hinein und auch, wenn es mir gar nicht gefiel, im Mittelpunkt eines Zickenkriegs zu stehen, gefiel es mir doch, dass er meine Nähe anscheinend genoss und Junos nicht.

Alisi seufzte neben mir und zog mich damit zurück in die Gegenwart. »Naja. Jedenfalls ... Pass auf dich auf. Es kann wirklich verflucht schiefgehen, Juno gegen sich zu haben. Sie ist es gewohnt, alles zu kriegen, was sie will.«

»Woher weißt du eigentlich so gut über sie Bescheid? Das klingt, als würdet ihr euch schon länger kennen.« Erst zu spät fiel mir auf, dass ich ja offiziell noch gar nicht wissen konnte, dass Alisi auch ein Erstsemester war. Ein Schnitzer, der meinem Gegenüber zum Glück nicht auffiel.

»Mein Bruder Luce hat im letzten Jahr gemeinsam mit ihr angefangen und hat sich ständig über sie aufgeregt.« Das sprach ja schon beinah *für* ihren Bruder. »Du willst gar nicht wissen, was ich alles weiß. Sei einfach vorsichtig, einverstanden?«

Eigentlich schon. Etwas Tratsch und Lästerei klang nach so herrlich einfachen Problemen. In Paris war ich von Vampiren angegriffen worden und ein körperloser Schatten hatte mein Zuhause verwüstet und beinah meine einzigen Freunde getötet. Ich war ein halber Vampir und kämpfte vor allem gegen mich selbst und den ständig wachsenden Durst. Und die erste Warnung hier in Nafishur richtete sich gegen eine mobbende Möchtegernprinzessin. Wie absurd.

Aber das war mein Geheimnis und das sollte es auch bleiben, also nahm ich Alisis Warnung ernst. »Ich werde einfach versuchen, ihre Gegenwart weitestgehend zu meiden. Zum Glück sind wir ja nicht in einem Jahrgang.«

Während wir sprachen, waren wir immer weiter durch die Gassen Medivias geschlendert. Und dann schlossen sich Alisis warme Finger um mein Handgelenk und ich blieb stehen. Zu unserer Linken standen Stühle und Tische aus Gusseisen – so sah es zumindest aus – auf dem Gehweg. Dahinter erstrahlte ein kleines Café im Licht unzähliger Kerzen. Auf dem Marktplatz war es viel zu hell dafür, aber hier in dieser kleinen Seitengasse waren die hübschen Windlichter genau richtig. Über dem Eingangsbereich hing ein reichlich verziertes Schild, das auch wunderbar nach Paris gepasst hätte. Vintage-Style. Erst sah ich nur Hieroglyphen, wie ich sie aus Mamés Briefen kannte, dann wusste ich plötzlich, dass dort ›Velrosa‹ stand.

»Velrosa?«

»Ja«, Alisi strahlte mich an, »nach meinen Lieblingsblumen benannt. Schön, oder?«

Ah. Eine Blumenart also. Ich nickte und war noch immer viel zu sehr damit beschäftigt, den ersten Eindruck zu verarbeiten. Die Stadt gefiel mir mit jeder Sekunde besser. Ich fühlte mich, wenn ich alles Übernatürliche ausblendete, wie in Südfrankreich. Das tat gut.

Vielleicht war Mamé deshalb nach Frankreich geflohen. Es

erinnerte sie an ihr eigentliches Zuhause. Wobei … Mamè war keine Feuerdruidin gewesen. Sie hatte von Wasser gesprochen. Eine geflutete Küche tauchte vor meinem geistigen Auge auf.

»Also los! Rein mit dir!« Sie schob mich an den Plätzen auf dem Gehweg vorbei und in das kleine Café hinein. Mit Sicherheit hatte sie hier drin mindestens einen Lieblingsplatz. Eine Minute später saßen wir in einer kleinen Nische auf der anderen Seite des Fensters. Wir beobachteten eine Weile schweigend die vorbeilaufenden Nafish und keine von uns sagte etwas.

Ich mochte ja eigentlich tausend Fragen haben, aber genau jetzt tat es gut, nicht noch mehr Informationen zu sammeln. Ich fühlte mich leicht reizüberflutet. Ob das an meinen besonderen Sinnen lag? Oder war es Cole vor einem Jahr genauso gegangen? Ich sah seine fast schwarzen, warmen Augen vor mir und sein verschmitztes Lächeln, das goldene Wappen auf seinem Umhang.

»Hallo Jules, bitte zwei Mal mein Leibgericht. Du weißt Bescheid.« Alisis Stimme lies mich aus meinem kleinen Tagtraum aufschrecken. Ich hatte gar nicht bemerkt, dass ein Kellner an uns herangetreten war. Neugierig sah ich sie an.

»Was ist denn dein Leibgericht?«

»Lass dich überraschen«, antwortete sie kichernd.

***

Ich hatte mich überraschen lassen und es war eine Offenbarung gewesen. Wenn ich geglaubt hatte, dass es nichts Köstlicheres als eine flambierte Octaria geben konnte, hatte ich ja keine Ahnung gehabt. Alisis Leibgericht war eine Art Fruchttorte, nur dass ›Fruchttorte‹ es nicht annähernd traf. Sie schmeckte fruchtig süß, schokoladig, nach Honig, nach Sommer, nach Sehnsucht und Glück – auch wenn das schrecklich kitschig klang, anders konnte ich es nicht beschreiben.

Am liebsten wäre ich noch lange im Velrosa geblieben, aber als das Licht draußen einen goldenen Schimmer bekam, wusste ich, dass es Zeit war zu gehen. Alisi begleitete mich sogar noch.

Dank ihrer guten Orientierung erreichten wir im Nu den Marktplatz vor meiner Pension und strahlten immer noch über beide Ohren. Nun hatte ich schon zwei Orte in Medivia, die ich so oft wie möglich besuchen würde. Wir lachten und zogen über Juno her und auf einmal fühlte ich mich normal. Seit langem fühlte ich mich zum ersten Mal normal und richtig. Vielleicht würde meine Zeit in Nafishur gar nicht so schlecht werden. Vielleicht würde ich es wirklich genießen können und mich hier wohlfühlen.

Und gerade in diesem perfekten Moment verstummte Alisis Lachen abrupt. Ich sah sie fragend an, aber ihre Mine war wie versteinert. Langsam folgte ich ihrem Blick. Ich war mir nicht sicher, ob ich sehen wollte, was ihre Stimmung so ruiniert hatte. Aber alles, was ich sah, war ein blondes, gut gekleidetes Paar mittleren Alters. Sie lächelten sogar, während sie näherkamen. Das schien Alisis Laune aber nicht zu heben.

»Was ist los?«, zischte ich ihr hinter zusammengebissenen Zähnen zu.

»Meine Eltern. Sag nichts, was du nicht sagen willst, und nimm dir nichts zu Herzen, was sie sagen.« Sie sprach ebenso leise wie ich. Als Mensch – oder Nafish – hätte ich sie womöglich gar nicht verstanden. Eigentlich waren ihre Worte ja lächerlich. Was war so schlimm daran, ihre Eltern kennenzulernen? Aber ihr Blick war ernst. Das färbte auf mich ab. Sie sagte das nicht einfach so. Sie meinte es ernst.

»Alisi, da bist du ja. Wir haben dich schon überall gesucht!« Das war ihr Vater, der da sprach. Seine Stimme klang voll, aber nicht sehr tief. Inzwischen trennten uns nur noch wenige Meter und ich begann zu begreifen, was Alisi so verändert hatte. Das Lächeln auf seinem Gesicht war nicht echt. Es war eines dieser Lächeln, die Personen der ›besseren Gesellschaft‹ aufsetzten, wenn sie sich zu einer ungemein gnädigen Freundlichkeit herabließen, die ihr Gegenüber gar nicht verdiente. Alisi antwortete nicht. Das erwartete offenbar auch niemand.

Stattdessen ergriff nun ihre Mutter das Wort. »Wie ich sehe, hast du eine neue Freundin gefunden. Wie schön. Möchtest du uns einander nicht vorstellen?« Ihre Stimme war sehr hell und es fiel mir nicht schwer, sie mir mit einem schrillen Kreischen vorzustellen. Überhaupt schien alles an ihr schrill zu sein. Auch wenn sie äußerlich zu der weißblond gelockten Alisi passte, konnte ich sie mir viel besser als Junos Mutter vorstellen.

Vor allem, weil ihr Lächeln so falsch war, wie das ihres Mannes.

»Das ist Cara, sie fängt nächste Woche mit mir an der Akademie an«, murmelte Alisi. Sie klang ganz anders als eben im Velrosa. Ich glaubte schon jetzt zu verstehen, weshalb sie sich so sehr darauf freute, in der Akademie zu wohnen. Es war nicht nur ihr Bruder, es war ihre ganze Familie.

»Na sowas! Es freut uns sehr, dich kennenzulernen, Cara«, flötete Alisis Mutter. »Wie heißt du denn mit vollem Namen?« Aha. Sie freute sich also wahrscheinlich nur, wenn ich eine entsprechende Reputation hatte. Nur der beste Umgang für ihre Tochter.

Wie von selbst kam die Antwort über meine Lippen: »Ich bin Cara Thetra Clow.« Ich erinnerte mich genau, dass Magnus davon gesprochen hatte, dass der mittlere Name eine Ehrenbezeichnung war. Aus irgendeinem Grund wollte ich von Alisis Eltern nicht für klein und unbedeutend gehalten werden. Deshalb beließ ich es auch nicht dabei. »Ich bin Stipendiatin an der Akademie. Und mit wem habe ich das Vergnügen?« Gut, das war etwas dick aufgetragen. Das mit dem Stipendium hatte ich mir von Cole ›geliehen‹. Aber in Paris, vor allem im Café, hatten wir ständig mit solchen Möchtegernadligen zu tun. Ich würde mich nicht von oben herab behandeln lassen und ich würde mir nichts gefallen lassen.

»Oh. Wie unhöflich von mir!« Das Lächeln der Mutter wurde beinah etwas wärmer. Meine Vorstellung schien bei ihr zu wirken. »Ich bin Ravina Ulixes und das ist mein Mann, Magister Maximus Argus Ulixes.« Sie strich über seinen Arm, nur um sicher zu gehen, dass ich diesen Namen mit dem richtigen Mann verband. Er nickte mir knapp zu. Sein Blick – Türkis wie die Augen seiner Kinder – war kalt. Selbst das aufgesetzte Lächeln konnte er nicht länger aufrechterhalten. Im Gegensatz zu seiner Frau schien er ein Problem mit meiner Herkunft zu haben.

»Schön. Wir wollen Matrona Thetra Clow nicht weiter aufhalten. Sie hat sicher noch viel zu erledigen vor der Weihzeremonie«, erwiderte er knapp, strecket seine Hand nach Alisi aus und wartete ungeduldig darauf, dass sie neben ihn trat. Wir sahen uns an, aber sagten nichts mehr. Ich brauchte Aby nicht, um ihren stummen Hilferuf zu hören. In Gedanken sagte ich ›Mach dir keine Sorgen, halte durch, bis bald‹ und hoffte, mein Blick würde ihr diese Botschaft überbringen. Dann nickte ich ihren Eltern zu und wir schritten in verschiedene Richtungen davon.

›Das war wirklich ... absurd‹, hörte ich seit Langem wieder Abys Stimme in meinem Kopf.
Absurd ist untertrieben. Was haben ihre Eltern gedacht? Was hat ihr Vater gegen mich? Wir machten es uns auf einer schattigen Steinbank vor der Pension gemütlich und genossen so gut geschützt die Nachmittagssonne – vielleicht konnte sie das ungute Gefühl vertreiben, dass Alisis Vater in mir hervorgerufen hatte.

Während sich meine Gedanken auf Aby konzentrierten, folgten meine Augen einem Heißluftballon, der gerade gestartet war und sich nun langsam entfernte.

›*Wenn ich dir das sagen könnte. Aber ich konnte nur diese schreckliche Frau hören. Sie hat dich von Kopf bis Fuß gemustert und sich gefragt, was sie von dir halten soll. Und als du dich vorgestellt hast, flackerte eine Erinnerung in ihr auf, aber sie konnte sie nicht fassen und ich sie damit nicht sehen. Danach war sie vor allem von Neugier getränkt. Sie will mehr über dich wissen. Ich bin mir sicher, wenn es ihr möglich wäre, würde sie deine gesamte Familiengeschichte aufdecken.*‹
Das kann noch ein Problem werden, aber zurzeit ist es keins. Das hab ich mir in etwa ja auch schon gedacht. Aber was ist mit dem Vater? Bei dem Gedanken an seinen kalten Blick lief mir ein eisiger Schauer über den Rücken.

›*Wie gesagt: Ich weiß es nicht. Das ist das zweite Mal, dass ich nicht in den Kopf eines anderen sehen kann. Dabei mag er ja wichtig sein, aber er ist nicht besonders mächtig.*‹
Moment. Das zweite Mal? Wer war das erste Mal?
›*Na, dein Magnus. Aber der strahlt so viel Macht aus, dass ich davon ausging, dass meine Fähigkeiten einfach nicht stark genug*

sind, um gegen seine anzukommen. Zumal er ja anscheinend ebenfalls mit seinem Geist sprechen kann.‹

Ich nickte nachdenklich. Stimmt. Ulixes war harmlos gegen Magnus. Er tat wichtig und war es vielleicht auch. Aber er war nicht mächtig. Zumindest nicht verglichen mit Magnus. Der hingegen war quasi wandelnde Macht. Schon wenn er in der Nähe war, konnte ich ihn spüren. Und nicht nur ich, da war ich mir sicher. Es war, als legte sich eine ungewöhnliche Stille über den Ort, an dem er auftauchte. Dann lag ein leichtes Schwirren in der Luft. Als würde seine Macht unsichtbare Wellen schlagen. Ob es das war, was Ginga damals solche Angst gemacht hatte?

›*Merkst du das?*‹ Abys Worte waren ungewöhnlich leise in meinem Kopf. Als hätte sie Angst, man könnte sie hören.

Das war absurd.

Aber nun achtete auch ich auf meine Umgebung und da war es wieder: Das Schwirren. Zusammen mit der Stille um uns herum. Ich öffnete die Augen und stellte fest, dass die Menschen auf dieser Seite des Platzes plötzlich verschwunden waren. Langsam richtete ich mich auf der Bank auf und suchte den Platz ab. Ich wusste, wonach ich Ausschau hielt: Nach einem Paar ebenso intensiver wie blasser blauer Augen umrahmt von schwarzen Locken, nach einem dunkelroten Umhang, der eine hochgewachsene Gestalt verbarg. Was ich dann aber sah, war ein weißer Umhang, der lediglich einige rote Verzierungen trug. Dennoch erkannte ich Magnus sofort. Ich sprang von der Bank, zupfte an meinen Sachen herum und hoffte, noch nicht zu mitgenommen auszusehen.

Er kam mit einem entschuldigenden Lächeln auf mich zu und ich wusste sofort, dass dieses Lächeln echt war. Für einen Moment fragte ich mich, wie viele Nafish wohl so mächtig waren wie er. Ob mir auf der Akademie mehr von seiner Art begegnen würden? Das wäre ausgesprochen einschüchternd.

Als er mich erreichte, breitete er seine Arme aus und strahlte mich an. »Cara! Wie schön, dich zu sehen! Noch dazu hier draußen und nicht auf deinem Zimmer.«

Ich beschloss, möglichst cool zu tun und mir nicht anmerken zu lassen, wie aufgeschmissen ich am Anfang gewesen war. Also schob ich ein Lächeln in mein Gesicht. »Mir war zu langweilig. Ich hab mir lieber die Stadt angesehen.«

Seine Brauen schossen in die Höhe und malten einen Ausdruck auf sein Gesicht, den ich so noch nie an ihm gesehen hatte: Er war verblüfft. Dachte er etwa wirklich, ich wäre die ganze Zeit auf meinem Zimmer geblieben?

»Wie ich merke, warst du nicht untätig. Dein Nefishit ist tadellos. Ein Naturtalent, was?« Er zwinkerte mir verschwörerisch zu.

»Ich ... das ...« Sollte ich ihm gestehen, dass es nur ein Zauberspruch gewesen war? Eine Formel, kein Spruch! Eine Formel mit einem Fehler, den Cole behoben hatte.

»Das war ein ausgezeichnet durchgeführter Zauber! Das war es, was dir deine Freundin mitgegeben hat, richtig? Eine Zauberformel?«

Ich nickte verlegen und hoffte, nicht zu rot anzulaufen.

»Eine sehr gute Idee. Als wir gestern ankamen, warst du noch zu geschwächt, deshalb habe ich gewartet. Nach der Strapaze des Ports wollte ich dich nicht auch noch einer Zauberformel wie dieser aussetzen.« Er legte eine Hand auf meine Schulter und der Blick, mit dem er mich ansah, spiegelte ... ja was? Stolz wider? War das möglich? Warum sollte er stolz auf mich sein? »Ich bin mir sicher, du würdest gern noch etwas in Medivia bleiben, aber wir sollten aufbrechen. Die Fahrt wird eine Weile dauern und morgen ist schon die Weihzeremonie, dann beginnt dein Leben als Lehrling an der Fürstlichen Feuermagieakademie von Zambala.« Das war wirklich Stolz in seinem Blick! Das bildete ich mir doch nicht ein!

»Natürlich bin ich stolz auf dich! Du hast dich wirklich hervorragend geschlagen. Ich wusste, du würdest dich schnell zurechtfinden. Immerhin ist das hier deine wahre Heimat.«

»Du wusstest ... Moment! War das ein Test oder so? Ob ich zwei Tage allein klarkomme?«

Magnus lachte auf und irgendetwas tief in mir wollte mitlachen. »Aber nein! Ich wollte einfach nur, dass du Medivia und seine Nafish selbst kennenlernen kannst. In deinem Tempo und nach deinen eigenen Wünschen. Ohne Vorurteile oder allzu schnelle Antworten.« Er öffnete die Tür der Pension und schob mich mit sich hinein. »Manchmal lernen wir mehr, wenn wir nicht sofort die Antworten auf all unsere Fragen erhalten. Wie hat ein weiser Mensch in Luv einst gesagt? Der Weg ist das Ziel. Nicht die Antwort macht uns weise, sondern der Weg, den wir bis zu dieser Antwort gehen müssen.«

Der Weg ist das Ziel. So, so. Ich war mir nicht sicher, ob ich der richtige Gesprächspartner für solcherlei Unterhaltungen war. »Außerdem warst du nicht allein.«

Ich sah ihn fragend an. Hatte er mich etwa die ganze Zeit über heimlich beobachtet? Ich war mir nicht sicher, ob es das besser machte oder noch schlimmer.

»Aby war bei dir. Ich war mir sicher, dass sie mich würdig vertreten würde«, erwiderte Magnus dann aber und sorgte dafür, dass Aby zufrieden schnurrte.

›Wo der Druide recht hat, hat er recht.‹

Kopfschüttelnd lief ich weiter. Wir stiegen die Treppe hinauf zu meiner hölzernen Tresortür und prompt fiel mir meine Liste mir Fragen wieder ein. »Magnus, was stimmt mit dieser Tür nicht?« Ich steckte den Schlüssel ins Schloss und das Rattern und Schalten in ihrem vermeintlichen Inneren begann von Neuem.

Magnus trat neben mich und legte eine Hand auf das Holz. Er schloss kurz die Augen und lächelte dann. »Nichts, alles in Ordnung. Sie funktioniert tadellos.«

Ich verdrehte etwas genervt die Augen. »Das seh ich auch. Aber wie funktioniert sie? Sie sieht aus wie eine normale, dünne Holztür, aber die Geräusche, die sie beim Öffnen und Schließen macht, erinnern eher an einen Tresor.«

»O, das. Die Tür ist magisch verstärkt. Wir befinden uns hier im Feuerreich, wie du dich sicher erinnerst. Einige Gäste in dieser Pension haben ihre Kräfte nicht besonders gut unter Kontrolle – vor allem, wenn sie sich vorher in einen Rauschzustand versetzt haben sollten. Eine normale Holztür müsste man in einer Stadt wie Medivia sicher mindestens einmal im Monat ersetzen. In einer Pension wohl noch häufiger.« Wir traten ein und Magnus schloss die Tür wieder hinter mir. »Einzig Stein und einige wenige schwarze Metalle aus Krastun sind hitzeresistent. Aber beides würde die Türen zu schwer machen. Also musste man einen Weg finden, die leichten, praktikablen Holztüren vor Feuer und Hitze zu schützen.«

»Also schön. Das bedeutet, dass der Zauber die Türen schützt. Aber das erklärt das Klicken und Rattern nicht.«

Er nickte und schob mein Gepäck wieder näher zueinander. »Das ist ein für Pensionen und Gästehäuser typischer Schutz. Ein magischer Mechanismus, der in das Holz eingearbeitet ist und seine Scharniere und sein Schloss verstärkt. Eine Diebstahlsicherung gewissermaßen.«

Das ergab Sinn.

Auf einmal hatte Magnus wieder seinen weißen Druidenstab in der Hand. Er murmelte etwas, das ich trotz meines Sprachzaubers nicht verstand, und bewegte den Stab in fließenden Bewegungen. Als würde er ein Orchester dirigieren. Und zum zweiten Mal sah ich zu, wie mein Gepäck auf Hosentaschengröße zusammenschrumpfte. Ich nahm mir vor, diesen Zauberspruch möglichst schnell zu lernen.

Als das Gepäck in seine Hand passte, hob er alles hoch, drehte sich zu mir um, und strahlte wieder sein Magnus-Lächeln. »Was hast du noch erlebt? Sicher hast du noch mehr Fragen auf dem Herzen.«

»Unzählige!« Ich seufzte deprimiert. Er lachte. Mein Blick viel auf das lebendige Licht und ich musste mich an Coles Erklärung erinnern. »Wie heißt diese Lampe?« Ich deutete auf den schwarzen Kasten, der jetzt still war. »Ich weiß, dass darin Irrliche sind und wie sie funktioniert, aber ich weiß nicht, wie sie heißt.«

»Das ist eine Irridia. Nach den Irrlichen benannt, die durch sie hindurchfliegen.« Magnus ließ mein Gepäck in seinem weißen Umhang verschwinden. Ich nickte.

»Warum trägst du heute nicht deinen roten Umhang?«

»Ich hatte eine Audienz in Xamax. Dafür gibt es eine bestimmte Kleiderordnung.«

»Hmmm.« Ich versuchte verzweifelt eine weitere der vielen Fragen zu fassen, die mir durch den Kopf wirbelten. »Gibt es in der Akademie auch Lucernabäume? Sie sind wunderschön!«

»Oh ja. Einige. Und einen ganz besonders schönen. Versprochen.«

Ich stellte mir eine Universität wie die von Paris vor und im Innenhof einen riesigen, leuchtenden Lucernabaum. Jetzt hatte auch ich es eilig, dorthin zu kommen.

»Dann freue ich mich schon darauf!« Ich ließ Aby auf meine Schulter springen und wir verließen mein Zimmer. »Ach ja! Was hat es mit dieser Weihzeremonie auf sich? Ich höre heute ständig davon, aber ich weiß nicht, was das ist?«

»Das ist ähnlich wie eine Taufe oder Immatrikulation. Mit dieser Zeremonie wirst du feierlich an der Akademie aufgenommen – zusammen mit allen anderen Erstsemestern.«

»Okay. Und was passiert da? Muss ich mit meinem Blut unterschreiben oder meine Seele verkaufen?«

Magnus lachte auf. »Für Vampire mag alles von Bedeutung mit Blut zusammenhängen, aber in der Welt der Magie ist das nicht so. Zumindest nicht in der Welt der weißen Magie.« Wir traten wieder raus auf den Marktplatz. Zu meinem Leidwesen stand die Sonne inzwischen schon ziemlich tief und strahlte in einem satten Goldton. Magnus zückte seinen Druidenstab, hielt ihn in die Luft und ein rotes Licht schoss in die Höhe. Es erinnerte an eine dieser Signalpistolen, die man bei Seenot nutzte. Nur dass das Licht aus Magnus Stab nicht verglühte, sondern konstant einige Meter über uns leuchtete. »Ihr werdet nach vorn gebeten. Dort bekommt ihr das Abzeichen der Akademie verliehen, das euch als Feuermagie-Lehrlinge auszeichnet. Ihr werdet mit den Regeln vertraut gemacht und sprecht dann einen Schwur nach, mit dem ihr gelobt, eure Magie nur für das Gute und zum Wohl anderer einzusetzen. Ihr schwört dem Element des Geistes die Treue und damit auch dem amtierenden Fürsten. Danach bekommt ihr euren Druidenstab ausgehändigt. Voilá.«

Ich nickte. Das klang machbar. Dennoch schien mein Magen nervöser zu sein, als ich zugeben wollte. »O-okay. Und was–«, aber weiter kam ich nicht mehr. In diesem Moment blieb direkt vor uns eine Kutsche stehen. Oder ... was war das? Ein Auto? Irgendwie passten Autos nicht in diese Welt. Ich konnte mir keine Staus aus hupendem Blech vorstellen.

»Das, Cara, ist ein Vapor Pegma. Gewissermaßen eine Dampfmaschine. Man könnte es in unserem Fall auch schlicht als Taxi bezeichnen.« Oui, eine XXL-Steampunkversion eines Taxis. Es sah tatsächlich aus, wie eine mit Dampf betriebene, geschlossene, pferdelose Kutsche.

Der Fahrer stieg von seiner Sitzbank und öffnete uns die Tür. Dann erst blickte er auf und für einen Augenblick schien er zu erwägen, zu fliehen. Zumindest spiegelte sich Angst in seinen Augen. Vielleicht konnte auch er Magnus Macht spüren. Oder er wusste um die Bedeutung der weißen Gewandung und hielt Magnus für wichtig.

Mein mächtiger Begleiter schien das alles nicht zu bemerken. Er stellte sich neben den Tritt dieses Vapor Pegma-Dings und half mir hinein. Dann stieg er selbst ein, während er dem Fahrer unser Ziel verriet. Der schien sich inzwischen wieder gefangen zu haben, denn kurz darauf fuhren wir los. Dafür, dass wir mit Dampf fuhren, waren wir ausgesprochen leise unterwegs.

»Schalldämpfer«, murmelte Magnus und wedelte mit seiner Hand, so wie er es sonst mit seinem Druidenstab tat. Also ein ›magischer Schalldämpfer‹.

»Hör auf, in meinem Kopf herumzugeistern!«

Ein Schmunzeln huschte über seine Lippen. »Manchmal reicht auch einfach etwas Beobachtungsgabe und Feingefühl. Ich lese nur Gedanken, wenn ich es soll, darf oder muss.«

Ja, er machte ja immer alles richtig. Ich vergaß. Ich ließ mich in meinen Sitz sinken und schloss kurz die Augen. Eigentlich sollte ich aus dem Fenster sehen, aber ich fühlte mich plötzlich so unendlich müde. Als hätte mein Körper erst jetzt die Chance, etwas locker zu lassen.

»Wann hast du das letzte Mal getrunken?«

»Uhm, ich weiß nicht genau. Ist schon ein paar Tage her, denk ich.«

Magnus nickte ernst. »Ein paar Tage und eine Weltenreise. Und eine Zauberformel. Du bist erschöpft, weil du zu wenig getrunken hast, Cara. Das ist nicht gut.«

»Schon möglich. Aber was soll ich jetzt daran ändern?«

Ich sah Magnus abwartend an. Bisher hatte er ja immer eine Idee.

Aber er schwieg. Stattdessen sah ich, wie sein Kiefer arbeitete. Er schien mit sich zu kämpfen. Was war es, über das er nachdachte?

Ich sah nun doch aus dem Fenster. Gerade noch rechtzeitig, um zu bemerken, wie wir über zwei Schienenstränge fuhren und Medivia verließen. Die Häuser wurden immer seltener, die Felder dazwischen weiter, dann fuhren wir über eine schmale Steinbrücke und im nächsten Augenblick waren wir von Wald umgeben.

»Also schön. Das bleibt eine einmalige Ausnahme. Wir werden uns etwas anderes einfallen lassen müssen. Ich denke, ich kann dir den Tee deines ... deinen Tee beschaffen. Aber ab und zu wirst du dennoch richtiges Blut brauchen.« Während er sprach, öffnete er den Manschettenknopf an seinem linken Handgelenk und ich begriff langsam, was er vorhatte. »Glücklicherweise bist du nicht ganz zum Vampir geworden. Du wirst nicht viel brauchen.«

»Was?« Ich starrte ihn fassungslos an. »N-nein! Nein! Das geht doch nicht! Ich kann doch nicht–« Der Schreck drückte mich tief in meinen Sitz zurück und ließ mich erstarren. »W-was, wenn ich mich nicht beherrschen kann?« Er roch so, so gut, so furchtbar gut!

»Diese Frage wird sich nicht stellen. Du bekommst einen einzigen Tropfen.«

»Einen einzigen Tropfen?«, wiederholte ich perplex. War das ein Scherz?

»Mehr wäre nicht gut für dich. Es soll dir ja nur für diesen Moment helfen«, erwiderte er mit einem Nicken. Mit seinem Druidenstab tippte er gegen sein Handgelenk und ein einzelner Blutstropfen floss aus einer kleinen Wunde. Als wäre das nicht schon merkwürdig genug, dirigierte Magnus diesen Blutstropfen durch die Luft bis zu mir. Ich starrte das Blut an, dass direkt vor meinem Gesicht in der Luft hing. Es waberte etwas hin und her, als sei es nur eine dunkelrote Seifenblase.

»Nimm«, sagte er schlicht und prompt wuchsen meine Eckzähne, diese verfluchten Verräter. Ich öffnete den Mund – eigentlich, um zu widersprechen –, aber Magnus nutzte die Chance und dann schmeckte ich sein Blut.

Wenn Alisis Leibgericht eine Geschmacksexplosion gewesen war, dann war das ein Gefühlsurknall. Ich krallte meine Hände in das Sitzpolster unter mir, während ich spürte, wie sich Wärme in mir ausbreitete. Wärme, Kraft und Leben, als hätte ich von einem halben Dutzend Menschen getrunken. Waren Nafish so viel ergiebiger, weil Vampire aus dieser Welt kamen? Oder waren es Druiden, deren Blut durch ihre Magie so viel stärker wirkte? Oder war das einfach nur er?

Ich starrte Magnus an und versuchte gleichzeitig, ihn zu begreifen und meine Sinneswahrnehmungen unter Kontrolle zu kriegen. Auf das Magnusmysterium verzichtete ich schnell zu Gunsten meiner geistigen Gesundheit.

Nach ein paar Minuten, die mir wie eine halbe Ewigkeit vorkamen, hatte ich nicht mehr das Gefühl, im Umkreis von hundert Kilometern jedes Lebewesen spüren zu können und jeden Herzschlag zu hören. Dennoch waren meine Sinne bis aufs äußerste gereizt.

»Verstehst du jetzt, weshalb mehr als ein Tropfen nicht gut für dich wäre?« Es war, als würde er mich anschreien. Aber ich hatte Magnus noch nie schreien gehört. Ich war mir sicher, er sprach genauso sacht und ruhig wie sonst auch. »Ich versichere dir, ich flüstere sogar.«

Ich dachte, du liest nicht die Gedanken anderer, außer wenn du sollst, darfst oder musst?

Ich funkelte ihn grimmig an. Es war mir unangenehm. Ich hasste es, die Kontrolle zu verlieren. Normalerweise reichte es aber, nach außen die Kontrolle zu waren. Wie es in einem aussah, nahmen die meisten Menschen nicht wahr.

Es war ihnen egal.

›*Mir ist es nicht egal, Cara. Und in diesem Fall* muss *ich. Ich muss sehen, wie dir mein Blut bekommt, damit ich dir notfalls rechtzeitig helfen kann.*‹

Warum bist du selbst dann so verflucht rational und freundlich, wenn ich wütend auf dich bin?

Er musterte mich schweigend. Ich konnte sehen, wie sehr er gegen ein Lächeln ankämpfte. Das machte mich nur noch wütender. Dabei sollte ich doch gar nicht wütend sein, oder? Sollte ich nicht lieber dankbar sein? Er hatte mir eben Blut gegeben! Ich war so undankbar! Ach verflucht! Plötzlich rannen mir heiße Tränen übers Gesicht. Ich verstand die Welt nicht mehr.

›*Mein Blut scheint nicht nur deine Sinneswahrnehmung zu steigern, sondern auch deine Gefühle zu intensivieren.*‹

Oh ja. Das tat es. Und es wirbelte sie komplett durcheinander. Jetzt spürte ich heiße Schauer bei jedem Wort, das in meinem Kopf nachhallte. Gar nicht gut! Magnus sah das! Meine Wangen wurden heiß. Heiß von Blut, das wieder lebendiger durch meine Adern floss – dank ihm. Ich hatte das immer dringender werdende Bedürfnis, Magnus näher zu kommen. Ich begann, schneller zu atmen und schluckte meinen Durst hinunter. Non, non, non! Reiß dich zusammen, Cara!

»W-was hast du vor?«, stotterte ich, als sich Magnus auf einmal zu mir herüberbeugte. Das war gar nicht hilfreich! Das absolute Gegenteil von hilfreich! Verflucht!

»Dir helfen. Es tut mir sehr leid, dass du den Rest der Fahrt verpassen wirst, aber das ist wohl besser.« Seine Stimme war weich und leise. Ich war mir nicht einmal sicher, ob er wieder nur in meinem Kopf sprach oder richtig. Mein Atem stockte, als seine blauen Augen direkt vor meinen waren. Das Blau schien sich zu bewegen. Als würde ich in einen Ozean blicken.

Hin und her.

Hin und her.

Dann berührte etwas meine Stirn und ich fiel.
›*CARA!*‹ Abys Stimme klang schrill.
Dann war es still.

KAPITEL IV

›*Wach auf, Cara*‹ Da war sie wieder, diese weiche Bassstimme. ›*Wir sind fast da.*‹ Fast da? Wo, da? Ich fühlte mich, als würde ich nach einer langen Nacht mit einem mörderischen Kater aufwachen. Wo war ich und was war hier los? Die Welt schwankte. Ich hörte Kies knirschen und das leise Keuchen von Dampf unter Druck. Ich drückte meine Augen noch etwas fester zusammen. Ich wollte eigentlich einfach nur weiterschlafen. ›*Cara, nun mach schon, lass mich nicht noch länger allein mit dem ...*‹ Das war eine andere vertraute Stimme. Das war Aby.

Eine Erinnerung hallte durch meinen Kopf. Ein Schrei. Mein Name, von Aby in meinem Geist geschrien. Und mit diesem Schrei kam alles zurück. Die fremde Welt, die Magie, das Feuer, alles. Es war, als hätte jemand eiskaltes Wasser über meinen Kopf geschüttet. Plötzlich war ich hellwach. Ich riss die Augen auf und starrte direkt in Abys große grüne Augen. Erst jetzt merkte ich, dass ich halb auf der Sitzbank lag. Aby saß neben mir und beobachtete mich.

›*Na endlich!*‹ Sie klang vorwurfsvoll. ›*Natürlich klinge ich das. Du weißt, wie unwohl ich mich in seiner Nähe fühle. Ich kann ihn nicht hören, außer er will das. Sowas macht mich nervös. Vor allem, seit das bei diesem anderen Typen auch so war. Es ist, als würde mir ein Sinn fehlen.*‹

»Ist ja schon gut. Ich bin ja wach«, murmelte ich, während ich mich bewusst langsam aufrichtete und mir die Schläfen rieb. »Ich bin wach.«

Meinen Blick hielt ich vorerst stur auf Aby gerichtet, aber es half nichts. Meine Wangen wurden trotzdem knallrot. Ich hatte von Magnus getrunken. Streng genommen nur einen Tropfen, aber der hatte mich umgehauen – im wahrsten Sinne des Wortes. Vorsichtig tasteten sich meine Augen vor. Erst sah ich die gegenüberliegende Bank an, auf der er saß. Das freie Stück davon. Dann sah ich zu seinen Händen, die ruhig auf seinem Schoß lagen. Weiter kam ich nicht, denn in diesem Moment bemerkte ich den dicken Kratzer, der einmal quer über Magnus Handrücken verlief.

Aby!
›*Was? Ich hab dich nur verteidigt!*‹
Aber du kannst ihn doch nicht ... Das geht doch nicht ... du ...

Verlegen hob ich meinen Blick ein Stück und sah erst zu lächelnden Lippen und dann in freundliche, blaue Augen. »T-tut mir leid«, murmelte ich betreten.

Er hob fragend eine Braue.

»Naja. Alles. Ich weiß auch nicht, was eben passiert ist« Ich sah aus dem Fenster, um ihn nicht ansehen zu müssen. Es war bereits dunkel. »Ahm. Oder vorhin. Also nach ... nach ...« *deinem Blut.*

›*Ich hatte geahnt, dass mein Blut etwas zu viel für dich ist.*‹ Er hatte das geahnt? »Ich bin es, der sich entschuldigen sollte. Aber ich versichere dir, dass ich nur die besten Absichten hatte. Du warst sehr durstig und an der Akademie wirst du mit vielen Versuchungen konfrontiert sein. Ich wollte, dass du dort ... gesättigt ankommst.«

Jetzt hatte ich einen Kloß im Hals. Ich nickte stumm und presste die Lippen zusammen. Warum hatte ich so extrem auf ihn reagiert? Ich musste dringend herausfinden, ob mir das mit jedem Druiden so gehen würde.

Ich spürte Magnus Blick auf mir, aber ich zwang mich dazu, ihn nicht anzusehen. Lieber starrte ich weiter nach draußen. Auch, wenn ich nichts als Bäume sah. ›*Nicht mit jedem Druiden. Aber je mehr Magie in einem Druiden fließt, desto berauschender ist sein Blut.*‹

Aber ich hatte doch nur einen Tropfen ...

»Wir sind gleich da. Siehst du das?«

Tatsächlich. Hinter den Bäumen wurde es heller. Wie eine Stadt, die den Himmel über sich mitbeleuchtete, umgab die Baumkronen nun ein warmer Lichtschimmer. Das Vapor-Dings, das VP, schien nun immer wieder Kehren zu fahren. Der Weg wurde steiler. Dann sah ich sie. Aber ich hatte mir unter einer Magieakademie doch etwas Anderes vorgestellt. Vor mir ragte kein Oxford auf, keine Universität von Paris, kein alter, edler Prunkbau. Vor mir stand eine heruntergekommene Ruine hinter einem verrosteten großen Tor, in dessen Mitte ein kleiner Lucernabaum tapfer und überraschend hell leuchtete.

»Was zum ...« Meine Stimme erstarb zusammen mit dem leisen Rattern des Motors.

»Hab Geduld. Und sieh noch einmal genauer hin«, hörte ich Magnus Stimme, aber sie klang wie von weit her. Mein Blick glitt auf seinen Platz mir gegenüber, doch ich war plötzlich allein im VP. Verwirrt suchte ich den Platz vor unserem Gefährt ab und sah dann eine Gestalt in weiß einige Meter entfernt vor das Tor treten. Sie schwang einen weiß glimmenden Stab und in wenigen Sekunden wuchs der Stab zu einem riesigen Gebilde, dass seinen Besitzer ein ganzes Stück überragte. Es war kunstvoll verziert und ich erkannte es sofort wieder. Das war Magnus Druidenstab.

›Hirtenstab‹

Genau der.

Ich starrte ihn fasziniert an, wagte es nicht einmal zu blinzeln. Wie war Magnus so schnell zum Tor gelangt? Jetzt hob er den Stab an und in seiner verschlungenen Spitze wurde das Licht größer. Aber nicht nur sein Licht. Der kleine Lucernabaum hinter dem verrosteten Tor begann jetzt, noch stärker zu leuchten – und er wuchs. In Sekundenschnelle. Er wurde immer größer und größer, bis er die ganze Ruine ausfüllte und dann geschah, worauf ein Teil von mir schon gewartet hatte: Wind kam auf und die leuchtenden Blätter des Baums rissen sich los und wirbelten durch die alten Torbögen und um die zerfallenen Mauern. Sie lösten sich zu goldenem Staub auf, der in der Nacht wunderschön funkelte. Nun musste ich blinzeln, ob ich wollte oder nicht. Und mit jedem Mal, das ich kurz meine Augen schloss und wieder öffnete, verschwand die Ruine mehr. Stattdessen wuchsen mächtige, stabile Mauern empor. Das rostige Tor richtete sich auf und glänzte Kupfern. Alles wirkte gepflegt und einladend.

Selbst das Gras unter dem Baum schien etwas grüner und saftiger zu sein als zuvor.

Was um Himmels Willen geschah hier?

›*Magie.*‹

Ich presste meine Hände fest auf mein Herz. Es raste vor Aufregung. Abys Krallen vergruben sich in meinen Beinen. Was wir jetzt sahen, war eine riesige, verwinkelte Burg mit vielen Zinnen, Brücken und Bögen. Vom Lucernabaum konnten wir nur noch die obersten nun kahlen, schwach glimmenden Äste sehen. Dafür strahlte jetzt die Akademie selbst aus allen Fenstern und Nischen.

»Das hätten wir.«

Aby und ich zuckten zusammen, als Magnus plötzlich wieder mit uns im VP saß. Er hob entschuldigend die Hände.

»Die Akademie ist – so wie alle anderen auch – mit einem Zauber vor neugierigen Blicken verborgen. Keine Akademie wirkt von außen so, wie sie wirklich ist. Ich habe diesen Zauber für dich vorübergehend aufgehoben. Nach deiner Aufnahme durch die Weihzeremonie wird es reichen, wenn du das Tor öffnest und hindurchgehst. Das Gelände so von außen zu sehen, ist also immer nur den Erstsemestern vor ihrer Weihe in Begleitung eines Feuerdruiden möglich. Deshalb wollte ich, dass du wach bist.« Er sprach so sanft wie immer, aber etwas schneller. »Ich werde euch nun verlassen. Sobald das Vapor Pegma im Atrium anhält, wirst du in Empfang genommen und herumgeführt. Dein Gepäck wird da bereits in deinem Zimmer sein. Zusammen mit ein paar zusätzlichen Dingen, die du hier brauchen wirst. Über alles Weitere wie deinen Lebenslauf werden wir später in Ruhe im Dekanatszimmer sprechen – einschließlich deines Stipendiums.«

»W-was?! Moment! Warte!« *Stipendium? Wieso beim Dekan? Was hat der damit zu tun?*

Aber ich spürte nur noch seinen warmen Atem auf meiner Hand und dann war er verschwunden. Das Va ... Vapor ... Peg ... das VP setzte sich wieder in Bewegung und wir fuhren gemächlich auf das Akademiegelände. Der Weg war mit Fackeln beleuchtet und der große Lucernabaum vor uns bildete bereits neue Blätter aus.

Leuchtende Knospen wuchsen an seinen Ästen. Ein leuchtender Frühling mitten in der Nacht. Magnus hatte Recht behalten. Er war wirklich wunderschön.

Ich starrte immer noch die wieder mehr und mehr leuchtende Baumkrone an, als das VP anhielt und meine Tür geöffnet wurde. Der Fahrer half mir aus dem Wagen, verbeugte sich und beeilte sich dann, das Gelände wieder zu verlassen. Er schien all die Schönheit dieses Ortes gar nicht wahrzunehmen. Ob das hier für ihn immer noch wie eine Ruine wirkte?

Ich sah mich unsicher um, drehte mich im Kreis unter dem Lucernabaum. Rings um mich herum sah ich hohe Mauern mit unzähligen Fenstern, Erkern und offenen Gängen. Manche Wände waren bewachsen mit etwas, das wie Efeu aussah. Der Hof war menschenleer. Verlassen. Hatte Magnus nicht gesagt, ich würde erwartet werden?

»Verzeiht die Wartezeit, Matrona Thetra Clow«, rief eine mir nicht unbekannte Stimme hinter mir. Ich drehte mich um und stand vor Cole. »Cara?!« Er sah mich verdutzt an.

»Matrona Thetra Clow?«, erwiderte ich ebenso verwirrt.

»Ja, ahm. Das ist die reguläre Anrede für Lehrlinge mit zweitem Namen. Ich hatte ja keine Ahnung ... Entschuldigt, dass ich Euch einfach beim Vorna–«

Bevor er noch mehr Mist reden konnte, unterbrach ich ihn lieber. »Na sag mal. Ich hab mich dir selbst so vorgestellt. Außerdem ist mir dieser zweite Name nicht so wichtig.«

»Nicht so ... wichtig?!« Er starrte mich erschrocken an. Offenbar brachte ich gerade seine ganze Welt zum Einsturz. Die Welt aus sorgfältig gelernten Regeln und Normen.

»I-ich meine, ich hab mich einfach selbst noch nicht an diesen Namen gewöhnt. Tut mir leid. Aber ... könnte mein zweiter Name vorerst ein Geheimnis zwischen uns bleiben? Ich will nicht noch vor Semesterstart durch sowas auffallen. Wäre das möglich?«

Er sah immer noch ziemlich gequält aus. Aber auch etwas besänftigt. Nach einer Weile nickte er. »Na schön. Dann lasst mich Euch die wichtigsten Orte zeigen, inklusive Eures Zimmers.« Ich sah ihn durchdringend an. »Alles Weitere kannst *du* dir dann morgen nach der Zeremonie in Ruhe und im Hellen ansehen.« Er zwinkerte mir zu. »Guten Abend, Aby.«

Ein leises Maunzen von meiner Schulter war die Antwort und machte mir klar, dass er nicht mir zugezwinkert hatte. ›*Der Kerl weiß, was sich gehört. Halt dir den warm.*‹

»Einverstanden. Dann lass uns losgehen.«

***

Es fühlte sich komisch an, einzuziehen ohne auch nur einen Koffer dabeizuhaben. Immer wieder ertappte ich mich dabei, mich nach meinem Gepäck umzusehen. Vielleicht war es auch der Müdigkeit geschuldet. Die letzten Nächte waren nicht sehr ergiebig gewesen, was das Schlafen anging.

Zum Glück hatte Cole Erbarmen mit mir. Er zeigte mir nur vom Inneren Hof aus den Haupteingang, den ich morgen nehmen musste, um zur Zeremonie zu kommen. Er beschrieb mir, wo im Hauptgebäude die Aula war, wo die Krankenstation – man wisse ja nie, wann man sie brauchte – und wo es dann  zu den weiteren Ländereien der Akademie ging. Dort seien unter anderem auch der Kräutergarten, ein schöner See und die Bibliothek. Dann liefen wir einmal am Seitenflügel der Akademie entlang, in dem meine praktischen Kurse stattfinden würden und letztlich blieben wir auf der gegenüber-liegenden Seite vor einem weiteren Gebäude stehen.

»Hier sind die meisten Lehrlinge untergebracht, die auf dem Akademiegelände leben. Ein paar wohnen auch außerhalb und kommen jeden Morgen her. Aber das ist die Hauptunterkunft – und ab heute Nacht auch deine.«

»O!« Ich betrachtete die Fassade genauer – hübsch verziert wie alles hier, mit hohen, weißen Sprossenfenstern – und war schon gespannt auf sein Inneres. »Wohnst du denn auch hier oder außerhalb?«

Er lächelte. »Ich habe hier gewohnt, aber seit ich Patronus bin, wohne ich im zweiten Wohnhaus. Es liegt schräg hinter diesem und ist für die Patronii und den Abschlussjahrgang gedacht.« Er durchsuchte seine Taschen nach etwas, während er leise weitersprach. »Inzwischen werden da drin die meisten schlafen, deshalb erkläre ich es lieber hier draußen: Das Haus ist ein gemischtes Internat, wenn man so will. Wir sind alle alt genug. Allerdings sind die einzelnen Wohnungen immer Gemeinschaftswohnungen von vier Druidinnen oder vier Druiden. Da ist das Akademieprotokoll noch etwas altmodisch. In jeder Wohnung lebt jeweils ein Lehrling aus einem Lehrjahr, so dass sich die Gemeinschaft pro Jahr immer nur an ein neues Gesicht gewöhnen muss. Der Sinn dahinter ist der Wunsch, die jüngeren Lehrlinge von der Erfahrung der älteren profitieren zu lassen und den älteren Lehrlingen so gleichermaßen Verantwortungsgefühl zu vermitteln.« Nun zog Cole einen Schlüssel aus seinem Umhang. Das hatte er also gesucht. »Du wohnst in diesem Jahr nur mit einem weiteren Lehrling zusammen. Juno Lana, die in meiner Stufe ist. Emalin Talmon, die nun im vierten Jahr ist, ist in das zweite Wohnhaus gezogen, um sich besser auf ihre Prüfungen konzentrieren zu können. Iril Pagis, die die dritte Stufe erreicht hat, wechselte in den Ferien die Akademie. Es stellte sich heraus, dass sie in der Naturakademie Umbrinds wesentlich besser ausgebildet werden kann.«

In dem Moment, in dem Cole ›Juno‹ gesagt hatte, war seine Stimme wie von selbst in den Hintergrund getreten. Wie hoch war die Wahrscheinlichkeit, dass es zwei Junos in seinem Jahrgang gab? Die Eiskönigin und meine reizende, nette Zimmergenossin? Ich ahnte Schreckliches.

»Also gut. Ich denke, das war das Wichtigste. Ich werde dich noch rasch zu deinem Zimmer bringen. Hier ist schon mal dein Schlüssel.« Er überreichte mir einen kleinen, bronzenen Schlüssel, der ziemlich alt aussah und für seine Größe verblüffend schwer war. »Am besten sind wir jetzt leise, um niemanden zu wecken«, flüsterte er, während er mich ins Haus zog. Das musste er mir nicht zweimal sagen. Ich konnte gut darauf verzichten, von Juno empfangen zu werden. Und solange sie schlief, konnte ich mir vielleicht einreden, dass sie nicht da war.

Wir standen in einem großen Foyer, an dessen Wänden sich Empore für Empore eine Treppe hinaufschlängelte. Jede Empore war unterbrochen von kleinen Erkern und Logen, in denen tagsüber sicher überall Lehrlinge saßen. Ich sah es regelrecht vor mir. An den Wänden hingen Gemälde: Landschaften, Tiere, Portraits. Ich würde sie mir später genauer ansehen.

Während ich dank meiner besseren Sinne und vor allem wohl dank Magnus kleiner Spende auch im Dunkeln ausgezeichnet sah, ging es Cole wohl anders. Als ich mich schon staunend umsah, hob er seinen Stab und in kürzester Zeit erhellten unzählige Kerzen das Foyer. Angeführt von einem riesigen Kronleuchter, der ungefähr auf Höhe der dritten Etage und damit in der Mitte des Foyers hing.

Er musste meinen staunenden Blick bemerkt haben, denn er grinste mich an und zeigte mir seinen Stab. »Die Gebäude haben zu den hochfrequentierten Uhrzeiten alle eine Art Bewegungsmelder. Aber wir sind etwas spät dran, da muss ich nachhelfen, wenn es die komplette Festbeleuchtung sein soll«, flüsterte mir Cole zu und verstaute seinen Zauberhelfer wieder in seinem Umhang. »Hier unten im Erdgeschoss sind Aufenthaltsräume, Studierzimmer und ein Speisesaal – bestens geeignet für Parties dank der kleinen Küchenzeile.«

Wir stiegen bis in den vierten Stock hinauf und bogen dann in einen Gang ein, der von den zentralen Emporen wegführte. Auch hier flackerten nun nach und nach Kerzen auf.

»Du wirst in Kürze lernen, wie du dir das Licht notfalls selbst anmachst. Eine Notbeleuchtung gibt es im Zweifelsfall immer«, murmelte er. Dann blieben wir stehen. Wohnung 427. Automatisch hob ich den Schlüssel. »Also gut. Die Weihzeremonie beginnt um neun Uhr. Sei am besten etwas früher da, damit ich euch Erstsemester noch schnell einweisen kann.« Wenn es möglich war, sprach er jetzt noch leiser. Vielleicht war er genauso erpicht darauf, Juno nicht aufzuwecken. »Gut. Dann. Gute Nacht.«

»Gute Nacht«, hauchte ich und steckte vorsichtig den Schlüssel ins Schloss. Mit einem leisen Klicken drehte er sich von selbst und die Tür schwang lautlos auf. Ich musterte für einen Augenblick irritiert die Tür, dann beschloss ich, dass diese Tür auch nicht kurioser war als die hölzerne Tresortür in der Pension. »Und danke«, formte ich mehr mit den Lippen, als es auszusprechen, winkte und huschte in die Wohnung, als mir noch etwas einfiel. Ich drehte mich noch einmal um und sah, wie Cole bereits einige Schritte gegangen war.

»Warte!«, zischte ich. »Wie sorge ich dafür, dass ich pünktlich komme? Ich meine, woher weiß ich, wann es Zeit ist?«

Cole hob überrascht eine Braue. »Na indem du auf eine Uhr schaust« Genaugenommen sah er so aus, als würde er an meiner geistigen Gesundheit zweifeln.

»Auf eine Uhr?! Hier gibt es Uhren?«

Jetzt konnte er kaum noch an sich halten. Die sorgsam aufrechterhaltene Patronus-Maske bröckelte im freien Fall. Auch wenn man ihm zu Gute halten musste, dass er offenbar alles tat, um nicht zu laut zu sein. »Ja, natürlich. Es mag dich überraschen, aber im Laufe der Zeit entwickelten auch Nafish eine verlässliche Methode die Zeit zu messen.« Er musterte mich, während das Lachen immer noch in seinem Zwerchfell zuckte. »Es überrascht dich wirklich.« Er kam wieder etwas näher und legte den Kopf schief. »All die unglaublichen Dinge hier nimmst du ganz locker hin, aber dass es hier auch Uhren gibt, haut dich um. Das ist wirklich ...«, er suchte nach dem passenden Wort.

»Absurd?«

»Yes, das auch.«

›Er *dachte eher an süß.*‹

Cole schmunzelte, tippte sich dann zum Gruß an die Stirn und verschwand. Ich verschwand auch – mit roten Wangen in meinem neuen Zuhause. Woher sollte ich wissen, dass es tatsächlich auch Dinge gab, die hier genauso funktionierten, wie auf der Erde? Aber das war jetzt nicht so wichtig. Ich atmete tief durch und dann lief ich langsam weiter in die Wohnung hinein. Das erste Zimmer, das ich vom Flur aus betrat, wurde leicht rötlich beleuchtet. Sicher durch die beiden Monde vor dem Fenster. Das schien ein Gemeinschaftsraum zu sein. Es gab gemütliche Sofas, eine Bücherwand und überall standen kitschige Figuren rum. Vielleicht hatte sich Juno um die Einrichtung gekümmert.

Von diesem Raum gingen einige Türen ab. Gerade als ich mich fragte, welche davon in mein Zimmer führte, entdeckte ich die einzige offene Tür. Vorsichtig schlich ich darauf zu und lauschte. Kein Herzschlag. Sehr gut. Ich huschte hinein, schloss die Tür hinter mir und lehnte mich von innen dagegen.

Ich war angekommen.

Morgen früh würde ich ein Lehrling werden. Das ging alles so schnell. Ich hatte auf eine kleine Frist gehofft. Etwas mehr Zeit, um diese Welt zu verstehen. Aber nun hatte ich es bis hierher geschafft. Ich würde jetzt sicher nicht aufgeben.

›*Außerdem bist du nicht allein. Also reiß dich zusammen. Ich weck dich schon rechtzeitig.*‹

Ich seufzte leise. ›*Tut mir leid. Du hast ja recht. Das war einfach etwas viel. Und was machen wir jetzt?*‹

›*Schlafen, würde ich empfehlen. Immerhin ist es inzwischen sicher weit nach Mitternacht. Du willst doch nachher bei der Zeremonie halbwegs menschlich aussehen, oder?*‹

Ich nickte. Aby hatte recht. Ich sah mich in dem kleinen Zimmer um, das für die nächste Zeit mein Zuhause sein würde. Ein Bett, ein kleiner Schreibtisch, ein Schrank und davor mein ganzes Gepäck. Sonst gab es nichts weiter zu sehen. Aber halt. Es gab eine Sache, die würde mir gefallen: Die Fensterbank war ziemlich breit. Dort konnte man mit Sicherheit viel Zeit mit Lesen und Träumen verbringen.

Ich trat näher und sah aus dem Fenster. Der Vorteil am vierten Stock war die Aussicht. Ich konnte über die Baumwipfel hinwegsehen und dank meiner Nachtsichtigkeit sah ich am Horizont sogar Medivia und das Meer. Zumindest ging ich davon aus, dass das Medivia war. Es war eine hell erleuchtete Stadt am Wasser. Vielleicht war Zambala aber auch viel größer. Immerhin hatte ich fast die gesamte Fahrt verschlafen.

Die beiden Monde standen hoch am Himmel und tauchten die Wälder zwischen der Stadt und mir in ein rötliches Licht. Irgendwie kam mir die Szenerie bekannt vor. Aber das konnte nicht sein. Ich war noch nie hier gewesen. Vielleicht war dieses Gefühl ja auch nur Ausdruck dafür, dass ich mich schon jetzt hier zuhause fühlte. Kurzerhand schnappte ich mir ein Kissen vom Bett und machte es mir damit unter meinem Umhang auf der Fensterbank gemütlich.

›*Nur für einen kleinen Augenblick, Aby. Ich geh gleich ins Bett ...*‹

Ohne ein weiteres Wort machte es sich Aby auf meinem Schoß bequem und ließ sich von mir kraulen. Meinen arg überstrapazierten Kopf lehnte ich gegen die kühle Fensterscheibe. Ich schloss die Augen und versuchte mir vorzustellen, dass diese Welt keine fremde war. Ich versuchte mir vorzustellen, wie Mama und Papa vielleicht an dieser Akademie gewesen waren. Und ich fragte mich, ob sie die Lucernabäume in Paris vermisst hatten.

Mama ... Papa ... ich vermisse euch mehr denn je ... Das hier ist eure Welt und nicht meine.

Noch nicht.

KAPITEL V

Es war so unglaublich befreiend. Ich spürte den Wind in meinen Haaren und die kühle Sonne im Gesicht. Unter uns schwebten die Limigan und Heißluftballons und Medivia konnte man kaum mehr erkennen, so hoch waren wir. Ich strich über den Rücken meines Reisegefährten und genoss die Aussicht. Hier oben war nichts Beängstigendes, Fremdes, nichts, das mir gefährlich werden konnte. Wir waren zu weit oben. Hier war niemand außer uns.

›*Cara! Aufwachen! Sonst verschläfst du dein Weihdings!*‹

»Was!?« Plötzlich saß Aby mit auf meinem fliegenden Rochen und wir bekamen gefährlich Schlagseite. Ich fiel aus allen Wolken und landete unsanft auf dem Fußboden meines neuen Zuhauses. Zerknirscht rieb ich mir den Hinterkopf und sah mich um. »Aby ... musste das sein?« Es war bereits hell draußen.

Also musste es wohl sein.

›*Ich hab versprochen, dich rechtzeitig zu wecken. Also beschwere dich nicht. Zum Glück ist im Wohnzimmer eine Uhr. Übrigens hast du hier anscheinend eine Stunde mehr als auf der Erde. Nutze sie.*‹

»Ich hab eine Stunde mehr?« Wovon redete Aby da?

›*Ja. Fünfundzwanzig Stunden. Pssst! Oder willst du deiner Mitbewohnerin erklären, mit wem du gerade in welcher Sprache sprichst?*‹

Ich schlug mir die Hände vor den Mund. Verflucht. Daran hatte ich gar nicht mehr gedacht. Ich stand auf und schlich auf Zehenspitzen zu meiner Zimmertür. Sie stand einen Spalt breit offen.

›Das war ich. Irgendwie musste ich ja herausfinden, wie spät es ist‹, hörte ich Aby leise in meinem Hinterkopf. Ich konnte zwei Herzschläge in unmittelbarer Nähe hören und unzählige mehr, wenn ich den Radius etwas ausweitete.

Seufzend schloss ich die Tür wieder und lehnte mich dagegen – so wie ich es schon bei meiner Ankunft in der Nacht getan hatte und sah mich um. Jetzt bei Tageslicht wirkte das kleine Zimmer irgendwie nüchtern. Es war nur mit dem Nötigsten ausgestattet. Aber was hatte ich von einem Internat auch anderes erwartet? Im Gegensatz zu der Pension war mein Mobiliar hier aus Holz. Ob Feuerdruiden ihre Zimmer seltener in Brand steckten?

Mein Blick fiel auf mein Gepäck. Es hatte seine Originalgröße zurück, aber in dem kleinen Zimmer wirkte es eher, als hätten sich seine Dimensionen vervielfacht. Ich öffnete wahllos einige Taschen und meinen großen Koffer – auf der Suche nach etwas Angemessenem, das ich zur Weihzeremonie tragen konnte.

Automatisch öffnete ich den großen Schrank, um einen Teil des Chaos darin verschwinden zu lassen. »Was ist das denn?!«

Aby sprang auf meine Schulter und zusammen starrten wir in den Kleiderschrank. Er war völlig leer – bis auf einen Bügel, der schon belegt war. Ich zog ihn heraus und warf das Arrangement auf mein Bett. Erleichtert stellte ich fest, dass es sich um eine schwarze, schlichte Stoffhose und eine rote Bluse handelte. Das Outfit erinnerte mich etwas an klassische asiatische Kleidung. Vor allem die hochgeschlossene Bluse und die seitliche Naht. Vielleicht hatten alle Erstsemester das bekommen, damit wir heute anständig aussahen.

»Na schön. Dann mal los. Weißt du schon, wo das Bad ist?«

***

Ich brauchte nicht sehr lang – unter anderem dank einer eiskalten, höchst motivierenden Dusche. Meine Haare steckte ich mir zu einem Dutt hoch. Das schien mir passend für das Outfit. Als ich mir letztlich den Umhang anlegte, musterte ich mich skeptisch in einem Spiegel im Flur.

›Ginga wäre stolz auf dich!‹

»Danke«, flüsterte ich und drehte mich zu Aby um. *Kommst du nicht mit?*

Sie schüttelte langsam den Kopf. *›Wir wissen doch gar nicht, ob ich mit zu der Zeremonie darf. Außerdem halte ich es für besser, diese Juno im Auge zu behalten. Wer weiß, was sie vorhat. Ich werde also hier aufpassen und du wirst jetzt zu einem Lehrling.‹*

Ich nickte ernst. Sie hatte recht. Auch wenn mir der Gedanke, Aby allein in Junos Nähe zu lassen, gar nicht gefiel. Ich hatte ihren neugierigen Blick auf meine Katze bei unserem ›Kennenlernen‹ in Medivia nicht vergessen. Aber es half nichts. Ich musste los. Mit Sicherheit war ich schon viel zu spät dran.

Ohne noch länger zu zögern, straffte ich die Schultern, verließ die kleine Wohnung und steckte den Schlüssel ins Schloss. Beinah hätte ich versucht, selbst abzuschließen, aber als der Schlüssel sich zu bewegen begann, ließ ich ihn glücklicherweise los.

Angesichts von Coles Ankündigung in der vergangenen Nacht war ich verflucht froh, meine Mitbewohnerin noch nicht getroffen zu haben. Mit Juno am Morgen hätte die Zeremonie danach nur ein Desaster werden können.

Als ich die Empore erreichte und zur Treppe lief, sah ich auf der gegenüberliegenden Seite Alisi aus einem Zimmer kommen. Also wohnte sie ganz in der Nähe. Wie schön! »Guten Morgen«, rief ich mit einem breiten Grinsen im Gesicht. *Alisi am Morgen vertreibt Kummer und Sorgen.* Mir war meine Erleichterung sicher genauso anzusehen wie ihr, als sie aufblickte und mich erkannte. Sie winkte stürmisch und lief mit einem Strahlen im Gesicht auf mich zu. Zum Glück trug sie die gleiche Garderobe wie ich. Also hatte ich mich richtig angezogen. Ein Grund mehr, erleichtert zu sein.

»Guten Morgen, Cara!«, rief sie außer Atem, als sie mich fast erreicht hatte. »Großartig! Ich dachte schon, ich muss allein laufen. Kannst du dich erinnern, wo wir genau hin müssen? Ich sollte das eigentlich noch von der Weihe meines Bruders wissen, aber irgendwie«, sie hob hilflos die Arme. »Schieb es auf die Aufregung.«

Ich lachte. »Genau weiß ich es auch nicht, aber diese Aula ist im Hauptgebäude – das hat mir... das hab ich gestern noch erfahren.

Nur wo dort, das müssen wir noch herausfinden. Aber sicher sind wir nicht die einzigen Neulinge. Wir können ja einfach mit dem Strom schwimmen.«

Alisi kicherte, während wir die Treppen runterschlenderten. »Das ist gut. ›Mit dem Strom schwimmen‹. Wie Aquanauten. Das klingt lustig. Kennst du jemanden aus Pungan oder woher hast du das?«

Oh verflixt! Sprichworte! Ich konnte nicht einfach Sprichworte oder Redewendungen benutzen! Cole hatte recht. Ich musste Nefishit richtig lernen, sonst würde ich mich früher oder später verraten. Ich räusperte mich leise, um Zeit zu gewinnen. »Ahm, ja. Ja, genau. Ich war mal in den Ferien in Pungan.« Das war das Wasserreich. Beruhigend, dass wenigstens Teile von Coles Lehrstunden bei mir hängengeblieben waren. »Und? Hast du dich schon eingelebt? Wann bist du gestern angekommen?«

»Meine Eltern haben mich gestern direkt hergebracht. Zum Glück.« Sie schnitt eine Grimasse. »Tut mir leid, dass sie dich so ... naja, ausgehorcht haben.«

»Ach, mach dir da mal keine Gedanken. Lief doch ganz gut.«

»Allerdings!« Alisi musterte mich von der Seite. Ich sah lieber auf meine Füße, um nicht auf den letzten Stufen noch zu fallen; aber ich konnte ihren Blick spüren. Neugier. »Ist das wahr? Mit dem Ehrennamen und dem Stipendium?«

»Naja«, murmelte ich. Wir kamen gerade unten im Foyer an und so grinste ich ihr zu und hoffte, sie würde mir meine Notlüge verzeihen können. »Mein Name stimmt schon, aber ich bin einfach so hier.« Wobei ... was hatte Magnus letzte Nacht zu mir gesagt? Ich atmete tief durch und musterte sie plötzlich etwas nervös. »Tut ... tut mir leid. Ich wollte nicht lügen, aber irgendwie wollte ich mich ihnen gegenüber nicht klein und unwichtig fühlen ...« Sicherlich hatte ich da etwas falsch verstanden. Wenn ich ein Stipendium hätte, wüsste ich das doch.

»Cara! Warum sollte ich dir böse sein? Ich fand es großartig, wie du die beiden aus dem Konzept gebracht hast!« Alisi strahlte über das ganze Gesicht und schob mich auf die Tür zu. »Das hat sich noch nie jemand getraut. Und hey! Du hast einen zweiten Namen. Das ist total beeindruckend! Und aufregend! Woher kommt der?

Hast du ihn geerbt oder etwa verliehen bekommen? Woher kommt deine Familie? Oh! Moment! Darf ich dich trotzdem Cara nennen? Ich glaube, korrekt ist das nicht. Da muss ich mich erstmal informieren, wie es sich unter Lehrlingen verhält.«

Ihre Fragen hätten mich nervös machen sollen, aber wir öffneten zur gleichen Zeit die Tür – oder eher das riesige Portal – und standen nun im Hof der Akademie. Ich hörte Alisi gar nicht mehr richtig. Stattdessen lief ich staunend weiter in den Hof hinein, drehte mich im Kreis und versuchte, alles zu erfassen. Bei Nacht hatte die Akademie sehr spektakulär ausgesehen und ich hätte nicht gedacht, dass sich dieser Eindruck noch toppen ließ. Zumindest der Lucernabaum stand nun vollkommen harmlos und unspektakulär im klassischen grüngelben Blätterkleid da. Der Rest der Akademie hatte allerdings nichts von seiner Wirkung verloren. Im Gegenteil: Im Hellen erkannte ich noch besser die Ausmaße des Geländes und ich wusste, dass ich die nächsten Tage vor allem damit beschäftigt sein würde, die gesamte Akademie zu erkunden. Vom Innenhof gingen lauter Gänge und Wege ab – alle mit imposanten Torbögen zum Hof hin. Hinter einem davon lagen Gärten und ein See, das hatte Cole mir verraten. Und die Bibliothek, nicht zu vergessen. Aber wohin führten die anderen alle?

»Hallo? Cara? Auf welchem Mond bist du denn gerade? Neith oder Apophis?«

»Was? Ups« Ich drehte mich suchend um, bis Alisi vor mir auftauchte. »Ist das nicht beeindruckend? Allein die Architektur ... und wie viele Geheimnisse diese Mauern wohl verbergen?«

»Ach, das. Ja sicher. Es ist beeindruckend. Aber ich war ja schon ein paar Mal hier. Offenbar nicht oft genug, um mir den Weg zu merken. Aber oft genug, um nicht mehr auszuflippen. Hast du das alles denn nicht schon gesehen, als du angekommen bist?«

Ich schüttelte den Kopf. »Nein. Ich kam erst in der Nacht. Das sah auch toll aus. Aber ganz anders.« Mein Blick blieb an der Front des Hauptgebäudes hängen. Über dem Eingangsportal hing eine Sonnenuhr – das war deutlich zu erkennen, selbst für mich. Und wenn die Sonne nicht falsch ging, dann mussten wir uns beeilen. Ich schnappte mir Alisi und lief mit großen Schritten auf das Portal zu.

»Also schön. Wo genau müssen wir hin?«

»Guten Morgen, Cara«, rief eine mir inzwischen recht bekannte Stimme und brachte uns damit zum Anhalten. Alisis Augen weiteten sich und ihr Herzschlag legte einen Zahn zu.

»Guten Morgen, Cole«, antwortete ich, noch ehe ich mich ganz umgedreht hatte.

Das war auch gut so, denn auf diese Weise konnte ich ruhig und entspannt klingen. Nachdem sich mein Blick endlich auf ihn gerichtet hatte, gelang mir das nicht mehr. Er hatte eine Art Uniform an. Ebenso wie unsere Kleidung war sie schwarz und dunkelrot, allerdings war seine mit Goldstickereien verziert. Darüber trug er wieder seinen Umhang mit dem Patronus-Wappen. An seinem rechten Ohr hing ein langer goldener Ohrring, der an ihm kein bisschen kitschig aussah.

»Du bist spät dran.« Er setzte einen tadelnden Blick auf, der nichts von der Schärfe hatte, die Juno zu spüren bekommen hatte. »Meine Einweisung hast du damit leider verpasst.«

Na klasse. Das fing ja gut an. »Oh, nein! Tut mir leid. Ich hab nicht sonderlich gut geschlafen«, erwiderte ich kleinlaut und versuchte mich an einem entschuldigenden Lächeln.

»Nicht schlimm. Das wird schon. Bist du denn trotzdem bereit für deinen großen Tag?«

Er sah eher so aus, als sei das sein großer Tag. Ich senkte den Blick, starrte auf seine schwarzen Stiefel und sammelte mein verbliebenes Resthirn zusammen.

»Ich, ahm. Ja. Ich hoffe es. Bin nur etwas nervös.« Ich atmete tief durch und straffte die Schultern. Es gab schließlich tausend gute Gründe, aus denen der heutige Tag schief gehen konnte. Die Liste begann mit plötzlichen Sprachproblemen und gipfelte in Blut.

Cole legte lächelnd eine Hand auf meine Schulter, beugte sich dann etwas vor und flüsterte mir zu: »Immerhin ist dein Nefishit ganz ausgezeichnet.« Wenigstens etwas. Laut ergänzte er: »Du schaffst das schon.«

»Danke«, murmelte ich verlegen und hörte immer deutlicher Alisis Herz neben mir hämmern. »Oh, wo bleiben meine Manieren? Das ist übrigens Alisi. Alisi, das ist Cole.«

»Alisi?« Cole zog eine Braue hoch und musterte sie. Sicher fiel ihm ihre Ähnlichkeit zu Luce auf. Aber er sagte nichts, sondern lächelte freundlich. »Alles Gute auch dir! Wenn ihr Hilfe brauchen solltet oder Fragen habt, könnt ihr euch jederzeit an mich wenden.«

»Naja. Dann hätten wir gleich die erste. Wo ist noch gleich die Aula? Könntest du uns hinführen?«

»Aber natürlich. Es ist mir ein Vergnügen, zwei so reizende Erstsemester zu ihrer Weihzeremonie zu führen.« Er deutete eine leichte Verbeugung an und bot jeder von uns einen Arm. Wir liefen synchron rot an, hakten uns aber unter. Gemeinsam stiegen wir die wenigen Stufen zum Eingang hinauf und betraten das Hauptgebäude.

Irgendwie hatte ich mir eine Akademie für Magie immer düster und mystisch vorgestellt, spärlich beleuchtet und zugig. Wie eine alte Burg eben. Zumal bei Feuermagie. Ein dunkler Gang, der nur mit Fackeln erhellt wurde, hätte doch tausend Mal besser gepasst. Aber stattdessen war die Eingangshalle groß und hell. Auch hier erstreckte sie sich – wie im Internat – über alle Etagen und gipfelte in einem reichlich verzierten Glasdach. An der Wand standen Bänke in Sitznischen – überall da, wo keine Türen waren.

Um uns herum liefen hektisch lauter Nafish, die ähnlich gekleidet waren wie Cole, Alisi und ich. Ein seltsam vertrautes Gefühl ergriff mich: Die Spannung und Neugier eines ersten Schultags. Neue Lehrer, neue Mitschüler, neue Fächer. Das emsige Treiben steckte an. Das war nun also meine Chance, doch noch ein Studium zu absolvieren.

»Wie ich sehe, zeigt die große Halle bereits ihre Wirkung. Beeindruckend, oder? An Festtagen verändert sich die Glasdecke und zeigt passende Motive und im Alltag einen Zoom in den darüber liegenden Himmel. Magister Desiderata liebt es, sich mit Illusionszaubern an ihr auszutoben. Es lohnt sich immer, einen Blick nach oben zu werfen – aber Vorsicht!« Mit einer schwungvollen Geste zog er uns vor sich und damit aus dem Weg, als ein paar hochgewachsene Kerle an uns vorbeirannten. »Wer nach oben sieht, kann solchen Rüpeln nicht ausweichen.« Sofort hatte Cole wieder sein grimmiges Beschützergesicht aufgesetzt. Sein Mimikspiel zu beobachten war beinah interessanter als die magische, gläserne Decke.

Aber wir hatten keine Zeit zum Schmachten und Beobachten. Cole zog uns unmittelbar weiter – einmal quer durch die Halle. Ihr Fußboden erinnerte an weißen Marmor. Er war durchzogen von feinen, rötlichen Linien. Sie schimmerten im Tageslicht, als würde Feuer in den Steinen glühen. Diese Entdeckung verdankte ich meinen zeitweise etwas tollpatschigen Füßen, die unbedingt stolpern mussten. Ohne Coles Arm hätte ich mich noch vor meiner Weihe zum Gespött der Akademie gemacht.

»So. Da wären wir, meine Damen.« Er ließ uns los und öffnete eine große Tür. Sie war im Gegensatz zu allen anderen Türen ebenso weiß wie die Wand, die sie durchbrach. Aber sie war nicht einfach nur weiß. Sie schien verziert zu sein. Es gelang mir jedoch nicht, sie genauer zu betrachten, bevor uns Cole mit sanfter Gewalt hindurchschob.

Wieder standen wir in einer weißen Halle. Hier gab es eine Empore, die von drei der – ich musste nachzählen – sieben Wände abstand und von glatten, natürlich weißen Säulen getragen wurde. Sieben Wände, denn der Raum war ein gigantisches Siebeneck. Ich fühlte mich wie in einem Science-Fiction-Roman.

»Die sieben Ecken des Raumes symbolisieren die sieben Elemente Nafishurs«, flüsterte mir Cole zu. »Und es heißt, keine Akademie Nafishurs ist weißer als die unsere.« Er klang unglaublich stolz, also nahm ich an, dass das wichtig war.

»Ihr als Erstsemester solltet euch Plätze weiter vorne suchen und vielleicht am Gang. Das macht es euch leichter, wenn ihr aufgerufen werdet.« Der Saal war schon ausgesprochen voll und ich hatte keine Ahnung, wie wir Coles Rat beherzigen sollten. Wir nickten trotzdem und gingen gemeinsam weiter in diesen merkwürdigen Saal hinein. Er hatte keine Fenster und keine Lampen, aber trotzdem war es taghell. Ich konnte beim besten Willen nicht sagen, woher das Licht kam.

Ich hielt mich an Alisi fest, während meine Augen ruhelos den Saal analysierten. Erst hatten die Wände glatt und einfach nur weiß gewirkt. Aber je länger ich sie ansah, desto mehr Muster erkannte ich an ihnen. Symbole und Schriftzeichen schimmerten schwach im Stein – teilweise heller als das weiß, wie auch immer das möglich war. Ich war etwas enttäuscht, dass mir mein Zauber nicht half, die Schriftzeichen zu entziffern. Das musste doch auch irgendeine Sprache sein und sollte ich nicht dank des Zaubers alle Sprachen sprechen, verstehen und lesen können?

»Was steht da?«, fragte ich Alisi so leise wie möglich.

»Wo?«

»Na, an den Wänden. Diese glühenden Schriftzeichen.«

Sie kniff die Augen zusammen und starrte die nächstgelegene Wand an. »Ich kann nichts erkennen. Was meinst du?«

»Hm. Nicht so wichtig. Ich hab mich wohl geirrt, waren nur Schatten.« Warum konnte Alisi sie nicht sehen? Das machte mich noch nervöser. Ich hätte gern auch Cole gefragt, aber was, wenn er sie auch nicht sehen konnte? Wie sollte ich erklären was ich sah und warum? Also ein weiterer Punkt für meine Magnus-Fragen-Liste.

Hoffentlich würde ich ihn bald wiedersehen. Ich wusste nicht, wo er wohnte, was er hier in Nafishur machte. Ich wusste nur, dass er irgendwie wichtig war. Vielleicht war er ein großzügiger finanzieller Unterstützer der Akademie. Er sah nicht gerade arm aus. Oder er war sogar hier angestellt. Im Grunde wusste ich nichts. Im Grunde konnte ich nur darauf hoffen, dass er möglichst bald wieder vor mir auftauchte.

Aber jetzt musste ich erstmal diese Zeremonie hinter mich bringen, möglichst ohne mich zu blamieren. Ich fragte mich, wie viele Lehrlinge in diesem Raum Erstsemester wie wir waren. Mit jeder Minute füllte sich der Saal mehr. Wir setzten uns nicht in die erste Reihe, aber relativ weit nach vorn, wie Cole es uns geraten hatte. Kaum zu glauben, aber dort waren tatsächlich noch zwei Randplätze frei. Mein Patronus selbst stand wieder am Eingang. Er sprach gerade mit einem anderen Lehrling und gestikulierte dabei in Richtung Empore. Ich sah auf und stellte fest, dass dort inzwischen auch die meisten Plätze besetzt waren. Allerdings vor allem von wesentlich älteren Gästen.

»Mist. Sie sind tatsächlich gekommen.«

Ich sah Alisi fragend an.

»Meine Mutter und meine kleine Schwester. Da oben, ziemlich in der Mitte und natürlich in der ersten Reihe.« Ich folgte ihrer Beschreibung und entdeckte schnell zwei blonde Lockenköpfe.

»Freust du dich denn nicht, dass sie da sind?«

»Naja«, Alisi verdrehte die Augen, »sie sind nicht meinetwegen hier, sie sind nur hier, um anzugeben und Präsenz zu zeigen.«

»Und wo ist dein Vater?«

»Oh. Der ist da. Du wirst ihn gleich sehen.« Alisi klang wenig begeistert. Also wechselte ich schnell das Thema. »Sag mal ... wer sind denn diese Typen da vorn in den weißen Roben? Diese riesigen Kapuzen hängen ihnen ja so tief ins Gesicht, dass man nicht mehr als ihre Lippen sieht.« Die nicht gerade ein Lächeln trugen.

»Ich denke, das sind die Wächter der Akademie. Und die am Eingang«, wir drehten uns synchron um und jetzt erst merkte ich, dass auch dort Männer in weißen Kutten standen, »dürften von der Palastgarde ausgeliehen sein. Sieht man an den goldenen Verzierungen ihrer Gewänder. Die vorn haben rote Zauber in die Gewänder gewoben, keine goldenen. Allerdings ist das wirklich etwas dick aufgetragen.« Wir drehten uns wieder um und beobachteten die Wächter, die zu beiden Seiten des Podestes standen – einer Art Bühne, wie ich sie auch aus meiner alten Schulaula kannte. Nur das diese größer war. »Das hier ist der sicherste Raum am wohl sichersten Ort Zambalas. Was soll uns hier schon passieren? Zumal jeden Moment auch die Lehrmeister erscheinen werden.«

»Ist das denn nicht normal? Wächter *und* Garde, mein ich.«

»Naja. Bis letztes Jahr hatten wir einen Wächter. Und jetzt sind es zwei. Meinetwegen. Francesco ist ja auch wirklich nicht mehr der Jüngste. Aber was soll die Garde? Ich finde, die wirken gruselig.«

»Stimmt.« Und sie gaben mir zu denken. So viel mehr Personal für die Sicherheit eines angeblich sicheren Ortes? Der Gedanke beunruhigte mich.

»Erst recht mit den Kapuzen. Francesco trug diese blöde Kutte bisher nie so. Man konnte ihm immer direkt ins Gesicht sehen. Ich erinnere mich noch gut daran, wie sich mein Vater darüber aufgeregt hat.«

»Vielleicht wollen die Wächter ja nur nicht unangenehm auffallen. Bestimmt hat sich nicht nur dein Vater aufgeregt. Vielleicht ja auch der Dekan oder irgendein anderes hohes Tier.«

»Der Dekan?!« Alisi sah mich ungläubig an. Was war denn so abwegig an meiner These?

»Na ihr beiden? Alles okay?« Ich zuckte zusammen, als ich plötzlich Coles Stimme hörte. Ich hatte wie gebannt die beiden Wächter angestarrt. Der eine schien der Statur nach eine Frau zu sein. Irgendwie irritierte mich das.

Cole kniete sich neben unsere Sitze und sah uns neugierig an.

»Was tuschelt ihr denn so hochkonzentriert?«

»Wir haben uns nur gefragt, warum die Aula so gut bewacht wird. Ist irgendwas passiert?« Ich sah ihn möglichst unschuldig an und wünschte mir Aby an meine Seite. Ich wüsste zu gern, was Cole jetzt dachte und ob er mir ehrlich antwortete.

»Ich weiß auch nicht genau, warum die Garde da ist. Die zwei Wächter kamen auf ausdrücklichen Wunsch des Dekans. Er hat sie wohl sogar selbst ausgewählt.« Nun sah auch Cole zu den gruseligen Gestalten. »Die zwei müssen wirklich die Besten der Besten sein.« Beeindruckend. Aber hieß das jetzt, dass beide neu waren? Oder war der eine davon noch immer dieser Francesco? »Bestimmt verdanken wir das Aufgebot wieder irgendeinem übervorsichtigen Adligen im Konzil.«

»Konzil?«

»Ach, einige Eltern der Lehrlinge sowie ehemalige Lehrlinge stehen der Akademieleitung ›beratend‹ zur Seite.« Cole schnitt eine Grimasse, bis er – so wie ich – Alisis Gesicht bemerkte. Waren ihre Eltern Teil des Konzils? Passen würde es ... Unser Patronus räusperte sich und holte seine ernste, seriöse Maske hervor. »Aber solange die Wächter zu unserem Schutz da sind, sollten wir uns von ihrer Anwesenheit nicht einschüchtern lassen. Hab ich recht?«

Wir nickten. Er hatte recht. Egal wie viele Wachen hier waren. Sie waren für uns, nicht gegen uns. Alisi und ich kicherten leise. Irgendwie fühlte ich mich erleichtert. Aber es blieb nicht lange dabei. Ich sah an Cole vorbei nach vorn zum Podest. Inzwischen standen lauter hohe Stühle an der Wand und auf jeden davon setzte sich gerade ein Druide. Ich war mir sicher, dass es Druiden waren. Sie strahlten Magie und Macht aus und jeder trug seine Interpretation dieser Magie zur Schau.

Zwei stachen besonders heraus: Eine Frau, die zu schweben schien, immer wenn sie sich bewegte, und ein älterer Mann, über dessen Haupt kleine Flammen schwebten. Sie trugen ihre Magie deutlich zur Schau. Aber da war noch ein Magister, der meine Aufmerksamkeit auf sich zog. Ziemlich weit rechts saß Maximus Argus Ulixes, Alisis Vater. Was hatte das zu bedeuten?

»Alisi, was zum ...« Ich musste nicht weitersprechen.

»Ja, mein Vater ist einer der Lehrmeister. Für den Umgang mit dem Zauberstab, Zaubersprüche und -formeln, Fluch- und Bannzauber.«

Ich stöhnte gequält. Na großartig. Das klang ganz danach, als würde ich ihm oft begegnen. »Und ich dachte, du wolltest auf die Akademie, um deiner Familie zu entfliehen. Dabei ist Luce in Coles Jahrgang«, ich nickte zu Cole hinüber, der immer noch neben uns kniete, »und dein Vater unser Lehrer. Ich meine, Lehrmeister.«

»Tja. Man kann seiner Familie nicht entkommen«, murmelte Cole. Dann sah er uns an und lächelte wieder. »Aber man muss ja nicht genauso werden und immerhin wohnst du nicht mehr bei ihnen.«

Alisi nickte und versuchte sich an einem wenig überzeugenden Lächeln.

Ich verzog das Gesicht. »Ja. Toll. Dafür wohne ich mit Juno zusammen.«

Alisi gab ein seltsam gequältes Geräusch von sich. »Oh nein. *Die* Juno?«

»Ich nehme es an. Sie hat vorhin noch geschlafen. Aber wie viele Junos gibt es in deinem Jahrgang?« Ich sah fragend zu Cole.

»Nur die eine.« Er sah mich nachdenklich an. »Stimmt, ihr hattet nicht den besten Start.«

Das war stark untertrieben und das machte mein Blick hoffentlich auch deutlich.

Er seufzte. »Da wirst du durchmüssen. Es tut mir leid. Aber du bist doch nicht lange allein mit ihr. Und nur, weil ihr eine gemeinsame Wohnung habt, heißt das ja nicht, dass du ständig Zeit mit ihr verbringen musst.« Er lächelte mich aufmunternd an. »Du hast schließlich Freunde hier.«

»Magnus«, murmelte ich tonlos und gleichermaßen fassungslos. Ich war mir sicher, jetzt so blass wie ein vollwertiger Vampir zu sein.

»Hey, noch mehr neue Freunde? Du bist fleißig. Und ich dachte, ich bin der einzige Mann, den du hier kennst.« Lachend drehte sich Cole um, neugierig, weil er sehen wollte, wer mich so aus der Fassung brachte. Dann verschluckte er sich fast an seinem Lachen, keuchte leise, sprang auf und richtete seine Uniform.

Magnus lief durch den langen Gang auf das Podest zu und lächelte freundlich vor sich hin. Als er auf unserer Höhe ankam, sah er mich direkt an, als hätte er die ganze Zeit gewusst, wo ich saß und nur darauf gewartet, sich mir zuzuwenden.

Cole verbeugte sich und ich hörte, wie sein Herz begann, noch etwas schneller zu schlagen. Er war angespannt, aufgeregt. Ich konnte es seinem Herzen anhören. Und nicht nur er. Erschrocken nahm ich die veränderte Stimmung und die vielen starken, schnellen Puls-Rhythmen im Raum wahr. Alle um mich herum schienen den Atem anzuhalten und in ihrer Verbeugung zu verharren.

Plötzlich zog mich eine Hand nach unten. Ich wollte schon aufschreien und mich wehren, wie es mir Ginga mal beigebracht hatte, aber dann begriff ich, dass es Cole war, der blind nach mir tastete und mich in eine ähnliche Haltung zog wie alle anderen. Er wollte mich sicher nur schützen, aber so fiel es mir viel schwerer, Magnus anzusehen. Er trug wieder dieses dunkelrote Gewand, dass ich schon in Paris an ihm gesehen hatte. Zusammen mit seinem Umhang.

Er räusperte sich leise und hob in einer weichen, langsamen Geste die Hände, um uns zu symbolisieren, uns wieder zu setzen. Was war hier los? Er war wichtig und mächtig, so viel hatte ich ja schon Zuhause begriffen. Aber das hier war doch wohl etwas übertrieben.

Gingas Worte kamen mir plötzlich wieder in den Sinn.

Also ... Ich ... Ich weiß nicht, wie ich das erklären soll, aber ... Er kommt mir bekannt vor. Ich ... Ich hab ihn schon mal gesehen. Ich glaube, er ist in Nafishur ziemlich wichtig. Hast du seine Macht gespürt?
Ich bin mir nicht sicher, aber ich glaube, er ist ein Großmeister.

Ein Großmeister. Nicht irgendein Großmeister. Er war *DER* Großmeister. Dieser ganz große, wichtige, von dem auch Cole gesprochen hatte. Er eiferte also wirklich meinem Magnus nach.
Mein Magnus.
Etwas vermessen, angesichts der offensichtlichen Tatsachen. Magnus war der wohl mächtigste, ›einfach Nafish‹, den ich kannte und je kennenlernen würde. Und wie es aussah: Mein Lehrer. Nein, mein Lehrmeister.

Dann sah ich, dass sich auch die Druiden auf dem Podest erhoben hatten. Sie hatten ihre Häupter gesenkt, bis Magnus sich auch ihnen zuwandte und sie bat, sich wieder zu setzen.

Er war auch nicht einfach einer der Lehrmeister.
Er war mein Dekan.

Und dann trat mein Dekan näher an das Pult. Er legte ruhig seine Hände auf dessen obere Kante und ließ seinen Blick schweifen. Eine gespannte Stille breitete sich im Saal aus. Dann begann er zu sprechen. Ruhig. Nicht sehr laut und doch verstand ich ihn ausgezeichnet.

»Vor vielen Jahrzehnten, beinah in einem anderen Leben, begann ein Lehrling an dieser Akademie seine Ausbildung, für den sollte keine Prüfung zu schwer, kein Geheimnis zu gut verborgen, keine Freundschaft zu unwichtig sein. Eigentlich war er hierhergekommen, weil seine Familie das von ihm erwartete, nicht etwa, weil er es selbst gewollt hätte. Und anfangs lebte er deshalb genauso. Er konzentrierte sich auf das Nötigste und ansonsten vor allem auf das Schöne und Angenehme.« Magnus zwinkerte verschwörerisch und einige Reihen hinter uns kicherte jemand. »Doch dann geschah etwas, das sein Leben veränderte; etwas, das aus dem Dahintreibenden einen Suchenden machte. Was das genau war, ist gar nicht so wichtig. Denn bei jedem Menschen ist es etwas anderes – ein Wort, eine Sentenz, ein ganzes Buch ... ein Erlebnis, ein Naturschauspiel, ein Wunder; oder jemand anderes – ein Freund, ein Familienmitglied, ein Lehrmeister. Entscheidend ist, dass euch dieses etwas oder dieser jemand so berührt, wie noch nichts und niemand anderes in eurem Leben.« Er schwieg und sein Blick schien an jedem Lehrling für einen Moment zu hängen. Als würde er jeden Einzelnen in diesem Saal mit seiner ganzen Geschichte kennen. Dann erst sprach er weiter und seine Augen leuchteten vor Leidenschaft für das, was er sagte. »Ganz egal, ob heute euer erstes oder letztes Jahr an dieser Akademie beginnt, dieses etwas, dieser jemand kann euch hier begegnen. So wie einst diesem einen Lehrling, von dem ich sprach. Er hatte ein Geheimnis entdeckt und er wollte es lüften. Um einer Freundschaft willen, um des Wissens willen und um der Wahrheit willen. Dieses Streben nach Freundschaft«, wieder eine Pause, »Wissen«, auch das Wort ließ er wirken, »und Wahrheit wünsche ich euch allen und ich hoffe, dass wir Lehrmeister euch bei diesem Streben unterstützen – ja, anfeuern können. Wir sind hier an der Feuermagieakademie. Wem sonst sollte das gelingen?« Jetzt lockerte sich seine Haltung wieder und er strahlte über das ganze Gesicht, aber der Saal schwieg. So beschwingt er jetzt klang, so sehr klangen Wahrheit, Wissen und Sorge für seine Lehrlinge aus seinen Worten zuvor. Ich sah mich um und sah in eine Vielzahl glasiger, blinzelnder Augen. Beruhigt blinzelte auch ich. Ich war also nicht die Einzige.

Dann wurde sein Blick wieder ernst, aber noch immer umspielte etwas Warmes, Freundliches seine Lippen. Und als er uns Erstsemester nach vorn rief, war ich ruhiger, als ich erwartet hätte. Wir stellten uns alle quer in einer Reihe vor ihm auf. Dann drehte er sich zu den Druiden hinter sich um.

»Magister Patrocius« Ein Mann am äußeren linken Rand des Podestes erhob sich und schritt auf uns zu. In seinen Händen trug er eine kleine Schatulle, die passend zu uns allen dunkelrot und golden verziert war.

Während Magnus unsere Namen vorlas, trat Patrocius vor jeden einzelnen von uns – auch er schien ganz genau zu wissen, wer wer war. Zum Glück war ich nicht die erste. So konnte ich in Ruhe beobachten, wie sich die anderen verhielten. Alle verbeugten sich leicht und ließen sich ein kleines goldenes Wappen an ihren Umhang stecken. Den Kopf hielten sie gesenkt. Ich tat es meinen Mit-Lehrlingen gleich, während mein Herz so schnell schlug, als sei es wieder vollkommen lebendig. Okay. *Jetzt* war ich nervös.

»Vom heutigen Tag an, sobald ihr in die Weihformel einstimmt, seid ihr Lehrlinge der Feuermagieakademie von Zambala. Eine Akademie, die es sich zur Aufgabe gemacht hat, gleichermaßen euren Verstand zu schärfen und euer Herz zu erweichen. Ein Druide gibt sich voll und ganz dem Element des Geistes hin. Das Einzige, das ihn davon abhalten kann, dem hellen Glanz der Weisheit und Macht zu erliegen, ist das Herz. Deshalb werdet ihr dreiundsiebzig neuen Lehrlinge heute einen Schwur leisten. Den Schwur, eurer Familie, eurer Schule und eurer Magie Ehre zu erweisen, sie klug und bewusst einzusetzen und stets das Wohl eures Gegenübers im Auge zu behalten. Ihr schwört auf die Macht des Geistes und versprecht diesem, unserem Element die Treue. Und ihr schwört auf unseren amtierenden Fürsten Cadiz Raiquard Nathum. Dieser Schwur steht für die Treue und Sorge, die ihr all jenen entgegenbringt, die euch in unserer Welt wichtig sind.«

Patrocius hatte Magnus Rede genutzt und einem jeden von uns sein Wappen angesteckt. Wenn ich mich recht erinnerte, kam nun der schwierige Teil: Das Nachsprechen des Schwurs. Gestern hatte ich am eigenen Leib erfahren, wie viel das bloße Aussprechen einer Zauberformel anrichten konnte – auch wenn das zu meinen Gunsten gewesen war. Zwei Worte waren schuld, dass der Spruch ... die Formel ... erst nicht funktionierte. Was geschah wohl, wenn sich jemand bei einem Treueschwur wie diesem versprach? War er in Wirklichkeit vielleicht auch eine Zauberformel?

Ich sah mich nervös um. Alisi stand nicht weit von mir entfernt. Aber es wäre mir lieber, sie stünde jetzt direkt neben mir. Vielleicht wäre ich dann ruhiger. Aber zu meiner Rechten stand ein ziemlich merkwürdiger Kerl – sein Blick war müde und irgendwie desinteressiert, sein kupfernes Haar stand in alle Richtungen ab, als hätte er nicht mal versucht, es etwas zu bändigen. Und zu meiner

Linken wippte eine junge Frau samt ihres Pferdeschwanzes auf und ab. Sie war mindestens genauso nervös wie ich. Nicht hilfreich.

Auf der Suche nach etwas, das mich beruhigte, sah ich auf und direkt in Magnus Augen. Er sah auch gerade zu mir und eine Welle der Ruhe überrollte mich. Er sah die Frau neben mir an und auch sie schien augenblicklich ruhiger zu werden.

»Sprecht mir gemeinsam nach«, erhob er dann wieder seine Stimme. »Ego potestatem animi voco/ meum vocem audire ...« Er machte immer wieder Pausen und wir wiederholten seine Worte. Sie kamen mir seltsam vertraut vor. Als wäre es das Natürlichste auf der Welt. Vielleicht, weil mich der Anfang an die Sprachformel erinnerte. *Oder, weil du eben doch hierhergehörst*, flüsterte eine leise Stimme in meinem Hinterkopf. Ja, vielleicht.

Und das Beste war: Ich verstand, was ich da sagte, sprach aber offensichtlich Latein ... oder Nefishit ... oder was auch immer das war. Denn niemand sah mich irritiert an. Fasziniert ließ ich die Worte, die wir sprachen, auf mich wirken.

Ich rufe die Macht des Geistes, meine Stimme zu vernehmen.
Heute, am Tag meiner Weihe, gelobe ich,
der fürstlichen Akademie für Feuermagie,
dem Fürsten Cadiz Raiquard Nathum
und allem Volk und Leben in Nafishur die Treue zu halten.
Ich gelobe, als Teil der Akademie und der Welt,
das Vermächtnis des Geistes zu wahren und zu ehren.
Ich gelobe, mich nicht verleiten zu lassen,
nur nach der Macht der Weisheit zu streben,
sondern ihren Wert im Herzen zu erkennen
und dem Leben zu dienen.
Ich gelobe, meine Kraft, meine Magie und meinen Geist
einzig auf das Gute zu richten,
auf dass mein Druidenstab weiß werde
wie das Licht meiner Seele.

Ich fühlte mich mit jedem Wort stärker und selbstbewusster. Als würde der Schwur mich verwandeln. Als wir geendet hatten, sah ich mich um und stellte fest, dass es den anderen auch so gehen musste. Sie alle schienen etwas aufrechter zu stehen und etwas entschiedener zu Magnus zu sehen – selbst der gleichgültige Typ neben mir legte so etwas wie Entschlossenheit an den Tag.

»Magie birgt viel Macht in sich. Macht, die ihr kontrollieren können müsst. Macht, die ihr niemals für die falschen Zwecke einsetzen solltet. Wenn ihr in vier Jahren diese Akademie verlassen werdet, dann will ich euch das Weiß dieser Hallen ehren sehen.«
Jetzt fehlte nur noch, dass Magnus den berühmten Satz mit der Kraft und der Verantwortung sagte. Aber vielleicht kannte er Spiderman ja nicht. Stattdessen hielt er seinen weißen Druidenstab in seinen Händen, als hielte er ein Tablett: Waagerecht auf der flachen Hand. Und dann geschah, was ich nun schon zweimal miterlebt hatte. Der Stab wuchs. Er begann zu leuchten und verlängerte sich gleichzeitig in beide Richtungen. Sein eines Ende wurde zu einer Spitze aus Kristall, sein anderes verzweigte sich wie ein Baum in ein wirres Geäst. Um mich herum hörte ich manche leise aufkeuchen und andere scharf die Luft einziehen. Allem Anschein nach gab es tatsächlich etwas in Nafishur, das ich vor den anderen kannte.

Wie erfreulich.

Nun hob Magnus seinen Hirtenstab – ich war so stolz, dass ich mir langsam all die neuen Begriffe merkte – und streckte den verästelten Teil weit in die Höhe. Er murmelte etwas, das wieder schrecklich nach Latein klang, ich diesmal aber nicht verstand. Dann geschah etwas, das auch mich mit offenem Mund staunen ließ. Es regnete Sternschnuppen. Zumindest sah es erst so aus. Weit über unseren Köpfen erschienen Lichter. Unzählige – oder wie ich kurz darauf feststellte: 73. Sie waren nur ganz klein, aber hell. Und dann fielen sie schnurstracks zu uns herab. Sie zogen einen langen Lichtschweif hinter sich her und ich streckte wie von selbst meine Hände nach dem Licht aus, das auf mich herabfiel. Als das Licht meine Fingerspitzen berührte, merkte ich, dass ich einen filigranen, kleinen Stab aus dem Licht fischte. Genaugenommen schien das Licht von diesem Stab auszugehen.

Ein Druidenstab, schoss es mir durch den Kopf.
Mein Druidenstab.

Während ich ihn in meinen Händen hielt wie eben Magnus seinen gehalten hatte, ließ das Licht langsam nach und ich konnte ihn ansehen. Ich hatte erwartet, dass er genauso schön weiß wäre und mit lauter Magie und Hieroglyphen besetzt. Aber als das Licht vollends verschwunden war, sah ich, dass ich einen schlichten, grauen Stab vor mir hatte. Keine Verzierungen, keine Schriftzeichen, kein Glühen. Gegen die Enttäuschung, die sich in mir breitmachte, konnte ich nichts tun. Dabei brach um mich herum alles in Jubel aus. Ich sah mich um und stellte fest, dass wir alle diese grauen, reizlosen Stäbe in den Händen hielten.

Ich fing Alisis Blick auf. Sie grinste über das ganze Gesicht und wedelte mit ihrem Stab. Also schön. Ich würde mich freuen und strahlen – und wenn es nur für Alisi und Magnus war. Und Cole. Und nachher würde mir einer von ihnen erklären müssen, warum Magnus Stab so anders aussah.

Ich musterte meinen ›bescheidenen Helfer in Fragen der Magie‹, wie er strahlend beide Hände hob – in der einen noch immer seinen Hirtenstab.

»Willkommen an der Feuermagieakademie von Zambala!« Mit diesen Worten rammte er seinen Stab auf den Boden und ein Donnergrollen hallte durch den Saal. Wir zuckten richtig zusammen, so laut war es. Dann sah ich, wie die roten Linien im Marmorboden begannen zu leuchten. Sie sahen aus wie ein pulsierendes Netz aus Blutbahnen. Ich spürte Appetit in mir aufsteigen, aber er brach nicht aus. Magnus Nottropfen von der vergangenen Nacht schien wirklich zu helfen.

Fasziniert sahen wir zu, wie sich das Netz aus leuchtendem Blut – nein, wohl eher Glut – von seinem Stab aus ausbreitete und nach und nach nicht nur den weißen Boden, sondern auch die Säulen und Wände eroberte. Als die Glut die Decke erreichte, explodierte sie über uns in einem gigantischen Feuerwerk.

Der Saal tobte und alle applaudierten. Wir drehten uns ganz automatisch zu all den anderen Lehrlingen um. Die Freude steckte an und ich sah noch immer Funken vor mir niederregnen. Und zwischen den Funken kamen drei Gestalten den Gang entlang auf uns zu. Eine erkannte ich sofort: Cole. Er führte das Trio an.

In einer ausladenden Geste warfen sie synchron ihre Umhänge zurück und knieten halb nieder – wie Ritter vor ihrem König. Für einen Moment glaubte ich, sie knieten vor uns nieder, aber dann fiel mir wieder ein, wer jetzt hinter uns stand.

»Patronus Silva, Patronus Aslanidou, Patronus Iridium«, hörte ich prompt Magnus Stimme. Aslanidou … der Name kam mir seltsam bekannt vor. »Ich vertraue euch die Sorge um diese jungen Druiden an. Seid ihnen ein Freund, ein Bruder, ein Vertrauter. Begleitet sie auf ihrem Weg in die Welt der Magie. Beschützt sie – vor der Dunkelheit außerhalb und der in ihrem Inneren.«

»Jawohl!«, riefen alle drei laut und Coles Blick ruhte dabei nicht auf Magnus, sondern mir. Allein diese Tatsache und dieses eine, zustimmende Wort ließen meine Wangen heiß glühen. Es fühlte sich an, als hätte er dieses Versprechen vor allen Dingen mir gegeben.

»Und nun wird es Zeit für euren ersten Unterricht. Patronus Silva.« Cole neigte einmal mehr sein Haupt und begann dann Namen zu rufen. Mit jedem Namen schwand meine Hoffnung, dass er auch meinen nennen würde. Und richtig, als er vierundzwanzig Lehrlinge um sich versammelt hatte, drehte er sich mit einem »Folgt mir!« um und die erste Gruppe verließ unter donnerndem Applaus den Saal.

»Patronus Aslanidou.« Auch dieser Patronus verneigte sich leicht und rief einen nach dem anderen aus meiner Reihe zu sich. Es fühlte sich gar nicht gut an, immer noch auf diesem Podest zu stehen – jetzt wo nur noch wenige mit mir warteten. Der einzige Trost war, dass auch Alisi immer noch mit mir wartete – ebenso übrigens wie meine beiden Nachbarn Monsieur Geht-Mich-Nichts-An und Madame Ich-Bin-So-Nervös. Als dann wieder vierundzwanzig Namen verlesen waren, verschwand auch Patronus Aslanidou mit seiner Meute. Schade. Ich wäre wirklich gern mit ihm gegangen. Er machte einen netten Eindruck. Er hatte einen sonnigen Teint und einen schwarzen Lockenschopf, der locker auf und ab wippte, als er mit großen Schritten hinauslief.

»Patronus Iridium.« Der letzte Patronus hingegen sah ziemlich streng aus. Seine Verbeugung fiel am tiefsten aus und seine Miene war unbewegt, als er die Namen verlas. Sein Gesicht war blass. Fast so blass wie meins. Das war ungewöhnlich für Zambala. So viel hatte ich mitbekommen. Ich konnte mir gut vorstellen, dass er die Tage in der Bibliothek verbrachte und deshalb kaum Sonnenlicht abbekam. Aber was ihm an Farbe im Gesicht mangelte, das hatte er in seinem Haar. Es leuchtete Kupfern und war passend zu seiner strengen Miene relativ kurz, akkurat geschnitten und glatt nach hinten gekämmt. Ich fragte mich, ob er auch zwischen diesem strengen Blick und einem ehrlichen Lächeln wechseln konnte, so wie Cole es tat. Irgendwie sah seine Miene aus, als wäre sie auf ewig in Stein gemeißelt.

Als Alisi an mir vorbei zu ihm runterging, warf sie mir einen kurzen Blick zu, der mir Mut machen sollte. Das spürte ich und ein Lächeln umspielte meine Lippen. Gleich wäre auch ich da unten bei den anderen und Alisi war eine davon. Das war doch schon mal eine gute Nachricht.

Aber mein Name fiel einfach nicht und ich wurde immer unruhiger. Inzwischen waren auch Monsieur Geht-Mich-Nichts-An und Madame Ich-Bin-So-Nervös nicht mehr bei mir. Dafür wusste ich nun, dass sie Endo Iridium und Adama Ragis hießen. Der ach so motivierte Endo schien also mit unserem Patronus verwandt zu sein – auch wenn die beiden nicht mehr miteinander teilten, als den Namen und die Haarfarbe. Sie sahen sich noch nicht einmal an. Es war beiden egal, dass auch der andere da war. Das machte mich traurig. Was hätte ich darum gegeben, wenn wenigstens einer meiner Verwandten jetzt hier wäre ...

Eben erst war ich schmerzlich an meine abwesende Familie erinnert worden, als Patronus Aslanidou ›Tammo Isanka‹ aufrief. Natürlich weckte das sofort die Erinnerungen an meinen kleinen Bruder. Er wäre auch Druide. Vielleicht sogar an der gleichen Akademie. Ich war mir sicher, es würde ihm hier gefallen. Er war mindestens so neugierig wie ich gewesen.

Ich schloss für einen kurzen Moment die Augen. Er war es noch. Tammo lebte. Und sobald ich mich und mein Feuerproblem im Griff hatte, würde ich meine Suche nach ihm fortsetzen. Es würde nichts geben, dass mich davon abhalten würde. Und dann wäre mein kleiner Bruder wieder bei mir.

Als ich aus meinen Gedanken wieder auftauchte, verließ gerade der letzte Lehrling neben mir das Podest und mir wurde heiß und kalt. Die Letzte? Ehrlich? Warum musste ich die Letzte sein? Und warum sprach Iridium nicht weiter. Er sah stattdessen zu Magnus, der sich gerade neben mich stellte.

Er räusperte sich und begann dann zu sprechen. Nicht noch eine Rede! Warum jetzt? Warum durfte ich nicht erst zu den anderen?!

»Es ist mir eine besondere Freude, auch in diesem Jahr wieder ein Stipendium vergeben zu können.« Er legte eine Hand auf meine Schulter, während er weitersprach und ich spürte eine Welle der Ruhe, die mich überrollte. Es half nicht viel. Der Gedanke, dass Magnus gerade merken konnte, wie nervös ich war, wie sehr ich zitterte ... das machte es nicht besser. Das einzig Gute war, dass ich mit meinen zweifellos knallroten Wangen definitiv lebendig aussah.

›Hab keine Angst‹, hallte seine Stimme durch meinen Kopf. Das war das erste Mal seit ich hier war. Meine rechte Hand umschloss fest den Druidenstab und ich nahm mir vor, durchzuhalten.

»Matrona Cara Thetra Clow«, rief er dann laut meinen Namen und führte mich persönlich die Stufen des Podests hinunter und weiter, bis ich bei den anderen Lehrlingen stand. Ich war mir nicht sicher, ob das eine normale Geste war oder ob er sichergehen wollte, dass ich nicht über meine eigenen, zittrigen Beine stolperte. Aber auch wenn mich dadurch erst recht alle anstarrten, so war ich doch froh über die Hand, die mich aufrecht hielt.

Der ganze Saal applaudierte – erst mir und dann uns allen, als wir endlich dem Ausgang entgegenstrebten. Ich konzentrierte mich auf die Lehrlinge, die mit mir liefen und versuchte, alles andere auszublenden.

Alisi lief ganz vorn. Und sie sah sich nicht einmal zu mir um. Wir kannten uns erst seit einem Tag, aber es tat mir weh. Eben hatte sie mich doch noch ermutigt und jetzt ignorierte sie mich? Ich musste mich richtig beeilen, um zu ihr aufzuschließen.

»Was ist denn los, Alisi? Weichst du mir aus?«, flüsterte ich, als ich sie endlich eingeholt hatte. Wir liefen gerade in der dritten Etage einen schier endlosen Gang hinunter und ich versuchte, sie etwas auszubremsen, damit wir in Ruhe reden konnten.

Sie hatte die Arme verschränkt und ihr Blick war starr geradeaus gerichtet. »Ihr habt mich angelogen, Matrona«, kam es nach einer Weile endlich von ihr. Was sollte diese Anrede? Aber was jetzt wichtiger war: Da hatte sie recht. In mehr als einem Punkt. Aber welchen meinte sie? Ich sah sie schweigend an und wartete auf mehr. Ich wollte unsere junge Freundschaft nicht ruinieren, aber ich konnte es auch nicht riskieren, mich versehentlich mit einem Geheimnis zu verplappern, dass sie gar nicht meinte. »Das Stipendium war also nur ein Scherz ja? Haltet Ihr Euch für was Besseres? Wolltet Ihr es besonders spannend machen? Oder sollte ich einfach nur dumm aus dem Limigan gucken?«

»Was?! Nein! Ich wusste das wirklich nicht!« Und wieso sprach sie mich plötzlich so komisch an?

»Ihr wusstet es nicht. Na klar.« Sie klang leider nicht gerade überzeugt. »WIE KANN MAN SOWAS NICHT WISSEN?«, zischte sie mir etwas zu laut zu. Iridium räusperte sich und warf uns einen pikierten Blick zu. »Verzeihung«, murmelte Alisi verlegen, funkelte mich dann aber direkt wieder grimmig an.

Ich wartete einen Augenblick, bevor ich antwortete. Offiziell, damit Iridium sich wieder anderen Dingen zuwenden konnte. Inoffiziell, damit ich mir eine möglichst logische Erklärung zurechtlegen konnte, die weder die Erde, noch Vampire oder Magnus enthielt. Ich wollte es ja nicht noch schlimmer machen.

»Ich wusste es wirklich nicht. Ich schwöre es dir!« Ich flüsterte nur und sah Alisi traurig an. »Ich wusste gar nicht, wie das hier abläuft, dass es sowas wie Stipendien überhaupt gibt. Ich bin hier kopfüber reingestolpert und versteh selbst nicht, was gerade los ist.«

Sie musterte mich einen Moment bevor sie reagierte. »Und wie konntet Ihr das dann meinen Eltern gegenüber erwähnen?«

Das wollte sie wissen? Das war zur Abwechslung mal leicht und ich musste nicht mal lügen oder beschönigen. »Cole. Er hat mir davon erzählt, dass er ein Stipendiat ist. Er sah so unglaublich stolz aus, dass ich glaubte, es sei etwas Tolles und Wichtiges. Und ich sagte dir ja schon: Ich wollte einfach etwas dicker auftragen vor deinen Eltern. Sie wirkten so… so…« Ich suchte nach dem richtigen Wort. Ich wollte Alisi nicht gleich wieder ärgern.

»Herablassend? Herrisch? Unfreundlich?« Sie nickte. »Okay. Das verstehe ich. Aber schockt mich nie wieder so, ja? Ab jetzt sagen wir uns alles! Ihr... Ihr könnt mich auch gern fragen, wenn Ihr irgendwas nicht wisst. Dank meiner schrecklich netten Familie weiß ich schon ziemlich viel über die Akademie.« Ich nickte erleichtert. »Und dafür will ich von Euch später ganz genau erfahren, wo eine Druidin aufwächst, die nicht weiß, was eine Akademie ist.« Augenblicklich wich meine Erleichterung wieder. Was sollte ich ihr da erzählen?

Ich musste dringend mit Magnus sprechen. Sollte ich die Wahrheit erzählen? Würde mir das bekommen? Oder würden wir uns eine alternative Biografie zu mir ausdenken? Ich seufzte leise und nickte. Wenigstens war Alisi nicht mehr sauer auf mich. Für den Moment zumindest. Das sollte ich genießen, bevor sie den nächsten Schock erlebte.

KAPITEL VI

Iridium führte uns eine halbe Ewigkeit durch die unzähligen Gänge der Akademie. So groß sah das Hauptgebäude von außen gar nicht aus. Endlich blieben wir vor einer Tür stehen. Ich hatte keine Ahnung, wo genau wir waren. Irgendwo im dritten Stock. Und vor allem hatte ich keine Ahnung, wie ich von hier zu meinem Zimmer finden sollte. Oder morgen wieder hierher zurück.

Unser Patronus schien sich da allerdings keine Gedanken zu machen. Wahrscheinlich erwartete er, dass wir uns innerhalb einer halben Stunde den Grundriss des Geländes einprägten.

Er öffnete uns die Tür und ließ uns eintreten. Irritiert blieb ich noch halb in der Tür stehen, als ich den Raum vor mir zu verstehen versuchte. Die Decke im Gang war keine drei Meter hoch gewesen. Aber hier drin war die Decke sicher an die sechs Meter hoch. Ging dieser Kursraum über zwei Etagen? In der Mitte war er leer, vorn war ein Pult aufgebaut und an seinem hinteren Ende waren Sitzplätze wie in einem griechischen Theater arrangiert. Einem sehr steilen griechischen Theater. Alisi zog mich mit sich weiter in den Raum, damit wir Iridium nicht schon wieder negativ auffielen.

»Wow! Das ist doch unglaublich!« Ich gab mir Mühe, leise zu sprechen, aber es fiel mir ausgesprochen schwer. Genau wie alles andere war auch dieser Raum hell und freundlich, aber durch seine Höhe wirkte er dennoch auch irgendwie bedrohlich.

»Mach den Mund wieder zu und komm lieber mit«, murmelte Alisi nur und schob mich auf die Sitzplätze zu. »Ich meine: Ihr solltet lieber schnell einen Platz finden.« Wir stiegen einige Stufen hoch und setzten uns dann an den Rand einer relativ niedrigen Reihe. Zum Glück hielt auch Alisi es für keine gute Idee, sich nach ganz vorn zu setzen.

Ich fragte mich wirklich, weshalb sie mich jetzt so ansprach, als sei ich eine Adlige oder etwas Vergleichbares. Aber ich befürchtete, dass es keine gute Idee war, sie jetzt darauf anzusprechen. Immerhin fiel es ihr ja schon schwer, mir zu glauben, dass ich nichts von meinem Stipendium wusste.

Es dauerte eine Weile, bis wir alle einen Platz gefunden hatten – und Iridium damit viel zu lang, denn er lief am Pult auf und ab und warf uns immer wieder prüfende Blicke zu. Er hätte streng gewirkt, würde er sich nicht etwas zu schnell, etwas zu hektisch bewegen. So machte er eher einen nervösen Eindruck.

»Warum haben wir nicht Cole bekommen?«, meckerte ich leise vor mich hin und um mich herum hörte ich einige zustimmende Seufzer. Das war gar nicht meine Absicht gewesen, aber plötzlich entspann sich um uns herum eine erhitzte Diskussion über Coles Vorzüge und Iridiums Nachteile.

Einer davon machte sich auch sogleich bemerkbar. »RUHE!«

Seine Stimme schien immer noch nachzuhallen, als die Tür erneut aufging und zwei weitere Personen den Raum betraten. Ich erkannte sie wieder. Es waren die beiden Druiden, die mir schon während der Zeremonie aufgefallen waren. Die schwebende Frau und der Mann, über dessen Kopf Flammen loderten. Sie traten an das Pult während sich Iridium aus unserem Sichtfeld zurückzog.

Zuerst ergriff die Frau das Wort. »Meine lieben Lehrlinge. Es ist mir eine Freude, euch nochmals persönlich an unserer Akademie begrüßen zu dürfen. Mein Name ist Magister Ilysia und mein Begleiter ist mein hochgeschätzter Kollege Magister Innocentius.« Er neigte leicht den Kopf zum Gruß – ohne dass sich seine Flammen mit neigten –, überließ das Reden aber Ilysia. »Ich bin in diesem Jahr eure Visitatorin. Das bedeutet, dass ihr euch neben unserem Patronus auch mir jederzeit anvertrauen könnt. Am Ende jeder Woche wird dafür Zeit sein. Meine Fächer sind das Meditieren und das Sehen.« Ich hörte hinter mir ein verächtliches Schnauben und drehte mich um, nur um zu sehen, wie Endo sich gelangweilt zurücklehnte und die Arme verschränkte.

»Meine Aufgabe ist es, euch mit dem Frieden und der Ruhe auszustatten, die nötig sind, um verantwortungsbewusst und konzentriert Magie zu wirken. Denn Magie hat viel mit Gefühl zu tun. Große Emotionen können sie ebenso hervorbringen, wie Erschöpfung und Desinteresse sie behindern können. Vor allem das Feuerelement ist wild und nur schwer zu zähmen, wie euch Magister Innocentius bestätigen wird. Umso wichtiger ist es deshalb, euch beizubringen, wie ihr eure Gefühle kontrollieren und nutzbringend verwenden könnt – bevor ihr eure Magie entdeckt.« Ihr Blick glitt ernst über uns hinweg. Bildete ich mir nur ein, dass ihre Augen einen Moment länger auf mir ruhten als auf den anderen?

»Lächerliches Im Kreis Sitzen und Seine Innere Mitte Finden werden mir wohl kaum dabei helfen, ein großer Druide zu werden«, raunte Endo gerade seinem Nachbarn zu.

Ich aber erinnerte mich an die Feuerbälle, die ich aus Wut und Versehen geschleudert hatte und an Dariels Haus, das erst dann in Flammen aufging, als ich mich ärgerte, es nicht zu schaffen. Und als Magnus mir gezeigt hatte, wie ich einen Feuerball erschaffen kann, da hatte auch er mich an das Gefühl erinnert, das ich zuvor empfunden hatte. Dieses Fach war nicht lächerlich. Es war wichtig.

»Mein zweites Fach werdet ihr gleich direkt kennenlernen. Traditionell werfe ich einen Blick in die Zukunft meiner neuen Lehrlinge. Ich bin schon gespannt, was mir das Element des Geistes offenbaren wird. Also? Wer will anfangen?« Niemand meldete sich. Alisi neben mir verspannte sich und auch Endo lachte plötzlich nicht mehr. Meditation war Unsinn, aber an Wahrsagerei glaubten sie. Das konnte einem auch nur in Nafishur passieren.

Ich zwinkerte Alisi zu. »Na komm schon, wie schlimm kann es schon werden?«

»Naja. Im vergangenen Jahr hat sie einem der Lehrlinge einen frühen Tod vorausgesagt und einem anderen einen schweren Verlust. Und dann verschwand Francesco, unser Wächter. Hanamel hatte sich mit ihm angefreundet und vermisst ihn sehr. Er macht sich große Sorge, ob ›Verlust‹ den Tod meint oder nur sein Verschwinden. Und seitdem nimmt auch Carnet seine Weissagung ernster. Er hatte über seinen frühen Tod noch gelacht. Aber nachdem Francesco verschwunden ist, hat er Angst, dass auch seine Weissagung so früh eintrifft.«

Ich starrte Alisi fassungslos an. Solche Weissagungen machte diese Druidin ihren Lehrlingen? Warum? Hatten sich die beiden vielleicht vorher lustig über ihre Fächer gemacht? So wie Endo eben?

Magister Ilysia schritt an unseren Plätzen vorbei auf der Suche nach einem Freiwilligen. Oder vielmehr: Sie schwebte. Ich wusste nicht, wie sie das machte, so dauerhaft. Aber es schien sie nicht die geringste Mühe zu kosten. Als sie unsere Höhe erreichte, sah ich sie das erste Mal aus der Nähe. Sie hatte ihr kastanienbraunes Haar zu einem Dutt hochgesteckt – so wie ich. Und so wie bei mir sah man, wie üppig es sein musste. Ein paar silberne Strähnen glänzten darin, aber ihr Gesicht sah relativ jung aus – zumindest zu jung für die ersten grauen Haare. Einmal mehr nahm ich mir vor, herauszufinden, wie Nafish alterten.

Ihre blassen Augen ruhten auf mir und sie blieb stehen. Ich konnte nicht anders, als ihren intensiven Blick zu erwidern. Es war wie ein Zwang, ein Sog. Ich versuchte, ihre Augenfarbe zu erkennen, aber obwohl ich sie doch sah, gelang es mir nicht. Sie waren hell, mehr konnte ich nicht wahrnehmen. Und dann weiteten sie sich. Sie öffnete die Lippen, um etwas zu sagen, aber in diesem Moment hallte ein viel zu lautes Räuspern durch den ansonsten vollkommen stillen Raum. Wir zuckten beide zusammen und ich war erlöst.

»Innocentius«, sagte Ilysia so leise, dass wohl nur ich es hören konnte. Erst jetzt bemerkte ich, dass er nicht mehr beim Pult stand, sondern direkt neben ihr.

»Entschuldige bitte die Unterbrechung, aber ich denke, du solltest mit einem anderen Lehrling beginnen. Matrona Thetra Clow muss ich für mich beanspruchen. Ich habe nicht vor, diesem ...«, er suchte nach dem passenden Wort, »Ereignis mehr Zeit als nötig zu widmen.«

Ilysia seufzte, musterte mich erneut und tätschelte dann meine Hand. Sie war zur Faust geballt. Warum? »Meine Liebe, besucht mich doch später einmal. Ich denke, Ihr solltet Eure Prophezeiung dennoch hören. Für den Moment entlasse ich Euch in die fähigen Hände von Magister Innocentius.«

»W-was?«, stotterte ich. Alisi neben mir zog scharf die Luft ein und ich spürte die Blicke all meiner Mitlehrlinge auf mir. Es war schrecklich.

»Bitte, Matrona Thetra Clow, folgt mir. Wir haben noch einiges zu besprechen.«

Während ich unsicher aus meiner Reihe stolperte und immer wieder hilfesuchend zu Alisi und Magister Ilysia sah, hatte sich Magister Innocentius bereits abgewandt und lief auf die Tür zu. Am liebsten hätte ich ihm nachgerufen, anzuhalten; aber das schien mir aus vielerlei Gründen unangemessen.

Wir liefen schweigend durch die Gänge der Akademie. Er schien nicht das Bedürfnis zu haben, mich aufzuklären, und ich wagte es nicht, von mir aus die Stille zu durchbrechen. Dafür nutzte ich die Zeit, um auch ihn genauer zu betrachten. Er sah schon recht alt aus. Älter als die anderen Lehrmeister an der Akademie. Die Hände hielt er auf dem Rücken verschränkt und seine ganze Haltung wirkte steif, geradezu militärisch. Es gab nichts an ihm, das Nachsichtigkeit und Güte ausgestrahlt hätte. Dafür strahlten die Flammen auf seinem Kopf jede Menge Licht und Hitze aus. Ich gab mir die größte Mühe, meine Aufmerksamkeit auf alles jenseits dieser Flammen zu richten.

Nach einer gefühlten Ewigkeit blieb er stehen. Allerdings verstand ich nicht, warum. An dieser Stelle hatte der Gang keine einzige Tür. Er murmelte leise irgendetwas, das verdächtig nach Latein klang und das ich frustrierenderweise wieder nicht verstand. Woran lag das? Den Schwur hatte ich doch auch verstanden. War das am Ende gar kein Latein? Ich hätte ja weiter darüber geflucht, aber die Wand lenkte mich ab: Die rötlich leuchtenden Linien, die ich überall im Fußboden gesehen hatte, glitten durch den Stein, einer bestimmten Stelle in der Wand entgegen. Dann verbanden sich einzelne, kleine Linien zu einer immer länger werdenden. Die Linien malten einen

Bogen auf die Wand und wenige Sekunden später war vor uns keine Wand mehr, sondern ein Durchgang.

»Bitte, nach Euch, Matrona Thetra Clow.« Unsicher trat ich durch den merkwürdigen Durchgang. Im nächsten Moment stand ich in einem alten, von Büchern überquellenden Arbeitszimmer. Von dem ganzen Weiß der Akademie war hier wenig zu sehen. Ich versuchte, so viele Buchrücken wie möglich zu entziffern, während ich langsam weiter in den Raum hineinlief. Besonders groß war er nicht. Als ich mich nach Magister Innocentius umdrehte, sah ich hinter ihm eine zum Mobiliar passende dunkle Holztür. Der seltsame Durchgang war verschwunden.

»Wenn alle Türen hier so gut verborgen sind, dann werde ich wohl zu keiner Unterrichtsstunde pünktlich sein«, murmelte ich und hielt mir erschrocken eine Hand vor den Mund, als der Blick des Lehrmeisters meinen fixierte. Plötzlich fühlte ich mich wie auf dem Präsentierteller. Nein, wie auf einem Seziertisch. Langsam umkreiste er mich, während sein prüfender Blick immer intensiver zu werden schien. Und gerade als ich die Hoffnung auf ein normales Gespräch aufgab, nickte er knapp, wies auf einen Stuhl und nahm selbst auf der anderen Seite seines Schreibtischs Platz.

»Matrona Cara Thetra Clow«, murmelte er, während sein Kopf weiter bejahend auf und ab wippte. Erst nach gefühlten Stunden schien er sich zu entschließen, zu mir zu sprechen. »Die Tür zu meinem Büro ist eine ... Sonderanfertigung. Ich bin mir sicher, alle für Euch relevanten Räumlichkeiten werdet Ihr ohne Probleme finden.«

Ich brauchte einen Moment, bis ich begriff, dass er auf meinen Kommentar reagiert hatte. »Oh. Ahm. Das ist vielleicht etwas optimistisch, aber ich werde mich bemühen.«

»Und mehr kann man nicht verlangen. Nicht wahr?« Wieder betrachtete er mich einen Augenblick lang schweigend und mit jeder weiteren Sekunde in diesem verstaubten Büro fragte ich mich, warum ich hier war. »Ihr seid hier, weil mir zu Ohren kam, dass Ihr bereits Euer Element für Euch entdeckt habt. Stimmt das?«

Ach so. Natürlich. Das Feuer über seinem Kopf. Er musste die Feuermagie unterrichten. »D-Das stimmt.« Ich starrte auf meine

Hände und erinnerte mich an die Momente, in denen ich Feuer gemacht hatte. »Aber ich beherrsche es nicht. Ich ... ich habe beinah Freunde von mir angezündet u-und ein Haus in Brand gesteckt.« Hoffentlich war das nicht zu ehrlich. Er schwieg und ich sah rasch auf. Mein Herz raste. »Es war keine Absicht!«

Da war es plötzlich. In dem zerknitterten, strengen Gesicht vor mir tauchte für einen Sekundenbruchteil ein kleines Lächeln auf. »Davon ging ich auch nicht aus. Also schön. Magnus Magister Athanasius Cronos hat verfügt, dass Euch schon während des Grundstudiums Elementarunterricht gegeben wird. Das heißt, nach Eurem regulären Kursplan folgt an jedem Mazdeg noch eine Kursstunde Elementarunterricht bei mir. Ich werde Euch beibringen, Euer Element zu verstehen und zu nutzen. Aber Ihr werdet es nie beherrschen. Denkt nicht einmal im Traum daran. Das Feuer ist kein Element, das beherrscht werden könnte. Es ist ein Element, dessen Macht bestenfalls angenommen werden kann.« Wie zur Bestätigung loderten seine Flammen auf und knisterten leise. Es klang wie eine fremde Sprache, ein Flüstern. Aber Zauberformel hin oder her, ich verstand sie nicht.

Ich nickte schnell, als seine eine Braue fragend in die Höhe schnellte. »Wo werden wir üben? Hier?«

»Magnus Magister, nein! Ich schätze meine private Bibliothek durchaus und ziehe es vor, Brandflecken zu vermeiden.« Er lehnte sich etwas vor und begann, eine Notiz zu schreiben. »Bittet Euren Patronus, Euch Ende der Woche nach dem letzten Cursus zu Eurer ersten Sitzung an diesen Ort zu bringen. Alles Weitere wird sich dann finden.«

Ich nahm die Notiz entgegen und nickte. Er hingegen winkte in Richtung Tür und widmete sich einem sehr alt aussehenden Pergament auf seinem Schreibtisch. Meine Audienz war beendet.

Ich konnte gar nicht schnell genug aufstehen, zur Tür eilen und wieder in den Flur gelangen. Ich zog die Tür hinter mir zu und schloss kurz die Augen, um durchzuatmen. Warum konnte nicht Magnus mir die Feuermagie beibringen? Ich konnte mir nicht vorstellen, wie dieser alte Greis mir das vermittelte, was Magnus mir damals in Paris gezeigt hatte.

Als ich die Augen wieder öffnete und mich umsah, um den Weg nach draußen zu finden, war die Tür neben mir verschwunden.

Ich bin mir sicher, alle für Euch relevanten Räumlichkeiten werdet Ihr ohne Probleme finden.

Es war also nicht vorgesehen, dass ich sein Büro jemals von selbst fand. Dieser Nafish war unheimlich. Einmal mehr wünschte ich mir ein vertrautes Gesicht an meine Seite. Ich sollte fragen, ob ich Aby mit in den Unterricht nehmen konnte. Ich vermisste sie jetzt schon. Vor allem, da ihr Orientierungssinn hier wesentlich besser war als der meine. Zumindest hatte das in Medivia so gewirkt.

Also gut. Ich musste mich konzentrieren. Der Kursraum vorhin war auf unserer rechten Seite gewesen und als ich mit Innocentius den Raum verließ, gingen wir wiederum nach rechts. Seine Tür war dann zu meiner Linken ... Also musste ich jetzt ...

Ich lief los und hoffte, irgendwann die Tür des Kursraums zu sehen, in der die anderen wahrscheinlich noch Magister Ilysias Prophezeiungen lauschten. Wobei ich zugeben musste, dass ein Teil von mir darauf spekulierte, dass ich mich bis zum Nachmittag verlief und so um die Prophezeiung herumkäme. Ihr Blick eben war noch beängstigender gewesen als Magister Innocentius geisterhaftes Benehmen oder seinen Flammen.

Ich war gerade optimistisch, endlich den richtigen Gang gefunden zu haben, als von seinem anderen Ende aus zwei Wächter ebenfalls hineinbogen. Sie liefen mir entgegen und sahen dabei schrecklich bedrohlich aus in ihren weißen Kutten. Die roten Verzierungen und Schriftzeichen wirkten dabei von weiten wie Blutspritzer. Noch immer konnte ich ihre Gesichter nicht sehen. Meine Schritte wurden ganz von selbst immer langsamer und kürzer. Ich suchte fieberhaft nach einem Grund, unauffällig umdrehen zu können. Dann entdeckte ich die Tür zum Kursraum. Sie lag auf halbem Weg zwischen uns und ich rechnete mir keine großen Chancen aus, vor ihnen dort anzukommen. Ich versuchte es dennoch und beschleunigte wieder.

»Cara Thetra Clow«, murmelte der eine von beiden leise, als wir aufeinandertrafen – vor der Tür.
Fast.
Ich hätte es fast geschafft.
Ich sah auf meine Füße und versuchte, meinen rasenden Herzschlag in den Griff zu kriegen. »Bitte begleitet uns zum Dekanat. Ich bin mir sicher, dort erhaltet Ihr mehr Antworten als in diesem Raum.« Die Stimme des Wächters klang merkwürdig gedämpft. Unecht. Aber was wusste ich schon, was das für Wesen waren in diesen Kutten.
Aus den Augenwinkeln sah ich eine rote Haarsträhne aus der Kapuze des weiblichen Wächters blitzen. Ich musste augenblicklich an Ginga denken und vermisste sie schrecklich. Sie hätte den beiden sicher einfach die Kapuzen heruntergerissen und sie angeblafft, weil sie uns so einschüchterten.
Ich hingegen nickte einfach und folgte den Wächtern wortlos. Immerhin entging ich so den Weissagungen. Und im Dekanat wartete Magnus. Wenn Magnus diese Wächter geschickt hatte, um mich zu holen, dann musste ich mir keine Sorgen machen.

Oder?

Von hinten sahen die beiden auch nicht freundlicher aus. Dabei konnte ich noch froh sein, dass die Kutten nicht schwarz waren. Edgar Wallace Filme zogen vor meinem geistigen Auge dahin. Der Mönch mit der Peitsche ... Der schwarze Abt ... Trotzdem. Wozu diese gruseligen Kapuzen? Vielleicht konnte ich Magnus davon überzeugen, dass sie nicht nötig waren. Immerhin hatte der frühere Wächter, dieser Francesco, sie auch nicht getragen. Das hatte Alisi zumindest behauptet.
Wie groß war dieses Gebäude eigentlich? Und wo waren wir inzwischen? Wir mussten so ziemlich jeden Gang entlanggelaufen sein, den das Hauptgebäude zu bieten hatte. Für einen kurzen Moment gestattete ich mir den Gedanken, dass sich die Wächter

selbst verlaufen hatten. Immerhin waren sie auch neu hier, wenn ich das richtig verstanden hatte.

Beinah hätte ich aufgelacht, als ich einen Gang wiederzuerkennen glaubte. Doch dann endete der Gang und ich musste mir eingestehen, dass es ein anderer sein musste. Wir traten in eine kreisrunde Halle und als ich nach oben blickte, sah ich, wie sie sich über unzählige Stockwerke erstreckte. Es schien beinah, als hätte sie nach oben kein Ende. Säulenumgang folgte Säulenumgang und eine Treppe schien den ganzen Weg hinaufzuführen. Ein Turm. Das musste einer der Türme sein, die ich von außen gesehen hatte. Und mir war klar, was jetzt kommen würde.

Ohne weitere Erklärungen ging meine Eskorte vor und ich folgte den beiden hoch in den Turm. Das Einzige, das mich vorantrieb, war meine Neugier. Mit jedem Absatz wurde die Aussicht durch die Turmfenster besser. Die Akademie war vollkommen umgeben von Wald. Ringsum sah ich vor allem eins: Bäume. In einer Richtung funkelte Wasser am Horizont – das Meer, das ich schon von meinem Zimmer aus gesehen hatte; In der anderen Richtung erstreckte sich ein Gebirge und verschwand am Horizont halb in Dunst und Wolken. Ab und an schien der Wald durch Lichtungen und Siedlungen unterbrochen zu sein und ich konnte auch einen Fluss ausmachen, der aus der Richtung des Hochgebirges kam und sich in vielen Kurven zum Meer schlängelte. Die Akademie selbst schien auf einem Bergplateau zu liegen, als Teil einer Art ›Mittelgebirge‹ zwischen den hohen, felsigen Bergen und der Ebene am Meer.

Ich hatte schon damit gerechnet, dass wir ganz nach oben laufen würden und verfluchte Nafishur gedanklich dafür, offenbar keine Fahrstühle zu kennen. Doch dann hielten wir auf einem breiteren Treppenabsatz, der kein Fenster neben sich hatte, sondern eine Tür. Sie sah alt aus, aber schlicht. Nicht so verziert wie die anderen in der Eingangshalle. Aber sie erinnerte mich an meine Tresortür in der Pension. Ich hatte gelernt, in Nafishur mein Urteil nicht von Äußerlichkeiten abhängig zu machen. Hier war nichts, wie es schien. Also war das vor uns wohl auch keine Tür.

Ich sah zu meinen Wächtern auf, die durch ihre blöden Kapuzen viel größer wirkten als ich. Einer der beiden trat vor und klopfte an.

War das sein Ernst? Diese Tür konnte nirgends hinführen! Das hier war ein Turm und ich hatte gesehen, dass wir längst den Rest der Akademie überragten.

»Herein«, hörte ich dann aber eine vertraute Stimme rufen. Schlagartig verschwanden meine Zweifel und das beklemmende Gefühl. Natürlich war die Tür echt. Natürlich war dahinter ein Raum. Wie schon gesagt: Hier war nichts, wie es schien. Vor allem kein ›Einfach-Nafish‹. Ich hatte die Stimme sofort erkannt: *Magnus*. Die Wächter mussten mich nicht lange bitten, damit ich eintrat. Ich lief schnurstracks in den Raum hinein und auf Magnus zu.

Wir hatten einiges zu klären und ich würde mich nicht durch irgendwelche magischen Spielereien oder die Aussicht ablenken lassen.

»Dekan? Ehrlich? Soviel zu ›nenn mich einfach einen Nafish‹ und ›ich bin ein bescheidener Helfer in Fragen der Magie‹! Hättest du mich nicht vorwarnen können?« Ich konnte mit Mühe verhindern, ihn anzuschreien. Aber meine Stimme rutschte mit jedem Satz höher und ich war noch nicht fertig. »Einerseits lässt du mich im Unklaren und andererseits bekomme ich eine Vorzugsbehandlung. Was soll das!?« Ich blieb vor seinem Schreibtisch stehen und ließ meine Hände auf den Tisch knallen. Sollten diese blöden Wächter hinter mir doch denken was sie wollten.

»Aber nein! Ich bevorzuge dich nicht, Cara. Ich halte mich selbst durch Magie davon ab, Günstlinge zu entwickeln.« Er lächelte mich über ein Buch hinweg mit seinen milden, freundlichen Augen an und bedeutete mir, mich zu setzen. Ich tat ihm den Gefallen und kam mir jetzt schon wie eine blöde Ziege vor, aber nun gab es kein Zurück mehr und ich wollte Antworten.

»Und wieso wurde ich dann für dieses ... dieses Stipendium auserwählt, obwohl ich NICHTS von all dem hier kann?! Sieh mich doch an! Die fremde Sprache, die fremde Welt. Ich bin unter Garantie eine Niete in allen Fächern! Ich verdiene das Stipendium nicht!«

»Das tust du durchaus.« Sein Blick wurde ernst und jetzt ließ er auch das Buch sinken. Erst als es auf dem Tisch landete, merkte ich wie alt und schwer es war. In seinen Händen hatte es irgendwie jünger und weniger gewichtig gewirkt. Trotz Zauber konnte ich nichts darin entziffern. Was für eine Sprache war das? »Matrona Cara Thetra Clow, du verfügst sogar über ganz außergewöhnliche Fähigkeiten.« Er sollte mich doch nicht so nennen! Und nun nannte er mich auch noch ›Matrona‹. »Glaubst du denn wirklich, dass sich die Fähigkeiten eines Wesens an seinen Lehrfächern oder seiner Sprachfähigkeit messen lassen? Habe etwas Geduld. Du wirst noch früh genug erkennen, weshalb ich dich …«, er unterbrach sich selbst und lächelte entschuldigend, »weshalb man dich berufen hat.«

»Du hast dich gerade selbst verraten! Also doch!«

»Ich habe lediglich dafür gesorgt, dass deine Gaben pünktlich zu diesem Lehrjahr entdeckt werden. Ich habe nichts hinzugefügt, was nicht schon vorher da gewesen wäre.«

»M-Moment! Du hast was?!« Ich sprang auf. Ich konnte einfach nicht stillsitzen. Magnus schien mein Ausbruch nicht im Geringsten zu stören. Seelenruhig lehnte er sich in seinem Sessel zurück, legte die Fingerspitzen aneinander und sah mich lächelnd an. Dann wiederholte er seine Worte, als hätte ich ihn *akustisch* nicht verstanden.

»Ich habe lediglich dafür gesorgt, dass deine Gaben pünktlich zu diesem Lehrjahr entdeckt werden. Ich habe nichts hinzugefügt, was nicht schon vorher da gewesen wäre.«

Wie meinte er das?! Er hatte dafür ›gesorgt‹? War er am Ende daran schuld, dass ich Ginga in Luv beinah gegrillt hatte?

›*Aber nein. Und mach dir keine Vorwürfe, Cara. All das wäre früher oder später geschehen. Doch wenn es später geschehen wäre, hätte ich dich nicht so schnell an die Akademie bringen können. Und das musste ich.*‹

»Warum sprichst du nicht laut? Sollen deine tollen Wächter das nicht hören?«

Mein bescheidener Helfer in Fragen der Magie zog die Brauen zusammen und sah damit gleichermaßen nachdenklich und irritiert aus. Dann rieb er sich über die Schläfen und stand auf. Er umkreiste den Schreibtisch und mich, bis er bei den Wächtern angekommen war und ich folgte ihm mit meinen Blicken.

Was hatte er vor?

Wollte er die beiden wegschicken, um allein mit mir zu reden?

»Cara, ich verstehe deinen Ärger, aber bitte sei versichert, dass ich bei all dem nur deine Sicherheit im Sinn hatte. Es musste alles sehr schnell gehen. Es tut mir leid, dass ich keine Zeit hatte, dir vorher all das zu erklären. Ich hoffe, du nimmst meine Entschuldigung an, wenn du den Grund für meine Abwesenheit und Eile erkennst.« Mit diesen Worten nickte er den beiden Wächtern zu und sie hoben ihre Kapuzen an.

Das war der Moment, in dem mir schwarz vor Augen wurde.

***

»Cara? Alles in Ordnung mit dir?«

›Entschuldige, ich hatte nicht geglaubt, dass dich ihr Anblick so erschrecken würde ...‹

»Ich hab gleich gesagt, dass das keine gute Idee ist!«

»Ja, ja. Aber zur Weihzeremonie oder mitten in der Nacht hätte sie sicher auch nicht besser reagiert.«

»Trotzdem. Wir hätten uns ihr wenigstens vorhin zu erkennen geben können ...«

»Auf die paar Minuten kam es auch nicht mehr an. Außerdem soll *Er* ihr das ruhig erklären.«

Ich stöhnte leise. Da redeten zwei Stimmen durcheinander, die mir erschreckend bekannt vorkamen – genaugenommen stritten sie mal wieder. Und dann noch Magnus in meinem Kopf. Am liebsten hätte ich die Augen zugelassen und einen Moment lang weiter die Bewusstlose gespielt. Aber das würde mir wohl keiner der drei Anwesenden abkaufen. Also öffnete ich blinzelnd die Augen. Sofort tauchte vor mir ein blasses Gesicht auf. Große, grüne Augen sahen mich besorgt an und ein Regen aus rotem Haar ergoss sich auf mich, als sich seine Besitzerin noch weiter zu mir herunterbeugte.

»Ginga, du erschreckst sie noch mehr!«

Das Gesicht drehte sich weg und nahm einen grimmigen Zug an. »Halt den Mund, Dariel!« Eine Sekunde später waren wieder freundliche, grüne Augen auf mich gerichtet und als ich versuchte, mich aufzurichten, zogen mich zwei kühle Hände empor. »Sehr schön. Du bist wieder bei uns. Bitte sei nicht böse. Aber hier ist der sicherste Ort, um in Ruhe sprechen zu können.«

Ich stöhnte leise und massierte meine Schläfen. Träumte ich noch? Das war alles so vollkommen verkehrt. Vielleicht lag ich in Wirklichkeit noch in meinem Bett und verschlief gerade meine Weihzeremonie. – Irritierenderweise nahm ich die Tatsache, dass ich mich in einer Parallelwelt zu meiner eigenen befand, offenbar inzwischen als normal und gegeben hin.

Als ich aufblickte, hockten Ginga und Dariel vor mir und musterten mich besorgt. Tatsächlich. Sie trugen diese dämlichen weißen Wächterklamotten – jetzt ohne Kapuze – und sahen damit noch surrealer aus. Im nächsten Augenblick senkte sich neben mir das Polster meiner Sitzgelegenheit und eine Tasse tauchte vor mir auf. Mein Tee.

›*Trink, Cara*‹, hallte Magnus Stimme durch meinen Geist.

Das musste er mir nicht zweimal sagen. Ich klammerte mich an die Tasse wie eine Ertrinkende an einen Rettungsring. Der heiße Tee tat gut. Endlich etwas Echtes, etwas, das ich kannte.

»Cara, sag doch was!« Natürlich war Ginga die personifizierte Ungeduld. Sie trommelte mit ihren Fingern auf meinen Knien herum und ihr Blick bohrte sich in meinen. »Du freust dich doch, dass wir da sind, oder?«

Das war es, das ihr zu schaffen machte?

»N-natürlich freu ich mich! Ich … ich kann das alles nur nicht glauben. Und ich verstehe es auch nicht. Was macht ihr hier? Noch dazu in diesem Aufzug!« Ich starrte immer noch ungläubig auf die weißen Kutten, in denen die beiden steckten. »I-Ihr seid Wächter hier?! Wie … Ich meine, wann? … Warum?« Ich schüttelte hilflos den Kopf und fragte mich, ob es möglich war, meinem Gestammel einen Sinn zu entlocken.

»Kurz nachdem du fort warst, ist es passiert. Da war ein weiterer Brief«, begann Ginga. Ihre Augen leuchteten. Aber ich war mir nicht sicher, weshalb: Freude, Aufregung oder Panik.

»Zwei. Es waren zwei Briefe.«

»Das ist doch jetzt egal! Jedenfalls war da diese Nachricht von der Akademie.«

»Eine für jeden von uns«, ergänzte wieder Dariel.
»Ich dachte schon, dein Magnus hätte mich nun doch verpfiffen. Aber es war keine Vorladung, sondern ein Jobangebot.«
»V-Vorladung?!«, unterbrach nun ich Gingas Redeschwall.
»Na, weil ich als Nafish in Luv war. Das ist nur Viatoren, also Wanderern, oder Nafish in Begleitung von Wanderern erlaubt. Ich dachte, dein Magnus hätte mich verraten.«
Ich spürte Hitze in meine Wangen steigen. Warum sagte sie ständig ›dein Magnus‹? Und das auch noch in seiner Anwesenheit! Ich warf ihm einen Seitenblick zu, doch mein Dekan schien sich nicht an Gingas Worten zu stören. »O-Okay. Also war es keine Vorladung, sondern ein Angebot, hier als Wächter zu arbeiten? Aber hast du nicht immer gesagt, du würdest niemals und um keinen Preis wieder hierher zurückkehren? Noch dazu ins Feuerreich?«
Ginga biss sich auf die Unterlippe und sah hilfesuchend Dariel an.
»Ich würde sagen: Außergewöhnliche Umstände erfordern außergewöhnliche Maßnahmen.«
»Genau«, stimmte Ginga eifrig zu.
Nicht, dass das irgendetwas erklärte. Aber das sollte ich von den beiden ja inzwischen gewohnt sein. In der Hoffnung auf eine bessere Antwort sah ich nun bewusst zu Magnus.
Aber der lächelte nur. »Besser hätte ich es auch nicht sagen können.«
»Bitte! Könnt ihr mir das Ganze nicht etwas vernünftiger erklären? Ich versteh nur Bahnhof! Warum solltet ausgerechnet ihr beide ein Angebot bekommen, um ausgerechnet hier als Wächter zu arbeiten? Und warum solltet ihr auch noch so verrückt sein und zusagen?!«
»Weil wir dich nicht allein in diese fremde Welt gehen lassen wollten und das hier«, sie zeigte auf ihr Wächtergewand, »unsere Chance war, dir zu folgen. Cara, ich hasse diese Welt. Aber du bist mir zu wichtig, um mich durch Hass oder Angst aufhalten zu lassen, wenn es darum geht, dich zu beschützen.«
Ich spürte, wie Hitze in meine Wangen stieg. Ginga hatte das für mich auf sich genommen? Aber welchen Grund hatte Dariel? Er könnte jetzt in Paris sein – ohne uns. Frei.

»Weil ich geschworen habe, Menschen zu schützen. Das umschließt nach meinem aktuellen Kenntnisstand auch Nafish. Und dich damit gleich doppelt, denn irgendwie bist du doch beides.« Dariel verschränkte die Arme vor der Brust. »Ich weiß zu wenig über diese Welt und all das Übernatürliche, Merkwürdige hier. Ich muss diese Welt kennenlernen, um mich und andere gegen sie zu verteidigen. Egal ob hier oder in Paris.«

Magnus bewegte seine Hand über meiner Teetasse und sie füllte sich wieder auf. »Dariels naturgegebenes Misstrauen und seine völlige Ungebundenheit von Nafishur machen ihn zum perfekten Wächter. Dass er niemandem vertraut, gibt mir die Chance, ihm Vertrauen entgegenzubringen. Ginga neben ihm bringt die Energie und das Wissen mit, das er benötigen wird. Ich bin mir sicher, sie werden zusammen ein großartiges Wächterduo abgeben.«

Magnus flammende Fürsprache machte seine neuen Wächter sichtlich verlegen. Auch wenn die beiden im Gegensatz zu mir nicht mehr erröten konnten. Sie starrten beide vor sich auf den Boden und vor allem Dariel verkrampfte sich sichtlich. Ich wüsste zu gern, was sie gerade dachten.

Nach einer Weile räusperte ich mich. Es war wohl an mir, nun etwas zu sagen. »Ahm. Danke! Das bedeutet mir wirklich viel. Ich ... ich freue mich, dass ihr hier seid.« Das schien ja Gingas größte Sorge zu sein. Meine hingegen war eine ganz andere. Ich sah zu Magnus. »Aber hast du nicht eine Kleinigkeit vergessen? Sie sind Vampire! Und das ist die Feuermagieakademie! Das kann doch unmöglich euer Ernst sein.« Was hatten sie sich dabei nur gedacht? Ich ging an diese Akademie, um keine Gefahr mehr für die zwei zu sein, und sie folgten mir einfach?!

»Nun, das weiß natürlich niemand.« Magnus beobachtete seine vampirischen Wächter gespannt.

»Und wie lange wird das so bleiben? Wie lange soll es ihnen möglich sein, ihre wahre Natur zu verheimlichen?« Ich wusste ja schon nicht, wie ich meine untote Hälfte verstecken sollte – und ich hatte noch einen Puls.

»So lange wie möglich«, erwiderte Dariel grimmig.

»Lange genug, um allen hier zu beweisen, dass die beiden ihre Arbeit ausgezeichnet machen und ihre Wesensart irrelevant ist«, ergänzte Magnus.

»Es wird schon gut gehen. Wir haben uns eine gute Geschichte einfallen lassen«, versuchte nun auch Ginga mich zu beruhigen.

»Ihr habt euch eine Geschichte einfallen lassen. Was für eine Geschichte?«

Das schien zur Abwechslung eine gute Frage zu sein. Ginga freute sich sichtlich, sie mir zu erzählen. Dariels Begeisterung hingegen hielt sich in Grenzen. Und Magnus konzentrierter Miene nach, kannte er die Geschichte der beiden auch noch nicht.

»Die Geschichte, wer wir sind und wie wir hierherkamen.« Meine Freundin klatschte begeistert in die Hände und setzte sich nun aufrecht mir gegenüber in einen Sessel. Dariel machte es sich zu ihren Füßen vor dem Sessel bequem. »Wir kennen uns schon unser halbes Leben lang, haben uns aber aus den Augen verloren. Ich lebte in Krastun nahe an der Grenze zu Garingea. In unserer Kindheit hatte ich mich weit in die Wüsten Garingeas vorgewagt und war von einer Gruppe Kephaliden aufgegriffen worden.«

»Moment. Du überforderst mich! Wo sollt ihr gelebt haben und wer hat dich angegriffen?«

»*Auf*gegriffen«, berichtigte mich Dariel. »Man hat sie für eine kleine Diebin gehalten, die sich an den Oasen meines Vaters bereichern wollte.«

»Genau. Man hielt mich für eine Diebin. Krastun ist das Erzreich, das große Gebirge hinter den Vulkanen am Horizont, aus dem ich tatsächlich stamme.« Vulkane?! Zwischen den ganzen Bergen versteckten sich Vulkane?! »Es umspannt halb Nafishur. Garingea ist das Erdreich, aus dem die Kephaliden stammen, die Steinhäuter. Und so einer soll Dariel sein. Er ist etwas älter als ich und der Sohn eines adligen, angesehenen Oasenwächters. Mein Held setzte sich für mich bei den Untergebenen seines Vaters ein – obwohl er mich nicht kannte – und versprach, mich nach Krastun zurück zu führen, damit ich keinen Ärger mehr machte.« Eine von Gingas Händen strich über Dariels Schulter. »Aber in Wahrheit wollte er natürlich sicherstellen, dass ich wohlbehalten wieder zuhause ankam.«

»Als angehender Wächter war das meine Pflicht!« Dariel rückte etwas von Ginga ab, um unauffällig ihre Hand loszuwerden. »Und dann sah ich sie zum Glück lange nicht wieder. Mein Vater wünschte sich für mich die bestmögliche Ausbildung und so schickte er mich, nachdem er mich selbst lange trainiert hatte, erst in Garingeas Hauptstadt und dann nach Xamax in den Palast des Geistreiches.«

»Und dort begegneten wir uns endlich wieder!« Meine untote Freundin strich durch das Haar ihres Züglings und ließ sich auch nicht von seinem leisen Knurren abhalten. Warum konnte sie es nur nicht lassen? Sie musste doch sehen, dass er rein gar nichts für sie empfand. »Dariels Einsatz für mich und seine Vorstellung davon, wie ein guter Wächter sein sollte, hatten mich so inspiriert, dass ich auch Wächterin werden wollte. Ich trainierte hart dafür und eines Tages kam ich nach Xamax und wurde ausgerechnet ihm zugeteilt.«

Dariel griff nach ihrer Hand und zog sie aus seinem Haar. Ich konnte sehen, wie sie versuchte, seinem Griff zu entkommen, und dann aufgab. Nun ruhte ihre Hand auf seiner Schulter – gehalten von seiner. Ob er das so geplant hatte?

»Ich habe lange in der Oase meines Vaters in ziemlicher Abgeschiedenheit gelebt und als ich dann nach«, er zögerte kurz, »Maz Gea-Anu für die Ausbildung zum Custos Scrutinandi und später in den Palast von Xamax zog, um Palastwache zu werden, war ich so mit meiner Ausbildung beschäftigt, dass ich kaum etwas vom Leben um mich herum mitbekam.«

»Entschuldige, aber eine Ausbildung zum was? Scru …?«

»Custos Scrutinandi«, half mir Dariel auf die Sprünge. »Oder kurz CS. Das ist gewissermaßen die Polizei hier. Sie ermitteln, wenn es ein Verbrechen gibt. Sind also gewissermaßen die Wächter von Recht und Ordnung.«

»Aha. Okay. Und wie kamt ihr bitte darauf, Dariel zu einem Polizisten zu machen?« Das war doch alles so schrecklich weit hergeholt. Die beiden mussten verrückt sein, wenn sie glaubten, dass sie diese Scharade lange aufrechterhalten konnten.

»Das bot sich an. Er ist mit seinem zweiten Vornamen hier ein Adliger. Magnus Sekretär Tasco hält ihn für eine Palastwache.«

Ginga kicherte leise bei dem Gedanken. »Wir wollten das für Dariels Lebenslauf aufgreifen. Aber Palastwache wird nicht jeder. Dazu braucht man schon mehrere passende Ausbildungen.«

»Und dank der Ausbildung zuvor durch meinen Kephaliden-Vater kann ich zum einen viele Teile meiner echten Ausbildung für meine Geschichte verwenden und zum anderen erklären, dass ich nicht alle Gepflogenheiten der höheren Schicht beherrsche. Dafür bin ich zu asketisch aufgewachsen.« Dariel grinste. Er grinste tatsächlich. Ich musterte ihn neugierig. Er schien stolz auf diese Lösung zu sein. Wahrscheinlich hatte er sich in diesem Punkt gegen Ginga durchgesetzt. Das würde dieses für ihn so unnatürliche Grinsen erklären.

»Ich hingegen kenne mich gut aus, habe während meiner Ausbildung viel von Nafishur gesehen und war danach vor allem als Spionin aktiv. Deshalb kennt mich in Xamax kaum jemand.« Ginga kicherte zufrieden. Der Gedanke, eine Spionin gewesen zu sein, gefiel ihr offensichtlich sehr.

»Ein sehr«, Magnus schien nach dem passenden Wort zu suchen, »interessanter Lebenslauf. Habt ihr auch eine Idee, wie wir drei uns kennengelernt haben?« Er schien belustigt von der Geschichte der beiden zu sein.

»Wir sind uns natürlich im Palast begegnet. Zum Ende meiner Ausbildung zur Palastwache trafen wir uns zufällig.« Ginga tippte sich ans Kinn und machte ein nachdenkliches Gesicht. »Das muss jetzt schon zwei drei Jahre her sein. Wir erwiesen uns als ausgesprochen nützlich in einer delikaten Angelegenheit, über die es uns leider nicht erlaubt ist zu sprechen.« Jetzt sah sie Magnus neugierig an, während ihre Hand sich unbemerkt aus Dariels Griff wandt und begann, seinen Nacken zu massieren. »Wir sind ein gutes Team, richtig? Das sollte doch alles erklären.«

Ich schüttelte ungläubig den Kopf. »Und was ist, wenn euch jemand von dort begegnet, wo ihr angeblich gewesen seid? Was wenn jemand nach Details fragt?«

»Ginga hat gesagt, die vielen Oasen Garingeas sind kaum jemandem bekannt und es gäbe niemanden, der alle Oasen kennen würde – vor allem im Grenzgebiet zu Krastun.« Während Dariel sprach, zog er kommentarlos Gingas Hand wieder aus seinem Nacken.

»Außerdem haben wir Magnus und den Fürsten, die unsere Geschichte bestätigen können. Das Wort der beiden sollte mehr gelten als das von irgendwelchen Wächtern im Palast, die uns dort angeblich nie gesehen haben.«

»Also schön. Ich werde den Fürsten über diese Version der Geschichte in Kenntnis setzen. Die einzige Sorge bereiten mir die Custodes Palatii, die heute hier in der Akademie sind. Sie sind alle vier erstklassig und kennen tatsächlich jeden Wächter des Palastes mit Namen. Es wird schwer sein, ihnen zu suggerieren, dass sie euch jahrelang übersehen haben.«

»Ihnen das zu suggerieren!? Wie soll das möglich sein?« Dariel richtete sich jetzt auf und sah Magnus ernst an. »Mir war nicht bekannt, dass Nerija und die anderen so gut vernetzt sind im Palast.«

»Nerija, Nerija, Nerija. Was hast du nur schon wieder mit ihr?« Ich blinzelte irritiert. Von wem sprachen die beiden da? Gingas Verhalten nach konnte es ja nur eine für ihren Geschmack zu attraktive Frau sein.

»Ich würde ja behaupten, dass du etwas eifersüchtig bist. Aber dazu ist eine Ginga Stokes doch nicht fähig.« Und ob sie dazu fähig war. Ginga war ein Mensch ... nein, eine Nafish, die alles mit vollem Einsatz tat. Halbe Sachen kannte sie nicht. Sie sah das Leben als Spiel und ging in jeder Runde All In. Und wie von sich selbst, so erwartete sie das auch stets von ihrem Gegenüber.

»Ganz recht! Ich bin nicht eifersüchtig! Und schon gar nicht auf eine kleine Palastwächterin!« Wenn Dariel wirklich Interesse an einer anderen Frau zeigte – nachdem Ginga ihn zu ihrem Zögling gemacht hatte, dann war sie jetzt nicht nur ›etwas eifersüchtig‹, dann kochte sie innerlich.

»Dann bleib beim Thema! Unsere ganze Geschichte ist zerstört, wenn wir dieses Problem nicht gelöst bekommen.«

Alle verfielen in nachdenkliches Schweigen. Das war meine Chance, endlich ein paar meiner Fragen zu stellen. »Ahm. Entschuldigt, aber was sind Custodes Palatii? Und wer ist Nerija? Ich würde euch ja mit eurem Problem helfen, aber ich versteh schon wieder nur Bahnhof.« Wieso kannte sich Dariel inzwischen offenbar besser in Nafishur aus als ich? Wann war das passiert? Ich kam mir schrecklich dumm vor, dass ich ständig nach Namen und Begriffen fragen musste.

›Mach dir keine Gedanken. Diese Informationen konntest du noch nicht haben. Die Custodes Palatii sind die Palastwachen. Eine besonders gut ausgebildete Gruppe von Wächtern. Vier von ihnen sind heute hier, um Dariel und Ginga während des ersten Tages an der Akademie zu unterstützen. Nerija ist eine von ihnen. Sie ist eine Pegasuswächterin aus Liminon, dem Luftreich. Die anderen drei Wächter sind ein Pyroman, wie du sie in Medivia schon kennengelernt hast, ein Druide der Wassermagie und ein Druide der Erzmagie. Gemeinsam bilden diese vier Wächter die Elite in der Elite.‹

»Ach so! Ich verstehe. Merci.«

Und Nerija und Dariel ... also ... sind die beiden ...

Das ging mich ja im Grunde nichts an. Und doch fragte ich mich, ob Gingas Eifersucht vielleicht begründet war. Das kurz aufblitzende verschmitzte Lächeln auf Magnus Gesicht war mir Antwort genug.

Dariel hatte sich so nah zu Ginga gebeugt, dass sich ihre Nasenspitzen fast berührten. »Gut. Dann können wir uns ja jetzt wieder unserem Problem widmen. Sollen wir nun Palastwachen sein oder nicht? Der Fürst hat uns geschickt. Und das ist doch gewissermaßen amtlich. Reicht das nicht?«

»Diese vier Custodes Palatii wollt ihr nicht gegen euch haben. Es würde euch einiges erschweren«, warf Magnus ein.

»Na schön, aber wie gewinnen wir sie für unsere Geschichte?«

Magnus? Hat nur Dariel Interesse an Nerija oder auch umgekehrt?

Ich fragte mich schon, ob er meine Gedanken nicht gehört hatte, aber dann antwortete Magnus doch noch. ›Nun, ich denke sogar, Nerija zeigt mehr Interesse als er. Ihn zieht nur ihre exotische Schönheit an. Sie hingegen ...‹ Seine Stimme verstummte in meinem Kopf. Aber das reichte mir.

»Ich glaube, ich habe eine Idee.«

Dariel drehte sich überrascht zu mir um. »Immer raus damit!«

»Ihr hattet euch ausgedacht, dass Ginga als Spionin gearbeitet hat. Das würde ihre Unsichtbarkeit und überhaupt seltene Anwesenheit im Palast ja durchaus erklären. Und was Dariel angeht: Wieso hattest du nicht auch einfach viele Einsätze außerhalb des Palastes?«

Er zog nachdenklich die Brauen zusammen und ließ sich auf die Armlehne von Gingas Sessel sinken. »Das würde meine Abwesenheit in jüngster Zeit erklären. Aber was ist mit meiner Ausbildung zum Custos Palatii? Die muss ja im Palast stattgefunden haben.«

Ich senkte den Blick. Jetzt kam der schwierige Part. »Nun ja. Was wäre, wenn du diese Nerija zu einem kleinen Spaziergang einladen würdest und ihr dann von einem jungen, unscheinbaren Lehrling berichten würdest, der sie immer aus der Ferne bewundert hat – für ihre Fähigkeiten und Eleganz, aber es nie wagte, sich ihr zu nähern. Als ... als der junge Mann dann seine Ausbildung absolviert hatte, wollte er sich ihr stolz zeigen, doch er wurde sofort auf eine Mission berufen, die ihn nach Garingea führte, in seine Heimat. Fortan war er nur noch selten im Palast und wenn mied er ihre Nähe aus Verlegenheit.«

Schweigen.

Dann platzte es aus ihm heraus: »Aus V-Verlegenheit? Was für eine Karikatur von mir soll das sein?! Wieso sollte ich mich vor ihr verstecken?« Er mochte nicht mehr erröten können, doch die Scham war ihm deutlich anzusehen, als ich wieder aufblickte. Meine Geschichte hatte ihn sogar so sehr abgelenkt, dass er nicht einmal wahrnahm, wie sich Ginga mit jedem meiner Sätze weiter aufgerichtet und näher an ihn geschoben hatte. »Das ist doch lächerlich! Das würde sie mir nie glauben!«

»Es geht darum, eine Erklärung dafür zu finden, dass sie sich nicht an dich erinnert. Menschen verändern sich. Damals warst du eben noch etwas schüchtern.« Genaugenommen war er das noch heute. Um nicht zu sagen: Prüde. Aber ich würde den Teufel tun, das jetzt laut auszusprechen.

»Du willst nicht, dass ich schüchtern war. Du willst, dass ich so dermaßen nichtssagend und stumm war, dass mich vier sehr

aufmerksame Wächter über mehr als ein Jahr nicht bemerkt haben.«
Dariel schüttelte den Kopf und starrte mich mit einer Mischung aus Fassungslosigkeit und Ärger an. »Und was soll ich deiner Meinung nach mit den anderen machen? Soll ich mit denen auch flirten?«

Es war nicht meine Absicht gewesen, ihn wütend zu machen. Aber ich hätte wissen müssen, dass er einen solchen Vorschlag nicht gut aufnehmen würde. »Unsinn! Aber es reicht doch, wenn du bei ihr Zweifel sähst. Du bist von ihr heute sicher nicht unbemerkt geblieben. Es wird ihr unangenehm sein, einen Mann wie dich nicht früher schon bemerkt zu haben und—«

»Einen Mann wie mich?«, unterbrach mich Dariel mit hochgezogenen Brauen.

Um Himmelswillen! Wo hatte ich mich da eingemischt?! »Naja. Man muss nicht Ginga sein, um zu sehen, dass du …« Ich konnte doch jetzt unmöglich sagen, dass ich ihn attraktiv fand! Am liebsten wäre ich im Erdboden versunken.

»Dass du unglaublich sexy bist, mein Hübscher.« Danke Ginga! Noch nie war ich so froh darüber gewesen, dass Ginga rein gar kein Problem damit hatte, dem Objekt ihrer Begierde Anzüglichkeiten zuzuflüstern. »Aber genau aus diesem Grund wird nichts aus deiner kleinen Idee, Cara, meine Liebe. Zwei drei Jahre hin oder her. Du glaubst doch nicht ernsthaft, dass eine Frau glauben könnte, dass dieser Mann irgendwann nicht aussah wie ein junger Gott?«

Okay. Meistens schoss sie etwas über das Ziel hinaus. Aber zumindest hatte nicht ich das gesagt, sondern sie. Dass sie mich trotzdem nicht bei meinem Plan unterstützte, hatte ich erwartet. »Ach komm schon, Ginga! Du willst nur nicht, dass er sich mit Nerija trifft. Aber du weißt, dass es funktionieren wird. Gerade deshalb.« Ich war mir sicher. Und das, obwohl ich diese Nerija noch nicht einmal gesehen hatte. »Sie wird sich verzweifelt erinnern wollen und irgendwann wird sie glauben, sich an ihn zu erinnern. Sie wird einen schüchternen jungen Mann mit leuchtend blauen Augen und schwarzem Haar sehen, der sich immer hinter irgendwelche Hecken und Wände duckt, wenn sie zu ihm sieht. Der Wunsch, sich an ihn zu erinnern, wird sie dazu bringen. Und wenn auch nur eine aus dem Kreis der vier Wächter glaubt, sich an ihn zu erinnern, werden es die anderen bald auch tun. Zumindest wenn die vier wirklich so ein eingespieltes Elite-Team sind. Denn dann vertrauen sie sich und ihrem Urteil.«

»Ja, vielleicht würde das sogar funktionieren.« O! So schnell? Ich hatte erwartet, dass sich Dariel länger wehren würde. »Aber wie suggeriere ich ihr, dass ich sie beobachtet habe? Ich brauche Informationen zu ihr. Wann war sie im Palast und für wie lang? Wie sah sie damals aus? Was ist ihr bevorzugter Kampfstil? Ich brauche Details zu ihr, die ihr klar machen, dass ich sie durchaus gesehen habe – auch wenn sie mich nie sah.« Da hatte er nicht ganz Unrecht. Das würde helfen.

»Nun, da kann ich vielleicht helfen.« Ich lächelte in mich hinein. Vielleicht war es doch eine gute Idee gewesen, sich einzumischen. Vielleicht war meine Idee doch eine Hilfe. Magnus zumindest schien sie zu unterstützen. »Ich kenne Nerija schon sehr lange. Ich war es, der sie nach Xamax brachte, damit sie Wächterin werden konnte.« O! Das war doch perfekt!

»Also gut. Was kannst du uns zu ihr sagen? Du weißt schon: Ohne deine Grenzen zu überschreiten.«

Was meinte Dariel damit?

»Nerija ist seit fünf Jahren Custos Palatii. Seit zwei Jahren arbeitet sie unter Custos Modestus. Sie trainierte und lernte mit viel Ehrgeiz und Ausdauer. Wie Modestus mir einst berichtete, hatte sie anfangs Probleme beim Kampf gegen mehrere Gegner in der Luft, doch sie übte so lange heimlich in der Nacht, bis sie sich so geschickt bewegen konnte, dass auch vier oder fünf Gegner gleichzeitig kein Problem mehr darstellten.«

»Das ist wahnsinnig beeindruckend. Ich denke, du brauchst dir keine Gedanken darum machen, dass sie verletzt werden könnte.«

Ich sah irritiert zwischen Magnus und Dariel hin und her. Warum sollte sich Magnus Gedanken um die Sicherheit einer Wächterin machen? Wie von selbst kamen Coles Worte wieder in meinen Sinn. Er hatte von einem verschwundenen Wächter gesprochen. Machte sich Magnus deshalb Sorgen?

»Ihre bevorzugte Waffe ist der Langbogen. Generell alles, mit dem sie von oben gut aus der Ferne arbeiten kann. Das bedeutet aber nicht, dass sie nicht auch im Nahkampf exzellent ist. In ihrer Gewandung verborgen sind unter anderem zwei kurze Dolche für den Notfall und einige Wurfsterne.«

»Also gut. Damit kann ich zumindest mit ihr reden, ohne dass sie mir fremd scheint. Aber nichts davon ist persönlich genug. Ich könnte all das eben auch von irgendeiner Wache im Palast gehört haben.«

»Das mag stimmen, aber nutze etwas deine Fantasie. Ich bin mir sicher, du kannst sie dir gut beim Training vorstellen. Sie hat meist auf dem Vorplatz des Palastes geübt: über dem kleinen Bach. Oder sie flog auf eine der abgelegenen Inseln.«

»Auf was?«

»Neben der Insel des Palastes hast du doch bereits eine weitere kennengelernt. Das ist nicht die einzige. Es schweben noch weitere, kleinere Inseln um den Palast herum.« Was?! Dariel hatte dieses Xamax schon besucht? Der fliegende Palast, von dem Cole gesprochen hatte? »Auf einer landen die Limigan, auf einer sind weitere Ports und einige sind zur Verteidigung gedacht und beherbergen Wachtürme. Diese Türme sind in Friedenszeiten wie diesen selten besetzt und so nutzte Nerija sie gern für das Training von Sturzflügen und ähnlichem.«

Eine Pegasuswächterin hatte Magnus sie genannt ... Ob sie auf einem geflügelten Pferd ritt? Das musste wunderschön aussehen. Jetzt wollte ich sie auch kennenlernen. Am besten auf einer der fliegenden Inseln.

Dariels leises Knurren riss mich aus meinen Gedanken. Ich musterte ihn und Magnus, dessen Lippen ein schwaches Lächeln zierte. Was lief da schon wieder zwischen den beiden?

»Na schön. Also, was genau ist der Plan?«

»Nun, Cara hat es ja schon angedeutet. Du triffst dich mit Custos Nerija und ... suggerierst ihr, dass ihr euch schon länger kennt. Gewinne ihr Vertrauen. Ich bin mir sicher, dass dir dies nicht schwerfallen wird.«

Nun war es Ginga, die das Gesicht verzog. Also war da wirklich etwas zwischen den beiden? Hatte unser Nachwuchsvampir einer Wächterin den Kopf verdreht? Oder war es andersherum?

KAPITEL VII

Cara, bitte pass auf Ginga auf. Ich ... ich weiß nicht, ob ich mich unnötig sorge, aber es könnte sein, dass ihr meine Versuche, Nerijas Vertrauen zu gewinnen, nicht gefallen werden.

Dariels Worte, bevor er sich verabschiedet hatte, spukten mir im Kopf herum, während ich unschlüssig am Lucernabaum stand und wartete. Ich hatte Ginga gebeten, mich dort zu treffen. Das riesige Akademiegelände war der reinste Irrgarten. Ich würde Alisi oder Cole bitten, mir morgen nach dem Unterricht das Gelände nochmal in Ruhe zu zeigen. Momentan war ich froh, wenn ich mein Zimmer fand. Und morgen früh den Weg zu meinem ersten Cursus: Geschichte berühmter Druiden.

Magnus hatte mir, bevor wir sein Dekanat verlassen hatten, meinen Kursplan gegeben. Auf diesem Plan standen Kurse und Vorlesungen, die wirklich spannend klangen – wie die Druidenstabkunde, Kräuterkunde oder Geschichte berühmter Druiden. Auch Heilung schien ein nützliches Fach zu sein. ›Nicht-magische körperliche Ertüchtigung‹ hingegen klang wenig erfreulich und Alte Sprachen eher mäßig spannend. Ich konnte nur hoffen, dass es dafür auch einen Zauberspruch – oder eine Zauberformel – gab. Am merkwürdigsten klang das Fach ›Integration existierender Fabelwesen‹. Was sollte ich mir darunter vorstellen? Entweder existierte ein Wesen oder es war ein Fabelwesen. Wie konnte beides zutreffen?

Jeder Kurs ging zwei Stunden. Und im ersten Semester hatten wir drei Kurse pro Tag. Nur in meinem Fall hatte der fünfte Tag der Woche – der Mazdeg – noch einen weiteren Block: Elementarmagie. Der Rest der Zeit war dem Selbststudium vorbehalten. Ich würde also viel Zeit in der Bibliothek zubringen – sobald ich wusste, wo sie sich befand.

Im Grundstudium blieb man wohl in der Gruppe seines Patronus. Ich würde also ab dem ersten Kurs morgen Alisi an meiner Seite haben. Zum Glück. Hoffentlich war es ihr möglich gewesen, alle wichtigen Informationen mitzubekommen.

»Da bin ich. Wartest du schon lange?« Ich zuckte leicht zusammen, als Ginga plötzlich in ihrer weißen Kutte vor mir stand. Zum Glück hatte sie wenigstens nicht diese dämliche Kapuze auf.

»N-nein. Schon gut. Danke fürs Kommen.«

»Also schön. Ich hab nicht viel Zeit. Wie kann ich dir helfen?«

Aber darum ging es ja. Ginga sollte eben keine Zeit für Dariel und Nerija haben. War ihr das nicht klar gewesen, als ich sie um ein abendliches Treffen gebeten hatte?

»Ich hab einfach … Angst« Als ich es aussprach, begriff ich erst, wie wahr meine Worte waren. »Ginga, bitte hilf mir! Ich fühle mich so fremd. Ich weiß nicht, ob ich das hinkriege. Es ist ja nicht nur die Sprache. Was, wenn ich falsch reagiere oder Dinge nicht kenne, die hier jeder kennt? Was, wenn ich jemanden falsch anrede oder auf jemanden falsch reagiere?«

»O, Cara, mach dich doch nicht so fertig. Das ist völlig unnötig. Dariel hat sich hier schon so ziemlich jeden – wie hieß das noch gleich auf Französisch? – Fauxpas geleistet und kam bisher noch jedes Mal damit davon. Nafish sind da nicht anders als Menschen: sie glauben die bequemste Erklärung. Das ist doch praktischer, als immer alles zu hinterfragen. Und du wirst sehen: Du hast dich im Nu eingelebt.« Sie klopfte mir auf die Schulter und machte Anstalten, wieder zu verschwinden.

Schnell griff ich nach dem Zipfel ihrer Kapuze. Es war dunkel und die meisten Lehrlinge im Wohnhaus. »Kann ich mit zu dir kommen? Nur für einen Moment. Ich will nicht allein sein und meine Wohnung ertrage ich jetzt auch nicht. Wenn du wüsstest, mit wem ich sie mir teilen muss, dann würdest du–«, ich brach ab als ich ihren verwirrten Blick sah. »Ach egal, nur bitte, nimm mich mit.«

Ginga seufzte leise. »Also schön. Ich wollte eh zurück in unser Haus. Komm.« Ihr letzter Blick galt einem Schatten an der abgelegenen Seite des Säulenumgangs. Dann nahm sie meine Hand und führte mich aus dem Atrium hinaus, über eine weite Wiese.

Ab dem Augenblick, ab dem ich durch den Säulengang auf die Wiese getreten war, gelang es mir nicht mehr, meine weitere Umgebung wahrzunehmen. Alles, was ich sah, war die Blumenwiese, die sich vor mir erstreckte.

Die leuchtende Blumenwiese.

Erst als sich Ginga zu mir umdrehte, merkte ich, dass ich stehengeblieben war.

»Das sind Lucernablüten. Ein ganzes Feld davon. Sie funktionieren genauso wie der Baum im Atrium. Es gibt diese Pflanzen in so ziemlich jeder Größe und Form.« Sie hockte sich mitten zwischen die leuchtenden Blüten und schnipste mit dem Finger gegen eine von ihnen. Sofort zerstob sie in leuchtenden Goldstaub, der in den Nachthimmel aufstieg. Der Anblick von Ginga inmitten dieser leuchtenden, schimmernden Wiese war so surreal. Vor wenigen Tagen noch hatte ich sie gebeten, sich nicht nachts auf das Dach der Villa zu setzen, um nicht aufzufallen. Und heute war ich diejenige, die auffiel. Und dabei fühlte ich mich zum ersten Mal normal. Und plötzlich ärgerte mich das, was ich mir zuvor immer gewünscht hatte.

Alles in dieser Welt schien so außergewöhnlich zu sein. Ich konnte Feuerbälle werfen. Na und? Das würde früher oder später jeder hier an der Akademie können! Selbst der Obsthändler in der Stadt konnte das.

Ich war nicht ganz lebendig und trank Blut. Na und? Meine beste Freundin und ihr Zögling waren tot und Wächter der Feuermagieakademie! Hier war nichts von dem, was wir waren, ein Hindernis.

Gut. Das mit dem Blut sollten wir für uns behalten. Zumindest vorerst. Und dennoch. Diese Welt war außergewöhnlich. Sie wirkte nicht nur so. Sie war ein einziger, großer Zauber. Und mit etwas Glück war sie dennoch keine Illusion.

»Cara, alles in Ordnung?«

»Was? Ja. Ja, na klar.« Ich lief auf Ginga zu, griff nach ihrer Hand und zog sie mit mir die Wiese hinunter. Wir rannten – nach meiner Definition. Um uns herum wirbelte das leuchtende Gold der Lucernablüten. Es stob meterweit in die Höhe. Es fiel mir so schwer, das Lachen zu unterdrücken, das sich Luft machen wollte. Das Lachen der Erleichterung.

Plötzlich riss mich Ginga zurück und wir blieben stehen. Ich wollte mich schon beschweren, aber dann sah ich, weshalb sie gehalten hatte: Vor uns erstreckte sich ein riesiger See. Seine Wellen schlugen seicht gegen das Ufer.

»Oh!«

»Gern geschehen. Was ist denn mit dir los? Vorhin nimmst du fast deinen Magnus auseinander, eben warst du nah daran zu weinen und jetzt hältst du dich gerade so vom hysterischen Schreien und Lachen ab?«

Ich starrte auf das schwarze Wasser vor mir, in dem irgendwas zu leuchten schien, und ließ Gingas Worte auf mich wirken. Ob es von diesen Lucernapflanzen auch Algen gab?

»Hörst du mir überhaupt zu?«

»Ja, klar. Ich weiß auch nicht, was los ist.« Ich ließ mich am Ufer nieder und den Kopf in den Nacken fallen. Zwei rote Monde schienen auf mich herab, während ich der Hitze nachspürte, die in meinen Fingerspitzen kitzelte. »Doch. Doch ich weiß, was los ist.«

Ginga machte es sich neben mir gemütlich und sah mich abwartend an. Ich konnte ihren Blick nicht sehen, weil ich noch immer die Monde anstarrte; doch ich konnte ihn spüren.

»Du hast mir mal erklärt, dass Vampire das Gleiche fühlen wie Menschen – nur viel, viel intensiver. Weil ihre Sinne so viel ausgeprägter sind. Und du sagtest, dass manche Gefühle und Wahrnehmungen einen Vampir deshalb überschwemmen können, so dass er selbst nicht mehr weiß, was er weshalb fühlt. Das ist es, was mit mir los ist: Ich habe eine Gefühlsüberschwemmung, eine Wahrnehmungsflut. Ich ertrinke gerade.«

»Dann sollten wir am besten nicht so nah am Wasser sitzen.«

Jetzt sah ich Ginga doch an. Sie hatte diesen Satz ganz trocken und ernsthaft herausgebracht. Ich wollte mich schon über ihre Ignoranz beschweren, doch dann sah ich ihr Grinsen.

»Scherz beiseite: Dariel wird gleich hier sein. Wir sollten hier verschwinden. Komm, ich zeige dir unser Zuhause. Das eine oder andere könnte dir bekannt vorkommen.« Sie richtete sich auf und reichte mir ihre Hand.

»Also schön. Du Meisterin des Einfühlungsvermögens.« Ich nahm ihre Hand. »Aber da drin erwarte ich etwas mehr Empathie von dir! Sonst suche ich mir eine andere beste Freundin.« Ich lachte leise und richtete mich auf. Ginga sah durch mich hindurch.

Nahm sie das jetzt etwa persönlich?

»Also nun komm schon! Ich denke, du hast es eilig!«

Ich zog an ihrer Hand.

»Ginga. Ich bitte dich. Das war ein Scherz.«

Ihre Hand lag lose in meiner. Wie tot.

»Es war kein guter Scherz«, kam irgendwann leise von ihr.

Merde. Ich hatte vorhin erst erfahren, dass meine beste und bis vor kurzem einzige Freundin für mich in eine Welt gereist war, die sie hasste und die ihr verflucht gefährlich werden konnte. Und ich hatte keinen besseren Spruch für sie?

»Non. Ein verflucht schlechter«, gab ich ebenso leise zu. »Pardon. Ich bin zurzeit schlicht unzurechnungsfähig.« Ich tippte an meinen Kopf. »Gefühlsüberschwemmung und Wahrnehmungsflut, du erinnerst dich?«

Sie nickte nur und führte mich am See entlang auf ein kleines Häuschen zu. In England oder Frankreich hätte ich es als hübsches, kleines Cottage bezeichnet. Mit einem roten Ziegeldach, einer schlichten, hellen Steinfassade und weißen Fensterläden. Überall vor dem Häuschen wuchsen Blumen. Eine hübscher und exotischer als die andere. Es war, als wäre ich in Mamés Garten. Nur, dass jede Blüte irgendwie etwas fremd aussah, irgendwie speziell. Einige leuchteten sogar, wenn auch nicht so stark wie die Lucernas.

»Wie wunderschön! Ist das etwa euer Haus? Hier wohnt ihr?« Es war kaum zu glauben. Ich mochte meine Villa verloren haben, aber Ginga und Dariel hatten ein Stück Paris inmitten einer fremden Welt erhalten.

»Es erinnert dich an dein Zuhause, richtig?«
»Ja. An Mamés Garten und auch an die Villa Clow.«
»Warte ab, bis du es innen gesehen hast.« Sie öffnete die Haustür. Grün mit einem kleinen, getrübten Fenster in Kopfhöhe. Das war alles so hübsch und harmlos. Weder das Heim von Vampiren noch von Wächtern konnte so aussehen. Das musste ein Scherz sein.
»Hereinspaziert!«
Ich folgte Gingas theatralischer Verbeugung und schlüpfte an ihr vorbei durch die Tür. Sie machte sich nicht die Mühe, das Licht einzuschalten, aber das war auch nicht nötig. Die zwei Monde und das leuchtende Feld sorgten auch für meine halbvampirischen Augen für genügend Licht.

Nach einem kurzen Flur kamen wir in den Wohnbereich. Er war riesig, nahm im Grunde fast das gesamte Erdgeschoss ein und wurde von zwei Säulen getragen. An einer Seite war eine offene Küche, auf der anderen konnte ich eine Wendeltreppe ausmachen und in seiner Mitte stand ein großes, halbrundes Sofa. Es roch nach Leder und als ich näherkam, musste ich feststellen, dass es genauso aussah wie Vaters altes Sofa. Ich erinnerte mich noch gut an den Streit, den meine Eltern damals geführt hatten. Ich mochte vielleicht vier Jahre alt gewesen sein. Tammo war gerade erst geboren. Mama hatte auf neue Möbel im Wohnzimmer bestanden, damit wir alle Platz hatten, und Papa hatte sein altes Sofa vor dem Sperrmüll retten wollen.

Ich strich über das alte Leder. War es möglich, dass dieses alte Sofa wirklich das von Vater war oder erinnerte es mich einfach daran? Das war beinah zwanzig Jahre her. Wie sehr konnte ich mich auf meine Erinnerungen aus jüngster Kindheit verlassen?
»Was hast du?«
»Es ist nichts. Nur ... dieses Sofa ... es kommt mir bekannt vor.«
»Was habt ihr nur alle mit diesem Sofa?! Nafishur ist voller Magie und ihr ereifert euch über ein verfluchtes Sofa!«
»Wieso ›ihr‹? Wer denn noch? Dariel?«
»Wer denn sonst? Er war gestern auch schon ganz abgelenkt von dem alten Ding. Schon möglich, dass es tatsächlich aus Luv stammt. Wäre das denn so wichtig?«

»Es sieht so aus wie ein Sofa, das ich mal gekannt habe. Vor langer Zeit.«

»Wie das klingt. ›Vor langer Zeit‹. Cara, so alt bist du noch nicht.«

»Und wenn schon.« Ich ließ mich auf dem Sofa nieder und betastete sein Leder. »Es ist so viel geschehen, dass sich Paris und erst recht mein menschliches Leben unendlich weit entfernt anfühlen.« Ob es klug wäre, Magnus später zu fragen, was es mit diesem Sofa auf sich hatte? Ob er es mir verraten würde? Immerhin hatte er es in Dariels und Gingas Haus gestellt und nicht in mein Zimmer. Ich musterte den ansonsten recht leeren Raum. Gut, die beiden hatten auch definitiv mehr Platz als ich.

»Oh! Ich glaub das nicht!« Ginga stand am Fenster der Küche und starrte hinaus auf die Wiese.

»Was glaubst du nicht?« Sie trat unruhig von einem Bein auf das andere, während ihr Blick fest auf einen Ort da draußen geheftet war. Erst hatte ich sie ignorieren wollen. Schließlich war sie mir auch gerade keine große Hilfe. Aber dann erinnerte ich mich an Dariels Worte und stand auf.

Neben Ginga angekommen musste ich nicht lange suchen, um den Grund für ihren Ärger auszumachen. Dariel und Nerija waren über die gleiche Wiese wie wir gelaufen und standen nun am Seeufer.

Sehr nah beieinander.

»Dieser Idiot! Was tut er da?! Muss er ihr so nah kommen, um ihr Vertrauen zu gewinnen? ›Vertrauen gewinnen.‹ Das bedeutet nicht, ihr die Zunge in den Hals zu stecken.«

So wütend hatte ich Ginga bisher selten erlebt. Ich konnte ihr deutlich ansehen, wie sie hin und her gerissen war: Sie war wütend und wollte sich bewegen, aber zugleich wollte sie nichts verpassen und weiter am Fenster bleiben. Dabei folterte sie sich mit dem Anblick der beiden nur selbst.

Nerija und Dariel sahen nicht so aus, als wären sie sonderlich an der beeindruckenden Blumenwiese oder den zwei Monden interessiert. Aber ich konnte die beiden auf diese Entfernung nicht mehr hören. Ich fragte mich, ob Gingas besseres Gehör sie vielleicht verstand.

›Sei froh, dass du sie nicht auch noch hören kannst.‹

Aby?
›*Du erinnerst dich also noch an mich. Und das, obwohl du mich nicht mehr zum Dolmetschen brauchst. Alle Achtung!*‹ Mit diesen Worten tauchten zwei grüne Augen in meinem Sichtfeld auf.
Ach komm schon. Das ist unfair. Ich bin mir sicher, du bist bereits bestens über alles informiert und weißt, weshalb ich abgelenkt war.
›*Natürlich weiß ich das, sonst hätte ich dich wohl kaum hier bei Ginga und ihrem Nachwuchs gefunden.*‹ Ein gezielter Sprung und Aby landete in meinen Armen. ›*Artemis hat es mir verraten.*‹
›*Guten Abend*‹, hallte nun eine männliche Stimme durch meinen Kopf.
Guten Abend, Artemis.
»… hörst du mir eigentlich zu?« Plötzlich funkelte mich ein anderes grünes Augenpaar giftig an. Ginga stand direkt vor mir, die Hände in die Hüften gestemmt und mit einer roten Locke im Gesicht.
»Tut mir leid, Ginga. Was hast du gesagt?«
»Ich werde gerade wahnsinnig und du hältst lieber Smalltalk mit Katzen?! Ich weiß doch, weshalb du hier bist! Das war Dariels Idee, nicht wahr? Oder kam das etwa vom Großmeister persönlich? Mich abzulenken? Als würde das klappen. Ich spüre, was Dariel spürt. Ich *fühle*, was er fühlt. Physisch und psychisch. Du kannst mich nicht von dem ablenken, was da gerade am See läuft.«
»Ginga, bitte sei vernünftig. Halte dich zurück. Du weißt, warum er das tut.«
»O ja, na klar. Der feine Herr opfert sich in seiner unendlichen Großzügigkeit.« Nun lief Ginga doch im Kreis. »Ich bin mir sicher, er leidet gerade Höllenqualen«, zischte sie gefährlich leise, während sie ihm durch das Fenster einen stechenden Blick zuwarf. »Der arme Mann wird ja ständig nur zu allem gezwungen! Er hat ja rein gar nichts damit zu tun. Er kann doch nichts für diese attraktive Wächterin in seinen Armen. Genauso wenig wie für diese Schlange damals im Club, mit der er aus reiner Höflichkeit getanzt hat!« Mit jedem Satz wurde sie lauter. Ich konnte nur hoffen, dass Dariel abgelenkt genug war, um Ginga jetzt nicht zu hören.
›*Das ist sein geringstes Problem*‹, brummte Artemis.

›*Stimmt. Ihre Gedanken sind ausgesprochen ... extrem.*‹

Das war gar nicht gut. Ginga neigte zu impulsivem Verhalten. Sie würde den ganzen Plan ruinieren, wenn sie die beiden jetzt störte. Aber im Zweifelsfall wäre ich nicht in der Lage, Ginga aufzuhalten. Sie war deutlich stärker als ich. Aber vielleicht konnte ich sie doch ablenken. Ich brauchte nur das richtige Thema.

»Welche Schlange denn? Wovon redest du?«

»Diese hinterlistige Schlange im Club in Paris. Sie hat gewartet, bis ich verschwunden war und hat sich dann meinem Zögling an den Hals geworfen. Sie hat ihn manipuliert. Hypnotisiert. Er war wie ferngesteuert.«

Hatte sie Dariel nicht eben noch unterstellt, sich ihr aus freien Stücken zugewandt zu haben? Ich stellte mich ans Fenster und beobachtete die beiden selbst. Zumindest heute Nacht entsprang Gingas Eifersucht nicht ihrer Fantasie. Die beiden standen eng umschlungen beieinander und wenn mich nicht alles täuschte, dann fehlte nicht viel und sie würden sich küssen.

»Aber Ginga: Du flirtest ständig. Lass ihn doch. Ich meine: Was ist denn schon dabei?« Ich lehnte mich an den Küchentresen und verlegte mich wieder darauf, meine Freundin zu beobachten. Sie steigerte sich da in etwas hinein.

»Was da dabei ist?!« Sie wirbelte zu mir herum. Ihre Haare landeten in ihrem Gesicht und das Grün ihrer Augen schien im Dunkeln zu leuchten. »Wie würde es dir gefallen, wenn dieser charmante Patronus, der dich letzte Nacht willkommen geheißen hat, plötzlich mit einer anderen flirten würde?«

Augenblicklich brannten meine Wangen vor Hitze. »W-woher? Ich meine, d-das wäre mir egal!« Ich räusperte mich. Es half nicht. »Er ... wir ... Da ist doch nichts! AU!« Abys Krallen erinnerten mich daran, sie nicht zu zer-quetschen. »Ich hätte gar kein Recht, mich aufzuregen. Wir ... wir sind einfach nur Freunde!« Ein Bild von Juno und Cole tauchte vor mir auf. Umgeben von leuchtenden Blumen. Optisch ein Traum-paar. Und ich merkte, wie der Gedanke begann, mich wütend zu machen. Ich ließ Aby los und starrte auf meine Hände. Sie fühlten sich plötzlich so warm an.

Zu warm.

»Und überhaupt! Wann habe ich das letzte Mal geflirtet?« Zum Glück riss mich Ginga aus meinen Gedanken und damit aus meiner nervigen Gefühlsüberschwemmung.

»Gerade erst neulich. Als ...« Ich hielt nachdenklich inne. »Oh« »Ja, oh!« Sie verschränkte ihre Arme vor der Brust und sah mich mit ihrem Schmollmund trotzig und ausgesprochen ›erwachsen‹ an. Aber sie hatte recht. Zumindest soweit ich das beurteilen konnte, schien sie nicht mehr mit anderen Männern geflirtet oder gar geschlafen zu haben, seit Dariel bei uns war.

Ihre Haltung veränderte sich für Minuten nicht mehr, aber ihr Blick schien immer mehr durch mich hindurch zu gehen. Natürlich. Das Fenster hinter mir. Sie war wieder dazu übergegangen, die beiden zu beobachten. Aber wenigstens hatte sie sich beruhigt.

›Nenn es die Ruhe vor dem Sturm.‹
Wie meinst du das, Aby?
›Sie überlegt, ob sie da raus soll und dazwischen gehen.‹
Ich seufzte leise.
Das wäre keine gute Idee.
»Ginga, hör mal. Du kannst ihn ja später gebührend bestrafen. Aber lass–«
»Ssch!«
»Sch mich nicht an!«

Sie winkte nur ab und starrte hochkonzentriert Artemis an. Er saß plötzlich ausgesprochen majestätisch auf dem Fensterbrett vor uns; sein Schwanz bewegte sich langsam und gleichmäßig hin und her und er schien beinah zu schnurren. Was trieb er da? Versuchte er gerade, Ginga zu beruhigen?

Ihr Blick sprang wieder zu Dariel und seiner Begleitung und Sekunden später zu Artemis zurück. »Und das soll funktionieren?«

Artemis starrte Ginga eindringlich an und drehte seinen Kopf dann zum Fenster. Sie folgte seinem Blick – ich auch. Wir konnten gerade noch sehen, wie Dariel sich plötzlich von Nerija abstieß, sie hinter sich zog und sich umsah.

»W-was ist los?!« Ich suchte hektisch Dariels Umgebung ab. Er musste doch etwas gehört oder gesehen haben, dass ihn so ablenkte. Waren wir in Gefahr? »Ginga?«

»Ach nichts. Es ist alles gut. Mach dir keine Gedanken.« Sie verschränkte die Arme vor der Brust und trug ein ungemein selbstgefälliges Lächeln zur Schau. »Es ist alles bestens.« Die beiden Wächter draußen am See drehten sich Rücken an Rücken im Kreis und sahen alles andere als nach ›alles bestens‹ aus. Doch Ginga lächelte neben mir stur weiter.

Artemis? Was hast du getan?

Ich bekam keine Antwort. Dafür schrie ich auf, als Nerija plötzlich zwei weiße Engelsflügel wuchsen. Rasch presste ich mir beide Hände vor den Mund.

»Was war das? Ginga? Was ist diese Nerija? E-ein Engel?«

Ginga lachte leise. Sie schien alles andere als beunruhigt zu sein und beobachtete nur mit Genugtuung, wie Nerija abhob und Dariel zurückließ. »Sie ist ein Pegasus aus dem Luftreich.« Ja, sowas hatte Magnus erwähnt. Aber so ... so hatte ich mir diese Nerija trotzdem nicht vorgestellt. »Die meisten Palastwachen sind Pegasus. Ungemein praktisch bei Verfolgungen in der Luft. Wenn sie Teil dieser Elitetruppe ist, dann muss sie wirklich gut sein.« Ginga beugte sich etwas vor, um Nerijas Flugeinlage besser beobachten zu können. »Ja, sie ist wirklich gut.«

Nachdem Nerija verschwunden war, veränderte sich etwas in Dariels Haltung. Er schien nicht mehr die Anspannung eines Kampfes zu haben. Stattdessen sah er sich misstrauisch um, untersuchte den Baum neben sich und murmelte irgendwas. Für mich waren seine Worte allerdings zu leise.

Meine schadenfrohe Freundin fing neben mir an zu kichern, als er sich dem Baum zuwandte.

»Was ist daran so lustig?«

»Ach nichts. Aber ich glaube, ich weiß, woran er gerade denkt – und sein Gedanke gefällt mir.« Für einen kurzen Moment sah sie zu Artemis, bevor ihre Aufmerksamkeit wieder einem verwirrten Dariel galt. »Danke«

Ich wusste nicht, was ich von der Allianz der beiden halten sollte. Sie war mir nicht geheuer. Zumindest nicht, solange solche Szenen dabei entstanden. Dariel konnte sich noch auf einiges gefasst machen und ich sollte besser hoffen, dass Aby sich raushielt.

Artemis, was hast du da angestellt?

›Ich habe nichts angestellt. Ich habe Dariel nur die Wahrheit gesagt.‹ Er putzte sein Fell und tat unbeteiligt. ›Es könnte natürlich sein, dass er meine Worte anfangs etwas falsch aufgefasst hat.‹ Er wechselte die Pfote. ›Aber ich kann ja nichts dafür, wenn mit dem Hunter die Fantasie durchgeht. Ich habe ihn nur vor seiner Schöpferin gewarnt.‹

»Du hast was?«, platzte es aus mir heraus.

›Ihn gewarnt. Vor Ginga. Was angesichts der Situation ja nicht unangemessen war. Sieh sie dir an. Noch zwei Minuten und ein Kuss und die kleine rothaarige Furie wäre ihm direkt durchs geschlossene Fenster an die Gurgel gesprungen.‹

Das musste mir als Erklärung reichen, denn nun galt seine Aufmerksamkeit wieder Ginga. Die seufzte wenig begeistert. »Muss ich wirklich? Ich denke, ihr wolltet mich davon abhalten, da raus zu gehen.«

Die beiden trugen ein lautloses Wortgefecht aus, an dessen Ende Ginga mit einem leisen Fluch ihre Kutte richtete – sie hatte sich zwischenzeitlich etwas entblättert – und aus dem Haus lief.

»Was hast du getan? Warum soll sie jetzt raus?«

›Damit ich nicht als Lügner dastehe? Damit Dariel sie findet, bevor er in seiner zweiten Nacht hier die Akademie auf den Kopf stellt? Damit diese andere Wächterin mit den Flügeln wieder landen kann? Such dir was aus.‹

Ich stöhnte und rieb mir die Schläfen. »Was für ein dämlicher Plan« Ich verließ meinen Kontrollposten am Fenster – ich wollte gar nicht sehen, was die Drei da draußen anstellten und ob diese Aktion ein gutes Ende nahm – und ließ mich auf die alte Ledercouch fallen.

Ich strich über die Armlehne. Sie war rau und abgenutzt. Das war definitiv ein altes, gebrauchtes Sofa. Wieso sollte man Ginga und Dariel in dieses ansonsten so neu und ordentlich eingerichtete Haus ein altes Sofa stellen?

Vorhin hatte Ginga meine Gedanken unterbrochen. Nun versuchte ich erneut, mich an Vaters altes Sofa zu erinnern. Erschöpft von diesem unglaublichen, ersten Tag an der Akademie, der Weihe, den Lehrmeistern und nicht zuletzt den vielen Überraschungen machte ich es mir auf dem Sofa gemütlich. Ginga und Dariel würden sicher noch einen Moment brauchen und ich wollte mich jetzt nicht einfach davonschleichen.

***

»Guten Morgen, Cara. Einen wunderschönen Tecdeg wünsche ich dir! Gut geschlafen?«
»Morgen«, murmelte ich, um Gingas Redeschwall zu unterbrechen. Seit wann war sie morgens so munter? Ich blinzelte verschlafen in die goldene Morgensonne und versuchte, mich zu orientieren. Das war nicht die Villa. Ach richtig, Nafishur. Aber das war auch nicht das Zimmer in der Pension. Oder das im Wohnhaus der Akademie. Wo …?
Mit einem Schlag war ich wach und saß aufrecht. Aber natürlich. Dariel und Ginga waren in Nafishur und er hatte mit dieser anderen Wächterin angebandelt. Wie hieß sie noch gleich?
›Nerija.‹
Danke.
Artemis saß auf der Sofalehne und beobachtete mich interessiert. ›Aby ist schon unterwegs, falls du sie suchst. Ihr war das Warten zu langweilig.‹ Wie schade. Ich hatte gehofft, sie mit mir nehmen zu können. ›Wäre keine gute Idee gewesen. Ihr dürft zwar Haustiere haben – und ich wehre mich hiermit ausdrücklich gegen diesen Titel –, aber sie sind in den Kursen nicht gestattet. Gäbe wohl zu viel Ärger, wenn jeder seins mitnähme. Außerdem sehen wir nicht aus wie die Tiere hier. Wir würden auffallen. Es ist besser, wenn wir das Gelände ohne euch erkunden.‹
Während dieser Erklärung kraulte ich Artemis und ich war mir ziemlich sicher, dass sie andernfalls kürzer ausgefallen wäre. ›Schon möglich. Willst du noch mehr wissen?‹
»Grundsätzlich schon …« Ich sah zu Ginga auf. »Wie spät ist es und wann ist meine erste Vorlesung?«
»Deine erste Auditio, meinst du? Keine Ahnung, aber dem panischen Gerenne und den vielen schlagenden Herzen im Atrium nach wohl bald.«

Fluchend sprang ich auf. »Ich muss mich beeilen! Gehen die Klamotten noch? Kann ich mich bei euch schnell frisch machen?«

Ginga verzog das Gesicht. »Also mir wäre es ja egal. Aber ich nehme an, du willst an deinem ersten Tag einen guten Eindruck hinterlassen?«

»Also schön. Dann nichts wie los. Sonst bin ich mehr als nur knapp dran.«

Ginga richtete ihre Robe und reichte mir ihre Hand. »Komm, ich gebe dir Geleitschutz. Wenn irgendjemand blöde Fragen stellt, werde ich dafür sorgen, dass er sie wieder vergisst.«

Ich wollte gar nicht so genau wissen, wie Ginga vorhatte, das zu erreichen. Aber ich nickte, ergriff ihre Hand und ehe ich mich versah, waren wir auf halbem Weg zum Atrium hinauf. Ich würde am Nachmittag zu dieser Wiese zurückkehren müssen. Sie war so wunderschön – auch am Tag und ohne das Leuchten.

»Cara, lass dich jetzt um Himmelswillen nicht ablenken. Du bist wirklich knapp dran!«

»Ja, ja, schon klar. Die Blumen sind hübsch, aber so schnell lass ich mich schon nicht ablenken.«

Sie sah mich irritiert an und blieb mit mir stehen, als wir den Säulenumgang des Atriums erreicht hatten. »Ich rede nicht von den Blumen.«

»Guten Morgen, Cara. Guten Morgen, Ginga.« Mein Herz schlug etwas schneller, als ich die Stimme erkannte.

»G-guten Morgen, Magnus!« Augenblicklich hatte sich ein Lächeln auf mein Gesicht geschlichen. Zumindest hoffte ich, dass es ein Lächeln war und kein dümmliches Grinsen.

»Guten Morgen, Magnus Magister Athanasius Cronos.« Ich starrte Ginga mit großen Augen an. War das die korrekte Begrüßung für ihn? Das musste ich mir merken. »Ich muss diese morgendliche Begegnung leider etwas beschleunigen. Cara hat ... ein paar Unterlagen in ihrem Zimmer vergessen und muss sich beeilen.« Ginga schob mich unbarmherzig in Richtung meines Wohnhauses.

»Vielleicht dürfte ich die Gelegenheit nutzen, noch ein paar wichtige Fragen zu stellen?«, hörte ich sie noch sagen, dann verabschiedete ich mich winkend und flüchtete. Meine besorgte

Freundin hatte ja Recht. Auch wenn ich das gerade in diesem Augenblick nur ungern zugab.

Ich lief in Windeseile zum Wohnhaus und hinauf in den vierten Stock. Ein paar Sekunden lang befürchtete ich, meinen Schlüssel verloren zu haben, doch dann fand ich ihn. Gerade, als ich die Tür öffnen wollte, ging sie von selbst auf. Aber bei aller Magie: So selbstständig waren diese Türen nicht. ... Oder?

Nein. Waren sie nicht.

Im nächsten Augenblick stand ich Juno gegenüber. Sie machte einen Schritt rückwärts, zurück in unsere Wohnung und musterte mich von oben bis unten, als wäre ich ein merkwürdiges, seltenes Insekt, das sie unfreiwillig inspizieren musste.

»Du? Was willst du hier?«

Ich bemühte mich, meinen noch vom Schlaf auf dem Sofa derangierten Dutt zu richten und möglichst würdevoll zu antworten. »Mich für meine erste Vorlesung vorbereiten. Du willst doch sicher nicht zu spät kommen. Also husch, husch!«

Juno sah auf einmal nicht mehr so aus, als hätte sie es sonderlich eilig. Ihre Hände stützte sie in ihre Hüften, den Kopf legte sie schräg. »Dann verschwinde in dein eigenes Zimmer und mach den Weg frei. Ich erwarte die Ankunft einer Matrona.«

Ach so. Das ließ mich lächeln. »Dann freut es mich, dich erlösen zu dürfen, Juno.« Ich hob meinen Schlüssel an, trat einen Schritt auf sie zu und Nasenspitze an Nasenspitze blieb ich vor ihr stehen und steckte den Schlüssel ins Türschloss, ohne den Blick von ihr abzuwenden. Wie in meiner ersten Nacht begann er von selbst, sich zu drehen. »Ich glaube, bei unserer letzten Begegnung habe ich leider nicht die Zeit gefunden, mich vorzustellen. Wir wurden durch Patronus Silva unterbrochen. Matrona Thetra Clow.« Ich zog den Schlüssel auf dem Schloss, deutete einen weiteren Schritt nach vorn an und lief an ihr vorbei, als sie zurückwich.

Das tat gut! Ich begriff diese Geschichte mit den zwei Vornamen oder diesem ›Matrona‹ noch nicht ganz. Aber offenbar war man damit besonders angesehen. Gewissermaßen adlig. Und allein für diesen kleinen Moment mit Juno hatte sich der Titel schon gelohnt.

Wie gern hätte ich jetzt ihr Gesicht gesehen, aber ich wusste, es wäre besser, mich nicht umzudrehen und mir nur vorzustellen, wie es jetzt in ihr arbeitete. Also ging ich langsam und so adlig wie möglich durch den Wohnbereich zu meinem Zimmer. Ich hatte meine Tür noch nicht ganz erreicht, als die Wohnungstür ins Schloss fiel.

›Cara? Was machst du denn jetzt hier? Du musst zu deinem ersten Cursus!‹

»Das weiß ich auch, Aby. Aber sicher nicht so, wie ich jetzt aussehe. Was macht denn das für einen Eindruck am ersten Tag?« Ich riss meine Koffer auf und durchwühlte sie. Juno hatte ein schwarzrotes Outfit getragen, aber es sah frei gewählt aus. Also suchte ich nach einer roten Bluse und einer schwarzen Jeans. Das sollte funktionieren.

›Da warst du nur eine Nacht wieder bei Ginga und schon klingst du wie sie! Wenn du zu spät kommst, macht das auch keinen guten Eindruck, oder?‹

»Da hast du recht. Deshalb habe ich es jetzt ja auch eilig.« Während ich mein Haar bürstete und mir kaltes Wasser ins Gesicht spritzte – ich wusste immer noch nicht, wie man hier an heißes Wasser kam, aber das brauchte ich gerade ja auch nicht – versuchte ich, mich daran zu erinnern, wo der Hörsaal war, zu dem ich als erstes musste. Alisi war inzwischen sicher schon dort. Auf ihre Begleitung durfte ich also nicht hoffen. Und Cole war sicher immer der erste in seinen Kursen. Also auch nicht mehr auf dem Atrium unterwegs.

Als ich kurz darauf in die neuen Klamotten schlüpfte und meine Haare wieder zu einem Dutt hochband, war ich überzeugt davon, dass Hörsaal 05 der Hörsaal war, in dem wir gestern auf Magister Ilysia und Magister Innocentius getroffen waren. Aber das half mir nur bedingt. Ich schnappte mir eine alte Umhängetasche und warf ein Notizbuch und den Füller meines Vaters hinein. Mehr Ausrüstung besaß ich nicht. Es würde sich zeigen, was meine Mitlehrlinge mitbringen würden.

›Also diese Juno hatte gar nichts bei sich.‹

»Tja, auf Juno würde ich an dieser Stelle nicht bauen. Wer weiß.

Vielleicht hat sie einen aus ihrem Hofstaat dazu gebracht, ihre Materialien zu tragen.« Ich sah mich ein letztes Mal in meinem Zimmer um. »Also gut. Und du willst wirklich hier bleiben?« Mein Blick blieb an Aby hängen. »Hüte dich vor Juno!«
›Mach dir um mich mal keine Gedanken. Mit der werde ich fertig. Noch hat sie mich nicht in die Finger bekommen. Und ... ich finde schon meine Beschäftigungen.‹
Artemis zum Beispiel.
›Ich weiß nicht, wovon du redest.‹
»Bis später!«

***

»Sieht ganz so aus, als hätte sich da jemand verlaufen.«
Das hatte mir gerade noch gefehlt. »Luce.« Ich drehte mich langsam zu ihm um und machte zugleich einen Schritt zurück. Er hatte sich direkt hinter mich gestellt, um mich zu ›begrüßen‹.
Seine türkisenen Augen funkelten belustigt. »Hat sich die kleine Waldelfe verflogen?«
»Das geht dich nichts an. Du solltest lieber selbst zusehen, dass du pünktlich zu deinem Kurs kommst.«
Er winkte ab. »Dafür ist es schon zu spät. Außerdem hätte ich Kräuterkunde bei Finnegan. Der schwebt so in seiner eignen Sphäre, dass er gar nicht bemerkt, wenn jemand fehlt.« Luce trat wieder ein Stück näher und sorgte so dafür, dass ich mich  plötzlich mit dem Rücken zur Wand wiederfand. »Was uns zur nächsten Frage führt: Welchen Kurs suchst du gerade?«
Er roch gut.
Nicht auf diese vampirische Art, sondern auf eine höchst menschliche. Oder nafishe? »Ahm, ich ...«
»Na komm schon. Ich hab dich doch nicht nach deinem größten Familiengeheimnis gefragt. Ich will nur wissen, welchen Raum du gerade so verzweifelt suchst.« Er stützte sich mit einer Hand neben mir an der Wand ab und ich kam mir wieder vor wie zu Schulzeiten.

Er war mir so nah, dass ich seinen Herzschlag spüren konnte.

Ziemlich schnell, dafür, dass er so cool tat.

»Oder redet Ihr nicht mit niederem Fußvolk?« Er beugte sich noch ein kleines Stück weiter zu mir und ergänzte: »Matrona Thetra Clow.«

Er wusste es also auch. Natürlich, die Weihzeremonie. Wobei ... hatte er nicht zu Alisi gesagt ... »Das hat sich ja schnell herumgesprochen. Oder hast du dich doch dazu herabgelassen, der Weihe deiner Schwester beizuwohnen?«

Ha! Damit hatte er nicht gerechnet. Er stutzte kurz und rückte sogar etwas von mir ab. Er hatte nicht damit gerechnet, dass Alisi es mir erzählt hatte. Aber das musste sie schließlich auch nicht.

Reiß dich zusammen, Cara! Du bist zehn Mal so stark wie er. Lass dich nicht so einschüchtern.

Ich legte meine Hand auf seine Schulter, lächelte und schob ihn dann mit einer schwungvollen Drehung an die Wand. »Wie ich schon sagte, das geht dich alles nichts an, Luce.« Ich ließ ihn los und machte Anstalten zu gehen. »Und ich werde Magister Cleitan auch ohne deine Hilfe finden.«

Drei Schritte. Ich konnte drei Schritte machen, bevor er seinen kleinen Schock überwunden hatte und neben mich trat. Da ich weiterlief, blieb ihm nichts weiter übrig, als neben mir her zu gehen.

»Cleitan?«

»Eben der.«

»Du weißt, dass der Cursus schon vor einer ganzen Weile begonnen hat?« Wenigstens duzte er mich weiter.

»Das ist mir bewusst.«

»Aber ist dir auch bewusst, dass er Unpünktlichkeit auf den Tod nicht ausstehen kann?«

»Na klar. Und wahrscheinlich wird er mir den Kopf abreißen oder mich vierteilen.«

Luce ergriff meinen Arm, so dass ich stehenbleiben musste. Natürlich hätte ich ihn auch einfach mit mir zerren können, aber das hätte mich dann wohl verraten. »Warte! Ernsthaft! Er ist wirklich nicht gut darauf zu sprechen. Was wäre das für ein mieser erster Eindruck?«

Ich sah Luce herausfordernd an. »Luce, was willst du? Erst Juno und dann du. Würde ich nicht ständig aufgehalten werden, wäre ich pünktlich bei ihm gewesen. Und das werde ich ihm genau so sagen. Und jetzt lass mich los.«

Betont langsam ließ Luce meinen Arm los und hob beschwichtigend seine Hände. »Aber sag später nicht, ich hätte dich nicht gewarnt, wenn er dich am Ende des Jahres durch seine Prüfung rasseln lässt.«

Ich verdrehte die Augen. »Jetzt übertreibst du. Ich habe noch zwei Semester, um ihm zu zeigen, was ich kann. Warum sollten da die paar Minuten ein Problem sein?«

»Weil Cleitan der wohl nachtragendste Nafish ist, den ich kenne?«

»Schlechte Erfahrungen gemacht?«

Er verzog das Gesicht und ließ die Hände sinken. »Wenn du eine Chance haben willst bei ihm, dann hab besser einen verdammt guten Grund.«

»Jenseits der Wahrheit? Was könnte das wohl sein?«

»Krankheit. Entführung. Tod. Das Spektrum ist breit.«

Nun war es an mir, eine Grimasse zu ziehen. »Sehr witzig. Warum unterhalte ich mich überhaupt mit dir?« Vielleicht hielt er mich ja auch nur weiter auf, damit ich einen noch schlechteren Eindruck bei Magister Cleitan hinterließ.

»Gute Frage, kleine Waldelfe. Vielleicht spürst du ganz tief in deinem unschuldigen Herzen, dass ich recht habe.«

Was sollte das mit der Waldelfe? »Vielleicht versuche ich auch einfach, einen Grund zu entdecken, dich nicht unausstehlich zu finden. Und hör auf, mich so zu nennen!«

Er verneigte sich. »Vergebt mir, Matrona Thetra Clow. Würde es Euch belieben, meine demütigste Hilfe in Anspruch zu nehmen?«

Der Typ war ja noch schlimmer als Ginga! Ich drehte mich kopfschüttelnd um und ging in die entgegengesetzte Richtung weiter. Ich wusste sowieso nicht, wo ich war und jetzt wollte ich vor allem erstmal Luce loswerden.

Diesmal war er nicht nach drei Schritten wieder neben mir. Und mit jedem weiteren Schritt ohne Luce entspannte ich mich etwas mehr. Ich bog um die nächste Ecke und kurz darauf wieder um eine.

Und dann stand er da – zwei Meter vor mir. Luce. Und das verrückteste: Hinter ihm schien eine Sackgasse zu sein.

»Wie ... wo kommst du her?«

»Die Frage lautet doch eher: Wo wollt *Ihr* hin?« Er kam entspannt auf mich zu geschlendert. »Und eine andere Frage lautet: Wie kann ich Euch dabei helfen, Euer Ziel zu erreichen?« Soviel zum Duzen.

»Luce, ich hab dir eben schon gesagt, dass ich deine Hilfe nicht brauche. Ich komme wunderbar allein zurecht.«

Er riss seine Brauen zu einem verblüfften Ausdruck hoch, drehte sich demonstrativ um und musterte interessiert die Wand, die den weiteren Weg versperrte. Dann sah er wieder mich an, jetzt nur noch mit einer müde erhobenen Braue. Seine Augen hatten nichts von ihrem amüsierten Funkeln verloren.

Ich seufzte gedehnt. »Also schön. Was willst du dafür?« Der amüsiert-skeptische Ausdruck auf seinem Gesicht verstärkte sich noch. »Wenn du mir hilfst: Was willst du dafür?«

»Ist es so schwer vorstellbar, dass ich nur einer verirrten Elfe helfen will? Der Matrona unter den Elfen?« Er blieb direkt vor mir stehen und beugte sich etwas zu mir hinunter. »Nennt es meine gute Tat für heute«, flüsterte er mir verschwörerisch zu. »Oder für diesen Aurantia.«

Wer oder was war denn jetzt wieder ein Aurantia? Zum Glück war Luce zu sehr mit sich selbst beschäftigt, um meine Verwirrung zu bemerken. »Also schön. Sagen wir, ich würde dir glauben. Was müsste ich tun, um es mir mit Magister Cleitan nicht zu versauen?«

Luce zog etwas aus seiner Hosentasche, das aussah wie eine alte Taschenuhr. »Nun. Da inzwischen schon locker ein Drittel des Cursus vorüber ist, würde ich sagen: Schwänzt für heute, Matrona.«

»Bitte was?«

»Ihr sollt schwänzen. Rot machen. Igigu einen guten Mann sein lassen.«

Wie gut, dass ich schon ›schwänzen‹ verstanden hatte. Seine Synonyme verwirrten mich nur noch mehr. »Inwiefern soll das besser sein, als zu spät zu kommen?!«

Die Nervensäge vor mir verdrehte die Augen. »Indem Ihr ein gutes Alibi habt.« Einmal mehr kam er näher und diesmal lief er weiter, so dass ich durch ihn gesteuert rückwärts lief; er lenkte mich durch mehrere Gänge und um Kurven, bis ich auf Hüfthöhe gegen ein Geländer stieß. »Vorsicht!« Im Nu hatte er eine Hand um meine Taille gelegt und mich zurück zu sich gezogen.

Ich konnte seinen schnellen, festen Herzschlag spüren. Und das erschreckende: Meins schlug mindestens genauso schnell. So langsam wie möglich hob ich meinen Blick. Meine Hände lagen auf seiner Brust. Deshalb spürte ich sein Herz so deutlich. Als mein Blick seine strahlenden Augen erreichte, sah ich für einen Sekundenbruchteil eine unglaublich intensive Leidenschaft. Doch schon einen Wimpernschlag später war der Schalk zurück. Er lehnte mich an eine Säule neben uns und trat an das Geländer, gegen das ich gestoßen war.

Ich folgte seinem Blick. Unter uns erstreckte sich die Eingangshalle. Wir waren in der dritten Etage, soweit ich das einschätzen konnte, aber wieder beim Eingang. Was hatte er jetzt vor?

»So wie ich das sehe, habt Ihr jetzt zwei Möglichkeiten, Matrona Thetra Clow.« Er drehte sich wieder zu mir und setzte sich auf das Geländer – mit dem Rücken zur Eingangshalle. Erschrocken machte ich einen Schritt auf ihn zu, aber er hob nur lächelnd die Hände. »Option Eins: Ich habe Euch zurück zum Startpunkt gebracht: dem Foyer. Versucht, Euren Cursus noch zu finden, bevor er vorbei ist.« Ich musste zugeben, dass die Chancen dafür sehr schlecht standen. »Option Zwei: Begebt Euch in meine fähigen Hände und Ihr werdet ein perfektes Alibi haben.« Er sprang mit Schwung vom Geländer und klopfte sich den nicht vorhandenen Staub vom Hintern. »Und als besonderen Bonus verrate ich Euch, wie ich vor Euch in der Sackgasse sein konnte.«

Verflucht. Damit hatte er mich. Und das wusste er. Ich wusste, dass er es wusste. Denn er hatte mich von Anfang an richtig eingeschätzt: Ich war zu neugierig, um einfach weiterzugehen

»Na schön. Option Zwei. Ich bin ganz Ohr.«

KAPITEL VIII

»Wie lange ist Euch schon unwohl, Matrona Thetra Clow?«

»Seit letzter Nacht. Ich hatte erst versucht, es zu ignorieren, aber offenbar ohne viel Erfolg. Auf dem Weg zu meiner ersten Auditio verlor ich fast das Bewusstsein.« Ich seufzte schwer – hoffentlich nicht zu theatralisch – und schloss die Augen. »Luce hat mich gefunden und hierher gebracht.«

»Sie wollte erst nicht hören. Sture Streberin. Aber glücklicherweise konnte ich mich durchsetzen.« Luce lehnte mit verschränkten Armen an der Wand der Krankenstation. Er hielt ein paar Meter Sicherheitsabstand, doch er hatte sich nicht davon abhalten lassen, mich bis zum Heiler zu begleiten. *Falls ich aus der Rolle falle.*

Ich drehte mich mit einem tadelnden Blick zu ihm um und simulierte zugleich einen leichten Schwindel. »Du hast mich einfach hochgehoben und hergetragen!«

»Der einzige Weg, eine sture Streberin zur Vernunft zu bringen – nicht wahr, Doktor Soumarè?«

Der Arzt vor mir lächelte schwach. Vielleicht war er Luces Besuche bereits gewohnt. Moment. Der Heiler, nicht der Arzt. Aber wie Luce ihn ansprach …

»Doktor Soumarè?« Nannte man die Heiler hier wirklich auch so? Hatten sie auch Doktortitel? Ich konnte es mir kaum vorstellen.

Nun verwandelte sich das Lächeln des Heilers in ein herzliches Lachen. »Unser rebellischer Luce nennt mich stur Doktor Soumarè, seit er den Magnus Magister einmal im Scherz diese Wendung hat gebrauchen hören. Das ›Doktor‹ ist mein Ehrenname. Eigentlich heiße ich ›Clinicus Doktor‹ oder ›Clinicus Crispin Doktor Soumarè‹.« So, so. Das Lachen stand ihm gut. Das ließ seine silbernen Augen strahlen. Überhaupt war dieser Mann verboten attraktiv. Sein honigblondes Haar war etwas länger und wellig, aber ausgesprochen gepflegt. Ebenso wie sein Drei-Tage-Bart. »Die meisten sagen ›Clinicus Doktor‹ oder belassen es bei ›Clinicus Soumaré‹. Das ist mir gleich.«

»Oder Crispin.« Nun lachte auch Luce. »O, Crispin, mein Herz schmerzt so! Bitte heile mich!« Er imitierte eine hohe, reichlich affektierte Frauenstimme und griff sich theatralisch ans Herz.

»Bitte?« Mir schwirrte leicht der Kopf.

»Unser guter Clinicus Crispin Doktor Soumarè ist der Schwarm aller weiblichen, ungebundenen Nafish hier.« Also wirkte er nicht nur auf mich so anziehend. War denn diese Welt voller verboten attraktiver Männer? Kein Wunder, dass ich in Paris niemanden gefunden hatte! »Und wahrscheinlich auch aller gebundenen oder männlichen.« Nun ja, Innocentius und Patrocius waren nicht gerade Schönheiten. Aber wer wusste schon, wie die beiden in ihrer Jugend ausgesehen hatten?

Der ›Doktor‹ wandte sich ab und sortierte sichtlich verlegen neben sich auf seinem Schreibtisch einige Akten. »Ich kann nichts dafür. Ich versichere Euch, Matrona Thetra Clow, dass ich keiner der Damen und keinem der Herren Avancen mache.«

Und schon wieder. ›Avancen‹. Der Doktortitel, der französische Nachname und nun auch noch dieses Wort. Ob er auch aus Luv stammte? Aus Frankreich, so wie ich? Wie viele Menschen hatte Magnus aus Luv ›importiert‹ und warum?

Ich räusperte mich leise und versuchte, wieder zu meiner eigentlichen Geschichte zurückzufinden. »Nun gut. Was ratet Ihr mir, Doktor Soumarè?« Luce mochte die Version des Namens aus Spaß gewählt haben. Für mich klang sie nach Heimat und das tat gerade gut.

»Ihr könnt mich gern auch einfach Crispin nennen. Das tun tatsächlich die meisten Lehrlinge.« Er lachte noch einmal kurz und wurde dann wieder ernst. »Ich rate Euch, Euch etwas zu erholen. Ihr kommt nicht von hier, ihr seid kurz vor Semesterbeginn hergezogen, richtig? Ihr müsst Euch schlicht erst an das etwas tropische Klima hier in Zambala gewöhnen. Selbst zum Jahresbeginn ist es hier schon recht warm.«

»Also kein Zauber, der mich wieder fit macht? Kein Kräutertrank oder etwas anderes?«

»Da muss ich Euch enttäuschen. Nicht für jeden Belang ist Magie nötig. Auch wenn ihr jungen Druiden gern jeden Handgriff mittels Magie erledigen würdet. Einfach Ruhe und Schlaf. Dann solltet Ihr auch wieder etwas Farbe bekommen.« Da würde er lange warten können. Aber das musste ich ihm ja nicht verraten. Stattdessen nickte ich und bedankte mich für seine Hilfe. Im Rausgehen hatte ich eine spontane Idee. Ich drehte mich noch einmal zu Crispin um und sagte leise »merci«.

Ich konnte sehen, wie sich die Augen des Doktors weiteten. Ich konnte ihm ansehen, was jetzt in ihm vorging. Doch er hatte sich schnell wieder im Griff und nickte.

Nun kannte ich sein Geheimnis – und er meins.

Als wir die Krankenstation schon fast verlassen hatten – Luce stützte mich ritterlich, indem er einen Arm zu tief um meine Hüfte legte –, rief der Doktor noch: »Aber Luce, denk dran! Ich habe von Ruhe gesprochen. Nicht von der Art Freizeitbeschäftigung, die dir an ›freien Tagen‹ so vorschwebt!«

Als wir außer Hör- und Sichtweite waren, sah ich ihn fragend an. »Von welchen Freizeitbeschäftigungen hat der Clinicus Doktor da gesprochen?«

»Ach, nichts weiter.« Es zog mich mit schnellen Schritten fort von der Krankenstation. »Hier haben die Wände Ohren«, flüsterte er mir noch zu, während er mich um unzählige Kurven führte, bis wir im Erdgeschoss der Empfangshalle angekommen waren.

»Wie hast du das jetzt wieder gemeint?«

»So wie ich es gesagt habe. Es gibt eben einfach Nafish mit einem übernatürlich guten Gehör – und dann gibt es noch solche, die direkt in deinen Kopf sehen können. Und es gibt genug Zauber, die ihr übriges tun. Nicht jeder Ort hier ist dafür gedacht, frei zu sprechen und zu handeln.« Auch jetzt sprach er nur leise. Um uns herum herrschte allerdings ein reges Treiben. Hätte *ich* kein übernatürlich gutes Gehör gehabt, wäre es mir ausgesprochen schwergefallen, ihn zu verstehen. Ich nahm an, dass das in seiner Absicht lag.

»Ja, das habe ich auch schon bemerkt. Aber ich habe nichts zu verbergen. Wer mich belauscht, dem dürfte schnell langweilig werden.« Ein Hoch auf das vampirische Pokerface.

Für ein paar lange Sekunden sah mich Luce einfach nur an. »Ich bezweifle, dass es jemandem mit nur einem Funken Verstand möglich wäre, sich in Eurer Gegenwart zu langweilen.«

Schlagartig brannten meine Wangen. Seine Worte, und dazu dieser intensive Blick. Wieder dauerte es nur Momente und dann war der Schalk in seine Augen zurückgekehrt. Aber diese Momente, in denen es schien, als würde er mich hinter seine sorgsam gepflegte Maske blicken lassen, ließen mein Herz schneller schlagen. Mir wurde bewusst, dass ich sein Kompliment ohne zu zögern zurückgeben konnte – vorausgesetzt ich wollte sein Ego weiter füttern.

»Okay. Also. Ahm. Danke, schätz ich. Und wie–«, doch weiter kam ich nicht mit meiner Frage.

»Luce? Was machst du denn hier drin? Solltest du nicht bei Magister Finnegan sein?« Ich erkannte Alisi, noch bevor sie mich erkannte. »Cara! Hier steckst du! Wo bist du gewesen? Magister Cleitan fiel deine Abwesenheit auf. Du bist die eine Stipendiatin dieses Jahrgangs. Du bleibst auch bei den Magistri nicht unbemerkt.«

»Dir auch einen wunderschönen guten Tag, hochverehrtes, liebes Schwesterchen.«

»Ach hör schon auf! Du hast deinen Kräuterkundekurs geschwänzt und Cara, ich meine natürlich Matrona Thetra Clow von ihren Lehrveranstaltungen abgehalten.« Nicht sie auch noch …

»Also eigentlich«, versuchte ich Alisis Redeschwall zu unterbrechen.

»Das sieht dir ähnlich! Reicht es nicht, dass du dein Studium plötzlich nicht mehr ernst nimmst? Musst du jetzt auch noch andere Lehrlinge mit reinziehen?«

»Wirklich, es ist nicht«, scheiterte ein zweiter, beherzter Versuch meinerseits. Luce hingegen stand mit verschränkten Armen und amüsiertem Blick da und beobachtete seine Schwester nur bei ihrem Ausbruch. Es schien ihm nicht das Geringste auszumachen. Aber ich konnte mir nicht vorstellen, dass es ihm wirklich so wenig ausmachte, was seine Schwester von ihm hielt.

»Nicht ausgerechnet sie, okay? Sie ist meine Freundin! Such dir jemand anderen! Cara ist nicht wie all die anderen Schnepfen hier. Verdirb sie nicht.« Sie war beinah den Tränen nah.

Alisi ... so böse ist dein Bruder gar nicht ...

»Verdirb sie nicht«, flüsterte sie noch einmal.

Und so gut bin ich nicht ...

Luce hatte nur eine Grimasse für seine Schwester übrig. Mir hingegen tat sie leid. Sie mochte Luce ganz offensichtlich – auch wenn er sich die größte Mühe gab, nicht gemocht zu werden.

Warum wohl?

»Alisi, so war das nicht. Du beschimpfst deinen Bruder ganz zu Unrecht.« Sein Grinsen wurde breiter. Ich verengte die Augen und warf ihm einen finsteren Blick zu. »Heute zumindest.«

»Was? Wieso das denn?«

»Er hat mir geholfen. Ich war spät dran und hatte mich verlaufen.«

»Und dann ist ihr auch noch schlecht geworden. Als ich sie gefunden habe, war sie bleich wie eine Leiche. Ich habe keine Widerrede geduldet und sie zu Doktor Soumarè gebracht.« Ehrlich? Er wollte unsere Ausrede auch ihr gegenüber als Wahrheit verkaufen? Aber vielleicht hatte er gute Gründe. Vielleicht würde sie in der nächsten Vorlesung mit Magister Cleitan einknicken und ihm beichten, dass ich nicht wirklich krank gewesen war.

»Und ›gebracht‹ ist hier wörtlich zu nehmen. Ich habe noch mit ihm diskutiert, aber er hat mich einfach hochgehoben und zur Krankenstation getragen!« Ich spürte von neuem, wie das Blut in meine Wangen schoss, während Alisi ungläubig ihren Bruder musterte. Die letzten Meter hatte er mich wirklich getragen. ›Es muss doch überzeugend aussehen‹, war seine Begründung gewesen.

»Ich kann kaum glauben, was ich da höre«, murmelte sie, während sie unmerklich den Kopf schüttelte. Ich sah regelrecht vor mir, wie sie versuchte, ihr Bild von Luce mit unserer Beschreibung in Einklang zu bringen.

»Glaub es besser. Dein Bruderherz war heute ein edler Held, der einer Jungfrau in Nöten geholfen hat.« Mit einem gewinnenden Lächeln legte er einen Arm locker auf meine Schulter und zog mich näher. »Ihr seid doch noch Jungfrau, oder?«, fügte er leise an meinem Ohr hinzu.

Mein Herz raste. Vor Ärger. Er zuckte zusammen, als ich seine Hand etwas fester als nötig packte, um sie auf deutlich unangenehmem Wege von meiner Schulter zu ziehen.

»Auauau, ist ja gut!« Er rieb sich seine Finger und trat einen Schritt von mir weg. Doch das schelmische Funkeln lag noch immer in seinen Augen. Ich hatte ihn offenbar immer noch nicht abgeschreckt.

»Ja klar, wer's glaubt. *Bruderherz.*« Alisi schnappte sich meinen Arm und brachte mich somit in Sicherheit vor dem edlen Helden. »Aber jetzt müssen wir los, damit Matrona Thetra Clow nicht auch noch Magister Finnegan verpasst. Der Kurs findet in den Wachstumshäusern statt. Dahin dauert es ein paar Minuten.«

»Nicht unbedingt.« Er zwinkerte mir zu und ich fragte mich, wieso. Dann klopfte er sich auf die Brust und verabschiedete sich mit einer wenig glaubwürdigen und völlig unangemessenen Verbeugung. »Geliebte Schwester, ehrenwerte Matrona, gehabt Euch wohl. Mich treibt der Sinn nach anderen *Freizeitbeschäftigungen.*«

Während Luce in einem der Gänge des Hauptgebäudes verschwand, liefen wir lachend und kopfschüttelnd auf das große Portal zu. »Euch geht es doch wieder gut, ja? Also ich will Euch nicht zwingen. Wenn Ihr Euch ausruhen sollt ...«

Ich winkte ab und schob mir ein Lächeln ins Gesicht. »Es geht schon wieder. Ich glaube, die Panik davor, den Raum nicht rechtzeitig zu finden, hat meinem Kreislauf geschadet.« Ich blieb kurz stehen und sah meine neue Freundin ernst an. »Alisi? Kannst du mir einen riesigen Gefallen tun?«

»Diese Begegnung bei Cole nicht zu erwähnen?«

Ich blinzelte verwirrt. Das war es eigentlich nicht, was ich erbitten wollte. »Ahm. Ja, das wohl auch.« Wir setzten uns wieder in Bewegung.

»Diese Begegnung bei niemandem zu erwähnen?«

Jetzt musste ich lachen. »Von mir aus gern. Aber das meinte ich nicht.« Ich stieß die großen Türen des Eingangsportals auf. »Also schön. Ich habe gleich mehrere riesige Anliegen.«

»Lasst den Feuerball raus. Was ist los?«

Lasst den Feuerball raus? War wohl ein hiesiges Sprichwort. Das sollte ich mir merken ... »Jenseits von den Wünschen, die du noch vor mir kanntest, würdest du mir einen riesigen Gefallen tun, wenn du mich weiterhin Cara nennst.«

Alisi blieb einen Moment stehen und musterte mich mit geröteten Wangen. »Eigentlich darf ich das nicht. Ich hab extra nachgeforscht. Jeder muss ›Matrona‹ sagen, außer ...«

»Außer was?«

»Naja, wenn wir Familie oder enge Freunde wären, die sich schon lange kennen ... aber wir kennen uns doch erst seit gerade mal drei Tagen.«

Ich lächelte und murmelte verschwörerisch: »Wer will denn behaupten, dass wir uns nicht schon ewig kennen? Hier sind wir beide neu.«

Sie kicherte leise und nickte dann. »Also gut. Cara.«

Ich nickte auch. Zufrieden und erleichtert. »Und du würdest mich retten, wenn wir uns morgen früh am Lucernabaum treffen könnten.« Gerade liefen wir an ihm vorbei und er schien mir der perfekte Treffpunkt. »Ich will auf keinen Fall noch eine Veranstaltung versäumen und ich bin mir leider sicher, dass ich mich wieder verlaufen würde.«

»Also ist die Geschichte wirklich wahr? Du hattest dich verlaufen und es ging dir nicht gut?«

»Naja. Ich hatte mich wirklich verlaufen. Und im Grunde hab ich mich dann wohl ziemlich in die Situation hineingesteigert. Wie gesagt. Ich hatte Angst vor Magister Cleitan und auch, wenn dein Bruder zuerst mit dieser Ausreden-Idee kam, war mir letztlich wirklich schlecht.« Ich verzog das Gesicht bei dem Gedanken. »Also ... darf ich auf dich zählen?«

»Ich hab dir doch versprochen, zu helfen. Ich kann dir zwar nicht dafür garantieren, dass ich immer den richtigen Weg finde – meinen ach so tollen Orientierungssinn hast du ja schon kennengelernt –, aber wir können gern gemeinsam suchen.«

Erleichterung erfüllte mich. Eine Sorge weniger. Und eine Möglichkeit weniger, Luce über den Weg zu laufen.

»Danke! Wie war eigentlich gestern der Rest der Einführungsveranstaltung?«

»Sehr schräg. Ich hab ja schon gehört, dass Lehrlinge sich bemühen, nicht in Magister Ilysias Scola zu kommen, um den Prophezeiungen zu entgehen. Aber bis gestern fand ich das übertrieben.«

Scola? Damit musste sie unsere Gruppe um Iridium meinen.

»Oh, und jetzt nicht mehr?«

»Naja. Nachdem du raus warst, hat sie sich das erstbeste Gesicht geschnappt, das sie sah. Und das war natürlich meine Wenigkeit. Hast du versucht, ihr in die Augen zu sehen?« Alisi schüttelte sich, als wollte sie eine wirklich unschöne Erinnerung loswerden. »Bitte sag mir, dass du es auch gesehen hast. Sie haben sich bewegt, oder?«

Ich nickte nachdenklich. »Ja, irgendwie schon. Ich fühlte mich wie in einem Strudel. Aber konntest du ihre Augenfarbe erkennen? Obwohl ich ihr direkt in die Augen gesehen habe, kann ich mich beim besten Willen nicht erinnern. Das ist doch total merkwürdig.«

»Mehr als merkwürdig. Aber du hast recht. Ich glaube, sie waren hell, aber die Farbe … keine Ahnung. Und … denkst du, sie weiß, was sie da sagt? Ich meine, glaubst du, es stimmt?«

»Du bist doch diejenige, die mir erklärt hat, dass ihre Weissagungen schon eingetroffen sind. Wie soll ich das beurteilen? Ich habe meine Prophezeiung ja noch nicht mal gehört.« Ich musterte Alisi. »Und wenn ich mir dich so ansehe, dann bin ich auch ganz froh darüber. Vielleicht hat sie mich ja vergessen und ich komme drum herum.«

»Das glaubst du doch nicht wirklich. Du bist das Highlight unseres Jahrgangs. Spätestens seit dich Magister Innocentius mitten in der Prophezeiung mitgenommen hat. Sag mal, was wollte er denn von dir? Den hatte noch nicht mal Luce als Dozent. Ist er nicht Magister der Elementarmagie im Hauptstudium?«

Ich stöhnte gequält. »Ja, ist er. Ich habe neben unseren regulären Kursen immer am letzten Tag der Woche einen Block bei ihm.«

»Jeden Mazdeg? Aber warum denn das?« Alisi blieb wie angewurzelt stehen – mitten in dieser herrlichen Blumenwiese – und beäugte mich misstrauisch. »Was verheimlichst du mir jetzt schon wieder?«

»Nichts! Wir kennen uns erst seit drei Tagen. Es liegt durchaus im Bereich des Möglichen, dass ich schlicht noch nicht dazu kam, dir meine gesamte Lebensgeschichte zu erzählen.«

»Na gut. Das lass ich als Argument gelten. Also, ich höre?«

»Ich habe das Stipendium bekommen, weil ich bereits mein Element ... kenne.« Wie beschrieb man das korrekt? Mir wurde ja von allen Seiten eingebläut, dass von ›beherrschen‹ niemals die Rede sein würde und wenn wäre ich davon noch meilenweit entfernt.

»Du bist also mit Sicherheit eine Feuerdruidin. Na gut. Aber viele von uns wissen schon, dass sie Feuerdruiden sind. Deshalb bekommen sie nicht im Grundstudium Elementarunterricht. Moment! Heißt das, du hast bereits Feuer beschworen?«

»So würde ich es nicht gerade nennen. Aber in einem Streit mit einer Freundin ist mir vielleicht ein ... Feuerball ... rausgerutscht.«

Alisi starrte mich unverhohlen und mit offenem Mund an. »Der Wahnsinn! Ich hab gehört, mit Mitte Zwanzig sollen wir damit rechnen. Wie alt bist du?«

Tja, noch würde sie mir mein Alter glauben. Aber irgendwann würde mein Gesicht mich Lügen strafen. »Dreiundzwanzig. Und bitte erzähl es nicht groß rum. Ich kann wirklich nicht noch mehr Aufmerksamkeit gebrauchen. Ich will nur lernen, wie ich Feuermagie nutze ohne Freunde zu flambieren.«

»Schon klar. Aber du kannst dir sicher sein, dass dein Geheimnis nicht lange geheim bleiben wird. Das Fackelflüstern ist hier an der Akademie wirklich sehr effektiv. Irgendjemand wird es mitkriegen. Und wenn dieser jemand dir heimlich nachschleichen muss.«

Fackelflüstern ...

»Na, wenn das nicht beruhigend ist.«

»Ach komm schon, was ist so schlimm daran? Es ist total toll, dass du schon Feuermagie geschaffen hast. Sei stolz darauf! Es gibt keinen Grund, sich zu verstecken.«

Oh, doch. Einen Grund gab es. Und ein Geheimnis, das einfach nicht ans Licht kommen durfte. Aber das durfte – zumindest vorerst – nicht mal Alisi erfahren. Auch wenn ich ihr versprochen hatte, keine Geheimnisse mehr zu haben.

»Wollen wir es hoffen. Danke.« Ich brauchte dringend einen Themawechsel. Und offenbar nicht nur ich. »Moment mal. Du wolltest doch vom Thema ablenken, oder? Warum? Was ist jetzt mit deiner Prophezeiung?«

»Verflucht. Du bist aufmerksam. Ja, ich hab Angst davor, sie auszusprechen.«

»So schlimm?« Ich blieb stehen und hielt sie am Arm fest. Wir hatten inzwischen fast die ›Wachstumshäuser‹ erreicht. Zumindest ging ich davon aus, denn vor uns ragten eine Hand voll Gewächshäuser auf. Vor einem davon hatte sich eine kleine Gruppe an Lehrlingen versammelt, die ich zum Großteil aus der Weihzeremonie wiedererkannte.

»Frag mich lieber nicht. Im Ernst. Oder lass uns nach dem Cursus darüber sprechen.« Damit ich ihrer Bitte auch ja nachkam, zog sie mich weiter, bis wir bei den anderen standen.

»Okay, später«, flüsterte ich deshalb nur und sah mich neugierig um. Es sah ganz so aus, als sei unser Magister noch nicht da. Merkwürdig. Und das sah nicht nur ich so, denn wir waren wirklich spät dran. Alles um uns herum tuschelte.

Neugierig beobachtete ich meine Kommilitonen. Niemand hatte eine Tasche oder auch nur einen Notizblock dabei und keiner schien besonders konzentriert. Nur ein Lehrling hockte etwas abseits und musterte hoch interessiert eine Pflanze, die direkt vor der Tür eines der Gewächshäuser … Wachstumshäuser gedieh. Sein Umhang war ausschließlich rot, mit goldenen Stickereien am Saum, die an Nefishit erinnerten. Aber wieder gelang es mir nicht, sie zu lesen. Vielleicht war er auch ein Patronus, so wie Cole und unser Patronus Iridium. Oder er gehörte einfach einem höheren Jahrgang an und hielt sich deshalb von der Gruppe fern. Allerdings konnte er nicht viel älter sein als ich.

Ich versuchte, an ihm vorbei die Pflanze zu erkennen, die er so akribisch untersuchte. Sie sah hübsch aus. Ihre Blütenkelche hingen etwas hinunter, wie kleine Glocken, und stets war das untere Blütenblatt etwas länger, wie eine Landebahn für interessierte Insekten. Es schien eine Art Staudenpflanze zu sein und jede einzelne Glocke bestand aus einem ganzen Regenbogen an Farben. Ihre saftig grünen Blätter hatten die gleiche Form wie die längeren Blütenblätter.

»Das ist ein seltenes Exemplar einer Verva Insupandi«, flüsterte er, als wollte er die Pflanze nicht stören. Hätte er mir nicht zuvor einen kurzen Seitenblick zugeworfen, wäre ich davon ausgegangen, dass er nur ein Selbstgespräch führte. »Ist sie nicht wunderschön?«

Automatisch trat ich etwas näher und nickte.

»Sie wurde in der freien Wildbahn in Zambala fast völlig ausgerottet. In Pungan soll es einige Orte nahe dem Gebirge geben, an denen sie noch zu finden ist. Dieses Exemplar muss sich aus dem Wachstumshaus geschlichen haben.« Er seufzte leise und senkte bedauernd den Blick. »Künstlich geschaffene, begrenzte Orte wie diese Wachstumshäuser ... geplante, strukturierte Gärten ... sie sind wie Gefängnisse für unsere Flora. Und doch sind sie auch Refugien für solche wie die Verva. Wir züchten sie hier, um für ihren Erhalt zu sorgen und an ihren kostbaren Nektar zu kommen.«

»Schmeckt er so gut, wie die Pflanze aussieht?«

Nun machte er ein erschrockenes Gesicht. »Bei Igigu, nein! Allein eine Kostprobe wäre mit hoher Wahrscheinlichkeit tödlich!« Er richtete sich auf – er war größer, als ich erwartet hätte – und sah sich um, als suche er nach seinen Kommilitonen und war verwirrt, einen anderen Kurs vor sich zu sehen. Unter seinem Umhang trug er dunkelgrüne Kleidung. War das hier erlaubt? In jedem Fall passte es zu seinem jungenhaften, frischen Auftreten, den Sommersprossen, dem struppigen rotblonden Haar und dem wachen, freundlichen Blick. Schade, dass er nicht in meiner – wie hatte es Alisi genannt? – Scola war. Wir hätten uns sicher verstanden.

»Also gut. Verzeihen Sie die Wartezeit.« Er rieb sich die Hände und strahlte uns alle – nun wesentlich weniger desorientiert – an. »Wie gesagt: Eine Verva Insupandi.« Er zeigte vage in die Richtung der Pflanze, als würde das irgendetwas erklären. »Ich bin Maximus Finnegan Telemach oder für Sie Magister Finnegan und ab heute habe ich die Freude, Sie mit den floralen Wundern Nafishurs bekannt zu machen.« Er war der Lehrmeister?! *Er?!* Er konnte doch kaum älter sein als wir. »Dieser Cursus besteht – ähnlich wie der von Magister Invictus – aus einem Doppelblock. Sie werden sehen, wie schnell die Zeit vergeht.« Er lief beim Reden auf und ab und hatte schon wieder damit aufgehört, uns anzusehen. »Die Flora Nafishurs wird unterteilt in vier Gruppen von Pflanzen: die gemeinen Pflanzen, die magischen, die toxischen und die toxischmagischen.« Ich vermutete, dass er uns generell nicht wirklich wahrnahm. Er lebte in seiner eigenen Welt, da hatte Luce recht gehabt. »Im ersten Teil unseres Cursus werden wir uns mit den ›gemeinen‹, also den gewöhnlichen, ungefährlichen, Pflanzen beschäftigen und mit den toxischen. Im folgenden zweiten Block wenden wir uns dann den ungleich faszinierenderen magischen und toxisch-magischen Pflanzen zu.« Nun sah er endlich wieder zu uns. »Kann mir jemand sagen, zu welcher Kategorie diese hübsche Verva Insupandi gehört?«

Irgendwo links von Alisi und mir schoss eine Hand in die Höhe. Wenn das mal nicht Madame Ich-bin-so-Nervös war.

»Ja, Iuvenia Ragis?«

»Magister Finnegan, die Verva Insupandi gehört zu den toxischen Pflanzen. In geringen Dosen angewandt, ist ihr Gift allerdings auch ein Heilmittel für allerlei Krankheiten. Ihr Nektar enthält einen Lockstoff für Insekten, aber zugleich ein lähmendes Gift, so dass das einmal angelockte Insekt auf ihrer ›Zunge‹ erstarrt und dann in Ruhe zersetzt werden kann.«

Ragis. Das kam mir bekannt vor. Wo war mir der Name schon begegnet? Für die erste Vorlesung des ersten Semesters war sie jedenfalls beeindruckend gut vorbereitet.

»Adama ist das reinste wandelnde Lexikon«, flüsterte mir Alisi zu, während Adama noch weiter über die Pflanze dozierte. »Ich weiß von Luce, dass sie schon vor der Weihe hier Vorlesungen besucht hat. Ihr Wissen schüchtert total ein.« Meine Freundin schnitt eine Grimasse. Ihr Blick erinnerte mich an ihren Bruder.

»Ausgezeichnet, Iuvenia Ragis! Ich habe allerdings nichts anderes von Ihnen erwartet.« Er schenkte ihr ein begeistertes Lächeln und beobachtete dann uns andere. »Und kann mir jemand anderes nun verraten, wie der Spitzname der Verva Insupandi lautet?«

»Giftschleuder!«, rief jemand hinter mir.

»Ganz genau, Juvenis Hadris! Und wer weiß, weshalb sie diesen Namen trägt?«

Kannte er uns alle mit Namen? Diesmal breitete sich Schweigen unter uns aus. Wahrscheinlich war das ein Wissen, dass man sich nicht einfach mit einem Lehrbuch anlesen konnte. Da half auch kein Vorab Lernen.

»Niemand? Nun, ›Giftschleuder‹ verrät es schon fast. Sicher haben einige von Ihnen bereits gelesen, dass die Verva Insupandi zum Ende ihrer Blütezeit einen Überschuss an Nektar produziert.« Bisher war der Magister weiter vor der Verva hin und her gelaufen. Nun blieb er stehen und legte die Fingerspitzen aneinander. »Übrigens ist es dieser Überschuss, den wir abernten. Wir wollen die Verva Insupandi nicht in ihrer Nahrungssuche als Fleischfresser stören.« Er ließ seine Zeigefinger immer wieder gegeneinander tippen, während er nachdenklich ins Leere starrte. »Wo war ich? Ach richtig. Der Überschuss. Nun und diesen Überschuss will die Pflanze loswerden. Immerhin ist es nicht ihr Ziel, sich selbst zu vergiften. Denn sie ist keineswegs immun gegen das Toxin. Sie hat lediglich eine höhere Resistenzschwelle. Sie muss ihren giftigen Nektar also zeitnah loswerden. Und wenn es nicht mehr genug Insekten gibt und das Toxin sich sammelt, dann stellt sich eben nur eine Frage für die am Überleben interessierte Pflanze: Wohin mit dem Gift?« Magister Finnegan musterte die Verva, dann hockte er sich neben sie und zeigte auf das eine verlängerte Blütenblatt am unteren Teil einer der Glockenblüten. »Dieses verlängerte Blütenblatt ist nicht nur die optimale Stelle, um Insekten anzulocken und zu vergiften. Sie eignet sich eben auch als –«

»Schleuder«, murmelte ich. Magister Finnegan tauchte aus seiner Abwesenheit auf und sah mich an. »O, Verzeihung!«

»Nein, nein. Ihr habt absolut recht, Matrona Thetra Clow. Als Schleuder. Richtig, richtig. Sie entzieht dem Blütenblatt ihre Kraft, dadurch senkt es sich ab, und im nächsten Augenblick kommt die Energie mit einem Schlag zurück ins Blatt und es richtet sich augenblicklich auf. Der Nektartropfen, der sich in der Zwischenzeit gebildet hat, wird mehr als drei Cubiti weit weggeschleudert.«

Drei was?!

Dem anerkennenden Raunen nach wohl recht weit. Aber was waren Cubiti? Ich hatte noch so schrecklich viel zu lernen.

Während Magister Finnegan uns aufforderte, das ›Wachstumshaus‹ zu betreten, flog mein Blick über die Wiesen hinter uns. Ich hatte plötzlich das Gefühl, beobachtet zu werden. Und tatsächlich. Hinter einem der Bäume am See war der Schatten zu breit für den Stamm des Baums.

Meine Kommilitonen drängten sich an mir vorbei, um schon ins Innere des sicher viel zu stickigen Glaskastens zu kommen. Ich dagegen analysierte den Schatten unter dem Baum. Er bewegte sich und als auch Alisi mit einem fragenden Blick an mir vorbei ins Haus ging, hob sich der Schatten deutlich vom Baum ab und trat ins Licht.

Luce.

Er lächelte dieses spezielle Lächeln, das mich irgendwie an Ginga erinnerte und klopfte sich wieder gegen die Brust, wie vorhin. Irritiert und stockend erwiderte ich die Geste. Da bemerkte ich es: Die Geheimtasche im Umhang! Da war etwas in der Tasche. Hatte er mir etwas zugesteckt? Wann soll das gewesen sein? Wann war er mir so nah gekommen? Möglichst unauffällig zog ich einen kleinen zerknitterten Zettel aus meinem Umhang, während auch ich das Wachstumshaus betrat.

Es war so stickig, wie ich erwartet hatte.

Ich muss noch ein Versprechen einlösen, meine kleine Waldelfe. Mach mich nicht zum Lügner und komm nach der dreiund-zwanzigsten Stunde zum Eingangsportal des Hauptgebäudes. L.

Als ich einen Blick zurück durch die Tür warf, war da kein Luce mehr. Und auch kein Schatten. Er hatte also gewartet, um sicher zu gehen, dass ich die Nachricht entdeckte und nicht, um von mir direkt eine Antwort zu erhalten. Wahrscheinlich war er davon überzeugt, dass ich kommen würde.

Aber wann hatte er diese Nachricht verfasst? Fasziniert musterte ich die ordentliche Handschrift, die aussah wie gedruckt. Hatte er die Nachricht mit Magie geschrieben?

»… und bitte achten Sie darauf, sich nicht zu nah über die Pflanzen zu beugen. Wir wollen doch nicht, dass jemand von ihnen durch den Einsatz eines Heilers unseren Cursus frühzeitig beendet.«

Magister Finnegan war bereits wieder mitten in seinem Vortrag. Ich hoffte, dass es nicht allzu schlimm war, die ersten Sätze hier drin verpasst zu haben. Sollte ich der Einladung von Luce folgen? Ich musste mich dringend vorbereiten und meine Wissenslücken schließen. Und ich durfte morgen früh nicht wieder zu spät dran sein.

Auf der anderen Seite … ich erinnerte mich daran, wie Luce in dieser Sackgasse plötzlich vor mir aufgetaucht war. Vielleicht gab es in der Akademie Geheimgänge oder einen Zauber, mit dem man sich gezielter fortbewegen konnte. Das wäre durchaus nützlich und ich brauchte schließlich nicht so viel Schlaf wie die anderen.

Ich würde also wohl den Nachmittag mit Alisi und die Nacht mit ihrem Bruder verbringen. Wie das klang … Und genau aus diesem Grund war das ein weiteres Geheimnis, das ich vor meiner neuen Freundin haben würde. Auch wenn sie empfindlich war, was Geheimnisse anging. Ich war mir sicher, dass sie den ganzen Tag versuchen würde, mir das nächtliche Treffen auszureden. Aber sie wusste auch nicht, dass ich stärker war als Luce und die Nacht meine Freundin.

»Alles okay?« Wenn man vom Teufel sprach.

»Hey, ja klar. Ich dachte nur, ich hätte draußen jemanden gesehen, den ich kenne. War kurz abgelenkt. Was hab ich verpasst?«

»Wenn ich dir das jetzt zusammenfasse, verpasst du ja noch mehr. Komm.« Sie hakte sich bei mir unter und zog mich mit sich weiter nach vorn. »Vorn bekommst du mehr mit.«

Eins musste man ihr lassen: Sie wusste, wie man sich Platz verschaffte. Während sie die ersten Lehrlinge, die im Weg standen, noch mit sanfter Gewalt zur Seite schob – oder sich direkt an ihnen vorbei drängelte –, machten die ganz vorn dann von selbst Platz.

»Sie sehen also, von welcher Wichtigkeit es ist, mit dem nötigen Fingerspitzengefühl vorzugehen«, dozierte Magister Finnegan gerade. In seiner Hand hielt er – an einer langen, filigranen Pinzette – ein recht eigenständiges Kraut, dass immer wieder versuchte, sich an der Pinzette entlang zu hangeln, um zu der Hand des Magisters vorzudringen. Aber es schien wieder und wieder vom glatten Metall abzurutschen. »Bedenken Sie immer: Jede Pflanze hat ihre eigene Art, um ihr Überleben zu kämpfen. Alles an einer Pflanze dient einem Zweck. Nichts ist einfach nur hübsch oder lustig anzusehen. Dafür verbraucht die Natur nur selten Energie. In dem Punkt sind die meisten Lebensformen anders als Nafish, die sich schminken, frisieren und stylen, einfach nur um hübsch zu sein.«

»Wir verfolgen damit auch einen bestimmten Zweck«, hörte ich jetzt eine Frauenstimme aus dem hinteren Teil des Wachstumshauses. Gefolgt von einigem Gelächter und einem gemurmelten »Zur Fortpflanzung oder zur Folter?«

Magister Finnegan quittierte den Einwurf mit einem irritierten Blinzeln. Vielleicht hatte er wieder vergessen, dass wir da waren. »Nun. Wie dem auch sei. Dieser Farn hier ist dem Herba Ivettae, dem Ivettkraut recht ähnlich. Seine Überlebensstrategie: schnelles Wachstum und Beweglichkeit. Aber nichts im Leben kommt ohne einen Preis. Kennt jemand den Preis, den dieser Farn zahlen muss?«

»Das Herba Aspleni steckt seine gesamte Energie in schnelles Wachstum, also bleibt nicht genug Energie für die Stärke übrig.« Wieder war es Adama Ragis, die mit ihrem Wissen glänzte. Hatte sie das passende Herbarium auswendig gelernt?

»Korrekt, Iuvenia Ragis. Deshalb reicht schon eine blanke Fläche wie an dieser Pinzette aus, um es vom Ranken abzuhalten. Außerdem ist seine Lebenserwartung mit nur zwei bis vier Wochen ausgesprochen kurz.« Er zwinkerte den Scherzkeksen von eben zu und ergänzte: »Für die Fortpflanzung haben sie allerdings mehr als genug Zeit, so dass der Farn dennoch wie Unkraut wächst.« Vielleicht war er doch nicht ganz so abwesend, wie es den Anschein hatte. Immerhin ging er auf unsere Scherze ein und kannte all unsere Namen. Was auch immer dieses ›Iuvenia‹ oder ›Iuvenis‹ immer meinte. Vielleicht handelte es sich einfach um eine Form der Anrede für uns.»Dabei nutzen die neuen Sprösslinge die vertrocknende Vorgängergeneration als Energiequelle und saugen sie gewissermaßen aus, um schneller wachsen zu können.«

»Die Vampire unter den Pflanzen«, rief wieder jemand von weiter hinten dazwischen und sorgte gleichermaßen für Lachen und Raunen. Sofort veränderte sich die Stimmung. ›Vampire‹ waren tatsächlich kein sehr beliebtes Thema hier.

»Gewissermaßen, ja«, Magister Finnegan räusperte sich. Er musste die Veränderung auch bemerkt haben.»Also gut. Wer kann mir sagen, weshalb sich das Herba Ivettae und das Herba Aspleni ähneln, aber nicht das ebenfalls schnell wachsende und bewegliche Algenia Captanda?«

»Algenia Captanda oder auch ›Schlinggras‹ gehört der magischmaritimen Gattung an. Es stammt ursprünglich aus dem Süßwassermeer um Xamax, wo es mit Magie angereichert wurde. Es breitete sich rasch aus und gedeiht heute vor allem in den feuchten, grünen Wäldern und Wiesen Umbrinds, Pungans und Zambalas. Sein Wachstum und seine Beweglichkeit resultieren nicht aus simpler Photosynthese, sondern aus ihrer Magie. Außerdem ist Algenia Captanda kein Kraut, sondern ein Algengras.« Inzwischen erkannte ich ihre tiefe, aber stets etwas hektisch klingende Stimme. Als hätte sie Angst, nicht schnell genug zu antworten.

»Ausgezeichnet. Wirklich ganz ausgezeichnet, Iuvenia Ragis.« Dabei war diese Angst doch völlig unbegründet. Sie hielt ja quasi einen Dauer-Dialog mit dem Magister. War Kräuterkunde ihr heimliches Hobby oder hatte sie das alles aus den Vorlesungen, die sie laut Alisi bereits besucht hatte?

Wie konnte man sich all das merken? Ich suchte in meiner Tasche nach dem Notizbuch und dem Füller meines Vaters. Ich hatte diesen Füller geliebt und ihn ihm regelmäßig stibitzt. Zu meinem achtzehnten Geburtstag – im Restaurant, bevor sein Leben geendet hatte – hatte mein Vater ihn mir geschenkt.

Ich hatte in ganz Paris niemanden mit einem solchen Füller gesehen: Seine Schreibfeder war golden, genauso wie einige filigrane, an Flammen erinnernde Verzierungen, die sich am Griff hinaufwanden. Der Griff war in der Mitte gläsern, so dass man den

Stand der Tinte sehen konnte. Am oberen Ende ging er in ein dunkles Rot über. Ich musste meinem Vater versprechen, gut darauf acht zu geben. Ob er wohl von hier war? Aus Nafishur?

»Wow! Ein wunderschöner Stylus! Wo hast du den denn her? Darf ich mal?« Alisi streckte eine Hand nach ihm aus und ich zuckte erst zurück. Eine leise, eindringliche Stimme erinnerte mich an die Worte meines Vaters. Aber das war Alisi. Sie würde ihn mir nicht wegnehmen. Sie würde ihn bestaunen und mir dann zurückgeben. Also reichte ich ihn ihr zögernd.

»Bitte sei vorsichtig. Ich habe ihn von meinem Vater. Es ... es ist das letzte Geschenk, das ich von ihm erhielt.« Ich sprach so leise wie möglich und doch merkte ich, dass sich einige Lehrlinge neugierig zu uns umwandten.

»Natürlich«, flüsterte Alisi. Sie klang beinah andächtig und hob den Füller – nein, wie hatte sie ihn genannt? Stylus – mit beiden Händen zugleich an, während sie ihn sich direkt vors Gesicht hielt. Glücklicherweise schenkte sie meiner Anspielung keine Beachtung.

»Welcher Monat?«

»Bitte?«

»In welchem Monat war die Colmus? Ganz klar ein späterer Jahrgang. Ich würde sagen vierter bis siebter.« Sie hielt den Fü– den Stylus gegen das Licht und kniff ein Auge zu. »Ah ja! Ganz klar fünfter Monat. Ein tiefes Blau.«

Zu Hilfe! Was war jetzt wieder eine Colmus? Ich musste dringend mit Magnus, Ginga oder Cole reden. »J-ja, genau. Ein wahrer Kennerblick.« Um weiteren Fragen, deren Antworten ich nicht kannte, vorzubeugen, nahm ich ihr den Stylus rasch wieder ab und gab vor, mitschreiben zu wollen. Die Feder schwebte über der ersten Seite des Notizbuchs, während ich wieder versuchte, Magister Finnegan zu folgen. Wie lange dauerte dieser Block noch?

»Also schön. Halten wir die Ergebnisse ihres ersten Cursus in nafisher Flora fest.« Nun griffen alle in ihre Umhänge und zogen kleine Notizbücher heraus. Also doch! Und die anderen sahen fast genauso aus wie meins. Also mal kein Grund für die Neugier meiner Kommilitonen. Dafür fand ich ihre ... Stylen? Styli? Style? ... ihre Füller um so interessanter. Sie waren auf eine Weise wesentlich schlichter, denn sie schienen nur aus Glas zu bestehen und nicht noch aus Goldverzierungen. Das ließ sie aber zugleich noch filigraner und kunstvoller aussehen. Vor allem die der weiblichen Lehrlinge trugen wunderschöne Muster, die ins Glas gefräst waren. Die Tinten hatten völlig verschiedene Farben. Alisis Stylus trug sogar gleich mehrere Farben, die ineinander übergingen. Faszinierend, dass die Farben sich nicht miteinander verbanden.

»Toll, oder? Ich mache ja nicht jeden Trend mit. Aber diese Mischtinte aus verschiedenen Colmusmonaten sieht einfach toll aus. Die Tinte vermischt sich nicht völlig, sondern wechselt ständig die Farbe beim Schreiben.« Diese Sache mit den Monaten schien etwas mit der Farbe der Tinte zu tun zu haben – und ja, es sah wirklich nicht schlecht aus.

»Sie haben – so hoffe ich zumindest – gelernt, sich nicht von Äußerlichkeiten ablenken zu lassen. Eine vermeintlich offensichtliche Ähnlichkeit sagt nichts über die Verwandtschaft zweier Pflanzen aus; und ihre Schönheit nichts über ihre vielleicht toxischen inneren Werte. Auch gemeine Pflanzen haben ihre Mittel und Wege, sich in der Natur zu behaupten – sei es gegen toxische oder gar magische Kontrahenten oder gegen ihren größten Feind: Den Nafish.«

Ich schrieb, so schnell ich konnte und hoffte, nichts vergessen zu haben. Aber am meisten hoffte ich, dass ich hier gerade auch wirklich Nefishit schrieb und nicht Französisch.

Dass Alisi nicht mit großen Augen auf meine Notizen starrte, war immerhin ein gutes Zeichen. Einmal mehr musste ich Cole rechtgeben: Ich musste Nefishit richtig lernen. Der Zauber war nur bedingt hilfreich. Vielleicht könnte er mir ja Nachhilfe geben.

***

Als wir nach zwei Doppelstunden ›Nafishe Flora‹ in drei Wachstums-häusern endlich wieder ins Freie traten, atmete ich erleichtert auf. Dieses stickige, feuchte Klima war nicht das richtige für mich. Wie das die anderen so lange konzentriert ausgehalten hatten, war mir schleierhaft.

»Puh! Da drin ist es ganz schön warm gewesen. Wie in einem Dampfbad.« Alisi war direkt hinter mir.

»Das kannst du laut sagen.«

Alisi sah mich verwirrt an. »Warum?«

Verfluchte Redewendungen! »Oh, das hat meine Großmutter immer gesagt, wenn sie mir recht gegeben hat. Frag mich nicht warum.« Ich lachte auf und hoffte, sie würde es vergessen. »Also. Was machen wir jetzt?«

»War sie schwerhörig? Hmm. Also ich habe riesigen Hunger und Magister Cleitan hat uns Unmengen an Literaturrecherchen aufgebrummt. Ich glaube, danach ist der Tag vorüber.«

Hunger. Richtig. Ich brauchte nicht mehr wirklich viel essen. Aber da ich nicht regelmäßig an Blut kommen würde, wäre es sicher besser, mich wie ein vollwertiger Nafish zu ernähren. Außerdem: Wenn es auch hier Octariamilch und all die leckeren Früchte von Avels Stand gab, dann würde ich mich gegen einen Snack sicher nicht wehren. »Das klingt nach einem Plan. Also essen wir erst und gehen dann … wohin?«

»Ach, stimmt ja. Du warst gestern bei der Führung nicht dabei. Uns wurden die wichtigsten Orte des Geländes gezeigt. Wir haben auch einen Lageplan bekommen. Am besten fragst du entweder Tasco, den Sekretär des Dekans, oder unsere Visitatorin Magister Ilysia danach.« Alisi hakte sich grinsend bei mir unter. »Aber jetzt zeige ich dir erst das Refectorium und dann die Bibliothek. Das kriegen wir auch ohne Hilfe hin.«

Es dauert tatsächlich nicht lang und wir standen vor einer großen Doppeltür, die ständig aufschwang und aus der uns die köstlichsten Düfte entgegenwehten. Das Refectorium befand sich im hinteren Teil des Erdgeschosses im Hauptgebäude. Mit etwas Übung würde ich diesen Ort sogar allein finden.

»Cara!« Ehe wir eine Chance hatten einzutreten, lief auch schon Johanna auf mich zu. Sie strahlte über das ganze Gesicht.

»Johanna! Wie schön, dich wiederzusehen.« Ich ergab mich lachend ihrer Umarmung. Wie viel lieber ich ihr jetzt begegnete, wo ich mich mit ihr verständigen konnte.

»Ich habe mich schon gefragt, wann du hier auftauchen würdest. Kind, du musst genügend essen!«

»Deshalb sind wir ja da. Johanna, das ist Alisi. Wir sind in einer ... Scola. Alisi, das ist Johanna. Wir haben uns auch in Medivia kennengelernt.«

Alisi lächelte verlegen. »Freut mich, Sie kennenzulernen, Johanna.« Bildete ich mir die merkwürdige Spannung zwischen den beiden nur ein? Ich war nicht so gut im Deuten von Herzschlägen wie Ginga. Dafür war mein Gehör nicht gut genug. Aber ich hätte wetten können, dass zwischen den beiden etwas vor sich ging.

»Schön, dass ihr beide hier seid. Kommt nur rein. Ich werde euch ein frühes Abendessen zurechtmachen.«

»Das klingt fabelhaft!« Ich griff nach Alisi und zog sie in den Saal. Er bestand aus lauter gemütlichen kleinen und größeren Sitzecken, die jeweils etwas abgeschirmt waren. Auf einer Seite waren große Sprossenfenster und dahinter ein begrünter Innenhof, in dem man auch sitzen und essen konnte. Die meisten Plätze waren allerdings schon besetzt. Wenn nicht sogar alle. Sicher hatten am Ende der Lehrveranstaltungen die meisten Lehrlinge großen Hunger.

An einer Wand stand ein großes Buffet, an dem ein nicht abreißen wollender Strom an Lehrlingen anstand. Dorthin war auch Johanna verschwunden.

»Sollten wir uns nicht selbst etwas holen?« Alisi musste meinem Blick gefolgt sein.

»Das habe ich auch gerade überlegt. Allerdings glaube ich, dass wir Johanna damit keinen Gefallen tun. Sie scheint sich schon die ganze Zeit darauf gefreut zu haben, etwas für mich zusammenzustellen.«

»Für dich schon. Aber ich bezweifle, dass sie auch mir etwas sucht.«

»Wie meinst–«

»Da drüben ist gerade ein Separee freigeworden. Schnell!« Alisi lief los und mir blieb nichts anderes übrig, als ihr nachzulaufen, um sie im Gedränge des Saals nicht aus den Augen zu verlieren.

»Warte!« Als ich sie gerade eingeholt hatte, fluchte sie leise. Kurz vor ihr hatte jemand anders die Sitzecke blockiert.

»Wenn ihr wollt, könnt ihr euch mit an meinen Tisch setzen.« Die Stimme hinter uns war für eine weibliche Stimme tief und sprach etwas gehetzt. »Es wäre mir eine Freude, Matrona Thetra Clow.«

»Das ist wirklich sehr freundlich, Adama« Ich drehte mich mit einem Lächeln um. Sie war es tatsächlich, aber von der Freude, von der sie gesprochen hatte, konnte ich in ihrem Gesicht nichts erkennen. »Aber wir wollen dich nicht belästigen.«

»Ich bitte Euch, Matrona. Ich habe es selbst angeboten. Natürlich speise ich lieber allein. Aber es ist eine ganz einfache Entscheidung: Wenn ich allein bleibe, ist mein Aufenthalt hier letztlich beendet. Wenn ihr beide euch den Platz aber mit mir teilt, kann ich aufstehen und mir einen Nachtisch holen, ohne meinen Platz zu verlieren.«

Alisi schien wenig begeistert von der Erklärung. Ich hingegen zuckte mit den Schultern. Angesichts des überfüllten Saals war dieser Platz besser als gar keiner. »Dann sind wir mit Freuden deine Platzwächter.«

Sie nickte zufrieden und stand mit einem kleinen Tablett auf, während wir uns setzten. Ich sah Adama ein paar Sekunden nach, bis ich wieder meine neue Freundin musterte. »Wie meintest du das eben?«

»Was?«

»Jetzt stell dich nicht dumm. Was stimmt nicht zwischen dir und Johanna?«

Alisi ließ den Kopf sinken und vergrub ihn dann in ihren Händen. »Das ist eine lange Geschichte.« Ich konnte sie über den Krach des Saals kaum verstehen.

Ich warf einen Seitenblick auf die Schlange, in der Adama und Johanna standen. »Kein Problem. Ich denke, wir haben Zeit.« Ich sah sie abwartend an. Sie wollte, dass ich keine Geheimnisse vor ihr hatte. Dann erwartete ich jetzt das Gleiche von ihr – und das wusste sie auch, da war ich mir sicher. Es war nicht nötig, es auszusprechen.

»Es ist so«, sie zupfte an ihren blonden Locken. »Es ist nicht schwer zu erkennen, zu welcher Familie ich gehöre. Johanna und ich haben keine Probleme. Nicht direkt. Aber der Rest meiner Familie macht ihr das Leben schwer. Meine Mutter ist Teil des Konzils der Akademie und regt sich regelmäßig über Johannas Luv-

Ambitionen auf. Mein Vater nutzt jede Gelegenheit im Kollegium, um sie zu diskreditieren und Luce hat im vergangenen Jahr keinen dummen Scherz ihr gegenüber ausgelassen. Es ist also kein Wunder, dass sie automatisch glaubt, dass nun ein Ulixes mehr hier ist, der ihr das Leben schwer macht.« Sie sah zu mir auf. Ihre Augen waren leicht gerötet und gefährlich wässrig. »Ich versichere dir, dass ich Johanna nicht belästigen werde. Mir ... mir ist das alles egal. Genaugenommen glaube ich, dass es Luv gar nicht gibt. Das sind doch alles nur Hirngespinste. Eine Welt, in der es keine Magie gibt? Das ist doch irrwitzig? Wie sollte das funktionieren? Alles ist durchdrungen von Magie. Jede Pflanze, jedes Wesen, jeder Nafish. Wie sollte Leben möglich sein ohne die Essenz der Magie?« Sie schüttelte den Kopf und ihr Blick wurde zum Glück wieder klarer. »Nein wirklich. Ich will mich nicht wegen eines Hirngespinstes mit jemandem streiten. Das wäre, als würde man mit einem Nafish eines anderen Reiches über die Entstehung der Welt oder die Existenz von Igigu und Anunna diskutieren. Sinnlos. Luv ist nichts als eine Fantasie. Und diese Fantasie hat seit Nafishgedenken nur für Ärger gesorgt.«

»Das ist wahr, aber ich versichere dir bei Igigu und Anunna: Luv existiert.« Ich zuckte zusammen. Ich hatte Alisi so konzentriert zugehört, dass ich gar nicht bemerkt hatte, wie Johanna an unserem Tisch aufgetaucht war. »Ich habe es selbst gesehen.« Sie stellte zwei Tabletts ab und lächelte Alisi nachsichtig an.

»Du hast Luv gesehen? Bist du also doch eine Luvianerin, wie Vater immer behauptet? Oder bist du mit einem der ›Wanderer‹ dorthin gereist? Durch die Ports, die angeblich nicht nur innerhalb unserer Welt Verbindungen schaffen? Oder hast du einfach nur davon geträumt?«

»Nichts von all dem«, erwiderte Johanna geheimnisvoll.

Ich räusperte mich leise. »Johanna, Alisi ist anders als ihre Familie. Sonst würde ich sicher nicht hier mit ihr sitzen.« Alisi senkte den Blick und starrte auf ihre Hände. Ihr Herz legte einen Zahn zu und ich konnte sehen, wie ihr das Blut in die Wangen schoss. »Sie leidet ebenso unter ihrer Familie. Nur kann man sich die eben leider nicht aussuchen.«

»J-ja«, stimmte Alisi leise ein und sah dann zu Johanna. »T-tut mir leid, dass meine Familie Ihnen so zusetzt.«

Nun wurde das Lächeln in Johannas Gesicht deutlich wärmer. »Aber Kind, du kannst doch nichts für die Taten und Worte deiner Familie. Aber es freut mich, dass wenigstens du nicht vorhast, mich zu verurteilen. Und Luv wirst du schon noch selbst kennenlernen – wenn es an der Zeit ist.« Ja, wenn es an der Zeit war. Ich konnte nur hoffen, dass nicht ich der Grund sein würde. Wer wusste schon, wie Alisi reagieren würde. Vielleicht würde sie daraufhin die Ansichten ihrer Familie teilen. Dann hätte ich die Freundin, die ich gerade gewonnen hatte, wieder verloren. »Aber nun solltet ihr essen, bevor die Octariamilch kalt wird.« Sie zwinkerte mir zu. »Ich habe mich an deinem kleinen Picknick am Wochenende orientiert.«

»Was? W-woher weißt du–«

»Ah, ah«, unterbrach sie mich. »Meine Quellen sind streng geheim. Aber sei gewarnt: Das Fackelflüstern funktioniert auf Medivias Märkten ausgezeichnet.«

Ich lachte auf und musterte das voll beladene Tablett vor mir. Johanna hatte sich nicht ›orientiert‹. Sie hatte gefühlt alles auf unsere Tabletts geladen, was Nafishur zu bieten hatte.

»Danke, Johanna.«

»Aber doch nicht dafür. Du siehst blass aus. Du musst dringend mehr essen.« Sie sah mich streng an und dann auch Alisi. »Und vergesst nicht, euch am Ende auch etwas für Eure Wohnräume mitzunehmen.« Johanna seufzte mit einem Blick in Richtung Buffet. »Und ich muss jetzt dringend weiterarbeiten. Lasst es euch schmecken!« Mit diesen Worten war sie auch schon im Gedränge verschwunden.

»Wir sollen uns Essen auf unsere Zimmer mitnehmen?«

»Ja, klar. Was hattest du vor zu frühstücken? Wir sind hier auf dem Berg ziemlich von der Außenwelt abgeschnitten. Es dauert Stunden bis in den nächsten Ort.« Das war ein Argument. »Von der nächsten Stadt ganz zu schweigen.«

Während ich all die merkwürdig aussehenden Köstlichkeiten vor mir musterte – ein paar erkannte ich wieder –, spürte ich deutlich Alisis Blick auf mir. »Was ist?« Ich sah zu ihr.

»D-das war nett von dir. Das mit Johanna. Danke.«

»Ich mag euch beide und wollte einfach, dass ihr euch versteht.« Ich zuckte mit den Schultern und grinste dann. »Das war reiner Egoismus«

Ihr war die Erleichterung deutlich anzusehen. Ich fragte mich, ob Luce Luv auch verleugnete oder ob er mehr wusste. Er hatte Johanna also auch geärgert. Auf seine übliche Art oder war es darüber hinausgegangen? Irgendwie konnte ich mir trotz seines fragwürdigen Charakters nicht vorstellen, dass er Johanna schikanierte. Vielleicht sollte ich ihn heute Abend danach fragen ...

Ich musterte seine Schwester neben mir, wie sie ihr Haar versuchte zu bändigen, damit es nicht beim Essen störte. Eigentlich hätte ich Alisi jetzt gern gefragt, was es mit ihrer Weissagung auf sich hatte. Doch ich wollte sie nicht noch mehr quälen. Das Geständnis über ihre Familie war schwer genug für sie gewesen.

Also riss ich mir ein Stück vom Stix ab und trank von der Octariamilch. Vielleicht konnte ich meiner neuen Freundin ihre Prophezeiung ja entlocken, wenn ich meine eigene gehört hatte. Denn so sehr ich es auch hoffte, ich glaubte nicht, dass ich ihr entkommen würde.

Nach einer Weile unterbrach ich unser schmatzendes Schweigen. »Wie war eigentlich die Vorl– ... Auditio bei Magister Cleitan? Du sagtest, er hätte uns Literaturrecherchen aufgegeben?« Magister Finnegan hatte uns eine relativ knappe Liste überreicht. Verschiedene Überblickswerke zu den Pflanzenarten in Zambala. Er sprach davon, den Schwerpunkt auf die Praxis zu legen. Das war mir sehr sympathisch – auch wenn ich keine Ahnung hatte, was das im Falle seines Fachs bedeutete.

Alisi ließ mit einem frustrierten Laut ihre Kuumwurzel sinken. »Erinnere mich nicht daran. Ich werde wahrscheinlich bis in die späten Abendstunden beschäftigt sein.«

»Also ist er streng?«

»Streng ist gar kein Ausdruck. Ich glaube, er hält sein Fach für das wichtigste von allen und sich für den Nabel der Welt. Er redet laut und energisch und regt sich über lauter Kleinigkeiten auf.«

»Die da wären?«

»Zum Beispiel war Endo sein Stylus heruntergefallen. Es war wirklich nur ein leises Klirren und Endo bückte sich sofort, um ihn wieder aufzuheben. Aber daraufhin hielt uns Magister Cleitan einen Vortrag über Konzentration, Geschicklichkeit und die Ernsthaftigkeit seines Fachs. Ich meine, ernsthaft? Es ist Geschichte. Es ist ja nicht so, als würden wir dort lernen, unsere Magie einzusetzen.«

»Nein, Magister Cleitan lehrt uns ›nur‹, wie im Laufe der Geschichte mit Magie umgegangen wurde, welche Fehler gemacht wurden und wieso wir diese vermeiden sollten. Sein Wissen sollte unsere Grundlage sein: Bevor wir unsere Magie beginnen zu nutzen, sollten wir wissen, wie wir sie einsetzen, welche Folgen sie haben kann und welche Verantwortung wir tragen. Findet ihr nicht?« Mit diesem Konter war Adama an unseren – oder vielmehr ihren – Tisch zurückgekehrt. Sie schob ihr Tablett neben unsere und setzte sich wieder. »Und Endo ist unkonzentriert und nimmt dieses Studium nicht ernst. Ich denke, die Schelte war gerechtfertigt.« Sie saß so gerade am Tisch, als hätte sie einen Besen verschluckt.

Wir räusperten uns und starrten auf unsere Speisen. »Da hast du natürlich recht«, murmelte ich irgendwann.

»Ihr solltet euch wirklich gut auf die nächste Auditio vorbereiten – vor allem Ihr, Matrona Thetra Clow. Es ist bekannt, dass Magister Cleitan dazu neigt, von Beginn an unangekündigte Tests durchzuführen.«

Ich sank auf meinem Platz ein ganzes Stück in mich zusammen. Auch das noch.

»Na dann sollten wir wohl keine Zeit verlieren!« Alisi schob sich den Rest ihrer Kuumwurzel in den Mund und stand auf. »Bist du fertig, Cara?«

# KAPITEL IX

Endlich wieder draußen auf dem Atrium schnitt Alisi eine Grimasse. »Diese Adama ist irgendwie komisch.«
»Ja, das bringt es auf den Punkt.« Aber sie hatte schon auch recht.
»Naja, egal. Wie willst du zur Bibliothek? Zu Fuß oder mit dem Boot?«
»Mit dem Boot?!« Wir liefen einmal mehr über die wunderschöne Blumenwiese. Diesmal war der See unser Ziel.
»Siehst du die Gebäude da auf der anderen Seite des Sees?«
Die Sonne stand schon recht tief und ich musste die Augen zusammenkneifen, doch dann erkannte ich hinter der glitzernden Wasseroberfläche mehrere Gebäude und nickte. »Das sieht ja von hier aus, als wäre das ein kleines Dorf.«
»Das sind die Bibliothek, das Prüfungsgebäude und die Räumlichkeiten der Magister. Der See soll wohl für die nötige Ruhe sorgen. Also. Boot gefällig?« Sie lief auf einen Steg zu, an dem noch zwei Boote festgemacht waren. »Es ist etwas anstrengend, aber ich denke, so sind wir trotzdem wesentlich schneller.«
»Kein Problem. Ich übernehme das Rudern.« Mit diesen Worten sprang ich an Alisi vorbei in das Vordere der Boote. Als ich den verdatterten Blick meiner Freundin bemerkte, ergänzte ich schnell: »Ich bin früher viel mit meinen Eltern gerudert und stärker als ich aussehe.« Zumindest Zweiteres stimmte, aber den wahren Grund würde Alisi so schnell nicht erfahren. »Komm rein. Ich denke, wir haben es eilig.« Ich streckte ihr eine Hand entgegen. Solange Alisi

selbst die Existenz von Luv abstritt, würde es wenig sinnvoll sein, sie in dieses spezielle Geheimnis einzuweihen.

»Du hast bisher noch nicht viel von ihnen gesprochen.« Sie ergriff meine Hand und stieg ins Boot. »Deine Eltern waren nicht bei der Weihzeremonie gestern, oder hast du sie mir nur vorenthalten? – Au!«

»E-entschuldige«, ich ließ schnell ihre Hand los. »Nein, sie ... sie waren nicht da.« Ich hatte sie wohl etwas zu fest gehalten.

»Das tut mir leid. Leben sie zu weit entfernt? Du sagtest ja, dass du nicht von hier kommst.«

Ich lachte traurig, während ich mich abwandte, um das Boot loszumachen. »So könnte man es auch sagen.« Zum Glück musste ich Alisi jetzt nicht ansehen. Sollte ich ihr zumindest hier die Wahrheit sagen?

»Also habe ich recht? Wo leben sie denn? Wo kommst du her?«

Ja, das war besser. Wie sollte ich über Jahre hinweg die glückliche Tochter lebender Eltern spielen, wenn diese Eltern nie auftauchten? Außerdem würde mich eine solche Scharade nur täglich daran erinnern, was ich verloren hatte.

Die Frage nach meiner Herkunft hingegen brauchte eine Ausrede. Aber mit etwas Glück würde sie ihre zweite Frage gleich vergessen haben.

»Sie ... sie sind tot.« Alisi zog hinter mir scharf die Luft ein. Ich drehte mich langsam zu ihr um und zwang ein Lächeln auf mein Gesicht. »Ist schon gut. Es ist schon einige Jahre her.« Keine Ewigkeit würde ausreichen, um diese Nacht zu vergessen. »Ich ... ich bin okay.«

Ich war nicht okay.

Das Holz der Ruder ächzte unter meinem festen Griff.

»Oh, Cara, das tut mir fürchterlich leid! Und ich jammere dir über meine Familie die Ohren voll.«

»Das ist völlig okay. Dafür sind Freunde doch da.« Ich versuchte mich an einem überzeugenderen Lächeln. »Und wir sind doch Freunde, oder? Schon ewig.«

Nun fand das Lächeln – in Alisis Fall sogar ein echtes – zurück in unsere Gesichter. Sie strahlte beinah. »Aber natürlich!« Sie straffte die Schultern. »Und als gute Freundin werde ich dir jetzt die Bibliothek zeigen und dich damit hoffentlich auf andere Gedanken bringen.«

»Wenn du es nicht schaffst, dann sicher Magister Cleitans Literaturliste.«

Ihr Lächeln wurde zu einem Lachen und ich stimmte ein, während das kleine Boot dem gegenüberliegenden Ufer immer näherkam. Mein Blick glitt über die ruhige Wasseroberfläche und das umliegende Ufer. In einiger Entfernung waren drei weitere Boote unterwegs – sie schienen auf dem Rückweg von der Bibliothek zu sein. Verwirrt beobachtete ich das Boot, das unserem am nächsten war. Keiner der Lehrlinge schien die Ruder zu berühren und doch bewegten sie sich.

»Die sind in dem Jahrgang über Cole und Luce. Angeber. Eigentlich sollen wir nicht für jede Kleinigkeit Magie anwenden. Jede Magie hat ihren Preis. Das hat Magister Cleitan heute morgen gefühlt in jedem zweiten Satz gesagt.«

Ich nickte und ruderte weiter, während meine Gedanken und mein Blick weiter an dem Boot hingen, das sich wie von selbst fortbewegte. Die Ruder rotierten völlig gleichmäßig, ohne das Wasser spritzen zu lassen.

»Wir müssten gleich«, setzte Alisi gerade an, als ich gegen das Ufer stieß. »Da sein.«

»Huch! Entschuldige!« Man sollte eindeutig nur in die Richtung sehen, in die man ruderte. Hastig korrigierte ich unsere Position und brachte uns an den nächsten Steg, der noch einen freien Platz hatte.

»Schon okay« Hier auf dieser Seite des Sees schienen viel mehr Boote festgetaut zu sein, als auf der Seite der Akademie. »Sieht ganz so aus, als hätten wir schlechte Chancen auf einen guten Platz.«

Wir kletterten aus dem Boot und nun konnte ich endlich das Gebäude vor uns aus der Nähe betrachten. Die Bibliothek. Sie war ein imposanter Bau mit vielen Verzierungen und einem kleinen Balkon über dem Eingangsportal.

»Sag mal, ist das ein Drache, da auf dem Balkon?«

»Ja, Drachen sind sehr beliebte Sagengestalten hier in der Gegend. Aber ehrlich: Gibt es jemanden, der nicht für Drachen schwärmt?«

Nun starrten wir gemeinsam die steinerne Drachenfigur an, die mit ausgestreckten Flügeln und erhobenem Haupt auf der Mitte der Balkonbrüstung saß. »So majestätisch und mächtig. Ich wünschte, es gäbe sie wirklich.«

»Wer weiß. Vielleicht leben sie nur sehr zurückgezogen und können sich gut vor uns verstecken.«

»Bei der Größe?« Alisi lachte auf. »Komm, du albernes Neklece.« Sie ergriff meine Hand und zog mich auf das Eingangsportal zu, während sie grinsend zu mir sah und einen Finger auf ihre Lippen presste.

Albernes Neklece.

Ich musste unbedingt herausfinden, was das für Dinger waren. Hatte sie nicht schon in Medivia davon gesprochen? Vielleicht würde ich die Chance bekommen, hier in der Bibliothek die eine oder andere Antwort auf meine Fragen zu finden. Und wenn es mitten in der Nacht war.

»Sag mal, wie lang hat die Bibliothek immer geöffnet?« Ich flüsterte, auch wenn wir gerade erst eine der großen Flügeltüren aufzogen.

»Von Sonnenauf- bis Sonnenuntergang. Die Nutzung von Kerzen und anderem Feuer soll hier möglichst gering gehalten werden.« Die riesige Tür glitt fast lautlos hinter uns ins Schloss. »Außer vor den Prüfungen am Ende des jeweils zweiten Semesters. Da ist die Bibliothek so lange geöffnet, wie sie benötigt wird.«

So lange wie sie benötigt wurde? »Ich verstehe.« Unwillkürlich musste ich lächeln. Der Bibliothekar würde mit mir später seine helle Freude haben, wenn ich bis in die Morgenstunden blieb. Wie gut, dass ich zufällig die Wächter kannte. Ich wettete, Ginga und Dariel hatten einen Schlüssel für die Bibliothek. Ich würde sie bei Gelegenheit danach fragen und dann lieber heimlich herkommen, ohne jemanden von seinem wohlverdienten Schlaf abzuhalten.

»Guten Tag«, flüsterte eine leise, aber verblüffend klangvolle Stimme zu unserer Linken. Alisi und ich wandten uns prompt der Stimme zu. Vor uns stand ein Mann, dessen Alter ich unmöglich schätzen konnte. Sein Haar war weiß und etwas wirr und jeder Zentimeter seiner Haut mit dünnen Falten bedeckt. Er sah aus wie ein zerknittertes Pergamentblatt und wäre locker als 120 durchgegangen – wären da nicht seine Augen gewesen. Sie waren von einem dunklen Braun, aber in ihnen lag so viel Glanz und Lebendigkeit, dass dieser Mann beinah jugendlich wirkte, sobald man seinen Blick erwiderte.

»Guten Tag. Sie sind bestimmt Nostradamus, habe ich recht«, Alisi strahlte augenblicklich. »Mein Bruder hat mir schon viel von Ihnen erzählt und er sagt immer: ›Er mag so alt sein wie  Urgroßvaters Knochen, aber dir wird in der gesamten Akademie niemand begegnen, der so viel Leben und Energie ausstrahlt wie er‹. Und ich kann mir nicht vorstellen, dass es jemanden gibt, auf den das mehr zutrifft als auf Sie.« Noch immer besah Alisi den älteren Mann fasziniert. Bis ihr aufging, dass sie ihn gerade indirekt als ›alten Knochen‹ bezeichnet hatte. Rasch räusperte sie sich und senkte mit geröteten Wangen den Blick. »Das kam jetzt falsch rüber. Ich meine ... also ... das sind die Worte meines Bruders, nicht meine.«

Für ein paar Sekunden schwiegen wir alle und Nostradamus – was für ein Name – musterte Alisi nachdenklich. Dann schlich ein wissendes Lächeln in sein Gesicht. »Es ist nicht immer einfach, die Schwester von Luce Ulixes zu sein, nicht wahr?«

Alisi schaute überrascht auf, nickte dann aber mit einem noch immer reichlich verlegenen Lächeln. Kurz darauf war ich es, die durch seine wachen Augen gemustert wurde.

»Guten Tag«, erwiderte auch ich mit einem freundlichen Lächeln.

Statt zu antworten, begann er leise vor sich hin zu murmeln: »Diese ernsten, dunklen Augen. Dieser Blick ... Als würde ich ihm selbst ins Herz blicken.« Der alte Bibliothekar zog die Brauen zusammen, so dass sich einige seiner Falten deutlich vertieften. »Du *musst* seine Tochter sein. Niemand anders könnte so einen Blick haben. So eine Ausstrahlung. Keine Frage. Wie heißt du, mein Kind?«

Ich war wie erstarrt. Was hatte er da gesagt? Tochter? Wen meinte er? War es möglich, dass dieser alte Mann meinen Vater gekannt hatte? Es war möglich, oder? Wenn es stimmte, was ich bisher wusste, musste ich die Feuermagie von meinem Vater geerbt haben und wenn Nostradamus wirklich schon so alt war, dann konnte er hier bereits gearbeitet haben, als mein Vater hier ausgebildet worden war.

»Welchen Namen hat er dir gegeben?«

»Cara«, flüsterte ich ehrfürchtig, während ich mich fieberhaft nach einem Moment sehnte, in dem ich allein mit ihm sprechen konnte.

Ein warmes Lächeln legte sich über seine faltigen Gesichtszüge. »Ein wirklich schöner Name. Er hat dich also nach seiner Lieblingspflanze benannt.«

In Nafishur gab es eine Pflanze, die ›Cara‹ hieß?

»Es freut mich sehr, dich hier zu sehen, junges Fräulein. Constantin ist nun sicher über die Maßen stolz auf dich.« Vaters Name! Er kannte ihn wirklich! Es musste so sein! Und ... bildete ich mir den Anflug von Trauer nur ein? Er war so schnell verschwunden, wie er gekommen war. »Aber ich will euch nicht von eurem Studium ablenken. Es wird bald dunkel und ich weiß um die vielen Aufgaben, die die Magistri zum Anfang des Semesters zu stellen pflegen. Ich empfehle euch den Saal Igigu, dort sind noch einige hübsche Nischen frei.«

»Danke, Nostradamus«, erwiderte irgendwann Alisi, als sie merkte, dass ich es nicht fertigbrachte, etwas zu sagen. »Komm« Wieder ergriff meine Freundin meine Hand und zog mich mit sich. Nostradamus winkte mir mit einem freundlichen Lächeln, während ich mich von ihm entfernte.

Noch bevor Alisi die nächste Tür aufstieß und mich hindurchschob, hatte ich einen Entschluss getroffen: Ich würde so lange hierbleiben, bis ich der letzte Lehrling war. Und dann würde ich Nostradamus ansprechen. »Nafishur an Neith, Nafishur an Neith.« *Neith?* Ich blinzelte irritiert und sah an der winkenden Hand vor meinem Gesicht vorbei zu Alisi. »Auf welchem Mond warst du denn gerade? Und vor allem: Bist du wieder hier gelandet?«

»Tut ... tut mir leid, Alisi.« Wie erklärte ich das jetzt am besten? »Es ist nur. Ich glaube, Nostradamus weiß noch nicht, dass mein

Vater«, ich presste die Lippen zusammen und schaffte es einfach nicht, weiterzusprechen. »Es ist nur ... er ... ich meine«, stammelte ich hilflos, bis sie mich einfach in den Arm nahm.

»Schon gut. Ich hab verstanden. Brauchst du einen Moment oder soll ich dich ablenken?« Wie konnte jemand mich so gut kennen, ohne mich zu kennen? Ich hätte wirklich keine bessere Freundin finden können.

Ich schloss die Augen und sah im Geist plötzlich Ginga vor mir, die beleidigt die Hände in die Hüften stemmte. Aber Ginga war genauso wie Alisi einfach in mein Leben gestolpert und geblieben. Und sie würde immer bleiben. Die Stunden, bevor wir uns hier wiedergesehen hatten, hatte ich sie höllisch vermisst. Nur weil ich jetzt Alisi kennengelernt hatte, hieß das ja nicht, dass ich Ginga nicht noch immer genauso gern hatte.

Auch wenn ich mir recht sicher war, dass Ginga mich nicht gefragt hätte, was sie tun sollte. Sie hätte einfach für mich entschieden und mich mit ihrer untoten Lebendigkeit überrollt. Ich seufzte leise und löste mich aus Alisis Umarmung.

»Ablenkung, bitte. Ganz dringend.« Ich wischte mir zwei kleine Tränen aus den Augenwinkeln und blinzelte ein letztes Mal. Ich durfte mich nicht so herunterziehen lassen. Nicht jetzt, wo ich meinen Eltern so nah war, wie seit Jahren nicht mehr.

»Dein Wunsch ist mir Befehl.« Sie hakte sich bei mir unter und zog mich langsam mit sich. Während wir zwischen lauter Schreibtischen und Sitzecken hindurch flanierten, flüsterte sie mir leise Informationen zur Bibliothek zu. »Dieses Gebäude ist schon über 250 Jahre alt und musste nach einem großen Brand vor ungefähr 30 Jahren fast komplett neu errichtet werden. Aber man hat wohl weitestgehend die alten Steine genommen. Deshalb ist die Fassade außen an den meisten Stellen so dunkel. Das ist tatsächlich Ruß.«

»Ein großer Brand?«

Alisi nickte energisch. »Das war damals wirklich dramatisch. Mein Vater hat mir erzählt, dass der Brand damals politisch motiviert gewesen ist. Man wollte wohl den Fürsten damit unter Druck setzen. Und weil der Palast in Xamax zu gut geschützt war, wählten die Täter stattdessen die beste der Akademien.«

»Die Täter? Also weiß man, wer verantwortlich war?«

Alisi verzog das Gesicht. »Naja. Das Feuer hatte das gesamte Akademiegelände erfasst – auf beiden Seiten des Sees. Das kann doch nicht einer allein gewesen sein. Aber wer genau das war, ist bis heute nicht bekannt.«

Woher wollte Alisi dann wissen, was der Grund für den Anschlag gewesen war? Aber ich würde den Teufel tun, jetzt darüber mit ihr zu diskutieren. Ich wollte mich ablenken und nicht von einem Drama ins nächste stürzen.

Stattdessen widmete ich meine Aufmerksamkeit endlich dem Innern der Bibliothek. Und in dem Augenblick, in dem ich aufsah, fragte ich mich, wie ich diese Schönheit bisher hatte übersehen können. Auf der einen Seite reichten schmale Fenster vom Boden bis zur Decke. Zwischen ihnen und an allen anderen Wänden waren gigantische Bücherregale, die sich über zwei ausgesprochen hohe Stockwerke erstreckten. Auf halber Höhe befand sich ein Balkon. Ohne ihn hätten die Leitern an den Regalen locker sechs oder sieben Meter hoch sein müssen. Die Regale und auch der Balkon waren mit schönen Schnitzereien verziert. An manchen Stellen sah das Holz so aus wie Flammen. Aus Holz waren aber nur die Geländer und Verzierungen. Das meiste schien aus Stein zu sein.

»Unglaublich, dass die Bibliothek danach wieder so schön wurde«, flüsterte ich, während mein Blick weiter an den tausenden von Buchrücken hing. Dann sickerte etwas nach und ich sah erschrocken Alisi an. »Aber was ist mit den Büchern passiert, die hier vorher waren? Wenn die gesamte Bibliothek zerstört wurde, dann muss das ja das Ende für unglaublich viele Bücher gewesen sein!«

Aber das Gesicht meiner Freundin zeigte keinerlei Traurigkeit oder Schrecken. »Keine Sorge. In dem Punkt haben sich die Attentäter die wohl schlechteste Methode ausgedacht.« *Attentäter.* Sie trug wirklich ganz schön dick auf. »Die wichtigsten Bücher sind alle bis zu einer gewissen Temperatur und Dauer feuerfest.«

»Feuerfeste Bücher?! Wie soll das gehen?«

Alisi hob eine Braue und musterte mich, als zweifelte sie allmählich an meinem Verstand. »Mit Magie. Womit sonst?«

Ich hätte mir gegen die Stirn schlagen können. Was für eine dämliche Frage. Ich lächelte zerknirscht. »Du musst mich ja für vollkommen dämlich halten. Tut mir leid. Ich war so erschrocken von dem Gedanken, dass Feuer all das hier zerstören könnte, dass ich einfach über nichts anderes mehr nachdenken konnte.«

Alisi lachte auf und handelte sich damit direkt die verärgerten Blicke einiger Lehrlinge um uns herum ein. »Komm schnell weiter«, flüsterte sie mir zu. Sie führte mich zu einem hübsch verzierten dunklen Holzschrank mit unzähligen kleinen Schubladen, die alle samt beschriftet waren. Das musste der Katalog der Bibliothek sein.

Alisi zog einen Zettel aus ihrem Umhang und faltete ihn auseinander. »Das ist die Literaturliste von Magister Cleitan«, murmelte sie und reichte sie mir. »Wenn du mir die Autoren und Titel nennst, durchsuche ich das Register.«

»Alles klar. Das erste heißt wie unsere Auditio ›Geschichte berühmter Druiden‹ und der Autor heißt«, ich kniff die Augen zusammen, war das die Sauklaue des Magisters? »Na sowas, welch Überraschung: Andalus Cleitan Remigius. Wenn das mal nicht Magister Cleitan ist.«

Alisi kicherte – diesmal möglichst leise. »Ja, sicher glaubt er, dass niemand so viel weiß wie er. Also gut. Das Register ist nach Fächern sortiert und im jeweiligen Fach alphabetisch nach Autoren und innerhalb der Autoren nach Titeln.« Ihr Finger glitt über mehrere Schubladen, bevor sie eine aufzog und schon nach kürzester Zeit zog sie triumphierend einen kleinen Zettel heraus. »Ta da! Da wären wir: Regal 87, Reihe 3, Buch Nummer 029.«

***

»Oh man, ich kann nicht mehr!« Alisi sank in sich zusammen auf ihrer Hälfte der Sitzbank. Nachdem wir mit einem Stapel Bücher beladen waren, hatten wir tatsächlich vor einem der Fenster eine freie Sitznische ergattert.

Seitdem saßen wir über den Büchern und büffelten die Lebensläufe berühmter Druiden. Wobei ich mir gefühlt an jedem zweiten

Satz eine Markierung setzte. Ich verstand nur die Hälfte. Mir fehlte einfach viel zu viel Wissen. Ich würde möglichst schnell mit meinen nächtlichen Besuchen der Bibliothek beginnen müssen. In zwei Tagen war die nächste Auditio bei Magister Cleitan und in einer Woche der nächste Doppelcursus bei Magister Finnegan. In seine Bücher hatte ich bisher noch nicht einmal kurz hineingelesen. Sie lagen unberührt auf einem zweiten Haufen.

»Weißt du, ob wir die Bücher bis morgen reservieren können? Oder besser noch: Diese Nische hier samt der Bücher?« Wenn ich diese Wälzer jeden Tag aufs Neue heraussuchen musste, würde ich noch mehr wertvolle Zeit vertrödeln.

»Ich glaube schon. Schau dich mal um.« Sie lenkte meinen Blick mit einem Kopfnicken zu meiner Rechten. Inzwischen hatte sich der Saal schon deutlich geleert. Auf den meisten verlassenen Tischen lagen mehr oder weniger ordentliche Buchstapel. »Was meinst du? Wollen wir für heute auch Schluss machen? Wir können ja morgen wieder herkommen.«

Also gut. Jetzt musste mein Plan greifen. Ich wollte die Letzte sein. Das schloss auch Alisis Abwesenheit mit ein. Ich sah mich nochmal um – diesmal richtig und auch hinter mir. »Es ist kaum noch jemand da. Ich glaube, ich werde die Gelegenheit nutzen, um nochmal mit Nostradamus zu sprechen.«

Alisi wurde sofort ernst und nickte. »Ich verstehe. Soll ich auf dich warten oder …«, sie ließ den Satz offen und sah mich abwartend an.

»Bitte geh ruhig schon vor. Ich weiß nicht, wie lange dieses Gespräch dauern wird. Und ich will nicht, dass du unnötig lang auf mich warten musst.«

Sie nickte. Ich war mir sicher, dass sie auch länger auf mich gewartet hätte. Aber ich war mir sicher, dass ich nach diesem Gespräch allein sein wollte. Es war besser so. Vielleicht würde es mich enttäuschen oder aber ich erfuhr etwas, an dem ich dann zu kauen hatte.

»Also gut. Dann sehen wir uns morgen früh am Lucernabaum?«

Nun war es an mir, ihr zuzunicken.

»Dann … ich weiß nicht, was wünscht man in so einem Moment? ›Schönen Abend noch‹ klingt so verkehrt.«

Wir standen auf und ich umarmte sie kurz, bevor sie sich wieder ihren Umhang überwarf. »Ich weiß, was du meinst. Danke. Hab du einen schöneren Abend. Bis morgen.«

Ich sah ihr noch nach, bis ihre blonden Locken hinter einem höheren Regal verschwunden waren. Dann starrte ich die Bücher vor mir an. Was war mit ›Pir‹ und ›Maz‹ gemeint? Das kam ständig in diesen Biografien vor und zumindest Pir glaubte ich schon mal gehört zu haben. Vielleicht würde mir bei einigen meiner Fragen auch Ginga helfen können. Es war mir unangenehm, mit jeder Kleinigkeit Magnus zu belästigen. Vor allem, seit mir bewusst war, dass er der Dekan der Akademie war.

Coles Gesicht tauchte vor meinem geistigen Auge auf. Nein. Ihn wollte ich auch nicht ständig um Hilfe bitten. Es gab Menschen, vor und mit denen konnte man alles tun, ihnen alles gestehen und mit ihnen alles erleben. Und dann gab es Menschen, bei denen war es einem einfach wichtig, dass sie nur das Beste in einem sahen. Magnus und Cole waren für mich zwei solche Menschen. Nafish.

In jedem Fall brauchte ich Hilfe. Einen Nafish von der ersteren Sorte. Und mir war schnell klar geworden, dass ich mir Karten von Nafishur im Allgemeinen und Zambala im Besonderen zulegen musste. Und Fachbücher zu allen möglichen Themen der Allgemeinbildung. Sonst würde ich mich niemals zurechtfinden. Was nützte es mir, wenn ich diese Biografien las, aber weder begriff, wo dieser jemand gelebt hatte, noch was er genau gemacht hatte?

»Cara?«

Ich zuckte regelrecht zusammen. Nostradamus hatte sich mir nahezu lautlos genähert. Ob Ginga ihn wohl gehört hätte?

»O, Nostradamus. Ich habe Sie gar nicht kommen hören.« Ich richtete mich sofort auf. Es erschien mir unhöflich, sitzenzubleiben.

»Aber bitte, du musst meinetwegen doch nicht aufstehen. Aber wenn du nichts dagegen hast, würde ich mich gern für einen Augenblick zu dir setzen.«

»G-gern!« Rasch sortierte ich zwei Haufen aus den Büchern und schob sie an den Rand des Tisches, so dass wir uns gegenübersetzen und trotzdem sehen konnten.

»Ich danke dir.« Er setzte sich mit einem leisen Seufzen, an dem ich erkannte, dass er wirklich nicht mehr der Jüngste war. »Cara, meine Liebe, du glaubst nicht, wie sehr ich mich freue, dich hier zu sehen. Nachdem Constantin uns von einem Tag auf den anderen verlassen hatte, verging kaum ein Tag, an dem ich nicht an ihn denken musste.« Er lächelte in sich hinein. »Ich nehme an, dass ich dich deshalb sofort als seine Tochter erkannt habe. Ihr beide habt den gleichen ernsten, ehrlichen Blick. Die gleichen Augen.«

Nun musste auch ich lächeln. Auch wenn es ein trauriges Lächeln war. Ein solcher Mensch war mir noch nie begegnet: Ein Mensch, der mich erkannte, weil ich meinem Vater ähnelte. Meinem Nafish-Vater, dem Druiden. Dieser Nafish vor mir hatte meinen Vater gekannt und gemocht – und vermisste ihn vielleicht sogar fast so sehr wie ich.

Und das, obwohl er noch nicht einmal wusste, dass mein Vater … Ich schaffte es nicht einmal, es zu denken. Wie sollte ich es aussprechen? Vorhin bei Alisi war es mir geglückt. Aber die Situation war eine andere gewesen. Ich spürte, wie Hitze in meine Wangen stieg und meine Augen begannen zu brennen.

Ich hielt den Blick gesenkt, als eine alte Hand auf dem Tisch nach meiner griff. »Liebes Kind, was hast du denn? Ich wollte dich keineswegs traurig machen.« Nostradamus drückte leicht meine Hand und langsam hob ich den Blick. Ich sah in seine so lebendig leuchtenden Augen und stellte mir vor, wie Trauer sie verdunkeln würde. Das wollte ich ihm so gern ersparen.

»Papa ist«, ich schüttelte den Kopf und brach ab. Es war nun schon über fünf Jahre her und doch wurde es nicht einfacher.

»Was ist mit ihm? Er war früher immer das blühende Leben. Nicht einen Tag krank. Es geht ihm doch hoffentlich gut?«

Ich presste die Lippen fest zusammen und schüttelte den Kopf. Es war zu spät. Der besorgte Blick dieses alten Mannes, die ganze überfordernde Situation und dann diese große schreckliche Wahrheit. Ich spürte, wie Tränen heiß über meine Wangen rannen und konnte nur mit Mühe ein Schluchzen unterdrücken.

Nostradamus schien zu begreifen. Sein Griff wurde etwas fester und ich sah, wie sich seine Augen im Schrecken weiteten. »Das hat er mir gar nicht erzählt«, flüsterte der alte Mann. Ich glaubte nicht, dass ich diesen Satz hätte hören sollen. Er war zu leise für ein normales Gehör. Aber wen meinte Nostradamus da? »Mein liebes Kind, es tut mir furchtbar leid! Ich wollte keine Wunden aufreißen.« Ohne meine Hand loszulassen, angelte er mit der anderen nach einem Taschentuch und reichte es mir. »Und dennoch kann ich nicht umhin dich zu fragen, was geschehen ist. Vergib mir bitte meine Neugier. Constantin war ein wirklich guter Freund. Ich kannte ihn beinah mein ganzes Leben lang.«

Ich nahm das Taschentuch dankbar entgegen und nutzte es, um etwas Zeit zu schinden und mich zu sammeln. »Es ... es war ein Überfall. An meinem Geburtstag.« Meine Stimme klang rau. Kratzig. Ich erkannte sie selbst kaum. »Er wollte uns verteidigen.« Immer wieder musste ich schlucken. Dabei war mein Mund doch so trocken. »Er konnte nur mich verteidigen. Meine Mutter hingegen«, meine Stimme versagte und ich schlug mir die Hände vors Gesicht.

Ich wusste nicht, wie lange ich so dasaß und weinte. Nostradamus blieb schweigend bei mir. Er versuchte nicht mehr, meine Hand zu halten. Und doch fühlte ich mich durch seine Anwesenheit getröstet.

Irgendwann merkte ich, wie dunkel es draußen bereits war. In der Ferne auf der anderen Seite des Sees leuchteten die Wiese und der Lucernabaum und nun erkannte ich, dass auch am See entlang lauter kleinere Lucernabäume den Weg erhellten.

»Es ist spät. Ich sollte gehen.« Meine Stimme klang noch immer scheußlich.

Nostradamus nickte und erhob sich. »Es ist wohl besser so. Nur, würdest du noch einen kleinen Augenblick warten? Ich möchte dir gern etwas geben.« So lautlos wie er vorher gekommen war, verschwand er nun. Ich nutzte die Zeit, um die Spuren meiner Tränen so gut wie möglich zu beseitigen. Im Fenster neben mir starrte ich mein Spiegelbild an.

Ich sah so scheußlich aus, wie meine Stimme klang.

Die Erinnerungen an meine Familie setzten dem Ganzen hier noch die Krone auf. Reichte es nicht, dass ich aus einer Welt stammte, die ich nicht kannte, dass es Magie gab und ich lernen musste, keine Feuerbälle mehr aus Wut zu werfen?

Ich zuckte zusammen, als mich eine Hand an der Schulter berührte. Meine Augen hatten in die Ferne gestarrt. Jetzt stellten sie wieder auf das Spiegelbild in der Fensterscheibe scharf. Hinter meiner geister-haften, bleichen Erscheinung stand die nicht weniger geisterhafte, bleiche Erscheinung von Nostradamus. »Cara?«

Er hielt etwas in der Hand.

Ich drehte mich zu ihm um, während ich mir einmal mehr mit seinem Taschentuch über die nassen Wangen wischte. »Ja?«

»Ich möchte dir gern etwas schenken. Ich denke, der Dekan wird mir recht geben, wenn ich sage: Die Bibliothek kann auf dieses eine Exemplar verzichten.« Er reichte mir ein recht altes Buch. Es sah hübsch aus. Der Einband schimmerte golden und silbern und in seiner Mitte war ein Planet von zwei Seiten zu sehen, um den sich ein Drache wie eine Acht wandte. Darüber stand in hübsch verschlungenen Buchstaben ›Die gesammelten Sagen und Legenden Nafishurs‹.

Ich nahm das Buch mit großen Augen entgegen und strich über den Einband. Die goldenen und silbernen Stellen waren leicht erhaben und es roch so herrlich nach altem Buch. Und auch wenn dieses Buch eine etwas andere Nuance hatte als die alten Bücher, die ich in Paris in Händen gehalten hatte: Ich liebte den Geruch von alten Büchern und ich wusste, ich würde dieses Buch lieben. Es schien eine ganz besondere Geschichte zu haben.

»Dieses Buch hat einmal deinem Vater gehört, als er hier sein Studium begonnen hat. Es war sein Lieblingsbuch.« Jetzt würde ich es erst recht lieben. Nostradamus schlug den Buchdeckel zurück und deutete auf eine elegante Unterschrift am unteren Rand der ersten Seite. »Siehst du?« Ich strich mit den Fingern über die geschwungenen Linien, die ›Constantin Gladius Clow‹ in Nefishit meinten. *Gladius* ... er hatte also auch so einen zweiten Vornamen. »Es ging nach seinem Verschwinden in den Besitz der Bibliothek über, aber meiner Meinung nach gehört es dir.«

Ich nickte abwesend, schloss das Buch und strich über seinen Deckel. Der Drachen schimmerte in allen Farben des Regenbogens, während er sich transparent um den Planeten wandte. War das Nafishur? Und sollte dieser Drache ein Gott sein? Plötzlich konnte ich es kaum erwarten, mich mit diesem Buch in meinem Zimmer zu verkriechen und zu lesen.

Stolpernd erhob ich mich von meinem Sitzplatz, angelte nach meiner Umhängetasche und umklammerte das Buch mit beiden Armen. Dann erst sah ich zu Nostradamus auf. »Danke! Sie wissen nicht, wie viel mir das bedeutet. Ich werde noch heute beginnen, darin zu lesen.«

Nun war es wieder das lebendige Leuchten, das die Augen des Bibliothekars dominierte. Zum Glück. Es hatte die Schatten der Trauer vertreiben können. »Sehr gern, liebes Kind. Und wann immer du reden möchtest oder schweigen: Du bist hier jederzeit willkommen.« Mit bedächtigen Schritten führte er mich durch den inzwischen vollkommen verlassenen Lesesaal. »Und mit ›jederzeit‹ meine ich nicht die offiziellen Öffnungszeiten. Ich lebe in der obersten Etage der Bibliothek.«

»Danke auch dafür. Ich werde sicher darauf zurückkommen.« Erst jetzt realisierte ich, dass die Bibliothek nun mit lauter Kerzen erleuchtet war. Eine jede war in einer Glaskuppel verborgen – sicher zum Schutz der Bücher. Als wir in das Foyer traten, sah ich auch das zum ersten Mal richtig. Eine große Treppe führte weiter nach oben, zu beiden Seiten gab es gemütliche Sitzecken und an den Wänden befanden sich allerhand Vitrinen mit Ausstellungsstücken und wohl auch so etwas wie Schließfächer. Auch wenn ich keine Ahnung hatte, wie die hier funktionierten. In der Mitte hing ein riesiger Kronleuchter, der dutzende von Kerzen trug. Auch hier schienen sie alle in Glaskuppeln zu stecken.

»Die Bibliothek ist wirklich wunderschön«, hauchte ich. Ich hatte das Gefühl, auch jetzt noch flüstern zu müssen – obwohl ich um diese Zeit niemanden mehr stören konnte.

»Ja, das ist sie.« Wir sahen gemeinsam an die Decke, die mit lauter alten Schriftzeichen verziert war. Ich bildete mir ein, dass einige von ihnen sogar schwach leuchteten. »Ich könnte mir keinen besseren Ort zum Leben vorstellen.«

»Ich auch nicht.«

Nostradamus öffnete mir das große Eingangsportal und die kühle, frische Nachtluft blies uns entgegen. Sie tat meinem erhitzten

Gesicht gut und ich schloss für einen Moment die Augen. Vielleicht könnte ich mich unter einen der Lucernabäume setzen, um in meinem neuen Buch zu lesen.

»Pass gut auf dich auf. Am besten nimmst du so spät kein Boot mehr. Auf dem See ist es stockdunkel und den meisten nachtaktiven Wasserwesen willst du nicht begegnen.« Augenblicklich wollte ich sie mir nicht einmal vorstellen. »Siehst du dort drüben die Lucernaallee? Sie führt direkt am Ufer entlang und ist sicher der schönste Weg zu dieser Stunde.«

Es war rührend, wie er sich um mich sorgte. Es fühlte sich beinah so an, als hätte ich ein lange verschollenes Familienmitglied wiederentdeckt. »Ich danke Ihnen, Nostradamus. Für alles.« Ich konnte nicht anders, ich fiel ihm einfach um den Hals. Er erwiderte meine Umarmung mit einem heiseren Lachen.

»Diesen Dank nehme ich nur an, wenn du mich ›Thret‹ nennst und nicht mehr ›Nostradamus‹. Du bist wie eine lange verschollene Enkelin für mich.«

Also ging es ihm genauso.

»Gut. Thret.« Sein Lächeln steckte an und ließ ein paar der dunklen Wolken verschwinden. Vor allem in dem Wissen, dass wir einen ganz ähnlichen Gedanken in uns trugen. »Sehr gern. Familie kann man nie genug haben.« Leider merkte man das immer erst, wenn es schon zu spät war.

***

Vor langer Zeit herrschten zwei mächtige Götterfamilien über die Welten. In Einklang miteinander formten sie die Galaxien und Unendlichkeiten nach ihren Wünschen. Sie erschufen Licht und Dunkelheit, Hoffnung und Trauer, Schönheit und Elend. Doch als sie die Macht schufen, entstanden mit ihr auch die Ohnmacht und die Gier nach der Macht.

Im Nu von Äonen erwuchs ein immer heftiger werdender Wettkampf unter den Höchsten der Familien: Igigu und Anunna. Igigu trat mit seiner Weisheit und Dunkelheit in

den Kampf, während Anunna ihre Leidenschaft und ihr Licht anbrachte.
Doch so gegensätzlich sie auch waren, so waren sie einander doch ebenbürtig. Und von Äon zu Äon waren nicht sie diejenigen, die ihren Kräften zum Opfer fielen. Von Äon zu Äon waren es die Glieder ihrer Familien, die niedergingen, die zerbrachen an dem Wetteifern um die Position des Stärksten und Mächtigsten unter den Göttern. Doch als die letzten Geschwister der beiden Wettstreiter sich im Äther auflösten, erkannten Igigu und Anunna, was sie getan hatten und wie falsch ihr Ringen um die Macht gewesen war. Bis ins Mark erschrocken von ihren eigenen Taten erstarrten sie mit ihrem ganzen Wesen.

»So interessant?«

»Luce!« Ich fuhr erschrocken zusammen und ließ beinah das Buch fallen.

»Matrona Thetra Clow?« Er verbeugte sich vor mir, was ziemlich elegant ausgesehen hätte – wäre da nicht wieder dieses leicht spöttische Grinsen in seinem Gesicht gewesen.

»Was machst *du* denn hier?« Ich flüsterte nur. Bis auf uns war das Atrium vollkommen verlassen und ich wollte, dass das auch so blieb.

»Nun, ich war dem Irrglauben erlegen, wir hätten eine Verabredung – seit«, er sah wieder auf seine komische Taschenuhr, »etwa zwanzig Minuten etwa zwanzig Meter von hier«, und zeigte hinter sich, wo sich das große Eingangsportal des Hauptgebäudes dunkel gegen dessen Mauern abhob.

»Oh, verflucht! Dich hab ich völlig vergessen!«

Luce lachte leise. »Na das ist ja mal schmeichelhaft. Und ich dachte, ich hätte heute Vormittag durchaus einen Eindruck bei Euch hinterlassen, Matrona Thetra Clow.«

Und ob er das hatte. Und jetzt ruhten seine wachsamen Augen auf mir, als hätte er vor, mich zu sezieren. Mit Sicherheit hatte er den Buchtitel bereits gelesen. Und wahrscheinlich war ihm auch aufgefallen, dass meine Augen gerötet waren.

Mit einigen schnellen Bewegungen schlug ich das Buch meines Vaters zu und verstaute es in meiner Umhängetasche. Als ich vorhin das Atrium erreicht hatte, war ich einfach dortgeblieben. Unter dem Lucernabaum zu sitzen und zu lesen war wunderschön. Nun richtete ich mich möglichst rasch auf, zupfte an meinem Umhang und hoffte, dass mich Luce nicht auf meinen Zustand ansprach. Am besten lenkte ich ihn ab.

»Ich bitte dich. Musst du mich wirklich so nennen?«

Er zuckte mit den Schultern. »Es ist dein Ehrenname, nicht meiner.« Dann huschte wieder ein Grinsen über seine Lippen. Offenbar war ihm die Ablenkung auch angenehmer. »Wäre dir ›Waldelfe‹ lieber?«

Ich hoffte, der stechende Blick, den ich ihm zuwarf, war Antwort genug.

›Stechender Blick? So kann man den wohl kaum bezeichnen. Kannst du überhaupt böse gucken?‹

Aby?

›Anwesend. Ich suche dich schon die halbe Nacht. Eigentlich hatte ich vermutet, dass du wieder bei Ginga und Dariel bist. Aber dort ist mir nur Artemis begegnet, der gerade aus dem Haus geflüchtet ist.‹

»Also soll ich dich lieber wie ein Blümchen anreden?« Er beugte sich etwas zu mir herunter – war er heute morgen auch schon so groß gewesen? »Cara«

Augenblicklich hatte Luce meine Aufmerksamkeit zurückgewonnen. »Na ja. ›Cara‹ wäre mir tatsächlich lieber«, flüsterte ich etwas hilflos.

»Aber das gehört sich nicht.« Sein Blick war verblüffend ernst. Beinah streng.

Das brachte mich auf eine Idee. Ich machte mich so groß wie möglich, um ihm direkt in die Augen sehen zu können – ohne mir dabei ganz so klein vorzukommen. »Wenn Cole mit all seinen Regeln sich dazu durchringen kann, willst du mir erklären, dass es dir zu gewagt ist, mich bei meinem ersten Namen zu nennen?« Ich hob meine Brauen und legte möglichst viel Enttäuschung in meinen Blick. »Ich hatte dich für mutiger gehalten.«

Das saß. Der Vergleich mit Cole war ein Volltreffer. Ich konnte das kampflustige Funkeln in seinen Augen sehen. »Also schön. Wenn Euch so viel daran liegt, ... Cara.«

Ich schenkte ihm ein offenes Lächeln und klopfte ihm auf die Schulter. »Na siehst du, war doch gar nicht so schwer.« Ich hing mir meine Tasche um und sah ihn erwartungsvoll an. »Du wolltest mir etwas zeigen, glaube ich.«

Er brauchte nur wenige Sekunden, um sich wieder zu fangen. »Ganz genau. Und *ich* war auch pünktlich.«

KAPITEL X

»Sssch! Seid um Igiguwillen leise!«

Ich hatte das Bedürfnis zu protestieren. Weder Aby noch ich hatten einen Laut von uns gegeben. Meiner Meinung nach bewegten wir uns sogar um Längen leiser als Luce. Und ich musste es wissen. Mein Gehör war besser als seins.

›Er wollte uns seine Geräusche einreden. Offenbar macht er sowas wie das hier häufiger und ist es nicht gewohnt, dass seine Begleitung leiser ist.‹

Das ließ mich schmunzeln. Wenn Luce so weitermachte, dann würde das eine sehr lustige Führung durch die nächtliche Akademie werden. Wir standen neben dem Eingangsportal im Foyer des Hauptgebäudes. Die gläserne Decke zeigte nun einen funkelnden Sternenhimmel, der wesentlich mehr Details zeigte als sein echtes Pendant draußen – zumindest bei normaler Sehstärke.

Es sah einfach wunderschön aus.

»Komm weiter. Hier sind wir viel zu gut zu sehen.« Er ergriff meinen Ellenbogen und schob mich mit samt Aby auf meiner Schulter durch das Foyer – während wir an die Decke starrten.

»Glaub mir, das ist nichts gegen das, was ich dir und deiner Soux zeigen werde.«

Soux? Das kam mir irgendwie bekannt vor.

›Das sind diese Viecher, die uns Katzen hier am ähnlichsten sehen. Die mit den x Schwänzen.‹

Ach ja! Jetzt erinnerte ich mich wieder. Ich nickte Luce zu und ließ mich von ihm weiterziehen – hinein in einen der Hauptgänge im Erdgeschoss und wenig später in schmalere Nebengänge. Die Akademie war wirklich wie ein Labyrinth aufgebaut. Ein Labyrinth, dessen Inneres nichts mit seiner äußeren Form zu tun hatte.

Über den Punkt, an dem ich mich darüber wunderte, wie das möglich war, war ich glücklicherweise bereits seit einer ganzen Weile hinaus, als Luce plötzlich mitten in einem leeren, besonders schmalen Gang stehenblieb.

Während die Hauptgänge auch jetzt noch halbwegs beleuchtet waren, war es hier beinah stockdunkel. Einzig die glühenden Adern in den Wänden, durch die die Feuermagie floss, gaben etwas Licht ab.

»Was ich dir jetzt zeige, muss aber unser Geheimnis bleiben. Verstanden?«

Wieder nickte ich. Der denkbar lautloseste Weg der Zustimmung.

Er zückte seinen Druidenstab – er war ungefähr so grau wie meiner, trug aber schon ein paar Schriftzeichen, die aufleuchteten, als er begann, etwas zu murmeln, das ich nicht verstand. Die rotglühenden Linien in den Wänden liefen vor uns zusammen – ähnlich wie bei Innocentius Arbeitszimmer. Sie verbanden sich zu einem Bogen und plötzlich war da ein Durchgang, der zuvor noch nicht dagewesen war.

Ich starrte fassungslos in den dunklen Gang hinein. »Und da sollen wir rein?«

»Das wäre hilfreich.«

In meinem Nacken breitete sich eine Gänsehaut aus und alles in mir schrie, dass ich nicht diesen Gang betreten sollte. Ich wich einen Schritt zurück.

»Was ist das?«

Luce seufzte theatralisch. »Etwas Vertrauen würde dir nicht schaden, weißt du das?« Er wedelte einmal mehr mit seinem Druidenstab und der Gang verschwand wieder vor uns.

›Er würde sich auch nicht vertrauen. Hat er gerade recht laut zu uns herübergedacht.‹

Herübergedacht, so so.

»Was ist das?«, wiederholte ich stur meine Frage.

»Das ist ein verborgener, interner Port. Die Akademie ist voll davon. Sie sehen im Gegensatz zu normalen Ports so dunkel und unwirklich aus. Sicher eine Abschreckungsmaßnahme, falls sie versehentlich entdeckt werden.«

»Und wie versehentlich hast du sie entdeckt?«

Er schaute unschuldig wie ein junges Reh – ein junges Reh mit leuchtend türkisen Augen. »Was denkst du von mir? Ja, versehentlich und völlig zufällig.«

Ich zog eine Braue in die Höhe und starrte ihn nur schweigend an.

»Also schön. Das erste. Das erste war wirklich Zufall. Ich habe den Enthüllungszauber geübt – an einem etwas unkonventionellen Ort. Und da war da plötzlich dieses Feuermagiespektakel in der Wand und im nächsten Augenblick war dieser düstere Gang da.«

»Und da hattest du nichts Besseres zu tun, als direkt hineinzulaufen?«

Luce grinste stolz. »Klar. Ich war schon immer neugierig. Ich hab den ersten versteckten internen Port vor einem halben Jahr entdeckt. Da war ich also beinah so neu hier wie du.« Das Grinsen wurde breiter. »Zugegeben. Seitdem hab ich etwas gezielter nach weiteren Ports gesucht. Und ich bin fündig geworden.«

»Und wie funktionieren diese Dinger?«

»Du wolltest sie ja nicht ausprobieren.«

»Ich gehe doch nicht durch ein Port ohne zu wissen, wo es mich hinführt. Für wie naiv hältst du mich?«

Gut. Ich war mit Magnus durch ein Port in eine fremde Welt gegangen, von der ich im Grunde nichts wusste. Aber das war Magnus gewesen und nicht Luce.

»Nicht für naiv. Aber für wenigstens genauso neugierig wie mich.« Er zückte seinen Druidenstab erneut. »Zweiter Versuch? Ich verspreche, mitzukommen und deine Soux kann auch mit. Es ist auch nicht halb so dunkel da drin, wie du jetzt glaubst.«

Ich musterte für eine Weile die völlig harmlose Wand und strich dann über den kalten Stein.

Massiv.

Echt.

»Na dann, verzaubere mich, Luce Ulixes.« Sein anzügliches Lächeln ließ mich erst begreifen, was ich gesagt hatte. »Die Wand. Ich meinte: Verzaubere die Wand.«

»Schade.« Er richtete seinen Druidenstab auf die Wand, beschrieb einen kleinen Bogen und sprach diesmal etwas lauter, so dass ich alles mitbekam: »Revela!«

Von neuem begannen die glühenden Linien in der Wand vor uns zusammenzufließen. Von neuem bildeten sie einen Bogen. Von neuem entstand dieses gähnend schwarze Loch vor uns. Ein düsterer Gang, der nichts Gutes versprach.

»Mit ›revela‹ kann man leichte Verhüllungs- und Illusionszauber aufheben. Lernst du auch bald bei meinem Vater und dann wirst du verstehen, weshalb ich diesen Zauber im letzten Jahr ständig geübt habe. Es ist ganz sinnvoll, wenn man weiß, wie man etwas wiederfindet, bevor man lernt, wie man es versteckt.« Sein Druidenstab verschwand in seinem Umhang. »Also. Wollen wir?« Er streckte mir seine Hand entgegen.

Ich ignorierte seine Hand und machte zwei große Schritte, bis ich in den Schatten des Ports eintauchte. Ein weiterer Schritt in völliger Dunkelheit und dann wurde es plötzlich heller. Lange nicht so hell wie bei meinem Flug von der Erde nach Nafishur, aber definitiv heller, als ich es in diesem Gang erwartet hatte. Ich hatte keine Ahnung, woher dieser merkwürdige Raum sein Licht nahm. Er war gemauert und vor und hinter mir befanden sich jetzt alte Holztüren.

Ich blinzelte und schrie erschrocken auf, als ich eine Hand auf meinem Rücken spürte. Dann ging alles schnell: Eine Hand landete auf meinem Mund und dann drückte ich meinen Angreifer gegen die nächste Wand. Es war ein Reflex.

»Hey! Ist ja gut! Ich bin's! Lass mich los!«

›Oh, da hast du wohl den Blondschopf an die Wand gepinnt.‹

»Luce!« Ich ließ ihn sofort los. »Bist du verrückt geworden, mich so zu erschrecken?«

»*Ich* bin verrückt geworden?«, flüsterte er, verschloss mit einer energischen Bewegung hinter uns die Port-Tür und sprach dann normal weiter: »Wer hat denn wen gerade gegen die Wand geschleudert?!«

»Geschleudert. Übertreib nicht so. Ich bin nur eine Frau. Schrecken hin oder her, wie stark kann ich dich schon erwischt haben?«

»Wie dem auch sei.« Er richtete seinen Umhang und musterte mich unverhohlen. »Willkommen im Inneren dieses Ports.« Er drehte sich im Kreis und breitete die Arme aus. Was im Grunde bedeutete, dass er zu beiden Seiten die Wände streifte, denn wir befanden uns noch immer in einem ausgesprochen schmalen Gang. »Das hier scheint so etwas wie eine Zwischendimension zu sein.« Er deutete auf die alte Holztür hinter uns, durch die wir offenbar gekommen waren und die exakt identisch aussehende Holztür vor uns. »Sobald wir dort wieder hinaustreten, befinden wir uns an einem völlig anderen Ort auf dem Akademiegelände.«

Staunend trat ich auf die zweite Tür zu. »Und wo?« Ich drehte mich zu Luce um und sah ihn neugierig an.

»Um ehrlich zu sein, hab ich diesen Durchgang erst kürzlich entdeckt. Die Tür da vor dir hab ich selbst noch nicht geöffnet.« Er zuckte mit den Schultern und trat dicht vor mich. Augenblicklich spürte ich die Hitze, die von seinem Körper ausging. In der völligen Stille dieses Ortes hörte ich seinen Herzschlag klar und deutlich. Es schlug schnell und kräftig. Vielleicht aus Neugier oder weil er sich noch nicht von meinem Angriff erholt hatte.

»Na klasse. Hättest du mir diese Portgeschichte nicht an einem Port demonstrieren können, das du schon kennst?«

»Etwas Spannung macht das Ganze erst interessant. Du hast doch nicht etwa Angst?« Er beugte sich etwas zu mir herunter und grinste süffisant. »Du machst nicht gerade einen wehrlosen Eindruck auf mich.«

Hinter mir drückte sich der Türknauf in meinen Rücken, als ich vor ihm etwas zurückwich. »Ab und an zu denken, bevor man handelt, würde ich auch nicht als Angst bezeichnen.« Ich griff in meinen Rücken und drehte am Knauf. Augenblicklich schwang die Tür nach hinten und der Knauf verschwand aus meiner Hand. Ich machte zwei Schritte rückwärts – durch die Dunkelheit dieses merkwürdigen Ports – und taumelte dann rücklings gegen irgendetwas Unebenes.

Während ich sah, wie Luce vor mir aus der Dunkelheit auftauchte, und spürte, wie Abys Krallen sich in meine Schulter gruben, tasteten meine Hände das ab, das hinter mir war.
Bücher.
Ein Bücherregal.
Das war auf keinen Fall ein weiterer Gang. Vielleicht waren wir in einem Hörsaal gelandet – das Büro von Innocentius mit all seinen Büchern tauchte aus meinen Erinnerungen auf – oder schlimmer noch in einem der Zimmer der Magister.

Luces verblüfften Blick nach war der Raum auch für ihn neu. Mit einer achtlosen Geste schloss er hinter uns die ›Tür‹.

»Wo sind wir hier gelandet?« Ich sprach so leise wie möglich.

»Keine Ahnung. Sieht wie die Bibliothek aus, aber den Raum kenn ich noch nicht.«

Die Bibliothek?

»Illumina«, murmelte Luce, nachdem wir uns versichert hatten, dass es in diesem Raum keine Fenster gab und wir allein waren. Daraufhin flammten rings um uns mit einem leisen Zischen Kerzen auf.

»Die Bibliothek, tatsächlich. Aber der Raum sieht so anders aus.«

Luce lief an den Regalen entlang und las die verschiedenen Buchtitel. »Kein Wunder. Das hier ist die Bibliothek der Lehrlinge des Hauptstudiums. Wir dürfen hier noch gar nicht sein.«

»Die Lehrlinge des Hauptstudiums haben eine eigene Bibliothek?«

»Naja. Einen eigenen Raum in der Bibliothek, trifft es eher. Es gibt einfach Zauber, die sind für uns noch zu ›gefährlich‹«, Luce malte zwei Halbkreise in die Luft, die wohl das Nefishit-Pendant zu Gänsefüßchen waren. »So gefährlich, dass wir nicht mal davon lesen sollen.«

Ich lachte leise. »Wahrscheinlich, weil sonst Lehrlinge wie du Mist damit bauen würden.«

»Lehrlinge wie ich? Was ist mit dir? Wer ist mir denn bereitwillig durch düstere Ports gefolgt?«

Ich verdrehte die Augen und lief neugierig an einigen Regalen entlang. In den meisten Büchern ging es um verbotene oder zumindest gefährliche Bannzauber und komplexere Zauberformeln.

»›Bannzauber der Kategorien 7-10‹?«

Luce nickte. »Fluch- und Bannzauber werden in zehn Kategorien eingeteilt. Für die Einteilung in die Kategorien relevant sind die Komplexität der Formel, die Stärke des Zaubers, die lokale Ausbreitung des Zaubers, die zeitliche und die mentale Wirkkraft sowie die Relevanz für bestimmte, gefährliche Anwendungsgebiete«, er zählte an den Fingern mit, »Ach ja, und natürlich der Schaden, den der Zauber am Wirkenden selbst hinterlässt.«

»Du bist ja bestens informiert. Klingt beinah, als wärst du doch ab und an auch in Kursen anwesend.«

»Im vergangenen Jahr war ich das ja auch. Ich war Vaters Vorzeigelehrling. Hat mir aber nicht viel gebracht.«

Ich musterte ihn neugierig. »Also hast du dein Vorzeigeleben jetzt erst über Bord geworfen?« Doch nicht etwa, weil nicht er Patronus geworden war, sondern Cole? Darum schien sich ja auch der kleine Streit mit Alisi in Medivia gedreht zu haben.

Er lehnte sich an eins der Regale, nachdem er ein Buch herausgezogen und aufgeschlagen hatte. »Tja, was soll ich sagen: Streber sein stand mir einfach nicht so gut.« Er blätterte durch das Buch ohne wirklich darin zu lesen. »Außerdem war die Rolle schon besetzt. Zu mir passt der Pir-Typ einfach besser.«

»Der Pir-Typ?«

Er zuckte nur mit den Schultern. »Klar. Düster, geheimnisvoll, latent kriminell und nie um einen anzüglichen Spruch verlegen.« Er musterte mich von der Seite und sein selbstsicheres Grinsen stahl sich wieder auf seine Lippen. »Steht mir doch, oder?«

Ich wandte den Blick schnell ab, als ich merkte, wie ich ihn anstarrte. Was auch immer er darzustellen versuchte: Ja, es stand ihm. Und doch fragte ich mich, ob mir der Luce im vergangenen Jahr nicht auch sympathisch gewesen wäre.

»Das lose Mundwerk hatte ich übrigens schon immer.« Mit einer schnellen Bewegung schlug er das Buch zu, stellte es zurück ins Regal und schritt auf mich zu. Diesmal reagierte Aby noch bevor ich etwas sagen konnte: Mit einem lauten Fauchen und einem beeindruckenden Katzenbuckel.

Sofort wich Luce ein Stück zurück und hob beschwichtigend die Hände. Ob diese Soux irgendetwas an Magie beherrschten, vor dem er jetzt Angst hatte?

»Ich ergebe mich! Gnade!« Das Grinsen, das in seinen Mundwinkeln zuckte, zeigte mir, dass er keine Angst hatte. »Aber auch, wenn der Reiz des Verbotenen mir schon gefällt, würde ich doch vorschlagen, dass wir langsam wieder verschwinden.«

Ich zuckte mit den Schultern und trat mit ihm zusammen in eine kleine Nische – dort, wo eben noch das düstere Port gewesen war. Einerseits gefiel es mir hier und der Gedanke, Zugriff auf so viel Wissen zu haben, weckte meine Neugier. Aber andererseits wollte ich es mir mit Nostradamus nicht verscherzen. Er hatte gesagt, dass er hier wohnte. Was, wenn er uns bemerkte? Die Enttäuschung auf seinem Gesicht wollte ich mir lieber nicht vorstellen.

Luce streckte erneut seinen Druidenstab aus, beschrieb mit seiner Spitze einen Bogen und rief »revela«. Ich erwartete wieder das Schauspiel aus glühend roter Magie. Aber es geschah nichts.

Gar nichts.

»Revela!« Luce wurde etwas lauter und seine Bewegung mit dem Stab hektischer.

»Sssch! Oder willst du Nostradamus wecken? Er wohnt über uns!«

Mit einem leisen Fluchen ließ Luce seinen Stab sinken. Er tastete die Wand vor sich ab, als würde das helfen. Die Wand im Hauptgebäude hatte sich schließlich auch nicht anders angefühlt.

»Moment mal«, murmelte ich und trat neben ihn. Jetzt begriff ich, was fehlte und was vielleicht auch Luce suchte. »Wo sind diese Adern aus Feuermagie? Im Lesesaal und dem Foyer habe ich sie vorhin gesehen. Ich bin mir sicher!«

»Ganz recht.« Er strich erneut über die glatte Wand. »Aber dieser Raum scheint anders zu sein. Hier ist keine Magie in den Wänden.«

»Und wie konnte uns das Port dann hierherbringen?«

Nun zuckte Luce mit den Schultern. »Keine Ahnung. Ich bin nicht allwissend, sondern auch erst im zweiten Jahr.«

»Also schön. Das können wir ja später herausfinden. Jetzt sollten wir zusehen, dass wir hier möglichst lautlos rauskommen.« Auch im Kerzenschein sah ich nur zwei Wege aus diesem Raum: Der eine war eine schmale Treppe nach oben – das versprach kein Ausgang zu sein – und der andere war eine Tür, die sich am anderen Ende des Raums befand. »Wie wäre es mit der Tür?«

Luce lachte leise. »Du glaubst, dass die offen ist?«

Ich zog trotzdem an ihrem Knauf, drehte und drückte. Aber bis auf ein leises, etwas mürrisches Knarren und Zittern der Tür, geschah nichts.

»Ach verdammt.« Ich ließ mich auf einen Stuhl sinken. Dariel konnte Schlösser knacken. Aber der war nicht hier. Und einen Wächter zu rufen, schien mir nicht gerade der beste Weg – selbst wenn uns das möglich gewesen wäre.

»Nicht verzagen, Luce Ulixes fragen.«

»Gut. Ich frage dich: Wie kommen wir hier ungesehen raus?«

»Mir fällt schon was ein. Etwas Geduld bitte.« Er tastete eine Wand nach der nächsten ab und versuchte es auch immer wieder mit ›revela‹, aber der Spruch zeigte an keiner Stelle im Raum Wirkung.

An meinem Ohr hörte ich ein leises Fauchen und direkt darauf spürte ich Abys Krallen deutlich in meiner Schulter. »Au!« Ich sah Aby vorwurfsvoll an.

Was hast du denn?

Keine Reaktion. Völlige Stille.

Aby? Kannst du mich hören?

Nichts.

»Sag mal, Luce, kann es sein, dass dieser Raum insgesamt irgendwie ... abgeschirmt ist? Dass Magie hier nicht wirkt?« Während ich mit ihm sprach, sah ich weiter Aby an. Ich hoffte, sie würde verstehen, was ich ihr damit sagen wollte.

Luce hingegen zeigte zur Antwort auf die brennenden Kerzen.

»Okay. Nicht jede Magie. Aber vielleicht alles, was dafür sorgt, dass etwas diesen Raum verlässt. Immerhin hast du gesagt, dass das Wissen in diesem Raum nur für die Lehrlinge des Hauptstudiums gedacht ist. Was, wenn Ports, Telepathie und alles andere, das hinausführen könnte, nicht funktioniert?«

Abys Augen weiteten sich. Sie nickte unmerklich und sprang dann von meiner Schulter. Mit ein paar eleganten Sprüngen landete sie oben auf einem der Regale. Hinter ihr war ein kleines, bronzenes Gitter zu sehen. Sie setzte sich davor und maunzte. Irgendwie war es absurd, Aby so zu sehen und nicht zu hören. Als sei sie eine gewöhnliche Katze.

»Deine Soux ist nicht dumm. Allerdings werden wir da kaum durchpassen«, kommentierte Luce Abys Interesse. »Das muss ein Lüftungsschacht sein. Wahrscheinlich, weil es hier keine Fenster gibt. Irgendwie muss hier ja frische Luft rein.«

»Wir passen nicht durch. Aber Aby schon.« Ich versuchte, das Gitter besser zu erkennen. »Bekommst du das leise da raus?«

Luce trat neben mich, aber statt es erst mit einem Zauber zu versuchen, stieg er auf eines der Regalbretter und griff einfach nach dem Gitter. Mit einem kräftigen Ruck zog er es aus seiner Verankerung.

Erschrocken lauschte ich, ob Nostradamus uns gehört hatte. Doch soweit mein Gehör das beurteilen konnte, hatte Luce Thret nicht geweckt. Dann sah ich zu Aby, die noch immer oben auf dem Regal saß und Luce gerade mit einem vorwurfsvollen Blick traktierte.

»Also gut. Versuch jemanden zu finden, der uns helfen kann.«

Aby sah kurz zu mir und dann war sie verschwunden. Ich konnte nur hoffen, dass sie einen Weg aus der Wand und dann aus der Bibliothek fand.

Mit einem ziemlich frustrierten Stöhnen ließ sich Luce auf einen der Stühle fallen. »Nichts gegen deine Soux, aber findest du nicht, du traust einem Tierwesen da etwas zu viel zu?«

»Du wärst überrascht.« Ich strich mit dem Zeigefinger über die vielen, wunderschön verzierten Buchrücken. »Außerdem bleibt uns kaum etwas anderes übrig oder hast du noch weitere Ideen?«

»Keine leisen mehr. Ich könnte versuchen, die Tür aufzuhebeln.«

Ich drehte mich kurz zu ihm um. »Wenn du der Tür auch nur zu nahe kommst, landest du wieder an der Wand. Ich werde auf keinen Fall riskieren, Nostradamus zu wecken.«

»Danke auch. Einmal hat mir gereicht. Und was machen wir, bis deine Soux Hilfe geholt hat?« Den Geräuschen nach, die Luce produzierte, hatte er seine Füße auf dem Schreibtisch vor sich platziert.

»Wie wäre es, wenn du nochmal den Streber in dir entdeckst und die Gelegenheit nutzt, um Dinge zu erfahren, die du eigentlich erst in einem Jahr lesen darfst?«

Ich jedenfalls hatte vor, die Zeit zu nutzen. Ich würde sogar zwei Jahre warten müssen, um wieder herzukommen. Ich mochte ein Port kennen, dass mich hier hineinbrachte, aber solange ich keinen Weg hinaus kannte, nützte mir das reichlich wenig.

»Vergessen und Erinnern«, murmelte ich leise. Der Titel erinnerte mich an etwas. An Vaters Tagebücher. An Mamés Reaktion, als sie ihn das erste Mal sah. An den zweiten Namen in Vaters Buch, das mir Nostradamus vorhin gegeben hatte. »Aber natürlich!« Ich zog das Buch aus dem Regal und machte es mir unter einer der Kerzen gemütlich.

Das Gedächtnis eines Nafish ist auf viele Arten von Magie manipulierbar: Es kann in einem Gedächtnisstein, einem sogenannten Memorial, konserviert werden; es kann verändert, gelöscht, blockiert oder überlagert sowie überschrieben werden.

War das der Grund dafür, dass mein Vater sich nicht wie ein Druide verhalten hatte? Ich hatte die Feuermagie ganz offensichtlich von ihm. Hätte er sich daran erinnert, hätte er uns damals im Park mit einem einzigen Feuerzauber retten können. Doch nichts dergleichen hatte er versucht.

Überhaupt hatte er nicht einmal in seinem Tagebuch darüber gesprochen …

Auf der anderen Seite … die Tagebücher hatte er in einem geheimen Raum im Keller der Villa versteckt. Zusammen mit wesentlich älteren Büchern. Büchern, die teilweise aus Nafishur stammten, da war ich mir inzwischen sicher.

Die meisten Zauber, die den Geist eines Druiden manipulieren, sind auf dessen Aufgeschlossenheit angewiesen. Nur in den seltensten Fällen ist eine Gedächtnismanipulation gegen den Willen des Manipulierten

möglich.
Egal ob mit oder ohne das Einverständnis des Manipulierten, kann es bei einer simplen Blockade oder Überlagerung im Laufe der Zeit zur Rückkehr vereinzelter Gedächtnisfragmente kommen.

Ich seufzte leise. Es würde mich noch einiges an Zeit kosten, bis ich die Geschichte meines Vaters entschlüsselt hätte. Aber nun war ich am perfekten Ort dafür. Diesen Ort hatten wir gemeinsam. Nostradamus hatte ihn gekannt und gemocht. In der Bibliothek standen Bücher, die meinem Vater gehört hatten. Wo wäre meine Chance besser als hier?

Für einen kurzen Moment war ich versucht, das Buch heimlich mitzunehmen. Ich musste unbedingt mehr über diese Art der Magie lernen. Aber ich wollte auch nicht Gefahr laufen, Nostradamus zu verärgern. Vielleicht konnte ich ihn morgen sogar um Hilfe bitten. Er hatte sie mir doch selbst angeboten.

Natürlich würde ich den Teil über Luv weglassen müssen und ich wusste nicht, ob Nostradamus Hilfsbereitschaft soweit ging, dass er mir ein Buch lieh, dass ich eigentlich noch nicht lesen durfte. Aber ich würde es versuchen. Ein Gedächtnisverlust wäre zumindest auch eine Erklärung für das plötzliche Verschwinden meines Vaters ohne ein Lebenszeichen gegenüber seinem Freund.

Plötzlich richtete sich Luce auf und nahm sogar die Füße vom Tisch. »Pssst, hey! Hast du das gehört?«

Ich stellte rasch das Buch zurück und versuchte möglichst unschuldig auszusehen. Mit geschlossenen Augen lauschte ich. Luce hatte recht. Da war ein Geräusch. Ein leises Kratzen.

»Aby?«, flüsterte ich nach einer Weile. Zur Antwort sprang mir ein staubiges, ehemals schwarzes Fellknäul in die Arme. »Da bist du ja wieder!« Ich setzte sie auf einem der Tische ab, wo sie prompt begann, sich zu putzen.

»Na toll. Also hat sie es nicht raus geschafft. Aber was hab ich von einer Soux erwartet?«

Ein leises Fauchen von Aby war die klare Antwort. Eine, die er vielleicht nicht verstand, aber ich schon. Sie hatte ihre Aufgabe erfüllt und war zurückgekommen. Die Frage war, wen sie gefunden hatte und wie uns derjenige helfen würde.

Vielleicht kamen Dariel oder Ginga, weil sie Artemis erreicht hatte. Vielleicht hatte sie aber auch Magnus informiert. Es musste jemand sein, dem sie vertraute und der ihren Rufen folgen würde, der also wiederum ihr vertraute. Und wer käme da sonst in Frage?

Erschrocken weiteten sich meine Augen. »Du hast doch nicht etwa Cole gerufen?!«, zischte ich ihr möglichst leise zu. Aber egal wie leise ich sprach: Wir befanden uns in einer Bibliothek. Bei Nacht. Man hätte die sprichwörtliche Stecknadel fallen hören.

»Cole?! Nicht dein Ernst, oder! Er wird uns sofort verpfeifen!« Luce fluchte etwas lauter als gut gewesen wäre, während Aby sich weiter vom Staub der Wand befreite und dabei unauffällig nickte.

Na großartig. Ich seufzte leise und lauschte nun konzentrierter. Coles Herzschlag würde ich inzwischen erkennen, da war ich mir sicher. Zumindest, wenn der von Luce nicht so laut in mir widerhallen würde. Er war sichtlich nervös. Dabei war Cole wirklich eine gute Wahl. Womöglich die beste. Was wären die Alternativen gewesen? Ja, für Cole mussten wir eine Erklärung finden, aber als Patronus hatte er vielleicht einen Schlüssel zur Bibliothek. Das war ein klarer Pluspunkt. Und wenn Aby die Wächter oder den Dekan alarmiert hätte, dann wäre es Luce gewesen, dem ich einiges hätte erklären müssen.

Aus irgendeinem Grund hoffte ich, dass es mir bei Cole leichter fallen würde. »Also. Was ist unsere Geschichte?«, fragte ich so leise wie möglich.

Er straffte die Schultern. »Überlass das mir, Waldelfe. Du hast genug getan. Jetzt bin ich dran.«

»Hör auf, mich so zu nennen!«

»Wie nennt dich denn Cole, der edle Patronus? Ich denke, die Matrona hast du ihm auch schon abgewöhnt.«

»Cara. Ich nenne sie einfach Cara«, sagte eine leise Stimme hinter mir. Erschrocken und erleichtert zugleich wirbelte ich herum.

»Cole!«

Er lehnte im Türrahmen und hinderte eine offenbar recht eigenwillige Tür daran, sich wieder zu verschließen. Er hatte sich nicht die Mühe gemacht, sein Haar zusammen- oder seinen Umhang umzubinden. Er trug einfach ein dunkles Shirt und irgendetwas, das wie eine Jeans aussah.

»Guten Abend, Cara. Ich bin einem weißen Kater anstelle eines weißen Kaninchens gefolgt und sieh an, wohin er mich geführt hat. Möchtet ihr mir gleich erklären, was ihr hier treibt, oder soll ich euch erst die Haut retten?«

Ich wusste, dass Luce diese Situation jeden Augenblick eskalieren lassen konnte, also kam ich ihm zuvor. »Bitte rette uns erst und schelte uns später.« Ich schnappte mir Aby und huschte an ihm vorbei aus dem Raum. Die widerspenstige Tür sorgte dafür, dass ich ihm näher als geplant kam und steigerte meine Verlegenheit nur noch weiter.

Im Lesesaal angekommen – es musste der andere sein, denn er war exakt spiegelverkehrt –, drehte ich mich um und sah, wie Cole Luce für einen kurzen Augenblick den Weg versperrte. Die beiden lieferten sich ein oscarreifes Wettstarren.

Ich räusperte mich leise. Zum Glück reagierten beide und so fiel die merkwürdige Tür direkt wieder ins Schloss. Ein leises Klicken verriet, dass sie dazu neigte, sich selbst abzuschließen.

»Dann mal raus hier, ihr zwei.« Cole hatte mich untergehakt und lief mit langen Schritten durch den Lesesaal. An der Tür ins Foyer angekommen, lauschte er nochmal, bevor er sie vorsichtig ein Stück aufschob.

Wir huschten durch den schmalen Spalt und dann auf die große Eingangstür zu. Cole schob mich hindurch und als er sich gerade nach Luce umdrehte, hörte ich aus dem Foyer ein leises »revela«. Von Luce war nichts mehr zu sehen.

»Komm! Weg hier!« Ich zog an Coles Arm.

»Was ist mit Luce? Ich kam zwar, um dir zu helfen und nicht um seinetwillen, aber trotzdem ... ich kann ihn schlecht hierlassen.«

»Er ist nicht mehr hier. Ich erklär es dir später.«

Mit einem prüfenden Blick auf mich und einem leisen Seufzen schloss er die Eingangstür hinter uns und verschloss sie sorgfältig. Während wir in Richtung See liefen, schwieg sich Cole aus und ich nahm mir vor, dieses Schweigen nicht von mir aus zu brechen.

›*Cara? Hörst du mich wieder?*‹
Aby! Tausend Dank! Wie hast du das angestellt?
›*Schön, dass du fragst. Ich habe mich durch staubige Schächte gequält, bis ich mit meiner Telepathie endlich Artemis erreichen konnte. Er hat dann für mich nach Hilfe gesucht, denn ich kam aus diesem Lüftungsschacht-Wirrwarr nicht heraus. Alle Gitter waren fest verschlossen.*‹
›*Ich hab es erst beim Hunter und seiner Vampirfreundin versucht*‹, hörte ich nun Artemis in meinem Kopf. ›*Aber die zwei waren ausgeflogen. Da ich nicht gleich den Oberboss persönlich antanzen lassen wollte, fiel mir also nur noch einer ein: dieser Patronus-Typ hier. Mit dem scheint ihr alle bereits Bekanntschaft gemacht zu haben und er riecht nach unserer Welt. Dachte, er kommt mit nem Kater am besten klar.*‹
Wo steckst du, Artemis? Ich sah mich suchend um.

Als wir die Anlegestege für die Boote erreichten, sah ich den weißen Fleck auf einem der Boote.

»Artemis!« *Danke!*

»Ihr kennt euch also wirklich. Ich dachte mir, dass er etwas mit dir zu tun haben muss. Auf dem Akademiegelände gibt es wenig Katzen – um mal aufzurunden. Ich nehme an, Luce, dieser Ignorant, hat Aby für eine Soux gehalten?«

»Sei fair. Er weiß nicht, dass es Katzen gibt.«

»Ich bin schon mehr als fair, weil ich euch nicht Nostradamus vor die Füße gesetzt habe.« Er zog das Boot etwas näher. »Einsteigen bitte.«

Zögerlich betrat ich das Boot und setzte mich auf die Bank am Bug. Er nahm mir mit diesem Rückweg jede Chance zur Flucht und das wusste Cole auch. Aber er hatte das Recht auf eine Erklärung.

Die Frage war nur: Wie sah meine Erklärung aus?

Ich wollte Cole nicht anlügen. Aber zugleich konnte ich auch Luce nicht verraten.

Cole machte das Boot los und sprang selbst hinein, um dann an den Rudern Platz zu nehmen. »Ich werde mir Zeit lassen mit dem Rudern. Aber am anderen Ende des Sees brauche ich einen guten Grund. Einen wirklich guten Grund.«

Ich nickte. Ich würde einen Kompromiss finden müssen. Eine Halbwahrheit, die wahr genug für Cole und falsch genug für Luce war.

Der See lag völlig ruhig da. Ich starrte auf die Wasseroberfläche und beobachtete, wie das Paddel immer wieder ins Wasser eintauchte und es im Anschluss durchbrach. Die Gleichmäßigkeit der Schläge hatte etwas Beruhigendes an sich.

»Alles fing damit an, dass ich meinen Kurs heute morgen nicht fand. Luce fand mich in einem«, Halbwahrheiten waren gar nicht so einfach, »in einem nicht sehr guten Zustand und brachte mich zu unserem Heiler Magister Soumaré.« Ich verstummte. Wie sollte ich von hier aus weitererzählen?

Nach wenigen weiteren Schlägen hielt Cole inne. »Cara, sieh mich bitte an.« Seine Hand tauchte in meinem Sichtfeld auf und ich rang mich dazu durch, zu ihm aufzublicken. »Geht es dir jetzt besser?« In seinem Gesicht stand ehrliche Sorge, die mir einen Stich versetzte. So schlecht war es mir doch gar nicht gegangen. Ich verdiente sein Mitleid nicht.

Auf einmal war mein Hals sehr trocken. Ich schluckte schwer und schaffte es nur, zu nicken. Wir trieben inzwischen in der Mitte des Sees und wurden umzingelt von fluoreszierenden Fischen. Wäre die Situation nicht so kompliziert, wäre dieser Moment wirklich romantisch. Vielleicht wurde das auch Cole klar, denn er zog seine Hand wieder fort.

»Ich brachte den Tag irgendwie hinter mich. Wir – also Alisi und ich – waren bis zur Schließung der Bibliothek dort und lernten. Ich blieb noch etwas länger. Es … es stellte sich heraus, dass Nostradamus meinen Vater gekannt hat. Er schenkte mir ein Buch, das einst ihm gehört hat.« Ich lächelte bei dem Gedanken und strich über meine Umhängetasche.

»Nostradamus gab dir ein Buch? Freiwillig?«

»Ja. Ist das so ungewöhnlich?« Zögernd öffnete ich meine Tasche und zog das Buch heraus. Eigentlich hatte ich es Cole reichen wollen, aber meine Hände ließen es einfach nicht los. Stattdessen strich ich immer wieder über den Einband und ertastete die vielen Verzierungen in Gold und Silber.

»Seine Bücher sind wie seine Kinder. Jedes Mal, wenn ich mir eines ausleihen will, muss ich mir vorher einen Vortrag über den korrekten Umgang mit ihnen anhören. Also ja, es ist etwas Besonderes. Hat dein Vater dieses Buch der Bibliothek gestiftet?«

Ich schüttelte den Kopf. In diesem Punkt gab es kaum jemanden, bei dem ich so ehrlich sein konnte. »Mein Vater floh damals nach Luv und wenn ich das richtig verstanden habe, gingen seine Bücher an die Bibliothek der Akademie.«

Cole nickte nachdenklich. »So ähnlich war es mit meinem Vater auch. Allerdings war er Luftdruide.«

»Ein Luftdruide? Aber warum bist du dann hier?«

»Naja. Großmeister Athanasius Cronos ist der Einzige, der offenbar immer wieder nach Druiden in Luv sucht, um sie hier auszubilden. Er sicherte mir das Grund-studium hier zu. Zum Hauptstudium soll ich dann nach Liminon, ins Luftreich wechseln.«

»Zum Hauptstudium? Aber das ist ja schon in einem Jahr!« Ich sah ihn erschrocken an. Der Gedanke, er könnte in einem Jahr nicht mehr in meiner Nähe sein, erschreckte mich. Dabei kannten wir uns doch erst seit wenigen Tagen.

»Ja, aber ein Jahr ist eine lange Zeit, in der viel geschehen kann. Beispielsweise könnte ich mich strafbar machen und so meine Chance auf die Weiterführung meines Stipendiums in Liminon gefährden.«

Sofort wurde ich rot. Mit zitternden Händen schob ich Vaters Buch wieder in meine Tasche. »Richtig. Tut mir leid, dass ich dich in diese Lage gebracht habe.« Ich atmete tief ein. »Wo war ich?«

»Das Buch deines Vaters. Wäre es in der Bibliothek geblieben, hätte ich diesen Einbruch ja noch verstanden … aber du hast es doch schon. Moment. Du hast es wirklich von Nostradamus geschenkt bekommen, oder? Wie gesagt: Er verschenkt eigentlich keine Bücher.«

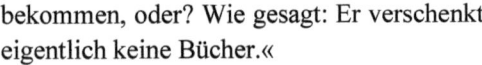

»Was? Ja, natürlich! Ich stehle doch keine Bücher!« Für einen kurzen Augenblick musste ich daran denken, wie versucht ich eben gewesen war. Aber ich hatte nichts gestohlen. Ich hatte mich für den richtigen

Weg entschieden. »Nostradamus fragte mich nach meinem Vater und ich«, ich schloss die Augen, »ich habe ihm erzählt, dass er tot ist.« Schnell und schmerzlos. Das dritte Mal heute. In diesem Punkt wäre ich dem Tratsch ... wie hieß das hier noch gleich? Fackelflüstern ... wirklich dankbar. Dann müsste ich diese Tatsache nicht jedem einzeln erzählen.

Cole erstarrte sichtlich. »Cara, es tut mir leid. Das wusste ich nicht.« Zögerlich griff er nach meiner Hand. »Das erklärt natürlich Einiges ...«

Ich lachte bitter. »Dass mir Nostradamus ein Buch schenkt?«

»Das auch. Aber ich meinte eher dein Unwissen über Nafishur. Deine Unsicherheit ... deine Traurigkeit, wann immer du glaubst, niemand sieht dich ...« Er drückte leicht meine Hand. »Und deshalb wolltest du wieder zur Bibliothek zurück? Um mit Nostradamus zu sprechen? Aber wie passt Luce in das Bild?«

»Nicht ganz.« Einmal mehr seufzte ich und entzog Cole meine Hand. Diese Halbwahrheit war auch schon schwer genug, ohne dass er mich berührte. »Luce fand mich vorhin im Atrium, während ich in Vaters Buch las. Unter dem Lucernabaum.« Cole nickte und wartete. Noch immer hatte er nicht wieder begonnen zu rudern. Vielleicht hatte er eingesehen, dass ich mehr Zeit brauchen würde. »Er machte auf seine Art Scherze über mich, weil ich bis in die Nacht las und eine Streberin sei, noch bevor das Semester wirklich begonnen habe.«

»Das sieht ihm ähnlich. Um so erstaunlicher, dass ich euch gemeinsam gefunden habe.«

»Wir gerieten ins Diskutieren und er gab damit an, dass er jederzeit in die Bibliothek könne, um dort zu lesen, weil er ein verstecktes Port gefunden habe, das mitten ins Foyer der Bibliothek führt. Ich habe ihm nicht geglaubt – und ich war zugegeben neugierig. Er wollte es mir beweisen und überredete mich – ohne großen Aufwand –, mit ihm zu kommen. Er führte mich durch das Hauptgebäude und öffnete dann tatsächlich ein verborgenes Port. Aber frag mich jetzt bitte nicht wo. Ich habe ehrlich keine Ahnung.« Ich fuhr mir durchs Haar. Ich hatte es fast geschafft und meine Version klang durchaus plausibel. »Alles, was ich weiß, ist, dass es offenbar das falsche Port war. Denn wir landeten zwar in der Bibliothek, aber im falschen Raum. Und noch dazu verschwand das Port hinter uns und ließ uns gefangen zurück.«

»Ich soll dir also glauben, dass es ein Versehen war, dass ihr in einem für euch verbotenen Teil der Bibliothek wart?«

»Ja!« Nun sah ich ihn an. Er musste mir einfach glauben. »Bitte, Cole. Das alles ist mir schon peinlich genug. Ich habe mich hinreißen lassen. Aber wäre alles so gelaufen, wie Luce und ich es vorgehabt haben, dann wäre das ein harmloser Streich gewesen und niemand hätte es gemerkt.«

»Habt ihr euch dort Bücher angesehen?«

»Wir waren damit beschäftigt, einen Weg hinaus zu finden.«

Er nickte und begann langsam wieder zu rudern. »Wo wir gerade davon sprechen: Hast du noch mehr Katzen oder nur diese beiden?«

»Oh, Artemis ist nicht«, ich biss mir auf die Lippen. Durfte ich Cole von Dariels Herkunft und unserer Verbindung erzählen? »Ich meine: Lass ihn das nicht hören. Er versteht sich als Freigeist. Aby übrigens auch. Aber nein. Mehr Katzen hab ich nicht.«

»Dein Kater ist bei mir eingebrochen, hat mich geweckt und so lange genervt, bis ich ihm gefolgt bin. Und da ich wusste, dass Shun keinen hat – und ich auch nicht –, musste dieser weiße Unruhestifter zu dir gehören. Also hab ich mich überreden lassen. Was ich mich nur frage, ist: Wie hast du von da drinnen deinen Kater dazu bekommen, mich zu holen?«

›Gute Frage. Na? Wollen wir es ihm verraten oder fällt dir was passendes ein?‹

Bist du verrückt, Artemis?! Ich werde ihm ganz sicher nicht sagen, dass ihr beide telepathisch begabt seid!

›Das würde vieles vereinfachen ...‹

Nicht du auch noch, Aby!

›Ich mein ja nur ...‹ Sie klang pikiert.

›Er wird's eh bald kapieren und dann ist das Geschrei wieder groß, weil du es ihm nicht selbst gesagt hast.‹

»Cara?«

»Was? Entschuldige bitte. Ich war kurz abgelenkt.« Ich warf Aby und Artemis einen möglichst strengen Blick zu. Die beiden saßen hinter Cole. Noch. Aber Aby schien zum Sprung auf seine Schulter anzusetzen. Ich räusperte mich. »Könnten wir für den Moment sagen: Sie sind beide ausgesprochen begabte, intelligente Tiere?«

In diesem Augenblick stießen wir mit dem Bug sacht gegen den Steg. »Also gut. Für heute. Die Nacht war lang genug. Ich will nicht schuld sein, wenn du morgen verschläfst. Richte Luce aus, dass ich auch sehr interessiert an seiner Version der Geschichte bin.« Er stieg aus dem Boot und machte es fest, um mir danach hinaus zu helfen.

»Wie kommst du darauf, dass ich ihn vor dir sehe. Ihr seid doch morgen in den gleichen Kursen, oder?«

Cole lachte leise. »Sagen wir einfach, ich kenne ihn gut genug, um zu wissen, dass seine Flucht einzig und allein meiner Anwesenheit geschuldet war. Und dass er nun viel zu neugierig ist, um dich nicht erneut heimzusuchen.« Er hielt noch immer meine Hand fest, obwohl ich schon längst sicher auf dem Steg angekommen war. »Versprich mir nur bitte eins: Lass dich nicht von ihm in irgendwas reinziehen. Ich weiß, er hat diesen faszinierenden Badboy-Charme. Aber du kannst nicht jedes Mal einen weißen Kater zu deiner Rettung aussenden. Das nächste Mal folge ich ihm vielleicht nicht mitten in der Nacht quer über das Gelände.«

Irgendwas an der Art, wie er mich ansah, machte mir klar, dass er durchaus bereit war, mir ›tief in den Kaninchenbau‹ zu folgen. »Wenn du mir versprichst, vor den anderen keine Buch- oder Filmanspielungen aus Luv mehr zu bringen oder Kater und Kaninchen im Allgemeinen zu erwähnen.« Ich ließ seine Hand los und signalisierte Aby und Artemis, mir zu folgen. »Übrigens: Badboys mögen für illegale Abenteuer geeignet sein, aber der geheimnisvolle Bücherwurm mit den tiefgründigen Gedanken ist durchaus auch eine interessante Figur. Gute Nacht, Cole! Und vielen, vielen Dank!«

In der Hoffnung, dass Cole nicht erkennen konnte, wie knallrot jetzt meine Wangen sein mussten – meiner gefühlten Körpertemperatur nach –, lief ich mit schnellen Schritten die Wiese hinauf in Richtung Wohnhaus I.

Halb rechnete ich damit, von Luce abgefangen zu werden. Halb hoffte ich, Cole würde mir folgen. Aber ich erreichte das Portal des

Wohnhauses ohne Zwischenfälle. Erleichtert zog ich die schwere Eingangstür auf und trat möglichst leise ein.

Ich hatte nicht vorgehabt, mir Licht zu machen, aber nach einem von irgendwo geflüsterten ›illumina‹ flammte am Treppenabsatz eine einzelne Kerze auf und beleuchtete das braungebrannte Gesicht meines geflüchteten Komplizen.

»Luce.« Ich trat langsam näher.

»Du klingst nicht überrascht. Sollte ich enttäuscht sein? Ich habe mir so viel Mühe mit diesem Auftritt gegeben. Und diesmal mit genügend Sicherheitsabstand, um nicht gleich wieder von dir angegriffen zu werden.« Ich konnte schon allein seiner Stimme anhören, dass der Schalk einmal mehr sein Gesicht zierte.

»Cole hat mich gewarnt. Er lässt dir ausrichten, dass er morgen deine Version der Geschichte erfahren will.«

Luce hatte sichtlich Mühe, sich ein Lachen zu verkneifen. »Ja, ich bin mir sicher, dass er mich nur zu gern ins Fokusverhör nehmen will. Wahrscheinlich am liebsten unter Magieeinfluss. Bei dir hingegen hat eine romantische Bootsfahrt ja völlig gereicht.«

Ich musterte Luce mit hochgezogener Braue. Hatte er uns etwa die ganze Zeit über vom Ufer beobachtet?

»Oh, Cole, ich hatte solche Angst! Der böse Luce hat mich verschleppt. Zum Glück kamst du noch rechtzeitig!«

Offenbar. Aber genauso offensichtlich hatte er uns nicht verstehen können. Ich verdrehte demonstrativ die Augen und ging auf ihn zu. »Unsinn! Glaubst du wirklich, dass ich dir alle Schuld auflade?«

Luce lehnte sich an das Treppengeländer und gab sich die größte Mühe, gleichgültig zu schauen. »So läuft das nun mal. Ich bin der böse Typ, voller Pir. Also bekomme ich auch die Schuld.«

Ich stellte mich ganz nah vor ihn und sah ihm direkt in seine Augen. »Du bist noch nicht lange genug als Pir-Typ unterwegs, um überall als böse verschrien zu sein, das ist dir schon klar, oder?« Sein Gesicht zeigte Überraschung. »Ich bin möglichst nah an der Wahrheit geblieben. Du hast mich nachts am Lucernabaum gefunden, wir haben uns in ein kleines Streitgespräch gesteigert, an dessen Ende deine Behauptung stand, dass du einen geheimen Weg ins Foyer der Bibliothek kennst. Du weißt schon: Den, den du heimlich für deine Flucht genutzt hast.« Ich gebrauchte die Ginga-Technik und bohrte ihm einen Finger in die Brust. »Irgendwas ist schiefgelaufen und wir sind im falschen Raum gelandet, wo wir gefangen waren.« Ich bohrte noch einmal nach. »Ich habe betont, dass es unser beider Idee war und eine harmlose Dummheit, die unglücklicherweise schiefgegangen ist.« Ich zog meinen Finger zurück und rückte etwas von ihm ab. »Ich hoffe für dich, dass du nicht vorhast, etwas anderes zu erzählen.« Das klang doch gut. Selbstsicher. Cool. Zumindest hoffte ich das. »Gute Nacht, Luce.«

Ich umrundete ihn möglichst selbstbewusst und machte mich daran, die Treppe hinaufzusteigen, als ich Luce leise Stimme hörte: »Cara, warte!«

Ich wartete. Aber ich drehte mich nicht um. Ich konnte hören, wie er mir die Treppe hinauf gefolgt war. Was wollte er denn noch?

Meine Gedanken schweiften zu diesem geheimen Port ab, durch das wir gesprungen waren. Ich fragte mich, ob es jemanden gab, der bei diesem Port-Wirrwarr den Durchblick hatte. Luce war dieser jemand offenbar nicht – auch wenn er es gern wäre.

Eins war mir in den letzten Stunden allerdings klar geworden: Luce war nur ein halb so großer Idiot, wie er vorgab zu sein. Er schien sich schlicht einen sehr fragwürdigen Schutzpanzer zugelegt zu haben.

»Soll ich dich noch zu deinem Zimmer begleiten?« Ich blinzelte und stellte meine Erkenntnis direkt wieder in Frage. War das ein sehr plumper Versuch, in mein Zimmer zu kommen, oder eine sehr naive Frage? »Nicht, dass du auf dem Weg wieder verloren gehst.«

Ach so! Er machte sich nur wieder über meinen nicht mehr vorhandenen Orientierungssinn lustig. Eine Welle der Erleichterung überrollte mich. »Selbst wenn. Auf diesem Weg wirst du mir wohl kaum helfen können und ich hoffe doch sehr, dass es kein Port gibt, das in unserer Wohnung endet.«

»Nein, nicht dass ich wüsste.« Ich hörte ein leises Glucksen hinter mir. »Aber das ist eine gute Idee. Ich werde dem nachgehen. Übrigens: Du hast die 427.«

»Woher weißt du das schon wieder?«

»Ich hab so meine Quellen.«

»Luce!« Nun drehte ich mich doch um und funkelte ihn möglichst bedrohlich an – diesmal waren wir dank der Treppe sogar auf Augenhöhe.

»Okay, okay. Juno hat den ganzen Tag herumposaunt, dass du ihre neue Mitbewohnerin bist. Irgendwie war sie dabei eine Mischung aus wütendem Kebiphur und stolzer Soux.« Genau das. »Ich glaube, sie konnte sich selbst nicht so ganz entscheiden, ob sie vor uns angeben wollte oder zetern und lästern.«

Einmal mehr spürte ich Erleichterung. Diesmal aber nicht mehr in der Intensität von eben. Viel mehr fragte sich mein Unterbewusstsein, womit er wohl als nächstes ankommen würde, sobald ich mich sicher fühlte. »Okay«, war deshalb meine einzige Reaktion, bevor ich fluchtartig in die Richtung meines Zimmers verschwand.

KAPITEL XI

»Es ist unglaublich, wie viele Wesen es hier gibt!« Alisi strahlte mich an. »Als mir Luce im vergangenen Jahr von all den Wesen erzählt hat, die er in Magister Invictus Kursen kennengelernt hat, habe ich ihn ausgelacht. Ich kannte Soux, Floux und Fayes; und natürlich auch Neklece oder Quarz. Aber jetzt habe ich das Gefühl, dass ich wöchentlich ein neues Lieblingswesen haben werde.«

Endlich durfte ich mal die Unwissende sein ohne damit aufzufallen. Wenn selbst Alisi verblüfft war von dem, was wir gerade gesehen und gehört hatten, dann musste ich mein Staunen wenigstens nicht verbergen.

»Unglaublich trifft es! Und heute hat er uns ja nur einen kurzen Überblick gegeben! Stimmt es, dass er mit uns auch rausgehen will, um einige dieser Wesen direkt zu beobachten?«

Alisi nickte eifrig. »Ja, das stimmt! Davon hat mir Luce im vergangenen Jahr berichtet. Er behauptet steif und fest, damals im Wald ein Kebiphur gesehen zu haben.«

»Ein Kebiphur?!« Hatte Luce nicht Juno so genannt? Was zum Geier war das und war es normal, das nicht zu wissen? Verflucht, ich hätte Alisi so gern danach gefragt!

»Genau. Hast du von denen schon gehört? Ich weiß nicht viel, aber sie sollen unglaublich heiß und regelmäßig für Brände verantwortlich sein. Und ehrlich: Ich bezweifle, dass die Akademie uns einer solchen Gefahr aussetzen würde.«

»Das hoffe ich doch.« Ein Schauer überlief meinen Rücken und zugleich spürte ich das verheißungsvolle Kribbeln von Neugier in meinen Fingerspitzen.

»Jedenfalls dürfte dieser Doppelblock nicht langweilig werden. Wie war das? Zuerst die Nutztiere, dann die Wildtiere, dann Insekten und Kleinsttiere, gefolgt von Flugwesen und dann den Wasser- und Reptilwesen.«

Diesmal nickte ich. »Genau. Und in der zweiten Kurshälfte will er uns was zeigen? Existierende Fabelwesen? Dazu hat er sich bedeckt gehalten. Was meinst du, was damit gemeint ist? Ich meine: Entweder ist ein Wesen eine Fabelfigur oder es existiert. Oder nicht?«

»Soweit ich weiß, widmet sich Magister Invictus in seiner Freizeit sehr der Erforschung unbekannter Wesen. Ich denke, er lässt uns direkt an seiner Forschung teilhaben und berichtet von neuen Arten, die verschiedenen Fabelwesen aus unseren Sagen entsprechen. Aber was da genau auf uns zu kommt, weiß ich auch nicht.«

»Genaugenommen hat er Theorien aufgestellt, nach denen von ihm neu entdeckte Arten gar nicht neu sind, sondern schon vor langer Zeit von Nafish gesichtet wurden«, mischte sich eine männliche Stimme ein. »Nur schrieb man damals keine Lehrbücher darüber, sondern Geschichten. Und so wurden aus realen Wesen plötzlich Sagengestalten. Magister Invictus hat sein ganzes Leben dieser Forschungsarbeit gewidmet und inzwischen eine erstaunliche Sammlung solcher Wesen zusammengestellt.«

»Na sowas! Endo! Lass dich nicht von deinem Bruder dabei erwischen, für ein Fach Interesse zu zeigen.«

Endo hob nur müde eine Braue. »Der merkt doch sowieso nichts.«

»Und woher kommt dein Interesse an nafisher Fauna?«

Er zuckte mit den Schultern und zog seinen Umhang gerade. »Ich finde, dieser Invictus bringt das gut rüber. Klang nicht schlecht.«

Ich musste lächeln. Das konnte nicht der wahre Grund sein. Immerhin besaß Endo Wissen, das nicht aus dem vergangenen Doppelblock stammte. Er musste sich also vor unserer ersten Auditio mit Magsiter Invictus bereits für das Thema interessiert haben.

Aber ich ließ ihn mit seiner Ausrede davonkommen. Irgendwie freute es mich zu sehen, dass auch an ihm nicht alle Fächer spurlos vorbeigingen. Vielleicht spielte er sein Desinteresse auch nur, um seinen Bruder, den strengen Patronus, zu ärgern.

Für den Moment war mir das egal, denn die nächste Auditio war die, auf die ich mich am meisten freute: ›Grundkurs Magie‹ bei Magnus Magister Athanasius Cronos. Ich musste mir wirklich Mühe geben, nicht in ein Dauergrinsen zu verfallen. Bevor ich meinen Kursplan bekommen hatte, hatte ich nicht damit gerechnet, dass wir Erstsemester eine Veranstaltung bei unserem Dekan haben würden. Damit – und dank der vergangenen zwei Blöcke mit Magister Invictus – wurde der Pyrdeg, der dritte Tag der Woche, zu meinem Lieblingstag.

»Du grinst ja so. Hab ich einen Witz verpasst?«, flüsterte mir Alisi zu, während wir den Audi Max im Hauptgebäude betraten.

»Ach was. Ich ... ich hab mich nur gefragt, ob Endo wirklich so uninteressiert ist, wie er uns glauben machen will.« Das war doch ein geeigneter Grund, um zu lächeln. Ein besserer als der Dekan.

»Wow! Hast du dich hier mal umgesehen? Das ist ja die Zeremonienhalle in klein.«

»Wobei es ›klein‹ nicht ganz trifft, oder? Eher ›die Zeremonienhalle in etwas kleiner‹ oder so. Immerhin ist das hier der größte Hörsaal und unser gesamter Jahrgang ist hier. Was hast du erwartet?«

»Da hast du recht. Was dagegen, wenn wir uns nicht zu weit nach oben setzen? Der ist so groß, ich will nichts verpassen.«

Alisi kicherte leise. »Klar. Aber ich bin mir sicher, dass dir nichts entgehen wird, was Großmeister Athanasius Cronos sagt. Seine Vorlesungen sind legendär.«

***

»Was ist Magie?« Magnus lehnte so nonchalant an seinem Pult, als wartete er an einem Imbissstand auf seine Crêpes und plaudere nebenbei mit uns. Er ließ die Frage im Raum stehen und sah uns neugierig an.

Eigentlich hielt ich seine Frage für eine rhetorische, aber Adama meldete sich tatsächlich. »Ja, Iuvenia Ragis?«

»Magie lässt sich am ehesten als der natürliche Gehalt von Maz und Pir in jedem Lebewesen und jedem Bestandteil der Natur beschreiben. Sie ist die Grundessenz unseres Planeten und Antriebskraft all unserer Fähigkeiten – bestehend aus der guten Energie Maz und der schlechten Energie Pir.«

»Ja, das klingt ausgesprochen wissenschaftlich und vernünftig.« Er lächelte Adama gütig an. »Und vor allem absolut richtig! Gut gemacht, Iuvenia Ragis.« Dann ließ er seinen Blick über den gesamten Hörsaal gleiten. *Iuvenia.* Das musste wirklich eine Anrede sein. Alle Magistri benutzten sie – außer bei mir, der Matrona. »Magie ist aber auch der Funke voller Energie, Macht und Licht in euch allen, der euch zu genau dem einzigartigen, wunderbaren Wesen macht, das ihr seid. Sie füllt euch aus – vom Herzen bis zur äußersten Spitze eures Druidenstabs. Sie lässt euch das Leben spüren – euer eigenes und das der Welt um euch herum. Sie ist das, was euch gleichermaßen zu etwas Besonderem macht und zum Teil dieser Welt. Sie lässt euch eine tiefe Verbundenheit spüren und teilt mit euch das Wissen der Jahrhunderte. Durch die Magie, die durch euren Körper fließt, seid ihr Teil einer besonderen Gemeinschaft hier auf Nafishur. Je länger ihr hier wandelt, desto stärker wird eure Magie werden und desto größer euer Wissen. Doch damit wächst auch eure Verantwortung. Euch wurde durch die Magie etwas in die Wiege gelegt – gänzlich ohne euer Zutun –, das euch abhebt von anderen Nafish. Erkennt dieses Geschenk als das, was es ist: Eure Pflicht und eure Aufgabe. Seht darin niemals ein Mittel, euch über andere zu erheben. Denn was immer ihr könnt oder zu können glaubt: Vergesst nie, dass es immer jemanden geben wird, der euch Demut lehren wird.« Magnus nickte leicht und begann dann, im unteren Teil des Hörsaals herumzuwandern. »Euch wurde die Magie geschenkt. Ihr habt nichts dafür geleistet. Sie zu verlieren ist leicht. Sie zu halten hingegen, bedarf nun einiger Mühen.« Immer wieder warf er einzelnen von uns gezielte Blicke zu. »Dieser Grundkurs soll dazu dienen, euch zu zeigen, was Magie ermöglichen kann und wo ihre Grenzen liegen.«

Magnus war in der Mitte des Hörsaals stehengeblieben. »Was euch möglich sein wird und wo ihr eure Grenzen ziehen solltet.« In einer fließenden Bewegung holte er seinen Druidenstab hervor und balancierte ihn ruhig auf seinem ausgestreckten Zeigefinger. »Ich werde euch zeigen, welche Magie in einem jeden einzelnen von euch steckt. Denn euer Charakter und euer Wesen beeinflussen eure Magie. Je mehr Magie ihr wirkt, desto mehr wird sie euer Innerstes offenbaren. Je weißer euer Druidenstab ist, desto reiner ist eure Magie, desto ehrlicher eure Intension.« Magnus schloss für einen Moment die Augen. Es war totenstill im Saal und dann entstand von neuem sein Hirtenstab. Er ruhte in perfekter Balance auf seinem Finger, während er wuchs. Einige um mich herum hielten gebannt den Atem an. Andere schnappten nach Luft. Die Herzschläge der meisten hatten deutlich an Fahrt aufgenommen, während sich der Stab immer weiter verlängerte und an seinem einen Ende zu einem klaren, diamantartigen Kristall formte und am anderen so vielfältig verästelte wie ein Baum.

An diesem Stab gab es nicht einen Millimeter, der dunkler als blütenweiß gewesen wäre. So also sah ein Druidenstab aus, der nur für das Gute genutzt wurde. Wie hatte Adama diese Energie genannt?

Maz.

Sie war Teil vieler Biografien gewesen, die ich gestern gelesen hatte. Mit etwas Glück half mir Magnus Grundkurs dabei, wenigstens ein paar meiner peinlichen Wissenslücken zu schließen.

»Und irgendwann, wenn es euch möglich sein wird, euren Hirtenstab zu erschaffen, wird er zum Spiegelbild eurer Seele und zum Anker eurer Magie.« Mit einer langsamen, bedachten Geste setzte Magnus die Kristallspitze seines Stabs vor sich ab.

»Lasst mich euch lehren, welche Arten der Magie es gibt, wozu sie zu gebrauchen sind und vor welchen ihr euch hüten solltet. Lasst mich euch zeigen, wie ihr eure Magie entdecken und kontrollieren könnt.« Nun war ich es, die er ansah. Ich konnte spüren, wie meine Wangen heiß wurden. Ja, er musste mir dringend helfen. Nun war ich hier, doch meine Angst, jemanden durch meine Feuermagie zu verletzen, war ungebrochen.

Magnus Blick lag noch immer auf mir, als er fortfuhr. »Habt keine Angst vor eurer Magie. Seit Nafishgedenken erwacht die Magie in einem Druiden erst, wenn er dazu bereit ist – selbst dann, wenn er sich selbst noch nicht dazu bereit fühlt. Seid offen für das, was vor euch liegt.«

Vielleicht waren seine Worte an uns alle gerichtet und vielleicht machte er vielen damit Mut. Aber in meinen Augen hatte er diese letzten Worte nur für mich gesprochen. *Die Magie erwacht erst, wenn der Druide bereit ist* ... ich konnte nur hoffen, dass meine Magie wusste, was sie da tat.

***

»Matrona Thetra Clow, würdet Ihr wohl noch einen Augenblick warten?« Ich warf Alisi einen gequälten Blick zu. Sie zuckte nur mit den Schultern und zeigte mir ihr schönstes ›Ich habs dir ja gesagt‹-Lächeln.

Sie hatte mir schon die ganze Woche über ›prophezeit‹, dass Magister Ilysia mich nach ihrem Kurs zu sich rufen würde. Bis zuletzt hatte ich gehofft, sie würde sich irren. Die Woche hatte mich auch ohne Prophezeiung schon genügend gefordert.

Gedanklich schwankte ich noch, welche Vorlesung in den vergangenen zwei Tagen die schlimmste gewesen war. War der Pyrdeg mit Magister Invictus und Magnus direkt zu meinem Lieblingstag geworden, stritten sich der gestrige Accdeg und der heutige Mazdeg darum, der schlimmste Tag der Woche zu werden.

Der Accdeg hatte mit Alisis Vater begonnen: ›Druidenstabkunde‹. Ein wichtiges Fach, da war ich mir sicher. Aber bei ihm? Er hatte mir deutlich gezeigt, was er von meinem Stipendium hielt. Oder von der Tatsache, dass ich mich mit seiner Tochter angefreundet hatte. Aber er war klug genug gewesen, seine Abneigung nicht zu offensichtlich zu zeigen. Was es nur noch schwerer machte.

Im Anschluss hatte ich Magister Cleitan kennengelernt. Ich war mir immer noch nicht sicher, ob er meine Krankheitsscharade am Tecdeg durchschaut hatte. In jedem Fall aber verstand ich nun Luce.

Er hatte nicht ganz Unrecht gehabt. Es wäre tatsächlich keine gute Idee gewesen, bei diesem Druiden zu spät zu kommen. Er schien sich für das achte Weltwunder zu halten. ›Geschichte Zambalas‹ wurde so zu einem Kampf für mich. Dabei war Geschichte früher eins meiner Lieblingsfächer gewesen und mehr über die Geschichte Nafishurs zu lernen, schien mir durchaus wichtig. Mein Problem war nur, dass ich nichts wusste. Nichts! Ich verstand nicht mal seine Fragen, geschweige denn, dass ich ihm hätte antworten können.

Und als wäre der Tag nicht schon trocken und ermüdend genug gewesen, folgte noch ein Block ›Magische Formellehre‹. Staubtrocken. Vor allem dank Magister Ventis. Sie wirkte beinah noch älter als Nostradamus. Wahrscheinlich, weil sie im Gegensatz zum Bibliothekar nicht diese wachen, leuchtenden Augen hatte. Das einzig einprägsame an ihr war ihr unglaublich langes, weißes Haar, das sie zu einem Zopf geflochten trug. Er würde den Boden streifen, wenn sie ihn nicht mit irgendeiner Art von Zauber davon abhielte. Deshalb schwebte ihr Zopf um sie herum oder hinter ihr her. Diese merkwürdige ›Frisur‹ hatte mich den ganzen Kurs über abgelenkt. Sie war fesselnder als die eintönige Stimme unserer Lehrmeisterin. Zum Glück hatte mir Cole schon am Wochenende meiner Ankunft grob erklärt, wie Zauber-formeln funktionierten.

Gegen Magister Ventis war Magister Ilysia hyperaktiv. Ich beobachtete sie von meinem Platz – ganz hinten im Raum – dabei, wie sie aufräumte, während noch immer Lehrlinge damit beschäftigt waren, ihre Aufzeichnungen zu verstauen. Es war deutlich, wie wenig Elan wir am Ende der Woche noch hatten. Und das war erst die erste Woche gewesen.

Ich würde das Wochenende dringend nötig haben, so viel war sicher. Und dabei stand mir gleich noch ein weiterer Kurs bevor. Meine erste Stunde in Elementarlehre.

Während sich der Raum leerte und auch Alisi ihn verließ, hatte ich das Gefühl, an meinem Platz immer kleiner zu werden. An sich kein Wunder, wenn man bedachte, dass wir uns in einem unglaublich hohen Turmzimmer befanden. Viele Meter – nein, Passus! Hier nannten sie sich Passus – über uns konnte ich die Streben der spitz zulaufenden Decke sehen. Der Raum war verblüffend hell und leer. Ich hatte mir das Turmzimmer einer Seherin immer dunkel und vor allem vollgestopft mit merkwürdigen Gegenständen vorgestellt. Aber unser Kurs in ›Meditation und das innere Auge‹ bei unserer Visitatorin Magister Ilysia war sowieso anders gelaufen als erwartet.

Verblüffend wissenschaftlich.

Als dann auch Endo endlich aus dem Hörsaal geschlurft war, winkte mich Magister Ilysia zu sich. Eigentlich hatte ich gehofft, etwas Sicherheitsabstand zwischen uns wahren zu können. Mit einem unguten Gefühl im Magen kam ich näher.

»Bitte, setzt Euch doch.« Sie wies auf einen Stuhl, den sie neben ihr Pult gestellt hatte und ließ sich ebenfalls nieder. »Wie war Eure erste Woche?« Diese vollkommen unangemessene, ehrfürchtige Anrede machte mich gerade noch fuchsiger als sonst. Jeder Magister sprach mich so an – und auch die meisten Lehrlinge. Einzig eines war durch diesen Namen besser: Juno schien ihren Hass gegen mich zugunsten einer ›adligen Freundin‹ verdrängt zu haben. Auch wenn ich uns schwerlich als Freundinnen bezeichnen würde.

»Ahm, gut, denke ich. Es ist alles sehr aufregend und neu. Aber ich komme besser zurecht, als ich geglaubt habe.« Es war sicher gut, eine Mischung aus Bescheidenheit und Optimismus zu zeigen. Und was wusste ich schon, wie viel von meiner wahren Geschichte den unterschiedlichen Lehrmeistern bekannt war.

Sie nickte, doch ihr Blick schien abwesend.

»Eure Mitschüler begegnen Euch mit Respekt?«

Ich versteckte ein unpassendes Lachen in einem Husten. »Mit mehr Respekt als mir lieb ist, Magister Ilysia.«

Für einen Augenblick streifte wieder ein Lächeln Ilysias Gesicht. Doch es erreichte ihre Augen kaum. Diese merkwürdigen Augen, die ich seit der Fast-Prophezeiung am Tag meiner Weihe immer gemieden hatte anzusehen. Ihre Iris schien sich mehr zu bewegen als die anderer. Und noch immer gelang es mir nicht, ihre Augenfarbe auszumachen. Als würden mir plötzlich die Worte fehlen.

»Ihr wisst, weshalb ich Euch bat zu bleiben.«

Es war keine Frage.

Und ja, ich wusste es.

Allerdings bezweifelte ich auch, dass ich ihr auf diese ›Frage‹ antworten sollte. Stattdessen überlegte ich fieberhaft, wie ich meine Visitatorin davon abhalten konnte, meine Prophezeiung auszusprechen. Nach allem, was ich von Alisi und den anderen gehört – oder nicht gehört – hatte, wollte ich auf diese spezielle Erfahrung lieber verzichten.

Meine werte Freundin, die so viel Wert auf Ehrlichkeit legte, hatte mir ihre nämlich noch immer nicht verraten.

»Magister Ilysia, ich muss pünktlich zu meinem ersten Elementarkurs erscheinen. Ich denke, ich sollte jetzt besser–«

Weiter kam ich nicht, denn ich hatte den Fehler gemacht, meine Lehrmeisterin anzusehen, während ich sprach. Ihre Augen schienen inzwischen ein Leuchten inne zu haben. Ein Leuchten, dass immer wieder pulsierend stärker wurde und dem ich gebannt immer näherkam – wie eine Motte dem Licht. Ihre schwarzen Pupillen lösten sich auf und ich fiel in das Leuchten ihrer Augen hinein.

War das normal?

Hatten die anderen diesen Teil einfach verschwiegen?

Ich fühlte mich leicht wie eine Feder. Als wäre alle Last und jede Sorge von mir abgefallen. Das Licht, durch das ich fiel, war hell und warm, aber es schmerzte nicht – anders als das Licht der Portreise oder der Morgensonne. Es fühlte sich an wie … wie Hoffnung. Eine bessere Beschreibung fiel mir nicht ein.

Und dann hörte ich eine Stimme. Sie war tief und genauso warm wie das Licht. Aber ich verstand sie nicht. Sie schien in einer fremden Sprache zu mir zu sprechen. Und doch wusste ich, dass sie mir Trost zusprach und Wahrheit versprach.

War das die Prophezeiung? Wie war es meinen Mitlehrlingen möglich gewesen, die Stimme zu verstehen? Lag es daran, dass ich eben doch keine vollwertige Nafish war?

Ich wollte sprechen, wollte die Stimme etwas fragen, aber meine Lippen versagten ihren Dienst. Ich fühlte mich wie gefangen in einem Traum, in dem ich schreien wollte und doch kein Ton meine Lippen verließ.

Auf einmal schien das Licht zu flackern. Als flöge ein Schatten vor seiner Lichtquelle entlang. Und mit diesem Schatten kam etwas Kaltes, Bedrückendes in meinen Traum. Ich wusste, dass ich nun gehen musste. Dass es gefährlich wäre, noch länger zu bleiben.

Aber wie ließ ich den Traum enden? Wie konnte ich wieder aufwachen? Ich glaubte, mich im Kreis zu drehen und umzusehen, aber um mich herum war nur dieses nun wieder flackernde Licht. Es schien von Minute zu Minute dunkler zu werden.

Ich.

Muss.

Hier.

Raus.

Hört mich jemand?

Der Boden unter mir schien zu beben. Worauf stand ich überhaupt? Ich sah an mir herab und konnte doch nicht einmal meine Schuhe erkennen. Der Boden fühlte sich uneben, aber fest an. Als stünde ich auf Pflastersteinen einer mittelalterlichen Straße in der Provence.

Ein erneutes Beben erschütterte meinen Halt. Ohne richtig sehen zu können, fiel es mir immer schwerer, das Gleichgewicht zu halten.

Hilfe! Magnus!

Ein weiteres Beben und ich fiel. Diesmal war das Licht nicht angenehm und diesmal fühlte ich keine Hoffnung. Im Gegenteil. Es wurde immer dunkler und kälter, Verzweiflung schnürte mir den Hals zu.

Ich fiel auf die Knie und meine Hände tasteten nach dem unebenen Untergrund, um sich Halt zu verschaffen. Der Boden fühlte sich rau an. Und er bewegte sich.

›*Cara!*‹

Diese Stimme hätte ich unter tausenden wiedererkannt. *Er* hatte mich gehört. *Er* würde mir helfen, aufzuwachen. In kürzester Zeit verschwand die Verzweiflung und Hoffnung breitete sich von neuem in mir aus.

Ich spürte, wie sich eine warme Hand auf meine Schulter legte, während alles andere an mir zu gefrieren schien.

›*Schließe die Augen, Cara*‹, bat mich Magnus Stimme in meinem

Geist. Und ich schloss die Augen. ›*Wir werden nun gemeinsam Auftauchen, als würdest du durch die Wasseroberfläche des Mittelmeers nach oben brechen.*‹ Seine Stimme war ruhig, wie immer. Es gab also keinen Grund zur Sorge. ›*Alles ist in Ordnung. Spürst du schon die Wärme der Julisonne über uns? Spürst du, wie der Druck des Wassers immer mehr nachlässt? Wir kommen der Oberfläche immer näher.*‹

Ja, ich konnte es spüren. Ich fühlte mich leichter und leichter. Und dann brachen wir durch die Oberfläche. Instinktiv riss ich die Augen auf und atmete tief ein.

Luft.

Frische, angenehme, befreiende Luft.

Für einen Moment sah ich mich verwirrt um. Wir waren nicht im Wasser des Mittelmeers. Und auch sonst in keinem. Dann sah ich meine Lehrmeisterin bewusstlos neben mir liegen und schrie auf. Magnus kniete zwischen uns.

Nun, da ich wieder bei Bewusstsein war, galt seine Aufmerksamkeit ausschließlich Magister Ilysia. Ich konnte ihn nicht hören, aber ich war mir sicher, dass er auch mit ihr gerade sprach. Gebannt beobachtete ich, wie er sie ansah und tief in ihrem Geist versank. Seine Hand lag auf ihrer Schulter. Er musste mit ihr das gleiche vorhaben wie mit mir.

Und tatsächlich. Keine fünf Minuten später riss auch Ilysia mit einem verzweifelten Luftschnappen die Augen auf. Sie setzte sich sofort auf und sah sich hektisch um, bis sie erst Magnus und dann mich bemerkte. Ihr sonst so akkurater Dutt wirkte reichlich derangiert. Eine Strähne ihres Haars hatte sich ganz und gar befreit und verdeckte nun eines ihrer Augen. Sie leuchteten nicht mehr.

»Danke, Magnus Magister Athanasius. Es geht schon wieder. Das ... das ist mir noch nie passiert. Vergebt mir meine Nachlässigkeit.« Sie sah ihn ernst an und dann mich. »Es tut mir furchtbar leid, Matrona Thetra Clow. Seid Ihr wohlauf? Mir war nicht bewusst, dass Ihr ebenfalls geistbegabt seid, sonst hätte ich Euch nie einer solchen Gefahr ausgesetzt.« Sie griff nach meiner Hand, der Schock ließ sie zittern. Es gelang ihr nicht, ihre sonst so tadellose Selbstbeherrschung wiederzuerlangen.

Ich schüttelte leicht den Kopf. »Jeder Lehrling erhielt eine Prophezeiung. Warum entschuldigt Ihr Euch bei mir? Es ist doch nichts passiert. Ich habe die Stimme nur leider nicht verstanden.« Über ihr Gesicht huschten zahlreiche Emotionen. Erst Verwirrung, dann Erleichterung und dann ... ja, was war dieses letzte Gefühl, das sie zeigte, als ich die Stimme erwähnte?

›Ihr habt eine Stimme gehört?‹

›Du hast seine Stimme gehört?‹

Ilysias und Magnus Stimmen hallten fast gleichzeitig durch meinen Kopf. Dann sahen sich beide an und Ilysia nickte Magnus ergeben zu.

Sie war also auch eine Telepathin. Aber eigentlich durfte mich das nicht wundern. Nicht, wenn ich mir ihre Seminarfächer bewusst machte. Aber nun überließ sie dem Dekan das Feld.

›Cara, was hast du gehört?‹, hallte Magnus Stimme durch meinen Geist. Er war vorsichtig.

»Wenn ich das wüsste.« Ich sah keinen Sinn darin, nicht alles laut auszusprechen. Immerhin saß ich mit zwei Telepathen in einem Raum. Außerdem hatte ich ja im Grunde nichts zu berichten. Dennoch gab ich meinen Traum so detailliert wie möglich wieder. »Und dann rief ich im Geist um Hilfe und du tauchtest auf.« Ich seufzte leise und sah zum ersten Mal seit dem Beginn meines Berichts auf. Ilysia warf Magnus gerade einen neugierigen Blick zu und ich konnte wetten, dass sich die beiden gerade unhörbar über mich austauschten.

Dann erhob sich Magnus plötzlich. »Wie geht es dir jetzt, Matrona Cara Thetra Clow?« Er reichte mir seine Hand, um mir auf zu helfen.

»Gut. Denk ich.« Ich rieb über meine Augen und ordnete meine Akademiekleidung, bevor ich seine Hand ergriff. »Nur noch etwas verwirrt. Was war das eben? Zumindest keine Prophezeiung, oder? Ein Traum? Eine Vision?« Gab es so etwas überhaupt oder machte ich mich gerade total lächerlich?

»So etwas in der Art, ja. Wir werden später im Dekanat darüber sprechen. Aber das hat Zeit. Bitte mach dir keine Gedanken und konzentriere dich vorerst auf deine Studienfächer.«

Aber ihr macht euch Gedanken. Gedanken, die ihr nicht mit mir teilen werdet. Plötzlich ärgerte ich mich, dass so viele Wesen um mich herum in meinen Geist blicken konnten, doch ich nicht in ihren.

»Es tut mir leid, Matrona Cara Thetra Clow. Aber es gibt einige Dinge, die Magister Ilysia und ich besprechen sollten und du wirst schon längst von Magister Innocentius erwartet.« Und diese elende Anrede aus seinem Mund ärgerte mich auch! »Wie gesagt: Wir werden unsere Unterhaltung zu einem späteren Zeitpunkt fortsetzen müssen.«

Ich seufzte leise und zugegeben etwas übertrieben, nickte meinen Magistri zu und verließ den Seminarraum. Was hatte Ilysia eben gesagt? Sie habe nicht gewusst, dass ich geistbegabt sei. Was meinte sie damit? Was sollte ich nun schon wieder können? Und warum war ich immer die letzte, die von meinen Fähigkeiten erfuhr?

»Da seid ihr ja, Matrona Thetra Clow«, riss mich eine energische Stimme aus meinen Gedanken. »Es ist mir eine Ehre, Euch unter meinen Schützlingen zu wissen. Es ist lange her, dass diese Akademie einen Lehrling gesehen hat, der sein Element bereits vor seiner Zeit hier entdeckt hat. Ihr tragt eine große Bürde auf Euren Schultern.«

»Patronus Iridium« Er verneigte sich vor mir. Seine Miene so steinern wie eh. Ob es irgendetwas gab, das sein Pokerface brechen konnte?

»Ich bin gekommen, um Euch zu Eurer ersten Seminarstunde bei Magister Innocentius zu führen. Er wird nicht begeistert sein, wenn wir uns verspäten.«

»Tut mir leid, dass ich dich habe warten lassen, Patronus Iridium. Magister Ilysia bestand darauf, mir meine Prophezeiung zukommen zu lassen.« Gemeinsam liefen wir die schmale Wendeltreppe vom Turmzimmer hinunter. Ich war zugegeben froh, den Weg nicht allein finden zu müssen. Ich hatte mich auf dem Hinweg sehr auf Alisi verlassen.

»Ich verstehe. Nun, dann sollten wir jetzt keine Zeit verlieren, nicht wahr?« Er schob mich durch die Gänge des Hauptgebäudes –

wie ich vermutete in Richtung des Ausgangs. »Sonst kann ich Euch direkt noch eine weitere und mit Sicherheit unerfreulichere Prophezeiung machen. Sie bezöge sich auf Magister Innocentius und Eure Wenigkeit.« Er schien meinem Gesicht anzusehen, dass etwas mit meiner Prophezeiung nicht stimmte. »Ah. So eine Prophezeiung also.« Das musste ich ihm lassen: Er war wirklich aufmerksam. Er stieß mit einer einzigen Bewegung seines Druidenstabs die Türen des Eingangsportals auf und komplimentierte mich auf das Atrium hinaus. Als wir unter dem Lucernabaum ankamen, hielt er kurz an und sah mir direkt in die Augen. Dieser intensive Blick war auf seine Weise faszinierend. Seine Iris war dunkelgrün mit kleinen goldenen Einschlüssen. Das in Kombination mit der Art, wie er mich ansah ... Ich war mir sicher, dass er so immer und sofort die Aufmerksamkeit seines Gegenübers sicher hatte. »Matrona Thetra Clow, die Prophezeiungen von Magister Ilysia sind nie sehr klar und eindeutig. Es ist wie mit dem Deuten von Sternbildern. Meist ist der Inhalt der Prophezeiung so allgemein, dass er problemlos auf alle Lehrlinge eines Jahrgangs passen könnte. Man könnte sagen, es sind selbsterfüllende Prophezeiungen. Die Lehrlinge nehmen ihre Worte ernster als nötig und suchen in allem in ihrem Alltag nach Begebenheiten, die ihrer Weissagung entsprechen. Du und nur du entscheidest über dein Schicksal. Lass dir nichts anderes einreden.« Er räusperte sich leise und zeigte schon beinah so etwas wie ein Lächeln. Zumindest, wenn man ganz genau hinsah und etwas Fantasie besaß. »Ich meinte natürlich, Ihr und nur Ihr entscheidet über Euer Schicksal, Matrona Thetra Clow.«

»Du hast keine Ahnung, wie sehr ich ein simples ›Cara‹ begrüßen würde«, murmelte ich, bevor ich mich aufhalten konnte. Hoffentlich war ich leise genug gewesen.

»Nun, dann wünsche ich Euch viele Freunde, denen ihr dies erlauben könnt.« Also war ich *nicht* leise genug gewesen. »Wir Patronii dürfen uns einen solchen Fehler nicht leisten.«

»Natürlich nicht« Ich senkte den Blick und verfiel in Schweigen.

Worüber hätte ich auch mit ihm reden sollen? Darüber, dass sich Cole bei mir diesen Fehler auf meine Bitte hin leistete? Ich konnte nur hoffen, dass ich ihm damit keine Probleme bereitete.

Als ich wieder aufsah, durchquerten wir einen der Säulenbögen des Atriums und einmal mehr erstreckte sich diese wunderschöne, blühende Wiese vor mir. Auch diesmal würde ich keine Zeit haben, mir ihre vielen verschiedenen Pflanzen näher anzusehen. Aber vielleicht würde Magister Finnegan sich zu einem Exkurs hinreißen lassen …

Iridiums Schritte waren schnell und energisch. In Anbetracht unserer Verspätung wahrscheinlich noch schneller und energischer als sonst. Wir liefen geradewegs auf den See zu. Er glitzerte im Licht der Nachmittagssonne silbern.

Es sah wunderschön aus.

Kaum hatten wir das Ufer erreicht, trat eine Gestalt neben uns hinter einem kleinen Lucernabaum hervor. Der Baum leuchtete noch nicht und doch war seine Rinde von feinen Linien aus Licht durchbrochen.

»Ihr seid spät.« Innocentius kam näher und die Flammen über seinem Kopf loderten kurz stärker auf, als teilten sie seinen Ärger.

»Verzeihung, Magister Innocentius!« Ich senkte angemessen betreten den Kopf und setzte zu einer Erklärung an, als Iridium mich unterbrach.

»Es war meine Schuld und wird nicht wieder vorkommen, Magister Innocentius.«

Ich musterte meinen Patronus aufmerksam. Hatte ich diesen aalglatten Typen falsch eingeschätzt? Niemals hätte ich erwartet, dass er sich selbst in ein schlechtes Licht stellte, um einen anderen zu decken. War das pure Freundlichkeit? Resultierte sein Verhalten daraus, dass es ihm eine Ehre war, sich um mich zu kümmern? Oder stand ich jetzt in seiner Schuld?

Ich war hin und her gerissen. Eine leise Stimme warnte mich, ich sollte die Situation richtigstellen. Eine andere leise Stimme fragte sich, ob ich Iridium damit nicht mehr schaden würde. Noch bevor mein innerer Dialog zu einem Ergebnis gekommen war, ergriff allerdings Magister Innocentius das Wort und nahm mir so meine Entscheidung ab.

»Nun gut. Wir haben genug Zeit vertrödelt. Du kannst dich jetzt anderen Aufgaben widmen, Patronus Iridium.«

Patronus Iridium – ich kannte noch nicht einmal seinen Vornamen, wie mir jetzt erst auffiel – verneigte sich und lief mit großen Schritten wieder die Wiese hinauf zum Atrium.

»Also schön. Wir sollten direkt beginnen. Ihr hattet mir bereits berichtet, dass ihr Euer Feuerelement rufen konntet. Mehrfach.« Er begann, langsam am See entlangzulaufen und ich folgte ihm. Offenbar neigte er nicht zum Smalltalk. »Berichtet mir davon. Wie oft genau und unter welchen Umständen gelang es Euch?«

»Es … es ist mir vier Mal versehentlich passiert.« Irgendetwas sagte mir, dass es klüger war, nicht zu erwähnen, dass Magnus mir geholfen hatte, das Feuer ein fünftes Mal zu rufen. Zumal mir das beim Lösen meiner Prüfung geholfen hatte.

»Erzählt mir der Reihe nach von diesen Geschehnissen.«

Ich atmete tief durch und begann stockend, von den schrecklichen Momenten zu berichten, in denen ich die Kontrolle verloren hatte. Es war gar nicht so einfach, ohne dabei Luv, Vampire, schwarze Schattenwolken, Magnus oder seinen Bruder zu erwähnen. Aus dem Streit mit Ginga in der Villa machte ich einen Streit unter Freunden in einer Seitengasse von Medivia. Und aus dem Großbrand, der Dariels Villa zerstört hatte, wurde ein abgebrannter Schuppen im Garten meiner Familie – ich hätte das Schloss nicht aufbekommen und sei darüber wütend geworden. Der gegrillte Vampir war eine größere Herausforderung. Würde ich einen normalen Nafish aus ihm machen, hätte ich ein lebendes Wesen getötet. Oder zumindest schwer verletzt. In diesem Punkt musste es also die Wahrheit sein. Aber was würde mein Magister von mir halten, wenn er erfuhr, dass ich skrupellos einen Vampir gegrillt hatte? Ginga hatte immer betont, dass unsere Art hier nicht gerade beliebt war. Aber war sie so unbeliebt, dass ein getöteter Vampir in Ordnung war?

Aber es war Notwehr gewesen. Das musste es doch auch hier geben.

Notwehr.

»Matrona Thetra Clow, Ihr spracht von vier Malen. Was ist mit den anderen beiden?«

»Es … es fällt mir schwer, darüber zu reden«, erwiderte ich leise. Dass meine Eltern getötet worden waren, war inzwischen hinlänglich bekannt. Vielleicht könnte ich beide Ereignisse verbinden? Nein. Das ergab keinen Sinn. Ich sollte besser in der chronologisch korrekten Reihenfolge bleiben. Vielleicht war das relevant. »Vor ungefähr zwei Wochen griff mich ein Vampir an. Ich war allein und versuchte, mich zu wehren so gut es ging. Ich warf und stach mit allem, was ich finden konnte, nach ihm. Doch er schien so wütend über meine Gegenwehr zu sein, dass er seinen Schmerz ausblendete. Er packte mich und ich versuchte ihn von mir zu schieben. Ich presste ihm meine Hände auf die Brust« Parallel ahmte ich die Geste an meinem Magister nach. »Und dann ging er direkt vor mir und um mich herum in Flammen auf.« Rasch zog ich meine Hände zurück – in der Angst, meinen Lehrmeister zu flambieren. »Es. Es dauerte nur Sekunden.«

Magister Innocentius nickte nachdenklich. Nun sah er mich mit anderen Augen. Die Frage war nur: War das etwas Schlechtes oder etwas Gutes?

»Ihr habt Schreckliches erleben müssen, Matrona Thetra Clow. Ich befürchte, Euer viertes Feuererlebnis war ähnlich schockierend. Dennoch hoffe ich, es ist nicht zu viel verlangt, Euch auch um den Bericht des letzten Ereignisses zu bitten. Die Entwicklung Eurer Feuermagie ist ausgesprochen beeindruckend.«

Ich nickte unsicher. Inzwischen hatten wir fast die Hälfte des Sees umrundet und die Bibliothek ragte vor uns auf. »Es war noch in der gleichen Nacht«, begann ich nach einer Weile meinen letzten Bericht. »Ich kehrte ins Haus zurück – in Angst um meine Freunde. Der Vampir hatte mich im Garten angegriffen, aber ich musste damit rechnen, dass er nicht allein gekommen war.« Während ich meine Notlüge konstruierte und dabei zumindest bezüglich meiner Magie versuchte, bei der Wahrheit zu bleiben, sah ich jeden der wahren Momente wie einen Film vor mir. Einen Film, in dem ich selbst mitspielte, den ich erneut miterleben musste. »Ich fand meine Freunde im Salon. Einer über den anderen gebeugt. Um sich gegenseitig zu helfen, wie ich später erfuhr. Doch es war dunkel und nach meiner eigenen Schreckenserfahrung glaubte ich, einen weiteren Angreifer vor mir zu haben, der sich über einen meiner Freunde beugte. Sekunden später flog auch schon ein großer

Feuerball auf die beiden Gestalten zu. Ich hatte einfach meine Arme nach vorn geschleudert. Erst im Licht der Flammen erkannte ich, dass die Schatten beide meine Freunde waren. Sie richteten sich erschrocken auf, ich riss die Hände empor und der Feuerball reagierte tatsächlich, so dass er über ihnen die Decke traf. Dem Himmel ... Igigu sei Dank, dass die Teile der Decke, die daraufhin hinabstürzten, niemanden verletzten.«

Als ich geendet hatte, atmete ich tief durch und schloss die Augen. Auch wenn ich die Geschichten alle hatte anpassen müssen, so war ich doch erleichtert, es endlich ausgesprochen zu haben. Vor allem, da mein Gegenüber mich deshalb nicht für verrückt erklären würde. Nun konnte ich nur hoffen, dass ich mit all diesen Erlebnissen keine Straftaten gestanden hatte.

Innocentius Schweigen machte mich nervös. Ich musterte sein Gesicht. Seine Augen waren etwas zusammengekniffen und sein Blick in die Ferne gerichtet. Seine Brauen bildeten zwei tiefe Furchen über der Nase. Die Lippen waren fest aufeinandergepresst. Aber alles in allem wirkte er nicht wütend. Eher hochkonzentriert.

»Wenn ich es richtig verstehe, dann fanden all diese Ereignisse im Laufe der letzten Wochen statt«, durchbrach er dann endlich die Stille.

Ich nickte nur. Nun war mir nicht mehr nach Sprechen zumute.

»Von einem kleinen Feuerball, der aus Ärger entstand, über ein aus der Ferne ausgelöstes Großfeuer und eine Kontaktentzündung in Todesangst, hin zu einem großen und lenkbaren Feuerball. Das ist durchaus beeindruckend, Matrona Thetra Clow, und ich begreife nun, was Euch Euer Stipendium eingebracht hat.« Er tippte sich nachdenklich an sein Kinn und die Flammen über ihm zischten, als berieten sie sich mit ihm. »Was Euch allerdings fehlt, ist Kontrolle. Die meisten Lehrlinge haben schon ein Basiswissen der Magie, bevor ihnen ihr Element begegnet. Deshalb können sie besser damit umgehen. Ihr musstet selbst einen Weg finden. Es mag Euch wie ein Rückschritt vorkommen, aber wir werden ganz am Anfang beginnen. Ich will, dass ihr Euer Element kennenlernt. Ihr sollt begreifen, wie es denkt und fühlt, wie es lebt.« Innocentius blieb stehen und hielt eine seiner Hände mit der Handfläche nach oben vor sich. Dann strich er mit seiner anderen Hand einmal darüber, als würde er sein liebstes Haustier streicheln und murmelte »exsiste«. Noch im gleichen Moment erschien eine kleine Flamme auf seiner Handfläche. »Das Feuer ist ein kapriziöses Element. Es gibt wohl kaum ein leidenschaftlicheres, lebendigeres Element in dieser Welt. Es lässt sich nicht beherrschen. Aber wenn wir es in seiner Essenz begreifen, dann lässt es sich dazu herab, uns eine Weile zu begleiten.« Er ließ die Flamme von einer Fingerspitze zur anderen wandern, wechselte die Hand und setzte sie dann bei den anderen Flammen über seinem Kopf ab. »Wenn Ihr seine Essenz erkannt habt, dann werde ich Euch lehren, bestehendes Feuer – wie das einer Kerze – zu locken, zu lenken und zu steuern. Selbst, wie ihr es erlöschen lasst, will ich Euch zeigen. Erst wenn ihr das mit aller notwendigen Kontrolle meistern könnt, werden wir uns der Elementarmagie zuwenden, die ihr bereits gebraucht habt, und Feuer aus dem Nichts heraufrufen. Diese Art der Magie erfordert viel Kraft und Konzentration und sollte vor Eurem Abschluss nicht ohne Euren Druidenstab ausgeführt werden.«

Ich nickte stumm und beobachtete weiter die Flammen auf seinem Kopf. Das klang durchaus vernünftig. Aber auch nach langweiligen Übungen. Ich sah mich schon stundenlang eine brennende Kerze anstarren.

Eines musste ich meinem Lehrmeister allerdings lassen: Er ließ mir Zeit, alles zu verdauen, was er mir gerade eingeimpft hatte. Er gab mir Raum zum Denken. So viel Geduld hatte in Paris kein Dozent aufgebracht, als ich es mit einem Studium versucht hatte. Wir liefen einfach schweigend am Ufer des Sees entlang.

Vielleicht war er gar nicht so kalt und unnahbar, wie ich bei unserer ersten Begegnung geglaubt hatte. Ab und an ließ Innocentius eine Flamme in seinen Händen entstehen und an ihm entlangtanzen. Die eine oder andere ließ er vor uns her schweben. Die Art, wie die Flammen mal schneller und mal langsamer voran drängten, erinnerte mich an einen Hund, der ungeduldig an der Leine zog.

»Magister Innocentius, wie ist es Euch möglich, die Flammen permanent auf Eurem Kopf zu halten?« Ich erinnerte mich an die

Hitze und das Gefühl zu verbrennen, als ich den Feuerball für meine Prüfung nicht schnell genug erlöschen lassen konnte.

»Nun, je vertrauter Ihr mit Eurem Element seid, desto stärker ist Eure Verbindung zueinander. Das Feuer und ich sind nun schon lange Gefährten. Ich trage einen Teil von ihm immer bei mir. Auf diese Weise kann ich mir seiner Verbundenheit stets sicher sein und bei jeder notwendigen Feuermagie, muss ich die Flammen nicht aus dem Nichts rufen, sondern kann sie schlicht in die richtige Richtung lenken.«

»Aber wie ist es Euch möglich, den Flammen so nah zu sein ohne zu verbrennen?« Und noch wichtiger – aber das würde ich nicht laut aussprechen können: Würde auch ich als Halbvampir eine solche Resistenz entwickeln können? Vielleicht sollte ich zumindest diesen Lehrmeister besser in mein wahres Wesen einweihen. Es war sicher wichtig zu wissen, dass ich keine vollwertige Druidin war.

Ich konnte nur hoffen, dass mir Magnus bei dieser Entscheidung helfen würde. Er hatte von einem alternativen Lebenslauf gesprochen – den ich mir noch immer nicht ausgedacht hatte. Auch Cole war offiziell kein Luvianer. Und wenn man bedachte, dass wir Druiden waren, dann stimmte das ja im Grunde auch irgendwie. Nur war die Sache bei mir eben noch etwas komplizierter. Ich musste nicht nur meine luvische Geschichte verbergen.

»Das ist eine Frage der Erfahrung, der mentalen und magischen Stärke und nicht zuletzt der Verbindung zu Eurem Element. Wenn das Feuer Euch als Verbündete akzeptiert, wird es Euch nicht schaden. Doch Ihr dürft nie vergessen, dass ihr das Feuer nicht wie ein Pyroman in Euch tragt und nicht besitzt. Wir Druiden sind nicht auf die gleiche Weise eins mit den Elementen wie die anderen Nafish. Die Magie lässt uns nur auf besondere Weise daran teilhaben.«

Wieder verfielen wir in Schweigen.

Wir hatten den See beinah umrundet und das Wächter-Haus bereits hinter uns gelassen, als ich ein weiteres Mal das Wort ergriff. »Magister Innocentius! Ich habe ein weiteres Mal Feuer gerufen. Das habe ich völlig vergessen!«

Sofort hielt mein Lehrmeister an und sah mich abwartend und ausgesprochen verwirrt an. »Wie kann man so etwas vergessen?«

Ich sah verlegen zu Boden. »Vielleicht, weil ich es da ganz bewusst gerufen habe. Um mein Stipendium zu erhalten, wurde mir eine Rätselprüfung gestellt. Um sie zu lösen, musste ich einen verborgenen Text auf einem Pergament sichtbar machen – mit Hilfe von Feuer. Ich hatte inzwischen begriffen, dass das Feuer immer durch große Emotionen ausgelöst wurde, also versuchte ich, mich auf ein starkes Gefühl zu konzentrieren.«

»Und weiter? Ist es Euch gelungen?«

Ich nickte zögerlich. »Ja, das ist es. Aber es gelang mir nicht lange, das Feuer zu kontrollieren. Es wurde immer heißer auf meiner Hand und ich geriet in Panik.«

Nun legte Innocentius seine Hände auf meine Schultern und zwang mich, ihn anzusehen. Sein Gesicht wirkte ernst. Angespannt. »Was habt Ihr dann getan?«

»Ich war nicht in der Lage, zu reagieren. Aber meine Freunde taten es an meiner statt. Sie holten Wasser und löschten das Feuer damit.«

Schrecken und Erleichterung lagen gleichermaßen auf seinen Zügen. Er ließ seine Hände wieder sinken, doch sein Blick blieb ernst auf mich gerichtet. »Ich weiß nicht, ob ich Euren Freunden dankbar sein soll oder böse. Ein Feuer mit Wasser zu löschen ist eine unglaublich frevelhafte Tat – vor allem für Feuerdruiden.«

»O, meine Freunde sind keine Feuerdruiden.«

Er nickte. »Wenigstens etwas. Sie hätten durch diese Tat ihre Magie verlieren können. Aber genau deshalb bin ich ihnen zugleich so dankbar. Denn sie bewahrten Euch davor, Euch selbst am Feuer schuldig zu machen.«

»Wie meint Ihr das, Magister Innocentius?«

»Ein Druide bindet sich bei seiner ersten Weihe an die Magie dieser Welt und bei seiner Elementarweihe am Seelenhort später an sein jeweiliges Element. Sollte ein Druide sich auf drastische Weise gegen sein eigenes Element stellen, verliert er dabei jegliche Magie. Er wird zum Verlassenen. Hättet Ihr Euer Feuer selbst mit Wasser gelöscht, wäre es möglich gewesen, dass Ihr nie wieder Magie hättet wirken können.«

KAPITEL XII

»Die Biografie von Magister Ingenis scheint ja ungemein spannend zu sein.«

»Was?!« Erschrocken riss ich meinen Kopf hoch und sah mich um. Ich war in der Bibliothek. Mein Kopf hatte auf irgendeinem alten Schinken gelegen. Jetzt rieb ich mir mit einem leisen Stöhnen die Schläfen und drehte mich nach dem um, der mich geweckt hatte.

»Hallo Cole. Was machst du denn hier?«

»Das, wofür Bibliotheken üblicherweise gedacht sind«, er zeigte auf die Bücher unter seinem Arm. »Im Gegensatz zu dir.«

Zur Antwort schnitt ich eine Grimasse und streckte mich.

»Hattest du nicht genug Schlaf? Und besser gefragt: Sollte ich den Grund dafür wissen wollen oder würde mich das erneut zum Mitwisser deiner kriminellen Aktivitäten machen?«

»Erwartest du darauf jetzt eine ernsthafte oder eine unterhaltsame Antwort?« Ich schob meine Bücherstapel zur Seite und verschaffte Cole und seinen Büchern damit etwas Platz.

Er nahm die Einladung an und setzte sich mit in meine Nische.

»Ich glaube, deine Antworten sind immer unterhaltsam. Bisher habe ich zumindest noch nichts Gegenteiliges beobachtet.«

»Dann hör gut zu: Ich habe die vergangenen Nächte – und Tage – dazu genutzt, Nafishur zu begreifen und Nefishit zu verstehen. Und ganz nebenbei alle Aufgaben zu erfüllen, die uns die Magistri stellen.«

»Klingt prickelnd.« Ein spitzbübisches Lächeln huschte über sein Gesicht. »Sag mir Bescheid, wenn ich dir irgendwie helfen kann.«

Mit einem leisen Fluchen ließ ich den Kopf in die Hände fallen und starrte die Tischplatte zwischen uns an. »Bescheid.«

Er lachte leise auf. »Okay. Sag mir Bescheid, wenn ich dir helfen kann, und sei bitte konkret in deinem Hilfegesuch.«

Ich hob etwas den Kopf und sah ihn zerknirscht an. »Wo fang ich da am besten an? Hilf mir, Nefishit zu lernen, bevor es jemandem auffällt, dass ich eine Sprache lerne, die ich eigentlich schon kann.« Ich schob ihm ein viel zu dickes Buch über den Tisch.

Coles Augenbrauen hoben sich, als er den Titel überflog. »Ein Lehrbuch für Nefisit? Ich hätte nicht gedacht, dass es hier sowas gibt.«

»Vielleicht sind wir ja nicht die einzigen hier, die es gebrauchen können. Magnus scheint ja ab und an Lehrlinge zu … importieren.«

»Magnus? Also meintest du während der Weihe wirklich ihn?« Er starrte mich mit einer Mischung aus Verwirrung und Befremdung an. Ich war eigentlich davon ausgegangen, dass Cole nur in der Gegenwart anderer Wert auf den Titel unseres Dekans legte.

»Ja, natürlich. Wie hat er sich dir denn damals in London vorgestellt? Mit ›Großmeister Athanasius Cronos‹ doch sicher nicht.« Ich hatte meine Stimme noch etwas weiter gesenkt und beobachtete die Lehrlinge in unserer unmittelbaren Umgebung. Aber es schien niemand Interesse an unserem Gespräch zu entwickeln.

Jetzt richtete sich Cole etwas auf. »D-Doch. Natürlich.« Zwischen seinen Brauen bildete sich eine kleine Falte, während er mich nachdenklich betrachtete. »Er saß damals plötzlich auf unserer Couch. Meine Mutter hatte ihn eingelassen. Vollkommen ahnungslos. Ich werde nie den Ausdruck im Gesicht meines Vaters vergessen, als er nach Hause kam und mich mit ihm im Wohnzimmer sitzen sah. Angst und Verzweiflung. Damals habe ich es nicht begriffen. Ebenso wenig wie den Sturm, der plötzlich durch das Zimmer fegte.« Cole hatte begonnen, an seinem Ohrring zu spielen. Sein Blick ging inzwischen durch mich hindurch. Ich wusste, dass er jetzt nicht mich sah, sondern die Szene im Wohnzimmer seiner Eltern. »Magnus Magister Athanasius Cronos hatte eine Weile gebraucht, um meinen Vater zu beruhigen und ihm zu versichern, dass er nicht um seinetwillen da war.« Nun fokussierte sich Coles Blick wieder auf mich. »Dass er meinetwegen gekommen war.«

Ich nickte langsam. Ich erinnerte mich an unsere Bootsfahrt. Cole hatte sowas angedeutet. Auch sein Vater war auf nicht ganz legalem Weg nach Luv gekommen. So wie Mamé. »Und obwohl dein Vater sicher nicht ohne Gründe Nafishur verlassen hat, akzeptierte er deine Entscheidung, herzukommen?«

»Der Großmeister erinnerte ihn daran, wie mein Vater einst seine Magie entdeckt hatte. Er fragte meinen Vater, ob es nicht ratsam sei, mir den richtigen Umgang damit beizubringen, bevor ich einen Hurrikan durch London schicken würde.«

Ich musterte Cole und stellte mir vor, wie er aus Ärger über einen Freund einen Wirbelsturm durch die Stadt steuerte. Dagegen war mein Feuerball ja schon fast harmlos.

»Mein Vater sah ein, dass es besser wäre, mich gehen zu lassen. Und damit ich es auch einsah, erzählte er mir, was er bis dahin vor unserer Familie verheimlicht hatte.«

»Also ist deine Mutter ein Mensch, richtig?«

Cole nickte.

Dann war er also halb Luvianer, halb Nafish. Ein intergalaktischer Mischling sozusagen. »Wie hat sie das alles aufgenommen?«

»Sie hat ihm eine Szene gemacht wegen des verwüsteten Wohnzimmers und gesagt, dass sie ihm nur glauben würde, wenn er seine Magie dafür einsetzen würde, das Chaos wieder zu beseitigen. Sie staunte nicht schlecht, als er kurz darauf seinen Druidenstab aus einem Versteck holte und damit alles aufräumte.« Cole lachte leise. »Danach hat sie sich beschwert, weshalb er sie beide über Jahre hatte aufräumen und putzen lassen, wenn er sich mittels Magie um alles allein hätte kümmern können.«

Auch ich musste lachen und kassierte daraufhin prompt böse Blicke von den Nachbartischen. Ich murmelte eine Entschuldigung und sah dann wieder zu meinem Patronus.

Er räusperte sich und sprach leise weiter: »Sie hat es jedenfalls cool aufgenommen.«

Ich beugte mich etwas zu Cole herüber, um noch leiser sprechen zu können. »Und dann musstest du auch diese Prüfung bestehen?« Er nickte. Aber sie musste anders gewesen sein. Immerhin war er kein Feuerdruide. »Erzählst du mir davon?« ... *Und gibst mir noch ein paar Antworten auf meine tausend anderen Fragen?*

»Later«, formte er nur mit den Lippen und zwinkerte, während sein Blick an mir vorbeiglitt.

»Patronus Silva. Wenn ich mich recht erinnere, ist Matrona Thetra Clow Teil meiner Scola und nicht deiner.« Ich erstarrte regelrecht, als ich Iridiums leise Stimme hinter mir hörte. Ja, Cole war nicht *mein* Patronus. Aber Iridium konnte mir nicht helfen.

Cole richtete sich etwas auf und sofort trug er wieder die strenge, neutrale Maske. »Patronus Iridium.« Er nickte ihm zu und erhob sich. »Nichts desto trotz ist es mir sicher gestattet, mich mit deinen Schützlingen zu unterhalten.«

»Sie in ihren Studien zu stören kann schwerlich eine angemessene Unterhaltung sein.« Ich konnte Cole ansehen, wie er sich bemühte, nicht über Iridiums Anwandlungen die Augen zu verdrehen. »Ich dachte immer, in dem Punkt wäre nur Patronus Aslanidou ein Problem. Du warst bisher stets vorbildlich.« *Bisher.* Das Semester hatte vor einer Woche begonnen.

»Das bin ich noch, Flavius.« Er sammelte seine Bücher zusammen und nickte mir zu. »Matrona Thetra Clow. Es hat mich gefreut, Euch Gesellschaft leisten zu dürfen.«

Das durfte nicht wahr sein! Ich brauchte seine Hilfe! Dringend! Dieser Schnösel von Patronus Iridium! »Es hat mich auch sehr gefreut, Patronus Silva.«

Ich sah ihm enttäuscht nach, bis sich *Flavius* räusperte. So hieß er also. »Matrona Thetra Clow. Wenn Ihr Hilfe bei Euren Studien benötigt, dann stehe ich Euch gern zur Verfügung.« Während er sprach, glitt sein Blick über die vielen Bücher vor mir.

Mit Schrecken erinnerte ich mich an das Nefishit-Buch und folgte Iridiums Blick.

Moment.

Wo war das Buch?

Cole!

Ich drehte mich noch einmal zu ihm um und sah gerade noch, wie er aus dem Lesesaal verschwand. Ein Lächeln auf den Lippen und ein Buch mehr unter dem Arm als zuvor.

Er musste geahnt haben, dass Iridium meine Bücher betrachten würde. »Ihr widmet Euch der Biografie von Magister Ingenis?«

Ich blinzelte und sah wieder zu *meinem* Patronus. »J-ja. Für den Cursus bei Magister Cleitan.«

»Seine Feuermagie war bahnbrechend. Er war der erste Magister für unser Element. Das war lange vor der Zeit der Akademien.« Nun war es Patronus Iridium, der sich zu mir setzte. »Er wanderte durch Zambala auf der Suche nach talentierten Feuerdruiden, um sie mit sich zu nehmen und zu unterrichten. Damals glaubte man noch, die Druiden seien kein eigenes Volk, sondern in ihrem jeweiligen Element ›entartet‹.«

»Entartet? Wie meinst du das?«

»Zur Zeit von Magister Ingenis war ein Feuerdruide nichts anderes als ein Pyroman, der keinen richtigen Zugang zu seinem Feuer hatte. Man machte sich lustig über uns und darüber, dass das Feuer nicht von Geburt an in uns war. So ging es auch den Druiden anderer Elemente.« Patronus Iridium saß kerzengerade und wie erstarrt vor mir. Nur seine Lippen bewegten sich. »Wir galten als … defekt. Bis einige unter uns – unter anderem Magister Ingenis – entdeckten, dass es noch ein weiteres, weniger greifbares Element gab: Das Element des Geistes. Und dass wir Druiden waren, ›Kinder des Geistes‹, und nicht Pyroman, ›Wesen des Feuers‹.«

Also waren Druiden früher eher eine diskriminierte Minderheit? »Wer hat zu dieser Zeit denn Nafishur regiert?« Ich hatte die Frage schneller gestellt, als ich mich aufhalten konnte und erntete prompt einen irritierten Blick von Iridium. Natürlich, das sollte ich eigentlich wissen. Allgemeinbildung. Zumindest für eine Matrona. Ich schenkte Iridium ein entschuldigendes Lächeln. »Das mag dich enttäuschen, aber leider bin ich nicht so aufgewachsen, wie es sich für eine Matrona wahrscheinlich gehört. Mir fehlt viel Wissen.« Ich breitete die Arme aus, um auf all die Bücher zwischen uns hinzuweisen. »Deshalb versuche ich auch jenseits der Aufgaben der Magistri möglichst viel zu lesen und zu erfahren.«

Iridium nickte langsam. »Ich verstehe. Nun. An mangelndem Wissensdurst und Willen scheint Eure Unbedarftheit nicht zu liegen.« Er richtete neben sich einige Bücher, damit sie auf ihrem Stapel genau Kante auf Kante lagen. »Das heutige Gesellschaftssystem hat sich erst nach und nach ausgebildet. Je nach vorherrschendem Element entwickelten sich die Nafish anders. Doch uns Druiden schien es überall zu geben. Heute wird vermutet, dass wir von der Insel Xamax stammen, die auch jetzt das Zentrum des gleichnamigen Geistreiches darstellt. Es entwickelten sich ganz natürliche Abgrenzungen entlang der Elementarzentren. Die Reiche entstanden, viele Kriege um Rangfolgen, Ressourcen und Macht wurden geführt. Doch die Nafish mussten feststellen, dass sie sich mit ihren Elementen ebenbürtig waren. Es gab nie wirklich einen Gewinner. Aber wen wundert das? In einem Krieg wird es immer nur Verlierer geben.«

Ich nickte. Vor mir sah ich die Wesen, die ich schon kennengelernt hatte. Sah, wie sie sich mit Feuer und Luft bekämpften. Ich sah die Nafish des Luftreiches wie gefallene Engel abstürzen und hübsche Städte brennen.

»Mit Magister Ingenis und anderen Druiden brach eine neue Zeit an, in der wir Druiden begannen, uns auf Xamax zu verbinden. Doch wir waren zu viele und zu verschieden, um auf der einen kleinen Insel zu leben und das sorgte für einen letzten, einen anderen, stummen Krieg, an dessen Ende ein Umbruch stand: Der erste Fürst wurde gewählt und die Druiden als eigenes Volk und zugleich Vertreter aller Elemente anerkannt. Damit waren wir nicht mehr die Entarteten, sondern plötzlich das Bindeglied. Magister Ingenis wurde zum ersten Großmeister Zambalas.«

Ich lächelte. »Danke! Das war wirklich eine ausgezeichnete Zusammenfassung.«

Hatte er bisher eher durch mich hindurchgesehen, ruhte sein Blick nun wieder auf mir. Er nickte mir zu. »Ich kann Euch durchaus gern bei Eurem Wunsch, Wissen aufzuholen, unterstützen, Matrona Thetra Clow.«

***

Es dämmerte schon, als ich das nächste Mal von meinem Arbeitsplatz aufsah. Patronus Iridium – ihn Flavius zu nennen klang einfach verkehrt – hatte zum Glück schnell die Motivation verloren, mir weitere Vorträge zu halten. Auch wenn seine geschichtliche Zusammenfassung durchaus nicht unnütz gewesen war.

Langsam merkte auch ich, dass ich zu lange weder gegessen noch getrunken hatte. An den vergangenen Tagen hatte ich einfach am Morgen meinen Tee getrunken. Das hatte mir im Großen und Ganzen gereicht – zumal Alisi und Johanna mich täglich einmal ins ›Refektorium‹ geschleppt hatten.

Nur heute war aus letzterem nichts geworden. Als ich von meinem Spaziergang um den See mit Magister Innocentius zurückgekehrt war, hatte ich Alisi nirgends finden können und war einfach wieder zurückgelaufen, um den See herum bis zur Bibliothek.

Wenn Nostradamus wüsste, dass ich noch nichts gegessen hatte, würde er mich sicher hochkant aus dem Lesesaal werfen. Er wirkte ein wenig wie der Großvater, den ich nie hatte.

Ich musste unweigerlich lächeln. Man konnte sich seine Familie eben doch aussuchen. Erst Mamé – von der ich immerhin geglaubt hatte, dass sie nicht meine echte Großmutter gewesen war – hin zu Nostradamus, der nun zu meinem Großvater avancierte.

»Cara?« Wenn man vom Teufel sprach.

»Nostradamus« Ich lächelte den alten Bibliothekar an und wurde direkt mit einem tadelnden Blick begrüßt. Ich brauchte einen Augenblick, bis mir mein Fehler auffiel. »Thret«, korrigierte ich mich dann zu seiner Genugtuung.

Doch sein strenger Blick verschwand noch nicht. »Was muss ich da hören? Du bist eine Matrona und lässt mich einfach ›Cara‹ zu dir sagen?«

»O, bitte, nicht du auch noch! Ich bin dankbar für jeden Menschen, der einfach nur meinen Vornamen nutzt.«

Ein Lächeln huschte über sein Gesicht und ließ ihn direkt wieder jünger wirken.

»Was ist so lustig?«, fragte ich mit ehrlicher Neugier.

»Genau wie dein Vater. Er wollte auch nicht ›Herus Gladius Clow‹ genannt werden.« Meine Augen wurden groß und ich spürte, wie Hitze meine Wangen flutete. »Bei ihm habe ich ein paar Wochen durchgehalten, bevor ich ihn Constantin nannte. Ich nehme an, du bist genauso stur wie er?« Ich nickte. Worte brachte ich nicht zustande. »Also gut. ›Cara‹, wenn wir allein sind. ›Matrona Thetra Clow‹ in Anwesenheit Dritter. Einverstanden?«

Ich blinzelte und verwandelte meine Fast-Tränen in ein Lächeln. »Einverstanden.«

Es war so unglaublich schön, bei einem Menschen – Nafish – zu sein, der Vater gekannt hatte. Wirklich gekannt hatte. Der Parallelen zwischen uns entdeckte, die mir sonst niemand verraten konnte.

Ich hatte achtzehn Jahre mit ihm aufwachsen dürfen, aber in all der Zeit hatte ich ihn nie ganz gekannt. Ich hatte nur sein zweites Leben kennengelernt. Aber nicht sein erstes.

»Hier.« Thret riss mich aus meinen Gedanken. Vor meiner Nase baumelte ein Schlüssel.

Zögernd griff ich danach und sah den Bibliothekar an. »Wofür ist der?«

»Für eines der Studierzimmer in der dritten Etage. Patronus Silva bat mich, ihn dir am Abend zu geben.« Thret zeigte auf den Platz mir gegenüber, an dem vorhin erst Cole und dann Patronus Iridium gesessen hatten. Nach meinem Nicken ließ er sich langsam nieder. »Eigentlich sind die Studierzimmer vor allem für die Prüflinge, aber jetzt am Anfang des Semesters werden sie kaum genutzt. Du kannst deine Materialien dort liegen lassen und einfach abschließen, wenn du gehst.«

»D-Danke!« *Clever, Cole!* Dort konnte ich sicher unauffälliger Dinge lernen, die ich eigentlich schon wissen sollte. Ich würde mich auch bei Cole bedanken müssen. Schon wieder. Ein Lächeln huschte über meine Lippen. Er war tausend Mal mehr *mein* Patronus als Flavius Iridium. »Moment. Warum solltest du ihn mir erst am Abend geben?« Cole war doch schon vor einer ganzen Weile aus dem Lesesaal verschwunden.

»Das kann ich dir auch nicht sagen. Er bat mich, zu warten, bis du allein bist.«

Ich nickte und musterte den Schlüssel. Eine kleine Nummer war eingeprägt: 07. Ich fuhr mit dem Finger über die erhabene Stelle. Wahrscheinlich hatte Cole sichergehen wollen, dass der gute Flavius nicht mehr bei mir war und Fragen stellte.

»Cara?« Ich sah überrascht auf. Hatte Thret etwas gesagt? »Kennst du den Weg oder soll ich ihn dir zeigen?«

»Ich hatte ein Gespräch mit Magister Innocentius, während die anderen ihre Führung bekamen. Ich bin schon froh, dass ich hier die Lesesäle finde.« Ich lächelte zerknirscht.

»Ich verstehe.« Sein Blick glitt kurz zu meinen Händen. Ob er wirklich verstand? Ob er sich jetzt fragte, ob ich versehentlich seine geliebten Bücher in Brand stecken würde? Thret richtete sich wieder auf und im nächsten Moment lief er auch schon los. »Dann lass mich dir mal den Weg zeigen.«

Rasch sammelte ich meine Bücher und Unterlagen zusammen und lief ihm hinterher. »W-warte!«

»Dies hier sind die Lesesäle, das weißt du ja schon. Benannt nach unseren Schöpfungsgottheiten Igigu und Anunna. Im Foyer findest du Sitzecken, in denen leise Gespräche erlaubt sind, Schließfächer, einige Exponate und meine Wenigkeit. Außerdem sind dort die Treppen ins Archiv und nach oben zu den Studierzimmern.«

Mein Blick streifte im Vorbeigehen die widerspenstige Tür, die Luce und mich nicht herausgelassen hatte. »Und was ist hinter der Tür dort?«

»Die Lesezimmer der höheren Semester und der Magistri. Zu denen wirst du erst in deinem Hauptstudium Zutritt haben.« Während er sprach, gelangten wir ans Ende des Lesesaals und kurz darauf standen wir am unteren Ende der großen Treppe im Foyer. »In der zweiten Etage findest du die Studierzimmer. Du hast die Nummer–«

»Sieben«, warf ich ein und hielt den Schlüssel hoch. »Vielen, vielen Dank, Thret! Ab hier schaff ich es allein. Ich will nicht der Grund sein, dass du unnötig die Treppen hinauf und hinunter musst.«

»Du unterschätzt mich, Iuvenia! Nur weil ich alt bin, bin ich nicht gebrechlich.«

Ich hob beschwichtigend die Hände. »Also gut. Dann lass es mich anders formulieren: Ich möchte dich nicht länger als nötig von deiner eigentlichen Arbeit abhalten.« Wer wusste schon, ob Cole nicht vielleicht noch mehr verräterische Bücher in meinem neuen Studierzimmer deponiert hatte – jenseits  vom Lehrbuch für Nefishit. Es würde mich überraschen, wenn dem nicht so war, und ich wollte nicht riskieren, Thret als Freund gleich wieder zu verlieren. Ich kannte ihn noch nicht gut genug, um zu wissen, wie er darauf reagieren würde, dass Papa von hier nach Luv gereist war.

Es war doch wahrscheinlich, dass er sogar geflohen war. Wie Mamé. Das musste ich dringend herausfinden. Wenn ich recht hatte: Warum waren dann beide Familien, die mich ausmachten, nach Luv geflohen. Und vor wem? Und machte mich das – adlige hin oder her – zu einem illegalen Einwanderer oder so?

Auf jeden Fall waren das zu viele offene Fragen, um den Blibliothekar jetzt schon ins Vertrauen zu ziehen. Bevor Thret also reagieren konnte, umarmte ich ihn spontan, murmelte ein weiteres »Danke« in sein Ohr und lief mit meinem Gepäck die Treppe hinauf.

Als ich auf dem ersten Treppenabsatz ankam, musste ich mich entscheiden, ob ich die linke oder rechte Treppe weitergehen sollte. Während ich etwas ratlos von links nach rechts sah, rief eine alte, leise Stimme von unten: »Rechterhand, Cara.« Threts Tipp war von einem leisen Lachen begleitet. Ich drehte mich zu ihm um und formte ein ›Danke‹ mit den Lippen, bevor ich in die von ihm gewiesene Richtung verschwand.

Es war nicht schwer, das Zimmer mit der Nummer sieben an der Tür zu finden. Es war die letzte Tür, von der Treppe aus gesehen der letzte Raum. Direkt über der Ziffer war ein kleines Fenster eingelassen, dass aus Milchglas zu bestehen schien. Die meisten anderen Türen hatten klare Fenster.

Wie aufmerksam von Cole.

Ich lächelte – bis ich den Schatten auf der anderen Seite der Tür bemerkte. Sofort schrillten alle Alarmglocken. Was, wenn einer meiner Kommilitonen den Raum entdeckt hatte und sich wunderte, welche Bücher dort lagen?

Ich lauschte und nun bemerkte ich auch den Herzschlag auf der anderen Seite. Hoffentlich hatte Cole doch noch keine weiteren Bücher herausgesucht ... Aber es half alles nichts. Ich musste herausfinden, wer dabei war, mein Geheimnis zu lüften. Mein Herz schlug heftig in meinem Hals. Mit zitternder Hand öffnete ich die Tür.

»COLE!« Die Erleichterung schlug über mir zusammen wie eine Springflut und ich sank gegen die Wand neben der Tür, während ich sie zufallen ließ.

»Cara.« Er klang, als sei er außer Atem und sein Gesicht schien etwas blasser als sonst zu sein. Auch ihm waren die Spuren von Schrecken und Erleichterung deutlich anzusehen. »Ich dachte schon, es wäre jemand anderes.«

»Nicht nur du«, seufzte ich und raffte mich nun auf, um auf ihn zu zu gehen. Ich Trottel war so nervös gewesen, dass ich seinen Herzschlag nicht erkannt hatte. Mein Gehör war einfach zu ... situationsabhängig. Zur Ablenkung sah ich mich um. Der Raum war klein und nüchtern. An einer Wand stand ein beinah leeres Regal und in der Mitte ein großer Schreibtisch. Zu meiner Rechten war ein kleines Fenster. »Was machst du so spät noch hier?«

»Ich ...«, er sah sich im Raum um, als würde er etwas suchen, »Ich habe studiert. Es ist ein Studierzimmer.«

»Du weißt, dass du ein schlechter Lügner bist?«

»Ich bevorzuge es ja auch, die Wahrheit zu sagen. Aber ab und an muss man eben eine Ausnahme machen.« Er musterte mich nachdenklich. »Meine Ausnahmen scheinen alle mit der Bibliothek und dir zu tun zu haben.«

Prompt spürte ich, wie das Blut in meine Wangen schoss. Ich senkte den Blick und ließ mein Haar ins Gesicht fallen. »Merci, Cole. Ich habe keine Ahnung, was ich ohne dich tun würde.«

»Cara? Vorsicht. Du hast gerade teilweise Französisch gesprochen.«

Sofort war meine Verlegenheit verschwunden. »Quoi? Wie meinst du das?«

»Schon wieder! Dir scheinen einzelne Worte auf Französisch herauszurutschen.«

»A-aber du hast die Formel doch repariert.«

»Schon.« Er sah mich noch immer mit diesem nachdenklichen Blick an. Als sei ich ein Studienobjekt und er ein Forscher. »Aber deine Magie ist noch nicht sehr ausgeprägt.«

»Was willst du damit sagen?«

»Nun, du hattest doch gestern selbst schon die erste Stunde in magischer Formellehre. Sicher hat Magister Ventis euch bereits beigebracht, dass die Wirksamkeit einer Zauberformel auch immer von der Stärke des jeweiligen Druiden abhängt. Die Formel allein ist kein Garant für die Wirksamkeit.« Cole trommelte unruhig mit seinen Fingern auf der Tischplatte. »Ich hatte mich von Anfang an gewundert, dass die Formel bei dir so einfach Wirkung gezeigt hat. Vielleicht hat deine Kraft zwar gereicht, um die Formel auslösen zu lassen. Aber auf lange Zeit geht deiner Magie gewissermaßen die Puste aus. Ich sagte dir bereits in Medivia, dass du schleunigst richtig Nefishit lernen sollst.«

Das klang leider alles andere als unvernünftig. »U-und was mache ich jetzt? Ich lerne Nefishit ja! Aber es reicht einfach noch nicht! Merde!«

Nun lachte Cole leise. »Das Fluchen solltest du schon mal lassen.«

Nicht lustig.

Er stand auf und stellte sich direkt vor mich. »Du kannst die Formel einfach immer wieder aufsagen. Das Problem ist nur, dass du offenbar nicht merkst, wenn du ins Französische abrutschst. Deine Zuhörer aber schon. Du solltest also gewissermaßen die Dosierung erhöhen. Damit die Formel auf jeden Fall den Tag über wirkt.«

Ich nickte stockend. »Aber was, wenn die Formel irgendwann gar nicht mehr wirkt? Kann ich meine Magie damit ... ich weiß nicht, aufbrauchen oder so?«

Cole wiegte grübelnd den Kopf hin und her. »Magie kostet Energie. So wie jede Tätigkeit. Einen permanenten Zauber über sich selbst zu legen, kostet sicher einiges an Kraft. Es ist also gut möglich, dass dein Körper unter dieser Dauerbelastung nach und nach mehr leiden wird – oder dass der Zauber seine Wirkung schneller verlieren wird. Zu lange solltest du die Formel also nicht mehr nutzen.«

»Hilf mir!« Die Worte waren schneller über meine Lippen, als ich sie hätte aufhalten können. Mein Herz schlug mir bis zum Hals. Er half mir doch schon! Was erwartete ich denn noch?

Als warme Finger mir das Haar aus dem Gesicht strichen, bemerkte ich erst, dass ich meinen Blick wieder gesenkt hatte. »Ich lass dich schon nicht hängen.« Ich sah auf und in Coles lächelndes Gesicht. »Was glaubst du, weshalb wir gerade hier sind?« Er zog mich mit sich zum Schreibtisch und setzte mich auf den Stuhl, auf dem er selbst bis eben noch gesessen hatte. »Ich war gerade dabei, dir eine kleine Literaturliste zusammenzustellen. Einige der Bücher hab ich dir schon besorgt und dein Nefishit-Problem bekommen wir auch in den Griff.«

Ich sah zu den Büchern, die neben uns im Regal standen und dann wieder vor mich auf den Schreibtisch, wo ein Stylus mit schwarzer Tinte neben einem Blatt Papier lag. Für einen Augenblick musste ich wieder an diese Colmus-Tinte denken. Bisher hatte mir noch niemand erklärt, was es damit auf sich hatte. Aber jetzt gab es Wichtigeres. Mein Unwissen über Nafishurs Tinte musste warten.

Ich warf einen Blick auf Coles List. ›Geografie Zambalas‹, ›Grundgesetze der Magie‹ und ›Die Geschichte der Druiden‹ waren nur drei Titel von einer endlos erscheinenden Literaturliste.

»Oha, das kann dauern. Sind da auch dünne dabei oder sind alle so dick wie die da drüben?« Ich zeigte auf die Bücher, die er schon zusammengetragen hatte.

»Dick«, ermutigte mich Cole.

Mit einem gequälten Stöhnen schloss ich die Augen. Wie sollte ich die alle Lesen, bevor jemandem meine Unwissenheit auffiel? Einmal mehr fragte ich mich, wie sich Magnus das alles vorgestellt hatte.

»Ich wette, ich überstehe hier keinen Monat, bevor ich auffliege.« Ich öffnete ein Auge wieder und musterte Cole. »Sag mal, wie funktioniert das in Nafishur überhaupt? Aby ... Ich meine, ich habe gemerkt, dass die Tage hier eine Stunde länger sind und auch hier alles in Stunden und Wochen berechnet wird. Und wenigstens eine Woche scheint die gleiche Länge zu haben wie bei uns. Aber wie ist das mit dem Rest? Monate? Jahre? Ach ja! Und altern Nafish genauso wie Menschen?«

»Soll ich darauf der Reihe nach antworten oder hast du Prioritäten?«

»Hauptsache du kannst mir überhaupt ein paar meiner Fragen beantworten.«

»Also schön.« Cole ließ sich mir gegenüber auf der Tischkante nieder. »Wie du schon bemerkt hast, hat ein Tag hier fünfundzwanzig Stunden. Wobei die Rechnung mit Stunden und Minuten tatsächlich hier ebenso funktioniert wie bei uns. Heute zumindest. Früher war das anders.« Er winkte ab. »Aber das führt jetzt zu weit. Alle neun Jahre hat Nafishur eine Schaltwoche. Die ist wohl ein einziges, großes Fest. Das habe ich auch noch nicht hier erlebt. Das Jahr dauert gut 349 Tage und hat sieben ziemlich lange Monate.«

»Was heißt denn ›ziemlich lang‹ genau?«

Cole hob skeptisch eine Braue. »Ich bezweifle, dass du dir das alles auf einen Schlag merken kannst. Aber meinetwegen. Die ersten beiden Monate Flava und Aurantia haben neunundvierzig Tage; der Mondmonat Rubra, Viola und der Sonnenmonat Caesia sowie Viridita haben fünfzig Tage und der letzte Monat im Jahr, Atra, hat einundfünfzig Tage. Hab ich was vergessen?«

»Ja, wie Nafish altern. Das habe ich mich schon x Mal gefragt, seit ich hier bin.«

»Soweit ich weiß, ist das ganz verschieden. Jedes Volk, jede Wesensart erreicht ein anderes Alter. Aber die meisten Nafish haben in etwa unsere Lebenserwartung.«

Ich nickte. Wenigstens eine Sache, die nicht verwirrend war.

»Natürlich sind die meisten von der Zahl her etwas älter. Aber das liegt nun mal in den kürzeren Jahren hier begründet.«

Also machte mich Nafishur älter? War ich etwa gar keine zu jung aussehende Dreiundzwanzigjährige, sondern noch älter?

»Und was haben wir jetzt für einen Tag?« Mein Schädel brummte. Eigentlich wollte ich nur noch in mein Bett. Dieser ›Mazdeg‹ war inzwischen mehr als lang genug. Auch für Halb-Vampire.

»Den neunten Aurantia.«

Das würde ich mir doch sowieso nie im Leben merken können.

Vielleicht bemerkte das auch Cole gerade. Zumindest hatte er mehr sagen wollen und war dann plötzlich verstummt. Er rutschte von der Tischkante und richtete seinen Umhang. »Weißt du was? Ich denke, das reicht für heute. Du siehst müde aus.«

»Danke, Cole. Du findest wirklich immer die Worte, die eine Frau hören will«, erwiderte ich mit möglichst überzogenem Sarkasmus in der Stimme, während meine Gedanken ihn für seine Aufmerksamkeit lobten.

»Das ist meine Spezialität.« Er reichte mir seine Hand und zog mich von meinem Stuhl.

***

›Guten Morgen, Cara‹, schnurrte es in meinem Geist, während sich ein pelziger Kopf unter meine Hand schob.

»Morgen, Aby«, nuschelte ich verschlafen zurück und begann automatisch, sie zu kraulen. Die vergangene Woche war so unfassbar anstrengend gewesen und das war der erste Morgen, an dem ich einfach ausschlafen konnte. Ich wollte gar nicht wissen, wie spät es inzwischen war.

›Ich sag es dir trotzdem: elf Uhr, du Schlafmütze.‹

»Wie kommt es, dass du mich so lange hast schlafen lassen?«

›Bilde dir ja nichts ein. Du bist nicht die Einzige, mit der ich Zeit verbringe.‹

Ich richtete mich auf und versuchte erfolglos, ein Grinsen zu unterdrücken. »Du warst wieder bei Artemis.«

Ein leises Maunzen, dann lag ich allein im Bett.

Volltreffer.

Die Zwei benahmen sich zurzeit wie Teenager in der Blüte ihrer Pubertät – samt Arts ständiger Sticheleien. Ich sah mich müde in meinem kleinen Zimmer um. Bisher hatte ich kaum Zeit hier verbracht. Im Grunde war ich einzig zum Schlafen in der Wohnung. Der Vorteil daran war, dass ich Juno noch nicht wieder begegnet war. Sie schlief stets bevor ich hier ankam. Und sie hatte die

Wohnung verlassen, bevor ich aus dem Zimmer kam. Jetzt, am Wochenende sah das wahrscheinlich anders aus.

Der Nachteil war, dass mein Zimmer fürchterlich nüchtern wirkte – und dass ich noch nicht einmal dazu gekommen war, meine Erinnerungen und Mitbringsel aus Paris zu verstauen. Die Frage war sowieso, wo sie sicher waren. Ich durfte auf keinen Fall riskieren, dass Juno oder einer ihrer ›Untergebenen‹ meinen Miniatureiffelturm entdeckte. Oder das Foto von Ginga und mir. Oder Dariels Dolch. Ich bezweifelte, dass man Waffen in den Zimmern der Lehrlinge gut hieß.

Noch immer viel zu müde, um aufrecht unterwegs zu sein, setzte ich mich auf die Bettkante und inspizierte von dort meinen Kleiderschrank. Mir stand eine weitere kalte Dusche bevor und noch immer fragte ich mich, bei wem ich mich blamieren sollte. Ginga wäre eine Option. Aber sie ohne Dariel anzutreffen war nicht einfach.

Mit einem gequälten Seufzen schnappte ich mir das nächstbeste Outfit und verschwand im Badezimmer. Während mich das eisige Wasser schlagartig wach machte, konnte ich Junos Stimme aus dem Wohnzimmer hören. Allem Anschein nach hatte es an der Tür geklopft.

Ich fluchte – hoffentlich leise – und sah zu, dass ich fertig wurde. Meine Haare waren noch nass, aber immerhin in ihrem altbewährten Dutt, als ich das nächste Mal auf die Stimmen im Wohnzimmer hörte. Es schienen zwei Frauenstimmen zu sein. Wenigstens also weder Cole noch Luce. Ich öffnete die Tür einen Spalt breit und spähte hinaus in den Flur. Sehr gut. Meine Tür war nicht einsehbar für unseren Gast.

»Ach Matrona Thetra Clow, Ihr seid ja doch da!« Ich hatte mich wohl zu früh gefreut. Natürlich hatte mich Juno bemerkt.

Mit einem aufgezwungenen Lächeln ging ich – nur in ein Handtuch gewickelt – auf das Wohnzimmer zu und warf bei der Gelegenheit rasch meine Nachtwäsche in mein Zimmer. »Hallo Juno. Ich wollte dich und deinen Besuch nicht stören.«

»Aber nein! Ihr stört doch nicht, Matrona Thetra Clow.« Wusste sie, dass mich das Aussprechen meines vollständigen Ehrennamens zur Weißglut brachte oder wollte sie nur überkorrekt sein?

›Vielleicht will sie dich nur dazu bringen, ihr das Du anzubieten, damit sie damit angeben kann, dich Cara zu nennen.‹

Kein schlechter Gedanke. In dem Fall würde ich wohl auch für die kommenden Jahre diese fürchterliche Anrede über mich ergehen lassen. Nie im Leben würde ich Juno zu meiner engen Freundin und Vertrauten erklären. Da konnte sie lange warten.

»Und wer ist dein Besucher?«

Nun drehte sich unser Gast endlich zu mir um. »Es ist mir eine Ehre, Euch kennenzulernen, Matrona Thetra Clow«, die Fremde deutete sogar an, aufzustehen – es sah ein wenig aus wie ein Knicks. »Ich bin Emalin Talmon und jetzt im vierten Jahr. Bis zum vorigen Jahr habe ich hier mit gewohnt und wollte einfach mal vorbeischauen.«

Sie sah ganz natürlich aus und hatte ein ehrliches Lächeln, ein leichtes Make Up, keine überzogenen Klamotten und ihr langes Haar trug sie zu einem Zopf geflochten. Bis auf den merkwürdigen Knicks machte sie auf mich einen verblüffend sympathischen, echten Eindruck. Entweder konnte sie sich mir gegenüber gut verstellen oder Juno gegenüber. In jedem Fall schien sie keine weitere Diva zu sein.

»Freut mich auch, dich kennenzulernen, Emalin.« Ich lächelte ihr zu und sicherte dann verlegen mein Handtuch. »Ich will euch zwei gar nicht weiter aufhalten. Ich sollte mich umziehen.«

Auf dem Weg zu meinem Zimmer rief mir Juno noch nach, dass ich gern gleich wieder zu ihnen stoßen könne. Ich fragte mich, womit ich so viel Freundlichkeit verdiente. Wollte sie vor ihrer älteren Kommilitonin angeben? Sich als besonders gut mit mir befreundet darstellen? Ich war mir nicht sicher, ob Emalin die Rolle der netten Mitbewohnerin glaubwürdig fand.

›Da bist du ja wieder.‹ Aby saß in der Mitte meines aufgewühlten Betts. Ihr Schwanz zuckte aufgeregt hin und her. ›Ich würde dieser Emalin nicht trauen. Sie schirmt sich sehr gut ab. Ich konnte nicht alles hören, was sie denkt.‹

»Vielleicht will sie auch nur sichergehen, dass nicht lauter neugierige Leute in ihrem Kopf herumschnüffeln«, flüsterte ich Aby zu. »Ich denke, sie bereitet sich gerade auf ihren Abschluss vor und will ihr Wissen nicht mit lauter neugierigen Telepathen teilen. Zumindest ist sie im letzten Jahr hier.«

›Möglich. Aber Nafish, die Zeit darauf verwenden, ihren Geist abzuschotten, sind mir erstmal unsympathisch.‹

Ich angelte mir eine schwarze Jeans und eine weiße Bluse und begann damit, das Bett zu machen – während Aby sich immer genau in die Ecke setzte, in der sie am meisten störte. »Sie findet wahrscheinlich Lebewesen unsympathisch, die einfach so in die Köpfe anderer sehen.«

Ich bekam nur ein Maunzen zur Antwort.

Als das Bett endlich halbwegs hergerichtet war, sah ich mich nochmal in Ruhe in meinem Zimmer um. Der Schrank war voller alter Wäsche. Ich würde noch herausfinden müssen, wie und wo man hier waschen konnte. Mein Schreibtisch war voller Notizbücher und inzwischen waren auch einige Lehrbücher in meinen Besitz übergegangen. Eigenexemplare konnte man glücklicherweise in vielen Fällen direkt über die Bibliothek ordern. Aber das Resultat war dieser vollkommen überlastete, viel zu kleine Schreibtisch. Der einzig wirklich schöne Ort in meinem Zimmer blieb die Fensterbank, auf der man bequem sitzen und lesen konnte.

»Ich sollte versuchen, dieses Zimmer etwas zu verschönern«, murmelte ich wie im Selbstgespräch.

›Vielleicht mit ein paar Blumen?‹

»Ja, ein paar Blumen wären eine gute Idee.« Ich würde nachher an den Wachstumshäusern vorbeigehen und sehen, ob mir jemand ein paar Pflanzen überlassen würde. Vielleicht war Magister Finnegan da. Oder die Gärtnerin. Wie hieß sie noch gleich? Gloria irgendwas. Ich hatte sie noch nicht persönlich kennengelernt. Dann konnte ich auch sicher sein, mir nichts Gefährliches ins Zimmer zu holen.

Als ich mich halbwegs frisiert hatte – meine Haare waren noch immer nass – und für etwas Farbe in meinem Gesicht gesorgt hatte, begann mein Magen zu knurren. Das war selten. Mein seltsamer Mischkörper kam lange ohne Nahrung aus. Um so überzeugender fand ich das Knurren.

Ich schnappte mir also meine Tasche, den Stylus meines Vaters und meine Notizen und huschte aus dem Zimmer, um mich auf den

Weg ins Refectorium zu machen. Juno und Emalin waren noch immer in ihr Gespräch vertieft. Natürlich verstummte es abrupt, als sie mich bemerkten.

»O, Ihr seht bezaubernd aus, Matrona Thetra Clow!« Das war Juno mit einer übertrieben begeisterten Stimme, von der sie nicht ernsthaft erwarten konnte, dass ich sie ihr abkaufte.

»Freut mich, dass du das auch so siehst. Bei deinem ausgesprochenen Kennerblick für Mode«, erwiderte ich im gleichen Tonfall und mit ebenso unglaubwürdigem Lächeln. Emalin schenkte ich ein etwas ehrlicheres. »Es hat mich sehr gefreut, dich kennenzulernen, Emalin. Ich bin leider verabredet. Aber ich würde mich freuen, wenn du uns trotz der sicher anstrengenden Prüfungsvorbereitungen nochmal besuchen würdest.«

Ich war nicht verabredet. Aber zum einen wollte ich vermeiden, dass die beiden mich spontan begleiteten und zum anderen gefiel mir die Idee der Verabredung. Es war inzwischen Mittag und mit etwas Glück hatte auch Alisi gerade Hunger und nichts Besseres zu tun. Und mit noch mehr Glück war sie gerade auf ihrem Zimmer.

***

»Und dann hast du die beiden einfach zurückgelassen?« Alisi sah mich mit großen Augen an und begann dann, in schallendes Gelächter auszubrechen. »Perfekt!«, rief sie zwischen zwei Schlucken Octaria-milch.

»Naja, so eine große Leistung war das nun auch wieder nicht. Ich bin nur froh über jedes Duell mit Juno, bei dem ich ohne peinliche Momente aus dem Ring steige.«

»Aus dem Ring? Wie meinst du das?«

Ich fluchte leise. »Mist. Schon wieder eine seltsame Redewendung meiner Großmutter. Irgendwann werde ich mich damit nochmal hoffnungslos blamieren.«

»Ach was! Woher sie wohl die Idee für dieses Wortspiel hatte?«

»Ehrlich, keine Ahnung. Ich habe nie danach gefragt. Aber ich fand sie lustig und je häufiger ich sie hörte, desto häufiger habe ich sie für mich übernommen.« Wie lange ich mit solchen Ausreden durchkommen würde, war die Frage. Außerdem machte ich mir zunehmend Sorgen, wieder irgendwelche sprachlichen Aussetzer zu haben. Der Tag hatte gut begonnen, aber ich hatte die Formel auch gerade erst vor einer guten Stunde wiederholt. Mit jedem gesprochenen oder gehörten Wort wuchs die Wahrscheinlichkeit, dass mir plötzlich etwas fehlte. Und ich wollte auf keinen Fall erleben, dass Alisi sich von mir entfernte, weil sie es nicht ertrug, dass ich aus Luv kam.

»Cole hat auch oft so merkwürdige Metaphern. Habt ihr die gleiche Großmutter?«

»Nicht, dass ich wüsste. Was meinst du, Cara?«, fragte eine mir inzwischen ziemlich vertraute Stimme hinter mir.

Augenblicklich schoss mir das Blut in die Wangen und Alisi begann albern zu grinsen. »C-Cole. Was machst du denn hier?«

»Wonach sieht es denn aus? Essen natürlich.« Er hob sein Tablet höher, um darauf hinzuweisen. »Habt ihr noch ein Stück Tisch frei?«

»Aber klar!«, antwortete Alisi noch bevor ich eine Chance hatte zu reagieren. Sie rückte ein Stück zur Seite – wir hatten eine halbrunde Sitzbank.

»Besten Dank!« Cole ließ sich mir gegenüber nieder und musterte mich neugierig. »Du nutzt also auch seltsame Sprüche? Bei mir ist mein Vater schuld.«

»Tja. In meinem Fall meine Großmutter.« Mein Lächeln war künstlich und die Situation einfach nur skurril. Wir wussten beide, dass solche Andeutungen gefährlich waren. Ebenso wie unsere ›komischen Metaphern‹ selbst. Mir war in Paris nie aufgefallen, wie häufig ich Metaphern, Redewendungen oder geflügelte Worte benutzte. Erst jetzt, wo sie mir das Genick brechen konnten, wurden sie mir bewusst. Leider immer erst zu spät.

»Also ich finde diese Sprüche lustig! Ich glaube, das mit dem Ring werde ich mir merken und auch mal benutzen.«

Wenn Alisi wüsste ...

»Und? Werdet ihr heute auch noch in die Bibliothek gehen?«, fragte Cole etwas zu offensichtlich unbeschwert, um das Thema zu wechseln. »Wie sich das für fleißige, vorbildliche Ersties gehört.«

Ich schnitt eine Grimasse und biss in mein Stix. »Uns bleibt wohl nichts anders übrig. Ich habe das Gefühl, jeder Magister glaubt, kein Kurs sei so wichtig wie sein eigener.«

»Das ist normal. Die brennen eben alle für ihr jeweiliges Fach.« Er sah zwischen uns beiden hin und her. »Ihr hättet schon im vergangenen Jahr hier sein sollen. Da haben sich Magister Argus und Magister Desiderata einen erbitterten akademischen Fight geliefert.«

»Einen was?«

»Einen«, Cole hustete, als hätte er sich verschluckt, »Kampf, eine Auseinandersetzung. Ihre Fächer liegen nah beieinander und sie haben die jeweilige Berechtigung des anderen Fachs angezweifelt.« Er klopfte sich auf die Brust und räusperte sich. »Hat dir dein Bruder nicht davon erzählt? Die beiden haben sich gegenseitig mit Illusionen und Flüchen malträtiert.«

»Das klingt ja wenig zivilisiert. Ist sowas denn nicht verboten?«

»Zwischen den oder gegen die Lehrlinge natürlich schon. Wir sind zu schützen. Aber unter den Magistri zählt das als akademischer Wettstreit. Sie waren ja beide gleichermaßen beteiligt und schonten sich gegenseitig nicht. Wäre einer der beiden ins Hintertreffen gelangt, dann hätte der Dekan einschreiten müssen. Aber solange es ein ausgeglichener Wettstreit ist, ist so ziemlich alles an Magie erlaubt – außer natürlich Zauber, die dem Gegenüber physisch dauerhaften Schaden zufügen.«

»Na, wenigstens etwas.«

»Es ging beiden darum, dass ihre Magie eine Existenzberechtigung hat und nützlich ist.« Cole klaute sich eine Helixfrucht von meinem Tablet. »Ich glaube, seitdem hat der Ehrgeiz die Magistri gepackt. Seitdem sind sie noch versessener darauf, ihre Lehrlinge in ihrem eigenen Fach zur Perfektion zu treiben.«

»Na toll, und wir dürfen das jetzt ausbaden durch zusätzliche Hausaufgaben und Zusatzlektüre.«

»Ach komm, Alisi. Wir sind doch hier, um nach dem Studium möglichst gute Druiden zu sein. Gut genug, um vielleicht selbst lehren oder eine hohe Stellung in Xamax oder als Magnus Magister einnehmen zu können. Mehr von uns zu fordern, kann uns nur besser machen. Hab ich recht, Cara?«

Ich sah ertappt auf. Eigentlich hatte ich mich gerade mit einer Frucht beschäftigt, die ich noch nicht kannte. Sie sah aus, wie ein ordinäres, weißes Frühstücksei und wahrscheinlich hatte ich sie auch deshalb vom Buffet mitgenommen. Aber jetzt fragte ich mich, wie man sie öffnete und wonach sie schmeckte.

»Die würde ich dir nicht empfehlen. Die ist schrecklich sauer. Nicht so wie die Limbia aus Liminon, die süß und dann prickelnd sauer ist. Ich meine: *Richtig* sauer.« *Limbia* ... das sagte mir etwas. Aber vor allem hatte ich gelernt, Coles Urteil zu vertrauen.

»Ach was! Ist dir die Limbara wirklich zu sauer? Darf ich sie haben?« Ich reichte Alisi das ›saure Ei‹. Sie zerbrach die Schale und biss herzhaft hinein – es sah wirklich aus wie ein hartgekochtes Frühstücksei. Im ersten Augenblick grinste Alisi noch, doch dann begann sie zu blinzeln und zu husten – und wir zu lachen.

»Danke, Cole!«, sagte ich im Brustton der Überzeugung. Auf diese Erfahrung verzichtete ich wirklich nur zu gern.

Er deutete eine Verbeugung an und reichte Alisi ein Glas Wasser, das sie in einem Zug austrank. »Wah! Ich versteh nicht, wie Luce diese Dinger essen kann, ohne auch nur das Gesicht zu verziehen. Er meinte immer, sie seien gar nicht so sauer. Ich hab den Fehler gemacht und ihm geglaubt.« Nochmal musste meine neue Freundin husten. »Ich wette, seine Selbstbeherrschung hatte nur ein Ziel: Zu sehen, wie ich es ihm gleichtun will und dann so reagiere wie eben.«

»Oder er mag einfach gern Saures.«

»Nein, ich denke, Alisi hat recht. Diese Art von Streich passt genau zu Luces Repertoire.« Cole seufzte und ich konnte mir ein leises Lachen nicht verkneifen. Die beiden waren wirklich der personifizierte Gegensatz. Und Konkurrenten, wie man sie drastischer kaum erfinden hätte können. Und doch waren sie auf ihre ganz eigene Art beide einnehmend.

Coles Gentleman-Style hatte mich von unserem ersten Treffen an fasziniert. Aber Luces Badboy-Charme war genauso anziehend. Auch wenn ich das ihm gegenüber ganz sicher niemals zugeben würde.

Ich trank den letzten Schluck der Octariamilch und streckte mich. »Also schön. Zeit, fleißig und vorbildlich zu sein.«

***

Es gab gleich zwei Gründe, aus denen ich ausgesprochen froh war, dass Alisis Ausdauer nicht so ausgeprägt war wie meine: Zum einen wollte ich möglichst schnell in mein Studierzimmer wechseln. Zum anderen bewahrheitete sich nach kürzester Zeit meine Nefishit-Sorge. Immer mehr Worte wurden vor meinen Augen zu unverständlichen Schriftzeichen.

Das Gefühl, plötzlich nicht mehr zu verstehen, was da vor mir auf dem Pergament stand, war beängstigend. Es fühlte sich an, als verlöre ich von einer Sekunde zur anderen einen Teil meines Verstands, einen Sinn oder zumindest die Chance, die Welt zu verstehen. Und mit jedem weiteren Wort, das sich meinem Verständnis entzog, fühlte ich mich hilfloser.

Ich war froh, diese Entdeckung erst in meinem Zimmer Nummer Sieben gemacht zu haben und nicht unten im Lesesaal. Ich wollte mir nicht vorstellen, wie Thret reagiert hätte, wenn ich plötzlich nicht mehr in der Lage gewesen wäre, ihn zu verstehen.

Dabei hatte ich beinah die Hälfte des Nachmittags in mein Nefishit gesteckt. Es konnte doch nicht so schwer sein. Cole hatte es ganz ohne Zauber geschafft.

Als meine Unwissenheit gerade einen Punkt erreichte, an dem ich alles aus dem Fenster werfen wollte, klopfte es leise an meiner Tür. Ich erstarrte. Nur mein Blick flog panisch über all die Aufzeichnungen und aufgeschlagenen Bücher. Ich würde das alles niemals rechtzeitig verstecken können. Wo auch? Der Raum war im Grunde leer. Daran hatte mein Wahl-Patronus leider nicht gedacht. Ein Schrank mit Türen wäre jetzt Gold wert. Am besten verschließbar.

»Ich bin's, Cara.« Wenn man vom Teufel sprach.

»Cole!« Ob er meine Erleichterung heraushören konnte? Es war mir gerade egal. Ich öffnete ihm die Tür und sprach erst weiter, als ich sie nach einem prüfenden Blick in den Flur wieder geschlossen hatte. »Wir brauchen einen Klopf-Code. Ich sterbe jedes Mal tausend Tode in der Angst, es könnte Thret sein – oder schlimmer noch ein Kommilitone oder Magister.«

»Ich *bin* ein Kommilitone.«

»Du weißt, was ich meine!«

»Na schön. Wie wäre es mit dem irdisch-internationalen SOS-Code?« Cole zog sich einen zweiten Stuhl an den Schreibtisch und machte es sich bequem. Sein Blick ruhte auf meinen Ausarbeitungen. »Das Gute ist: Hier kennt ihn niemand. Es sei denn, er kommt auch aus Luv und hat das gleiche Geheimnis.«

»Okay.« Ich sank mit einem leisen Seufzen neben ihm auf meinen Stuhl. »Merci.«

»Oh, oh.«

»Ist es schon wieder passiert?«

»Yes.«

»Cole, es wird schlimmer. Eben konnte ich nicht mehr alles lesen. Es verschwinden gefühlt minütlich mehr Worte«

Er nickte ernst. »Wir haben es ja schon geahnt. Deine Magie ist einfach noch nicht weit genug ausgebildet, um so einen großen, umfassenden Zauber mal eben permanent wirken zu können. Es grenzt schon an ein Wunder, dass er überhaupt am Anfang funktioniert hat.«

»Aber was mache ich denn jetzt?«

»Schneller lernen. Und ihn jeden Morgen neu aufsagen. Und noch schneller lernen.« Cole griff nach einem der Lehrbücher für Nefishit. »Wenn du willst, frag ich dich täglich ab. Mein Französisch ist zwar nicht das beste, aber ich merke wenigstens, wann du in der falschen Sprache landest.«

»Das wäre wirklich eine riesige Hilfe!«

»Also gut. Dann mal los. Die grammatikalischen Grundlagen sind eigentlich bis auf ein paar Ausnahmen wie Latein. Das sollten wir hinkriegen.«

»Du sagst das so, als sei Latein einfach. Ich weiß, weshalb ich es in der Schule abgewählt habe.«

»Tja. Aber damals dachtest du, es wäre eine tote Sprache.« Er zwinkerte mir zu. »Motivation ist alles.« Er durchsuchte den Wust an Unterlagen auf meinem Tisch. »Wo sind deine morphologischen Tabellen und der Grundwortschatz? Wie soll ich dich denn anständig abfragen, wenn die Hälfte fehlt?«

»Die Tabellen hab ich vorhin hier irgendwo gesehen. Aber was für ein Grundwortschatz?«

»Die Basis des Vokabulars von Nefishit. Wenn du das draufhast, kommst du zurecht.«

Mit einem etwas zu lauten Fluch ließ ich den Kopf in die Hände fallen. Woher sollte ich den denn nun schon wieder bekommen? Der stand doch sicher nicht mal eben im Lesesaal. Außer mir brauchte den hier ja niemand.

»Well. Der wird sicher im Archiv sein. Kein Wunder, dass du ihn nicht gefunden hast. Die Frage ist nur, wie wir an ihn rankommen.« Cole fuhr sich durch sein Haar und starrte die Decke an. »Mir hat damals Shun geholfen. Aber unsere Methodik war wenig legal. Ich würde es begrüßen, wenn uns etwas Besseres einfällt.«

»Das da wäre?«

»Meinst du nicht, du könntest Nostradamus doch ins Vertrauen ziehen?«

»Auf keinen Fall! Das ist keine Option!«

»Der alte Bibliothekar ist wirklich in Ordnung. Ich glaube nicht, dass er dich verrät.«

»Das glaube ich auch nicht. Aber das ist es nicht. Thret kannte meinen Vater. Sie scheinen Freunde gewesen zu sein. Ich hab dir schon davon erzählt. Das ist das erste Mal, dass ich jemandem begegne, der meinen Vater kannte, so wie er wirklich war. Bevor er auf die Erde verschwand. Er kann mir noch so viel erzählen. Ich will das nicht riskieren. Ich will nicht Gefahr laufen, dass er mich verurteilt oder meidet. Er ist meine einzige Chance, mehr darüber zu erfahren, woher ich komme und wer ich wirklich bin.«

Cole nickte ernst. »Ich glaube zwar immer noch nicht, dass dir da Gefahr droht. Aber ich kann dich verstehen.« Er ließ schwungvoll ein dickes Buch zufallen. ›Geschichte Zambalas in Auszügen‹. »Die Frage ist, wie kommen wir dann an den Wortschatz?«

»Ich müsste einen Weg finden, selbst ins Archiv zu gelangen und nach dem Buch zu suchen.«

»Und wie willst du es da unten finden? Das Archiv ist das reinste Labyrinth. Der größte Teil des Kellers ist noch aus Zeiten vor dem Brand und war so angelegt, dass Eindringlinge keine Chance hatten, die wertvollsten Bücher dort unten zu finden.«

»Ich könnte mich als Aushilfe bewerben! Ich habe in Paris in einer Buchhandlung gearbeitet.«

»Das wirst du hier nur leider nicht als Referenz angeben können. Außerdem ist es Erstsemestern nicht erlaubt, einem Nebenjob nachzugehen. Ihr sollt Euch erstmal auf Euer Studium konzentrieren. Das geht erst nach den ersten Zwischenprüfungen. Da kann man dann als Hilfe eines Magisters oder in der Bibliothek jobben.«

»Merde!«

Vielleicht blieb mir wirklich nichts anderes übrig, als Magnus um Hilfe zu bitten. So unangenehm mir das auch war. Ich war sein Stipendium wirklich nicht wert. Und ich begriff noch immer nicht, wieso er mich so schnell hierhergeholt hatte. Wie konnte Magnus nur ernsthaft glauben, dass ich hier zurechtkommen konnte?

»Hey, nicht aufgeben. Ich mach mir mal Gedanken. Und ich werde Shun fragen.« Cole stand auf und begann damit, meine Bücher und Mitschriften sorgfältig ins Regal zu räumen. »Wir finden einen Weg. Und wir treffen uns ab jetzt jeden Abend kurz vor Schließung hier.« Er drehte sich kurz zu mir um und sah mich mit hochgezogenen Brauen an. »Einverstanden?« Ein weiteres Buch landete im Regal. »Ich könnte dich immer mit dem Boot abholen. Auf dem See sind wir ungestört. Ich werde dir so viel wie möglich eintrichtern, zu dem wir den Grundwortschatz noch nicht brauchen. Aber wenn dir jetzt nach und nach die Worte fehlen, dann müssen wir dem entgegenwirken.«

Ich beobachtete ihn lächelnd und hätte ihn am liebsten umarmt. Aber eine leise Stimme in mir hielt mich davon ab. Vielleicht war es aber auch nur meine Feigheit. »Ich habe keine Ahnung, wie ich das ohne dich schaffen würde«, murmelte ich stattdessen.

Er drehte sich mit einem aufmunternden Lächeln zu mir um. »Das musst du ja auch nicht. Ich war voriges Jahr auch froh, dass es Shun gab. Mach dir keine Gedanken. Wir Luvianer müssen zusammenhalten.« Er drückte mir meine Tasche in die Hand. »So. Und jetzt ist Schluss für heute. Wenn du müde bist, kannst du sowieso nicht richtig lernen. Morgen hast du noch genug Zeit.«

Als wir unten im Foyer der Bibliothek ankamen, musste ich feststellen, dass wir tatsächlich die letzten waren. Thret saß in seiner Pförtnerloge und sah auf, als wir auf den Ausgang zusteuerten.

»Cara, meine Liebe. So fleißig! Hätte ich geahnt, wie viel Zeit du hier verbringst, hätte ich dir ein größeres Zimmer gegeben. Aber der junge Mann an deiner Seite bestand auf Raum sieben. Er sagte, du brauchst Ruhe zum Studieren.«

Ich lächelte verlegen. »Da hatte Cole – Patronus Silva ganz reicht. Ich lasse mich in den Lesesälen immer zu leicht ablenken. Solange ich mit anderen gemeinsam lerne, geht es noch. Aber sobald ich allein bin, brauche ich Ruhe um mich herum.«

»Ja, das kann ich gut verstehen. Je leiser die Welt ist, desto besser versteht man das Flüstern der Bücher.« Er stimmte in mein Lächeln ein und nickte uns zum Gruß zu.

Cole zeigte sich wieder als vollendeter Gentleman, als er mir die große Eingangstür der Bibliothek aufhielt. Mit einem letzten Blick auf Thret huschte ich hinaus an die frische Luft.

Es war tatsächlich relativ frisch. Ich hatte heute nicht den Umhang umgelegt, weil ich ihn in der Bibliothek nur für hinderlich hielt. Jetzt, wo die Sonne fast hinter den schroffen Bergspitzen verschwunden war, sah ich das etwas anders. Die Strahlen reichten nicht mehr bis zu uns. Was – so golden, wie sie jetzt schienen – auch gut so war. Ich hatte um diese Zeit im Grunde die Wahl zwischen einem sehr unangenehmen Sonnenbrand und frieren.

Da fror ich lieber.

»Soll ich dich rüber rudern? Das geht schneller.« Cole sah beinah verlegen aus. Aber genau konnte ich es nicht sagen. Er sah mich nicht an, sondern den See. »Dort unten liegt gerade noch ein Boot.«

»Das sollte ja reichen.« Ich trat neben ihn, um sein Gesicht besser sehen zu können. »Das wäre wirklich nett. Hier draußen merke ich erst, wie müde ich bin.« Ich lachte und ging auf das Boot zu. »Und das, obwohl ich heute endlich mal ausgeschlafen habe. Nicht mal

Aby hat mich geweckt.«

Cole half mir ins Boot und machte es los. »Naja. Eine Nacht reißt die Woche davor nicht raus.«

›Die Woch*en* davor‹, traf es wohl eher. Ich hatte kaum noch geschlafen, seit dieser ganze Irrsinn begonnen hatte. Aber auf der anderen Seite war mein halbtotes Handicap in diesem Punkt bisher immer sehr nützlich gewesen. Doch nun schien auch der Vampir in mir langsam etwas Erholung gebrauchen zu können.

In Paris hatte ich relativ regelmäßig Blut getrunken. Hier lebte ich nur von ›nafisher Nahrung‹ und meinem Tee. Das war sicher einer der Gründe für meine zurzeit ach so menschliche Konstitution.

Während wir beinah lautlos über den See glitten, musste ich an das letzte Mal denken, dass wir diesen See gemeinsam überquert hatten. Daran, wie ich einen Weg gesucht hatte, Luce zu schützen, ohne Cole anzulügen.

Nun hatte sich die Situation geändert. Nun waren es Cole und ich, die ein weiteres Geheimnis hatten. Und ich musste einen Weg finden, Cole und mich zu schützen, ohne Luce oder auch seine Schwester mehr als nötig anzulügen.

»Woran denkst du?«

Ich beobachtete die schimmernden und leuchtenden Fischschwärme, die unter dem Boot durchtauchten und es leicht schaukeln ließen. Das Holz knarrte leise vor sich hin.

»Daran, wie schwer es ist, Geheimnisse zu haben.«

Coles Blick ruhte auf mir. Ich konnte es spüren. »Geheimnisse sind wie Schatztruhen für andere. Man möchte sie knacken, möchte das Rätsel lösen, man will die große Erkenntnis haben. Aber die meisten Geheimnisse wären besser verschlossen geblieben. Wahrheit und Erkenntnis können sehr zerstörerische Kräfte sein.«

Vor allem, wenn sie das Weltbild des Gegenübers zum Einsturz bringen konnten. Ich wusste, welche Wahrheit ich vor ihm verbergen musste. Aber ich fragte mich, von welcher er wohl sprach. Seine Worte klangen nicht, als wären sie rein theoretisch gesprochen.

»Tja. Hoffen wir, unser Geheimnis ist noch eine Weile sicher.«
Ich sah ihn wieder an und versuchte, die bedrückende Stimmung loszuwerden, die sich wie ein Vorhang über uns gelegt hatte.

»Ich denke, das wird schon gut gehen. Mich hat in über einem Jahr niemand durchschaut. Das Gute ist, dass Nafish in dem Punkt sind wie Menschen: Sie glauben der bequemsten Wahrheit. Und wenn die bedeutet, dass es Luv nicht gibt, dann sucht auch niemand ernstlich nach Luvianern.«

Ich nickte. Letztlich konnte ich nur hoffen, dass Cole recht hatte. Dass niemand zu neugierig und zu engagiert war, um sich mit uns zu befassen.

Zwei wache, türkisfarbene Augen tauchten im Geiste vor mir auf.

Ja. Einem traute ich die gefährliche Dosis an Neugier und Engagement zu.

»Warte, ich helfe dir.«

Als wir am anderen Ende des Sees ankamen – wir hatten den Rest der Fahrt geschwiegen –, sprang Cole sofort aus dem Boot, um es fest zu vertauen. Dann streckte er mir seine Hand entgegen.

Mit einem Lächeln im Gesicht nahm ich sie dankend an und trat neben ihn. Er beugte sich noch einmal vor, um die Ruder sicher im Boot zu verstauen und als er sich wieder aufrichtete, hatte ich ihn von hinten umarmt, ehe er sich wieder zu mir hatte umdrehen können.

»Merci. Vielen tausend Dank!«

Er legte seine Hände auf meine und für eine Weile standen wir einfach nur schweigend da. Die Augen fest geschlossen, konnte ich seinen Herzschlag deutlich hören. Fest und schnell. Auch Cole war neugierig und … engagiert. Und auch er durfte nicht all meine Geheimnisse kennen. Ich konnte nur hoffen, dass er auf seinen eigenen Rat hörte und nicht versuchte, mein Geheimnis zu knacken.

# KAPITEL XII

Eigentlich hatte ich direkt in mein Zimmer verschwinden wollen. Aber das ungute Gefühl, beobachtet zu werden – wir hatten zu viel über Geheimnisse gesprochen –, ließ mich einen Zwischenhalt einlegen.

Ich starrte eine ganze Weile die hübsche Holztür mit dem kleinen, trüben Fenster an, ehe ich damit begann, zu klopfen. Wieder und wieder. Stur und fest davon überzeugt, dass die beiden Wächter zuhause sein mussten. Dass kein Licht brannte, schreckte mich nicht ab. Ich wusste, dass sie keines brauchten. Zudem schien ein schmaler Streifen Abendsonne durch eine Talsenke just auf das Küchenfenster und damit ins Haus.

Wahrscheinlich hätte ich nach der dritten oder vierten Klopf-Tirade aufgehört, wenn ich nicht just in dem Augenblick ein leises ›Guten Morgen‹ gehört hätte.

Also waren sie wirklich da.

Und sie hatten allen Ernstes geschlafen.

Am Tag.

Großartige Wächter.

Die Sonnenstrahlen wanderten langsam vom Küchenfenster zur Haustür und kam mir damit entschieden zu nah. Ich öffnete mein Haar, damit es mich schützte, und klopfte erneut.

Ich wusste, weshalb ich an der Bibliothek den kalten Schatten vorgezogen hatte. »Nun macht schon auf! Die Abendsonne ist wirklich nicht angenehm. Ich weiß, dass ihr da seid!« Das sollte doch wohl als Motivation reichen.

Noch ein Klopfen und ein leiser Fluch. Wie konnte man Vampir sein und gleichzeitig so langsam? Was, wenn mich hier jemand sah? Wie sollte ich meinen abendlichen Besuch bei den Wächtern bitte erklären? »Ihr könntet mir natürlich auch einen Schlüssel geben.«

Das schien endlich zu wirken. Keine zwei Sekunden später hörte ich das Schloss der Tür klicken. »Guten Morgen, Cara, Süße. Was machst du denn hier?« Ginga sah reichlich derangiert aus, wie sie sich im Schatten der Haustür vor der Abendsonne versteckte. »Komm erstmal rein. Schnell.«

Darum musste sie mich nicht zweimal bitten.

Im Haus war es angenehm temperiert. Als ich das Wohnzimmer betrat, war Ginga damit beschäftigt, Kissen und eine Decke zusammenzusammeln. Sie lagen auf dem Boden verstreut.

Was hatten die zwei hier angerichtet?

Ich sah mich suchend nach Dariel um. Ginga schnappte meinen Blick auf und zeigte stumm nach oben. So, so. Aber da war er eben noch nicht gewesen. Denn ihr erstes, genuscheltes ›Guten Morgen‹ war mit Sicherheit nicht an mich gerichtet gewesen.

»Habt ihr zwei etwa hier unten geschlafen?« *Zusammen?!* Ich sprach so leise wie möglich. Auch wenn ich wusste, dass Dariel uns trotzdem hören konnte, wenn er wollte.

Hatte ich mich etwa so in ihm getäuscht? Lief da doch mehr?

Mit einem leisen Räuspern richtete Ginga ihre zerzausten Haare und zeigte aufs Sofa. »Setz dich doch. Kann ich dir was anbieten? Was kann ich für dich tun?«

»Das war viel zu hilfsbereit und viel zu freundlich. Also habt ihr hier«, ich wurde doch noch mal deutlich leiser, »zusammen geschlafen?«

Ich konnte Ginga doch ansehen, dass sie nur so darauf brannte, mir davon zu erzählen. Aber noch hatte ich sie offenbar nicht so weit. Immer wieder huschte ihr Blick zur Wendeltreppe und ich wusste, dass sie lauschte, um zu erfahren, was ihr Zögling gerade tat.

»Nun rede schon.«

Doch meine Freundin huschte stattdessen von einem Fenster zum anderen und zog sämtliche Vorhänge zu. Der in der Küche ergab der Sonne wegen Sinn. Aber die anderen? Hatte sie Sorge, dass uns jemand beobachtete? Es war dunkel hier drin. Niemand hätte uns erkennen können.

»Es ist nichts passiert. Wir ... wir sind nur gemeinsam hier eingeschlafen. Der Tag war etwas aufregend.«

Was verschwieg sie mir denn nur so krampfhaft? Selbst wenn die beiden miteinander geschlafen hätten – das würde sie mir doch sofort in allen Details berichten. In mehr Details als mir lieb war.

War etwas zwischen ihnen vorgefallen?

Aber auch über ihre Streitereien hatte mich Ginga stets auf dem Laufenden gehalten.

Ungefragt.

Und ungefiltert.

»Es war einfach ... schön. Weißt du? Er hat mich nicht weggeschickt. Und ich wollte ihn nicht wecken und darauf hinweisen.« Sie hatte sich endlich neben mich auf die Couch gesetzt und spielte jetzt mit einer ihrer Locken.

Ich musste schmunzeln. »Seit wann bist du wegen so einer Kleinigkeit so verlegen, Ginga?« Sie war schon fast süß. So kannte ich sie gar nicht.

»Ich bin doch überhaupt nicht–« Das leise Quietschen der Wendeltreppe ließ uns verstummen.

»Hallo Cara. Was verschafft uns die Freude deines Besuches?« Dariel schlenderte die Treppe hinunter und an uns vorbei in Richtung Küche. Ich versuchte mir vorzustellen, was Ginga da eben angedeutet hatte. Sie und Dariel? Es war nicht so, als gäben die beiden kein hübsches Paar ab. Aber unser Ex-Hunter hatte doch immer wieder mehr als deutlich gemacht, dass ihm Gingas Avancen unangenehm waren.

Oder hatte er nur so getan?

Der Geruch meines Tees ließ mich aus meinen Gedanken auftauchen. Dariel hielt eine Tasse in der Hand. Trank er da tatsächlich meinen Tee? Den Tee, dessen Rezept ich in Papas Aufzeichnungen entdeckt hatte? Beinah augenblicklich meldete sich mein Durst. Aber Dariel schien es nicht zu bemerken. Was hatte er noch gleich gefragt?

»Ach, nichts weiter. Ich wollte nur mal nach euch sehen. Die Woche war voller verrückter Ereignisse, sonst wäre ich viel früher vorbeigekommen.« Und das war die Untertreibung des Jahrhunderts. Als sich Ginga etwas zu Dariel umdrehte und damit von mir weg, fiel mir wieder auf, wie derangiert ihre Frisur war.

Wie ungewöhnlich. Die Ginga, mit der ich zusammengelebt hatte, hätte sich nie so gezeigt. Dafür war sie viel zu eitel. Aber hier schien ja sowieso alles anders zu sein als in Paris. »Und ich hab so viele Fragen, die ich hier sonst niemandem stellen kann, ohne mich zu verraten.«

»Und was sind das für Fragen?« Dariel angelte nach einem Stuhl und setzte sich uns gegenüber. »Trau dich. Vielleicht kann dir Ginga ja helfen.«

»Das fängt damit an, dass ich keine Ahnung habe, wie man hier das Wasser in der Dusche auf eine höhere Temperatur als eiskalt bekommt. Und es endet damit, dass ich mich frage, wie ich mein Nefishit-Problem schnell auf die Reihe bekomme.«

»Die Dusche ist leicht erklärt. Es ist hier eigentlich immer warm. Dementsprechend duschen die meisten Nafish kalt. Wer warmes Wasser will, lässt sich ein Bad ein und erhitzt die Wanne. Und ihr Druiden habt da ja deutlich mehr Optionen.« *Hier duschten alle kalt!?* »Aber was meinst du mit deinem Nefishit-Problem?«

»Rutscht dir ab und an Französisch heraus? Das geht mir auch dauernd so.« Dariel grinste zerknirscht. Er grinste! Ich schüttelte unmerklich den Kopf und wandte den Blick ab.

Erst jetzt merkte ich, dass ich die ganze Zeit mit den Fingern Gingas Haare gebürstet hatte. Rasch ließ ich von meiner Freundin ab. *Wenn es nur so simpel wäre, Dariel ...* »Naja. So ähnlich. Erinnerst du dich an die Zauberformel, die du mir zugesteckt hattest?«, fragte ich an Ginga gewandt.

Ginga nickte und sah mich abwartend an. Sie wirkte plötzlich angespannt. Wie ein Kind, dass man bei einem Streich erwischt hatte. Glaubte sie etwa, mir mit diesem Hinweis geschadet zu haben?

»Ich habe sie ausprobiert, aber sie war nicht ganz richtig. Cole hat mir geholfen, sie zu korrigieren. Allerdings haben wir festgestellt, dass diese Formel nicht auf Dauer funktioniert. Es ist, als würde ihre Wirkung langsam nachlassen. Plötzlich spreche ich zwischendurch Französisch – ohne es zu merken. Und heute musste ich in der Bibliothek feststellen, dass ich manche Worte in meinen Lehrbüchern plötzlich nicht mehr entziffern konnte.«

Gingas Augen weiteten sich. Sie öffnete den Mund, um etwas zu erwidern, aber Dariel war schneller. »Warum lässt du dir nicht von Magnus helfen? Er hat mir Nefishit direkt in den Kopf gepflanzt.«

»Weil ich ihn nicht ständig um Hilfe bitten will. Er hat mich hierhergeholt. Er hat mir ein Stipendium verliehen. Ich lerne, mein Feuer zu kontrollieren. Ich will nicht um noch mehr Hilfe bitten. Ich will mir diese Behandlung auch irgendwie … verdienen. Versteht ihr?«

»Aber was ist die Alternative?« Jetzt war es endlich Ginga, die sprach. »Du darfst nicht auffallen, Cara! Nicht mit deiner Sprache oder Herkunft! Sei vorsichtig!« Sie sah mich mit einer Ernsthaftigkeit an, die ich von ihr so nicht gewohnt war. Sie musste sich wirklich große Sorgen machen.

»Sind wir ja.«

»Wir?«

»Cole hat mir ein Studierzimmer in der Bibliothek organisiert und eine Literaturliste erstellt mit Büchern, die mir helfen können, Nafishur besser kennenzulernen. Und er hat mir auch Lehrbücher für Nefishit organisiert.«

Nur dieses eine elende Buch musste ich noch irgendwie auftreiben. Aber wenn ich mir vorstellte, wie aufgeschmissen ich schon vom ersten Tag an ohne ihn gewesen wäre … Ich hatte wirklich großes Glück, dass er mir in Medivia begegnet war. Gegen das Lächeln, das die Erinnerung an unser erstes Treffen auf meine Lippen zauberte, konnte ich nichts machen. Im Grunde musste ich Juno dankbar sein. Hätte sie mich nicht so scharf attackiert, hätte ich Cole nie auf diese Weise kennengelernt. Wahrscheinlich hätte ich bis heute nicht gewusst, dass er aus London stammte. Wie ich jetzt wohl ohne ihn zurecht käme?

»Sag mal ... Wieso hast du Patronus Silva eigentlich von deinem Sprachproblem erzählt? Findest du das nicht ziemlich ... gewagt?«
Stimmt. Das hatte ich den beiden noch gar nicht erzählt. Oder?
»Na ja. Er kommt nicht von hier. Er ist aus London. Ein ›Luvianer‹ wie wir.« Ich hatte mich an den Titel ›Luvianer‹ immer noch nicht gewöhnt. Das klang irgendwie so fremd. Konnte man sich mit einem Titel identifizieren, der einem fremd war?

Auf der anderen Seite ... ich hatte mich daran gewöhnt, eine halbe Vampirin zu sein ... dann daran, eine halbe Feuerdruidin zu sein ... langsam aber sicher ertrug ich es auch, von den meisten als Matrona angesprochen zu werden. Mit ›Luvianer‹ würde es mir vielleicht auch irgendwann so gehen.

»Cara? Traust du Cole wirklich?« Dariels Worte holten mich aus meinen Grübeleien.

»Was? Oui, klar! Er hat mir sehr geholfen, schon als ich allein in Medivia war. Er hat mich vor einer Gruppe von Leuten gerettet, die mich erst beleidigt haben und dann angreifen wollten.« Ich konnte Ginga und Dariel ansehen, dass sie mich an dieser Stelle am liebsten unterbrochen hätten. Aber ich hatte jetzt keine Zeit für ihre Fragen. Und Juno war zurzeit mein geringstes Problem. »Und dann wie gesagt mit der Zauberformel ... und neulich Nacht in der Bibliothek ...«

»Erst Magnus und dann Cole. Muss man nur einmal nett zu dir sein und schon vertraust du einem?«

»Sei froh. Das hab ich mit dir auch so gemacht.« Dariel verdrehte die Augen. Es war klar, dass ihm dieses Argument nicht schmeckte. Denn ich hatte recht. Es gab für mich keinen Grund, Dariel mehr zu vertrauen als Magnus oder Cole.

Zwei leuchtend türkisfarbene Augen tauchten wieder vor mir auf. Oder Luce.

»Cara, ich meine das ernst.«

Warum schlich sich Luce eigentlich ständig in meine Gedanken?! Rasch schob ich ihn beiseite.

»Ich auch. Wenn ich einem Hunter traue, der meine beste Freundin und mich töten wollte, dann kann ich ja wohl auch einem höflichen Mann trauen, der mir bisher immer geholfen hat – egal, wie ungünstig die Situation auch war.« Damit brachte ich Dariel endgültig zum Schweigen.

Wie lange würde er noch so eine negative Haltung allem und jedem gegenüber haben? Er wirkte immer so, als würde über ihm eine kleine, für ihn persönlich erschaffene Gewitterwolke schweben. Kein Wunder, dass er mir Angst gemacht hatte, als ich noch nicht eingeweiht war, wer diese schaurigen Wächter waren.

»Ahm, also«, durchbrach Ginga nach einer Weile die grüblerische Stille. »Wie ist es denn als Lehrling an der Akademie? Wie sind die Kurse? Behandeln dich die Magistri gut? Und die Lehrlinge?« Ein Themenwechsel. Ja, das war sicher eine gute Idee. Ich konnte nur hoffen, nicht direkt in die nächste Mine zu treten.

Aber ich musste ja nichts anderes tun, als mich an die guten und legalen Momente meiner ersten Woche zu halten. »Alles ist so beeindruckend! So unglaublich!« Selbst mit dieser Einschränkung wusste ich noch nicht, wo ich mit meinem Bericht anfangen sollte. »Am schönsten ist der Pyrdeg. Da habe ich einen Doppelcursus ›Nafishe Fauna‹ und danach bei Magnus ›Grundkurs Magie‹. Die größte Herausforderung ist es, nicht jede Frage gleich zu stellen. Weil ich nicht weiß, welche meiner Fragen ich besser vermeiden sollte. Umso erleichterter bin ich immer, wenn Alisi sich meldet und meine Fragen stellt.«

»Alisi?«

»Sie ist in meiner Scola. Wir haben uns schon in Medivia kennengelernt an meinem zweiten Tag hier.« Ich lachte auf. »Sie rettet mich regelmäßig davor, mich zu blamieren oder zu verlaufen.« Und wieder schlich sich Luce für ein paar Sekunden in meinen Hinterkopf. Aber mit ihm sollte ich jetzt besser nicht anfangen.

»Freut mich, dass du bereits Freunde gefunden hast. Das ist viel wert. Ich weiß nicht, wie ich in Paris zurechtgekommen wäre, wenn ich dich nicht getroffen hätte.« Prompt erstarb mein Lächeln. *Ach Ginga ...* Es war klar, wohin dieses Gespräch jetzt führen würde. Und ich musste dem dringend entgegenwirken.

»Ja, da hast du recht. Und ich bin so froh, dass ihr da seid! Alisi, Cole, Luce ... ich habe schon viele Nafish kennengelernt, dank derer es mir hier besser geht als erwartet.« Ich sah meine Freundin ernst an. »Aber ohne euch wäre das alles ... nicht genug.«

Meine Worte schienen in Ginga zu arbeiten. Ich hoffte, sie würde verstehen, was ich damit sagen wollte. Ich wollte jetzt weder kitschige Phrasen nutzen, noch ihr weinend um den Hals fallen. Und auch wenn das Chaos um mich herum dafür sorgte, dass wir zurzeit wenig miteinander sprachen, so war ich doch unendlich froh, dass Ginga sich durchgerungen hatte, herzukommen. Ich wusste sehr gut, dass ich der Grund für ihre Anwesenheit hier war. Und so wie ich das mit Sicherheit wusste, hoffte ich, dass sie auch wusste, wie wichtig sie mir war.

»Moment, Moooment! Wer ist denn jetzt Luce? Sag bloß, du hast nach einer Woche schon zwei Verehrer!«

Das war nicht ihr Ernst. Ich gab mir die größte Mühe, sie zu besänftigen und das einzige, was sie bemerkte, war *Luce*?!

Noch ehe ich mich genug gesammelt hatte, um zu antworten, hatte Dariel fluchtartig das Haus verlassen. Die Reaktion war nachvollziehbar. Ich wäre ihm gern nachgerannt.

»W-was redest du denn da? Weder Luce noch Cole sind meine ... ›Verehrer‹!« Allein schon dieses Wort! Ich spürte, wie die Hitze in meine Wangen stieg.

»Cole haben wir ja auch schon kennengelernt. Wirklich ein attraktiver Fang. Und so intelligent und vorbildlich noch dazu. Aber wer ist Luce?«

»Niemand!«

Zur Antwort hob Ginga nur ihre Brauen, während weiterhin ein anzügliches Grinsen ihr Gesicht zierte.

Ich atmete tief durch. Also schön. Ich würde ihr ein paar Informationen geben. Ich musste nur neutral bleiben in meiner Wortwahl, dann würde sie hoffentlich einsehen, dass da nichts war. »Er ist der ältere Bruder von Alisi, im gleichen Jahrgang wie Cole und hat mir neulich aus der Klemme geholfen«, rasselte ich also möglichst monoton herunter. Mon Dieux! Ich war gerade erst in einer neuen Welt angekommen. Ich hatte wirklich andere Probleme als Männer!

Attraktive Männer. Zugegeben.

Aber trotzdem. Solange ich nicht wusste, wann ich Nefishit sprach und wann nicht; und solange ich nicht wusste, wie ich hier meinen Blutdurst am sinnvollsten kontrollierte, würde ich mich ganz sicher keinem Mann an den Hals werfen.

»Noch ein Helfer in der Not also! Wie ritterlich die männlichen Bewohner Zambalas doch sind.«

Ich schüttelte lachend den Kopf. »Also Cole ist aus London und zu Luce passt ›ritterlich‹ nun wirklich nicht.« Was für eine absurde Beschreibung der beiden.

»Oho! Das klingt ja beinahe, als wäre dein Luce auch geeignet für Dariels Liste potentiell gefährlicher Nafish.«

»Er ist nicht halb so böse, wie er vorgibt zu sein. Die interessantere Frage ist doch aber, wie weit du deinen Zögling in die Flucht geschlagen hast, als du plötzlich das Thema gewechselt hast.« Ich schnitt eine Grimasse und musterte Ginga neugierig. Vielleicht kamen sich Dariel und meine Freundin nun wirklich langsam näher. Das wäre zumindest eine Erklärung für seine Überreaktion eben. Vielleicht hatte ich ja zu früh über die beiden geurteilt. Vielleicht war da doch mehr als dieses merkwürdige Band. Vielleicht versteckte Dariel seine Gefühle nur sehr gut hinter einer sehr dicken Mauer.

Vielleicht.

Das zumindest sollte mir ja bekannt vorkommen.

»Solange er noch weg ist, kannst du mir ja dafür von euch beiden erzählen. Er hat uns ja eben dummerweise unterbrochen.«

Ich konnte Ginga an der Nasenspitze ansehen, dass sie nur zu gern die Chance genutzt hätte, um über Dariel zu sprechen. Ihr abwesender Blick verriet mir, dass sie augenblicklich an ihn dachte. Doch ein Blinzeln später sah sie mich wieder mit ihrem Grinsen an und schüttelte den Kopf. »O, nein! So schnell bist du nicht vom Haken. Ich will mehr über die nicht vorhandene Ritterlichkeit von Luce erfahren!«

»Ach Ginga! Lass Luce da raus! Ich habe das Gefühl, er taucht plötzlich auf, wenn du seinen Namen einmal zu oft aussprichst.« Mein Blick huschte zur Tür. Es fühlte sich wirklich an, als wäre er ganz in der Nähe. So absurd das auch klang.

»Ach so, einer von der Sorte!« Sie lachte leise. »Und ich habe das Gefühl, dass dich sein plötzliches Auftauchen nicht wirklich stören würde.«

Einmal mehr schoss mir das Blut in die Wangen. »Ginga! Und ob es mich stört! Er ... Er taucht immer in den unmöglichsten Momenten auf und stiftet mich zu lauter Mist an.« Wir mussten wirklich dringend ein anderes Thema finden. Aber auf der anderen Seite ... das gerade. Lachen, Lästern und Schwärmen ... Das war beinah wie früher in Paris. Etwas Normalität. Das tat gut.

»Er stiftet dich also an. Und du arme wehrlose Frau musst dann wohl oder übel in die saure Limbara beißen und mitmachen?« Meine werte Freundin lachte immer noch.

»Das ist nicht lustig! An unserem ersten Tag musste Cole uns aus dem Schlamassel helfen!«

Und ihr Lachen wurde immer ungenierter. »Lass mich raten: Luce hat das Weite gesucht und du hast Cole dann dazu überredet, das Ganze zu vergessen?«

»So in der Art.« Ich seufzte leise. »Ginga, ich hab ganz andere Probleme.«

»Deine Sprache. Ja, da hast du recht.« Schlagartig war das Lachen verschwunden und Ginga sah mich konzentriert an. »Und du willst dir sicher nicht von Magnus helfen lassen? Ich bin mir sicher, er täte es gern.«

»Ich bin mir sicher. Und ja, das täte er. Aber wenn ich mir dabei mit seiner Magie helfen lasse, dann muss ich mich fragen, ob ich all das nur im Schummelmodus hinkriege. Dann ist es doch wahrscheinlich, dass ich für Nafishur ungeeignet bin.«

»So ein Unsinn! Niemand kann eine Sprache innerhalb weniger Stunden lernen. Jedenfalls kein normaler Nafish. Du hast dich innerhalb von nicht mal drei Wochen entschieden, dein Leben ad acta zu legen und in eine neue Welt zu springen. Das sollte beweisen, dass du hierhergehörst. Und nichts spricht dagegen, Hilfe anzunehmen, die dir frei und offen angeboten wird.«

Sie verstand mich einfach nicht. Vielleicht war meine Einstellung ja auch dumm. »Weißt du was? Gib mir eine Woche. Mal sehen, wie viel ich in einer Woche lernen kann und wie lange der Zauber noch hält. Und wenn ich am nächsten Wochenende wieder bei dir sitze und über Nefishit jammere, darfst du mich eigenhändig zu Magnus tragen.«

Noch während ich meine euphorischen Worte sprach, ahnte ich, dass Ginga meinen Deal vielleicht nicht metaphorisch verstehen würde – sondern wörtlich. Doch ehe ich etwas hätte klarstellen können, nickte sie. »Okay. Abgemacht.«

Tja. Dann half es nur, am nächsten Wochenende kein Problem mehr zu haben.

»Cole hat mir ja jede Menge Bücher besorgt, die mir helfen werden. Nur ... du hast nicht zufällig einen Grundwortschatz zu Nefishit hier herumstehen?«

»Ahm. Nein?« Ginga blinzelte. »Sowas sollte doch aber in der Bibliothek stehen, oder?«

»Schon. Allerdings im Archiv. Und da darf nur der Bibliothekar Thret Nostradamus hin.«

»Und dem willst du nicht erklären, wozu du das brauchst?«

»Korrekt. Das Problem ist also: Wie komm ich an das Buch, ohne mich zu verraten?«

»Und wenn du dich heimlich ins Archiv schleichst?«

»Die Treppe ins Archiv befindet sich im Foyer direkt gegenüber der Loge, in der Thret sitzt, wenn er nicht gerade in einem der Lesersäle ist.«

»Na dann musst du also nur dafür sorgen, dass er genau da für eine Weile beschäftigt ist. Da müsste es doch Möglichkeiten geben.«

»Und wie komm ich dann wieder raus? Wie soll ich dafür sorgen, dass auch mein Rückweg sicher ist?« Frustriert schlug ich die Hände vors Gesicht. »Und überhaupt. Ich weiß doch nicht mal, wo das vermaledeite Buch im Archiv ist. Cole meinte, da unten sei es wie in einem Labyrinth.«

»Wie wäre es, wenn du dich über Nacht dort verstecken würdest? Dann hättest du Zeit. Du brauchst doch nicht so viel Licht.«

»Thret lebt oben in der Bibliothek.«

»Na dann ist es ja gut, dass das Archiv im Keller ist.«

***

Gingas Idee war blöd, blöd, blöd!

Am Andeg, Nafishurs Sonntag, versuchte ich es tatsächlich, aber Iridium durchkreuzte meine Pläne. Er fühlte sich verpflichtet, mich vor meiner nächsten Woche in allen Fächern abzufragen. Am Ende war ich so erledigt, dass ich nur noch weg wollte. Ich hatte ihm nicht alles beantworten können, aber er schien zufrieden mit mir zu sein. Und viel wichtiger: Ich hatte offenbar kein einziges Wort Französisch gesprochen. Zumindest hatte mich der Patronus immer verstanden.

Aber dafür hatte ich am Morgen auch meine Zauberformel erneut aufgesagt. Ich trug sie jetzt immer bei mir. Ich wollte im Notfall kurz verschwinden und sie wiederholen. Und wenn es sein musste, stündlich.

Jetzt war der Coldeg halb vorüber. Der ›Montag‹. Benannt nach der Colmus-Pflanze, die den Monatszyklus des Jahres bestimmt und unseren Füllern die Tinte gab, wie ich in meinem ersten Cursus heute gelernt hatte: Alte Sprachen, Grandis Lingua, bei Magister Rogatus.

Dafür, dass sein Fach so eingestaubt war, machte er einen relativ modernen Eindruck. Er gehörte definitiv eher zu den jüngeren Magistern. Oder nannten wir es besser ›jüngeres Mittelfeld‹. In jedem Fall zu jung für alte Sprachen. Aber das kompensierte er durch Strenge. Damit machte er den Magistri Cleitan und Argus direkt Konkurrenz.

Der Cursus jetzt in Magister Ilysias Turmzimmer war dagegen beinah schon eine Erholung. Nach meinen Erfahrungen am vergangenen Mazdeg hatte ich mich mit Alisi in die letzte Reihe verzogen – das bedeutete in die dritte. Wir saßen in einem Halbkreis um sie herum, während sie über die Bedeutung von Geburts- und Zeugungs-sternbildern philosophierte.

Vor allem aber hoffte ich, dass Magister Ilysia mich nicht nochmal auf den Prophezeiungsversuch ansprach. Ja, ich hatte Fragen. Aber die wollte ich von Magnus beantwortet wissen, nicht von ihr.

»Deshalb ist es noch heute in vielen Familien üblich, den Zeugungstag nicht nur genau zu berechnen, sondern ihn an Stelle des Geburtstages zu feiern. Der Ansatz ist natürlich verständlich: Das Sternbild zum Moment der Zeugung dürfte entscheidenden Einfluss auf eure Entwicklung genommen haben.« Magister Ilysia schwebte im Kreis, während sie mit weit ausholenden Gesten ihre Worte untermalte. Einmal mehr fiel mir auf, wie verschieden unsere Lehrmeister doch dozierten. Die einen stocksteif, die anderen stets in Bewegung. Die einen stur mit einem ›Sie‹ auf den Lippen, die anderen mit einem lockeren ›Du‹. Die lockere Art von Magister Ilysia war mir eigentlich am liebsten. »Nichts desto trotz ist es oftmals schwierig, den Moment der Zeugung einwandfrei zu bestimmen. Zumal, wenn die Schwangerschaft nicht gleich bemerkt wird.«

Ein leises Raunen ging durch den Raum. Nahm man Sternbilder hier wirklich so ernst? Warum sollte es unser Leben und Wesen beeinflussen, welcher Stern sich gerade an welcher Stelle im All befand, als wir geborgen – oder gezeugt – wurden?

»Sowohl die möglichen späteren Talente und Eigenschaften, wie auch die allgemeinen Zukunftsaussichten lassen sich bis zu einem gewissen Grad aus der Konstellation der Sterne und dem Zusammenspiel aus Monat und Tag sowie der involvierten Elemente bestimmen.«

»Meine Eltern haben bei jedem von uns einen unglaublichen Aufstand gemacht«, flüsterte mir Alisi zu. »Vor allem bei Luce, weil er der erste war. Sie haben alles genau berechnet und nichts dem Zufall überlassen.« Sie schnitt eine Grimasse und kritzelte etwas in ihre Notizen, das verdächtig nach einem wenig ansehnlichen Luce aussah. »Und was ist aus ihm geworden?« Sie seufzte leise. »Dabei hat er im letzten Jahr noch so gut angefangen.«

Ich fragte mich, ob Luces Veränderung wirklich nur mit Cole zu tun hatte. Er machte auf mich einen zu ehrgeizigen Eindruck, um sich von einem einzigen Misserfolg aus der Bahn werfen zu lassen. Aber nachdem ich am Accdeg seinen Vater als Magister kennengelernt hatte, war mir einiges klar geworden. Unter einem solchen Vater wurde man entweder das strahlende Vorbild oder das schwarze Schaf. Und offenbar hatte Luce irgendwann im vergangenen Jahr für sich entschieden, dass ihm Schwarz besser stand.

»Wir werden uns also in den nächsten Stunden damit beschäftigen, die Sternbilder des aktuellen Nordhimmels zu studieren. So seid ihr optimal vorbereitet, um bald erste eigene Deutungen vornehmen zu können.«

Na wunderbar.

»Am Ende des Monats wird dieser Cursus deshalb in der Nacht stattfinden. Wir werden einen unbeleuchteten Aussichtspunkt wählen, von dem aus ein guter Blick auf den Sternenhimmel gegeben sein sollte.« Sie schwebte nun genau in der Mitte unseres Halbkreises. »Bitte erscheint alle am 44. Aurantia pünktlich um 23 Uhr auf dem Atrium vor dem Lucernabaum. Wir werden von mehreren VP abgeholt.« *VP?* Dieses Vapor-Ding? Dann war ich nicht die einzige, die diese Abkürzung benutzte?

»Na, immerhin etwas. Ich bin ewig nicht mehr mit einem Vapor Pegma gefahren«, brummte Endo vor sich hin.

»Das klingt ja schon beinah wie Begeisterung.«

Er sah zu mir herüber und zog die Brauen zusammen, was ihm einen grüblerischen Ausdruck verlieh. »Nein. Nein, das eigentlich nicht.«

»Vorfreude?«, versuchte ich es nochmal.

»Juvenis Iridium, Matrona Thetra Clow? Ist noch etwas unklar?«

Ich wollte schon verlegen den Kopf schütteln, aber Endo hatte tatsächlich eine Frage parat. »Durchaus. Fällt der Cursus um diese Zeit dafür aus oder ist die nächtliche Exkursion zusätzlich?«

»Die Zeit im zweiten Block wird euch am betreffenden Tag zum Selbststudium freigestellt.«

Was so viel bedeutete wie: Ja, der Kurs fiel aus. Und das war doch tatsächlich eine erfreuliche Nachricht. Eine, mit der wir aus dem Kurs entlassen wurden. Ich hakte mich bei Alisi unter und sorgte dafür, dass wir als erstes den Raum verließen. Zwar ging ich davon aus, dass auch Magister Ilysia nicht an einer Wiederholung unseres

Erlebnisses vom Mazdeg interessiert war, aber ich wollte da ganz sicher gehen.

»Du kannst es ja heute gar nicht abwarten, zu meinem Vater zu kommen«, war Alisis Kommentar zu meiner Eile.

»Da muss ich dich leider enttäuschen. Ich wollte eigentlich nur möglichst schnell möglichst weit weg von Magister Ilysia.« Als wir die Wendeltreppe aus dem Turm hinunterliefen, reduzierte ich unser Tempo wieder deutlich.

»Aber du hast doch inzwischen deine Prophezeiung bekommen. Jetzt ist es doch sowieso schon zu spät. Oder?«

»Naja. Irgendwas ist bei uns schiefgelaufen, glaub ich. Jedenfalls habe ich keine Ahnung, was mir prophezeit wurde.«

»Oha! Wie ist das denn möglich?«

»Keine Ahnung. Aber ich bin ehrlich gesagt ganz froh und ich will es auch nicht nochmal versuchen.«

»Das kann ich gut verstehen.« Alisis Worte waren leise. Vielleicht waren sie nicht einmal wirklich für mich gedacht. Mit einem normalen Gehör hätte ich sie wohl kaum verstanden. Ihre eigene Prophezeiung muss sie wirklich getroffen haben. Ich hätte sie so gern danach gefragt, aber es war ihr deutlich anzusehen, dass sie nicht darüber sprechen wollte und ab und an machte es eben auch eine Freundschaft aus, im richtigen Moment den Mund zu halten, Fragen auszuhalten.

Außerdem kam ich auf diese Weise darum herum, ihr mehr von meinem Erlebnis mit Magister Ilysia zu erzählen. Solange nicht einmal ich selbst wusste, was genau da geschehen war, würde ich den Teufel tun, es anderen zu erzählen. Egal wem.

In diesem Augenblick wurde mir klar, dass ich nicht einmal Ginga davon berichtet hatte und das schlechte Gewissen kroch mir den Rücken hoch. Wir hatten uns versprochen, keine Geheimnisse mehr voreinander zu haben. Und bei ihr war das etwas anderes. Wir hatten keinen Grund für Geheimnisse.

Wenn wir uns das nächste Mal sehen würden, würde ich ihr sagen, was ich gesehen und erlebt hatte. Die merkwürdige Stimme, die ich nicht verstanden hatte. Der unebene Boden, der unter mir gebebt hatte.

»Alisi, für dich gelten keine Sonderregeln. Ich erwarte Pünktlichkeit und Vorbildlichkeit von jedem Ulixes.« Eine kühle, akkurate Stimme riss mich aus meinen Gedanken. Wir hatten den Hörsaal erreicht und wurden prompt von Alisis Vater begrüßt. Er hatte diese besondere Art zu sprechen. Als betone er jede Silbe auf ein Hundertstel genau. Er sprach so präzise, dass es nicht mehr echt klang. Da war keine Melodie in seiner Stimme.

»Natürlich, Magister Argus«, murmelte Alisi neben mir. Sie mied den Blick ihres Vaters und zog mich mit sich an ihm vorbei. Ich nickte ihm rasch zu und beließ es dabei. Auch wenn wir mehr als pünktlich waren. Und ich fragte mich, ob mein Vater – wäre ich hier aufgewachsen – auch darauf bestanden hätte, dass ich ihn mit seinem Ehrennamen ansprach. Wie absurd das doch war.

Alisi tat mir leid.

Und Luce auch.

Die beiden zeigten zwei klassische Arten, mit einem Vater wie diesem umzugehen. Unterwerfung und Rebellion. Warum gaben sich Familien, die einander noch hatten, oft so wenig Mühe miteinander? Warum blieben die vereint, die sich nicht wollten, wenn doch die, die sich vermissten, einander verloren? Ich wünschte mir nichts mehr, als meine Familie zurückzubekommen.

Alisis Vater schloss mit einer Bewegung seines Druidenstabs die Tür. Es war nur ein leises Klicken zu hören. Aber das ließ von einer Sekunde zur anderen alle Anwesenden verstummen.

»In der vergangenen Sitzung haben Sie ihre Druidenstäbe inspiziert und mit ihrem Signum versehen.« Was wirklich nicht einfach gewesen war. Das Signum waren die eigenen Initialen, eingebrannt in der eigenen Handschrift am unteren Ende des Stabes. Also auf einer winzigen Fläche. Dem ›Boden‹ des Stabs. Vor allem bei drei Buchstaben – wie in meinem Fall – war das eine Herausforderung. »Heute werden wir nun darüber sprechen, wie Ihr Stab so gesichert werden kann, dass er von niemand anderem genutzt werden kann. Bevor Sie lernen werden, damit auch nur ein Blatt an einem Baum zu bewegen, werden wir sichergehen, dass jeder Stab den höchsten Sicherheitsmaßstäben entspricht.« Während er sprach, ließ er seinen Druidenstab schweben, sich um sich selbst drehen und dann in Richtung Tafel schweben. »Ein Druidenstab ist etwas sehr Persönliches. Er ist ein Spiegel der eigenen Magie und der Reinheit der Seele und des Geistes. Jeder große Zauber wird sich mit einer Rune in ihm verewigen und so die erneute Nutzung des Zaubers vereinfachen. Jeder noch so kleine Zauber wird eine Spur auf und in Ihrem Stab zurücklassen. Je reiner die Macht ist, die für den Zauber gebraucht wird, desto heller wird Ihr Stab im Laufe Ihres Lebens werden. Die meisten Druiden werden einen silbrig-grauen Stab wie diesen erhalten.« Sein Stab schrieb an der Tafel mit, während er sprach: Personalisierung durch Signum, Runen und Färbung. »Er wird mehr und mehr zum Speicher und Spiegel Ihrer ganz eigenen Magie und beherbergt so eine von Person zu Person unterschiedliche Menge an Maz und Pir.« *Maz und Pir.* Daraus schien in Nafishur sowieso alles zu bestehen. Wie ein auf die Spitze getriebenes Ying und Yang. »Der Verlust des eigenen Druidenstabs wird streng geahndet aus zweierlei Gründen: Zum einen, weil er so anderen in die Hände fallen kann, die Ihre Magie für ihre Zwecke nutzen. Womöglich für illegale Aktivitäten. Zum anderen, weil Sie durch das Verschwinden Ihres Druidenstabs natürlich auch eine eigene Straftat zu verheimlichen versuchen könnten.« Der Stab schrieb ›Verlust des Druidenstabs ist strafbar‹.

Hinter mir meldete sich jemand, den ich noch nicht kannte. In Paris hätte ich ihn einen Hipster genannt. Es fehlte nur die klassische Brille. Aber ich hatte schon lange die Vermutung aufgestellt, dass es hier keine Brillen gab. Eine Lappalie wie eine Sehschwäche ließ sich in Nafishur sicher durch Magie schnell korrigieren.

»Ja, Juvenis Amaliter?«

»Was mach ich denn, wenn ich trotzdem meinen Druidenstab verliere – oder verlege oder er einfach kaputt geht?«

»Im Falle eines Defekts gibt es ausgebildete Druiden, die sich auf das Reparieren eines solchen Stabs spezialisiert haben. Am besten wenden Sie sich im Notfall immer an Ihre Akademie. Selbst wenn Ihr Studium bereits Jahrzehnte zurückliegen sollte. Unser Clinicus Taleai ist zurzeit Magister Innocentius.« Er streckte seine Hand aus und sein Druidenstab kehrte dorthin zurück wie ein dressiertes Tier. »Sollte Ihnen – aus welchem Grund auch immer – Ihr Stab abhandenkommen, sind Sie zur sofortigen Meldung verpflichtet. Abhängig von Ihrem Aufenthaltsort sollte dies einfach an der nächstbesten amtlichen Stelle geschehen. Jede Behörde ist dazu angehalten, solche Meldungen aufzunehmen und entsprechende Schritte einzuleiten.«

»Die da wären? Kann ich nicht einfach erstmal selbst einen Ortungszauber versuchen?«

Es war offensichtlich, dass Magister Argus es gar nicht begrüßte, wenn man ihm einfach ins Wort fiel. Sein Blick sprach Bände. »Sollten Sie Ihren Stab einfach zuhause verlegt haben, führen Sie selbstverständlich erst einen Ortungszauber durch. Dafür und auch für eine mögliche behördliche Suche ist es unerlässlich, den Stab mit einigen Sicherheitsvorkehrungen zu versehen. Das Signum ist die erste.« Er strich über seinen Druidenstab und einige der Runen darauf begannen zu leuchten. »Es ist gewissermaßen Ihre Unterschrift darauf. Nun folgt ein Zauber, der Sie auch auf magische Weise mit Ihrem Stab verbindet. So ist es Ihnen möglich, Ihren Stab auch ohne direkte Berührung zu steuern und ergo auch zu orten.«

Zur Anschauung ließ er seinen Stab durch den Saal fliegen. Er schwebte einmal vor jedem von uns entlang, bevor er schwungvoll in die Hand unseres Magisters zurückkehrte. In dem Moment, in dem der Stab die Hand berührte, leuchteten die gleichen Runen erneut weiß auf.

So schroff auch seine Art war und so hart seine Sprache: Wenn er seinen Druidenstab bewegte, dann waren seine Bewegungen so fließend, als würde er tanzen. Er schien plötzlich ein völlig anderer Nafish zu sein.

»So mag ich ihn auch am liebsten«, flüsterte mir Alisi zu – und kassierte direkt einen stechenden Blick ihres Vaters.

***

Als die Kurse vorüber waren, war ich auf der einen Seite erleichtert. Der Coldeg würde nicht gerade mein Lieblingstag werden. Außerdem war ich froh, dass Alisi heute andere Pläne hatte und ich allein in die Bibliothek gehen würde.

Auf der anderen Seite sank mir der Magen in die Kniekehlen, als ich übertrieben langsam den See in Richtung Bibliothek umrundete. Ich war mir immer noch nicht sicher, was ich tun sollte. Ich wollte Thret nicht belügen, aber ich wagte es auch nicht, ihm mein zweitgrößtes Geheimnis anzuvertrauen. Allerdings lief mir die Zeit davon. Während des Cursus von Magister Argus hatte es schon wieder begonnen: Der Text im Lehrbuch wurde zu einer zunehmenden Herausforderung und ich war unglaublich froh, als der Kurs zu Ende war, ohne dass ich nochmals drangekommen war.

Magister Argus hatte offenbar eine deutliche Vorliebe dafür, mich vor der Scola zu demütigen. Alisi hatte sich eben dafür bei mir entschuldigt. Sie hielt sich wohl für die Schuldige. Ich hingegen glaubte nicht, dass sein Verhalten etwas mit Alisi zu tun hatte. Mit unserer Freundschaft. Wesentlich wahrscheinlicher war doch, dass er der ›Matrona‹ zeigen wollte, dass sie auch nicht besser war.

Das hätte er sich schenken können.

Das war mir klar.

Mit einem leisen Seufzen blieb ich vor der Bibliothek stehen und sah an ihrer Fassade hinauf. Das Frustrierende war: Es gäbe einen ganz einfachen Weg zur Lösung meines Problems, aber dafür müsste ich jemandem von meiner Herkunft erzählen, bei dem dieses Geheimnis mit Sicherheit schlechter aufgehoben war als bei Thret.

Luce.

Er kannte die versteckten Ports und mindestens eins davon führte ins Foyer der Bibliothek. Vielleicht gab es sogar eins, das direkt ins Archiv führte. Aber ich konnte ihn unmöglich um Hilfe bitten. Ich war mir sicher, er würde darauf bestehen, mich zu begleiten. Und wie um Himmelswillen sollte ich ihm erklären, dass ich den Grundwortschatz für Nefishit suchte?

Ich sah Johannas Reaktion auf Alisi Ulixes noch deutlich vor mir. Und ich hatte die Begründung nicht vergessen. Die Familie Ulixes hielt nichts von Luv. Dass meine Freundin nicht an dessen Existenz glaubte, war dagegen noch harmlos.

Warum war es nicht Cole, der diese Ports entdeckt hatte? Das würde so vieles einfacher machen. Ich betrat das Foyer und sah mich um. Thret war nirgends zu sehen. Wenn das nur so bliebe. Aber tagsüber war ein Besuch im Archiv zu gewagt. Thret konnte jeden Moment aus den Lesesälen zurückkehren oder noch ungünstiger: Selbst etwas im Archiv erledigen müssen.

Ich verschanzte mich in meinem Studierzimmer und arbeitete mit den Büchern, die mir Cole bereits organisiert hatte, bis es draußen dämmerte. Ab diesem Moment starrte ich eigentlich nur noch aus dem Fenster.

Ich lauschte meinen Kommilitonen, wie sie nach und nach das Gebäude verließen. Ich konnte hören, wie es um mich herum stiller wurde. Dann löschte ich das Licht in meinem Zimmer und schloss von Innen ab. Vielleicht kontrollierte Thret am Abend die Räume. In dem Fall durfte ihm nicht auffallen, dass ich noch hier war.

In diesem Moment verfluchte ich mich dafür, kein vollwertiger Vampir zu sein, nicht über diese unglaublichen Sinne und Reflexe zu verfügen, nicht so wahnsinnig schnell zu sein. Das wäre in dieser Nacht wirklich hilfreich gewesen.

Ich wartete noch zwei weitere Stunden, bevor ich mich aus meinem Studierzimmer wagte. Sicher war sicher. Ich kannte die Routinen des Bibliothekars nicht. Vielleicht ging er nicht gleich in seine Wohnung. Wo genau die auch immer war. Vielleicht ordnete er noch Bücher oder Bestellungen, räumte auf oder überprüfte alle Räume. Ich wollte ihm auf keinen Fall begegnen.

Als ich die Tür zum Treppenhaus des Archivs öffnete, konnte ich mein Glück kaum fassen. Sie war tatsächlich nicht verschlossen! Wahrscheinlich, weil es dafür keinen Grund gab nach der Schließung der Bibliothek.

So lautlos wie möglich glitt ich hindurch und verschloss die Tür hinter mir wieder. Hier unten war es dunkler als erwartet. Aber ich würde den Teufel tun, schon jetzt für Licht zu sorgen. Erst musste ich sichergehen, dass dieses Licht nicht durch den Türspalt ins Foyer fallen würde. Also tastete ich mich nahezu blind voran und vermisste einmal mehr Gingas ausgeprägte Sinne.

Seit dem einen Blutstropfen von Magnus vor mehr als einer Woche, hatte ich mich einzig auf meinen Tee verlassen. Mein

Körper fühlte sich so schwach und menschlich an, wie lange nicht mehr.

Als ich um zwei weitere Ecken gebogen war, nutzte ich den einzigen Zauber, den ich dank ›Grundkurs Magie‹ und Magnus schon gelernt hatte. Ich flüsterte »Illumina Ipse«, während ich meinen noch nahezu makellosen, grauen Druidenstab vor mich hielt. Ich konzentrierte mich dabei auf den Gedanken des Lichts einer Taschenlampe. Ich stellte mir vor, wie es wäre, sie anzuschalten und plötzlich die Bücher vor mir erkennen zu können. Ich konzentrierte mich auf den Stab in meiner Hand. Auf das Gewicht, auf die Haptik. Bis der gesamte Stab begann, zu glühen. Nicht besonders hell, aber das war mir nur recht. Ich hatte mir nicht umsonst keine Sonne vorgestellt.

Während ich meinen Druidenstab fest umklammert hielt und hoffte, dass der Zauber eine Weile halten würde, versuchte ich, die Buchtitel um mich herum zu entziffern. Dann stockte ich. Was sollte das? Die meisten Bücher waren so winzig, dass man ihre Titel auf den Buchrücken kaum entziffern konnte.

»Ein klassischer Schrumpfzauber, um den Platz im Archiv sinnvoll zu nutzen«, murmelte plötzlich eine leise Stimme hinter mir. Ich konnte mit Mühe einen Aufschrei unterdrücken, wirbelte herum und starrte in ein Gesicht, mit dem ich hier unten nicht gerechnet hatte.

»Was machst *du* denn hier?!«, zischte ich so leise wie möglich.

»Das könnte ich dich auch fragen. Wenn du schon nachts irgendwo einbrichst, dann doch bitte an einem Ort, der sich lohnt.«

»Luce! Ich breche hier nicht ein!«

Er sah sich betont langsam um und mir dann tief in die Augen. Sein Blick sagte ›Und wie nennst du das dann?‹. Er musste seine Frage nicht aussprechen.

»Ich will mir nur etwas leihen.« Ich wusste, wie das klang. Aber was hätte ich auf die Schnelle auch sagen sollen? Er war nah an mich herangetreten, und nutzte offenbar den gleichen Licht-Zauber wie ich.

»Ein kleiner Tipp: Zum Ausleihen kannst du einfach den alten Nostradamus ansprechen. Tagsüber.« Oder wohl eher: Er war der einzige, der diesen Zauber nutzte, denn mein eigener Druidenstab war längst erloschen. Wahrscheinlich, als Luces plötzliches Auftauchen mich völlig aus dem Konzept gebracht hatte.

Ich fluchte leise, während Luce lachte – zu laut, wie ich fand.

»Ist da jemand?«

Thret!

Ich starrte erschrocken Luce an. Der löschte das Licht seines Druidenstabs und zog mich mit sich in eine dunkle Nische, ehe ich protestieren konnte. Seine Arme drängen mich eng an ihn. So nah, dass mir nichts anderes übrigblieb, als mich an ihn zu schmiegen und seinem Herzen zu lauschen. In der Stille des Archivs schien es lauter zu schlagen als jede Trommel.

Als er sein Kinn auf meinem Kopf ablegte, wurde mir erst klar, wie viel größer er war. Seine Hände strichen über meinen Rücken. Sollte mich das beruhigen? Dieses Versteck war lausig. Wenn Thret auch nur ansatzweise in unsere Richtung ginge, würde er uns sofort entdecken.

»Hallo?«

Und es klang ganz danach, als würde genau das jetzt geschehen. Die Schritte wurden lauter. Und mit ihnen wurde der Gang heller.

Gar nicht gut.

Es war schlimm genug, Luce eine Erklärung zu schulden. Aber die Enttäuschung in Threts Augen wollte ich mir nicht mal vorstellen. Allein der Gedanke war schwer zu ertragen.

Und es konnte nur noch Sekunden dauern, bevor der Bibliothekar uns entdecken würde. Da beugte sich Luce etwas zu mir herunter.

»Vertraust du mir?« war alles, was er leise an mein Ohr flüsterte.

Ich sah zu ihm auf und spürte, wie er seine Haltung leicht veränderte. Er rutschte etwas an der Wand hinter ihm herunter und lehnte sich an, so dass wir uns auf Augenhöhe gegenüberstanden. Dann zogen mich seine Arme wieder näher und eine seiner Hände glitt in meinen Nacken. Wie von selbst stützte ich mich wieder an seiner Brust ab, während mein Herz zu rasen begann.

Das Türkis seiner Augen leuchtete mir entgegen, bevor sein Blick zu meinen Lippen glitt. ›*Vertraust du mir?*‹, hallten seine Worte in meinem Geist nach, dann spürte ich seine Lippen auf meinen.

Die Zeit blieb stehen und für den Bruchteil einer Sekunde fragte ich mich, ob ich ihn von mir stoßen sollte. Doch ich verwarf diese Option viel zu schnell, um sie ernsthaft zu erwägen. Stattdessen spielte ich mit. Er hatte von Vertrauen gesprochen, also hatte er einen Plan oder? Dafür reichte mein Vertrauen. Vielleicht.

Die Hand in meinem Nacken öffnete meinen Dutt, während die andere meine Hüfte näher zu sich zog. Ich wusste, dass all das nur ein Schauspiel war, aber im gleichen Augenblick genoss ich seine Nähe einfach nur. Es war viel zu lange her. Meine Hände glitten in seinen Nacken und er musste mich nicht dazu überreden, diesen Kuss zu intensivieren.

»Luce Ulixes!« Atemlos ließen wir voneinander und ich starrte fasziniert in Luces Gesicht, während seine Augen Thret fixierten, der hinter mir stehen musste. Sein Blick war so intensiv, seine Pupillen so geweitet, dass sie kaum auf das Licht reagierten, das ihn nun beleuchtete.

Er hielt seine eine Hand so, dass sie mein Gesicht für Thret verdeckte. Langsam lockerte ich den Griff um seinen Nacken. Ich konnte spüren, wie sehr auch sein Puls raste.

»Nostradamus, guten Abend.« Er atmete ein paar Mal tief durch. Es half weder seiner Stimme noch seinem Puls. Man konnte ihm noch immer anhören, dass … ja, was eigentlich? »Auch hier?«

Das war nur gespielt. Ein Alibi!

Nostradamus seufzte schwer. »Mein lieber Junge. Ich habe dich und deine Dummheiten wirklich schon häufig gedeckt in letzter Zeit. Aber was um Igiguwillen macht ihr hier unten?«

Luce drehte meinen Kopf unauffällig noch weiter weg von Thret, während sich sein Griff zugleich verstärkte. »Nostradamus, sie sind zwar alt, aber nicht von gestern. Wonach sieht es denn aus?« Er schnitt eine Grimasse und biss sich auf die Unterlippe. Was zugegeben dafür sorgte, dass sich meine gesamte Aufmerksamkeit nur auf seine Lippen konzentrierte und auf die Erinnerung daran, wie sie geschmeckt hatten.

»Ach Luce, was mache ich nur mit dir, mein Junge? Warum verschwendest du dein Talent so?«

»Ich empfinde das nicht als Verschwendung.«

Thret ignorierte Luces Einwurf. »Du hast mit so viel Engagement begonnen im vergangenen Jahr. Was hat deine Einstellung nur so über den Haufen geworfen?« Das fragte ich mich auch. Und ich fragte mich, wie es wohl gewesen wäre, ihn schon ein Jahr früher kennengelernt zu haben.

»Nafish verändern sich.« Etwas an Luces Mimik veränderte sich auch. Er war bereit, mein Geheimnis – das er nicht einmal kannte – zu schützen. Aber es schien beinah, als wäre er jetzt an einen Punkt gelangt, an dem er entscheiden musste, ob es die Wahrung meines Geheimnisses wert war, seines zu gefährden.

Ich merkte, dass er mit sich kämpfte, um mich jetzt nicht anzusehen. Die ganze Zeit über arbeitete er daran, dass Thret keine Aufmerksamkeit auf sein ›Mitbringsel‹ verschwendete. Ein Blick zu mir, in diesem Moment, würde diese Arbeit zunichte machen.

»Das ist wohl wahr. Aber ich kann nur hoffen, dass du dir so nicht gefällst; dass du dich noch weiter verändern wirst. Dein Vater wäre sehr enttäuscht von dir, wenn er wüsste, wo und wie ich dich gerade gefunden habe.«

Für den Bruchteil einer Sekunde verengten sich Luces Augen. Dann setzte er seine bewährte Narrenmaske auf. »Ich glaube nicht, dass es mir noch möglich ist, meinen Vater zu enttäuschen. Von mir erwartet er nichts mehr. Dafür ist ja jetzt mein geliebtes Schwesterchen da.« Er lachte leise. Freudlos. »Aber« Und ich war mir sicher, dass auch Thret ihm die Unbeschwertheit nicht abnahm, die er zu spielen versuchte. Luce räusperte sich leise. »Aber ich wäre sehr froh, wenn mein Vater dennoch nichts erfahren würde. Weshalb sonst sollte ich mich *hier* verabreden. Wenn nicht, um seinen wachsamen Augen zu entgehen?«

»Na los. Raus mit euch!« Der Lichtschein auf Luces Gesicht veränderte sich und Luce schob mich so geschickt voran, dass Thret nicht für eine Sekunde mein Gesicht sehen konnte. »Man mag es kaum glauben, aber ich war auch mal jung.«

»Danke Nostradamus!« Ohne noch einmal zurückzublicken, liefen wir die Treppe hinauf ins Foyer und sobald wir es erreicht hatten, flüsterte Luce hinter mir »revela!«. Direkt am Pfosten der großen Freitreppe erschien ein dunkles, sehr schmales Port. Wir würden nur seitlich hindurch passen. Trotzdem fragte Luce diesmal nicht erst, er schob uns beide direkt hinein.

Wieder landeten wir in einer Art kurzen Gang mit zwei Türen. Bevor er die andere Tür öffnen konnte, hielt ich ihn auf. Die Anspannung war ihm deutlich anzusehen. Er hatte mich wieder einen Blick hinter seine Maske werfen lassen und jetzt standen alle Signale für ihn auf Flucht.

Doch es gab kaum einen Ort, an dem wir so frei und sicher reden konnte, wie hier. Zumindest ging ich davon aus. Also wollte ich die Gelegenheit nutzen. Meine Hände lagen auf seiner Brust und hielten ihn so davon ab, weiterzugehen. Er sah über mich hinweg. Stur die rettende Tür im Blick.

»Warte bitte«, flüsterte ich. Ich konnte seinen Puls beinah so deutlich hören, wie meinen eigenen. Da waren so viele Fragen in meinem Kopf. ›*Warum hast du mir geholfen?*‹, ›*Wieso hast du mich dafür geküsst?*‹, ›*War das wirklich nur gespielt?*‹, ›*Was ist zwischen deinem Vater und dir vorgefallen?*‹ waren nur vier davon. Aber alles, was ich sagen konnte, als er mich nach einer gefühlten Ewigkeit doch endlich ansah, war »Danke«. Und bevor ich es mir anders überlegen konnte, stellte ich mich auf die Zehenspitzen, strich über seine Wange und küsste ihn erneut.

Eigentlich sollte es nur ein kurzer Danke-Kuss sein. Ein Bisou. Unschuldig, wie es so schön hieß. Doch ich löste mit meiner Geste etwas in uns beiden aus, das ich nicht geplant hatte. Das nächste, das ich bemerkte, war, wie Luce mich gegen die zweite Tür drängte und wir beide aus dem Port fielen.

Wir taumelten in einen verlassenen Gang des Hauptgebäudes ohne den Kuss zu unterbrechen. Ich wäre gefallen, hätte er mich nicht festgehalten. »Danke«, flüsterte ich vollkommen sinnfrei ein zweites Mal – diesmal um einiges atemloser.

Luces »Immer wieder gern« klang nicht weniger echauffiert.

KAPITEL XIII

Magister Sinsai, Großmeister Zambalas während der 37. Fürstendynastie, reformierte das Straf- und Gesetzeswesen nachhaltig. Seit seiner Initiative wurden nur noch Trivialverbrechen in den jeweiligen Provinzen des jeweiligen Reichens gerichtet. Alle schwerwiegenden Verbrechen, die durchaus über die Grenzen der Provinz hinaus Relevanz aufwiesen, sollten nun vor und von dem Rat der zehn Schwerter – und damit auf Reichsebene – gerichtet werden. In besonders schweren Fällen wurde der Verdächtige auch nach Xamax vor den Rat der Sieben Siegel berufen, um dort seinem Urteil entgegenzublicken und bei einem Schuldspruch sein Leben fortan im Turris zu fristen.

Mit einem leisen Stöhnen ließ ich den Kopf in meine Hände sinken. Wie oft ich diesen einen Absatz innerhalb der letzten halben Stunde schon gelesen hatte, konnte ich nicht mit Sicherheit sagen. In jedem Fall zu oft. Verstanden hatte ich ihn trotzdem noch nicht. Und das lag in diesem Fall nicht an meinem nachlassenden Nefishit.

Es war bereits Accdeg und die Woche beinah vorüber, aber mein nächtliches Abenteuer in der Bibliothek spukte immer noch durch meinen Kopf. Was war da nur in mich gefahren? Luce war einfach mal wieder Luce gewesen und hatte seine Badboy-Nummer abgezogen – um mir zu helfen und sicher auch sich selbst. Es gab keinen Grund, ständig daran zu denken, wie er mich nach unserem Kuss angesehen hatte.

Keinen!

Trotzdem sah ich ständig ein türkises Augenpaar vor mir, hörte seinen Herzschlag und hatte seinen Geschmack auf meinen Lippen. Aber das war ganz sicher nichts, das er erfahren musste. Sein Ego war auch so schon groß genug und ich war mir sicher, dass die ganze Geschichte für ihn sowieso nur ein großer Spaß gewesen war. Seit wir gemeinsam aus dem Hauptgebäude geschlichen waren, war er mir nicht mehr begegnet. Vielleicht war es ihm unangenehm, sich mit mir auseinanderzusetzen. Wir hatten zwar keine Kurse zusammen, aber ich fragte mich trotzdem, ob er mir aus dem Weg ging.

In jedem Fall ging mir ein anderer aus dem Weg: Cole.

Die Frage war nur, warum. Er wusste doch, wie sehr ich in der Klemme saß und er hatte mir seine Hilfe zugesichert. Aber aus dem Versprechen des täglichen gemeinsamen Übens war nichts geworden. War ich es am Coldeg gewesen, die unser Treffen abgesagt hatte – um ins Archiv zu kommen –, war er an den darauffolgenden Tagen auch nicht erschienen.

Am Tecdeg war ich verwirrt, am Pyrdeg traurig und heute war ich wütend. Vielleicht war es unfair. Ich konnte nicht erwarten, dass er mir bei all meinen Problemen half. Aber er hatte mir seine Unterstützung zugesichert und plötzlich war alles anders.

Gestern waren wir uns begegnet und er hatte keine andere Wahl gehabt, als mit mir zu reden. Aber seine ganze Art war so kalt gewesen. Als kannten wir uns gar nicht. Er war nicht unhöflich gewesen. Einfach so … desinteressiert. Er wirkte beinah genervt davon, sich nun mit mir befassen zu müssen. Das schlimmste daran war Alisis Blick gewesen. Sie hatte neben mir gestanden und nicht gewusst, wie sie hatte reagieren sollen.

Dass selbst sie bemerkte, dass etwas nicht stimmte, bestätigte mein ungutes Gefühl. Ich bildete es mir nicht ein, war nicht einfach übersensibel. Irgendwas stimmte hier nicht.

Ich machte drei Kreuze, als die Woche endlich vorüber war. Allerdings wurde mein Problem dadurch nicht kleiner. Ich hatte die Zauberformel tatsächlich jeden Morgen erneuern müssen und sie hatte immer früher aufgehört zu wirken.

Ich war eingebrochen. Ich hatte Luce geküsst. Ich hatte Thret angelogen. Aber das verfluchte Buch hatte ich immer noch nicht!

Auf dem Weg in mein Studierzimmer stieß ich halb mit Cole zusammen. Er wollte etwas sagen, doch ich war schneller. Ich schob mich an ihm vorbei und weiter die Treppe hinauf. Ich konnte heute wirklich keine weiteren Sprüche ertragen. Und ich hatte keine Zeit, um mir Gedanken um Cole – oder Luce – zu machen. Selbst wenn ich alle Lehrbücher zusammen hätte, könnte ich nicht innerhalb eines Wochenendes eine Sprache lernen.

Wenn ich realistisch war, blieb mir wohl nichts anderes übrig, als doch Magnus um Hilfe zu bitten.

»Cara? Cara, warte!«

Na sowas, der Herr kannte also noch meinen Namen.

»Bitte bleib stehen.« Seine Stimme ohne diesen kalten, fremden Ton zu hören, tat gut. Aber ich wollte nicht, dass es guttat. Ich wollte überhaupt nicht, dass mir seine Stimme gefiel. Ich war immer noch viel zu sauer. Ich konzentrierte mich auf einen möglichst nüchternen Gesichtsausdruck und drehte mich zu ihm um. Ich lief ihm nicht entgegen. Ich ging einfach nur nicht weiter und sah in seine Richtung. Das sollte an Entgegenkommen genügen.

»Tut mir leid, dass ich so ... ahm ...« *Verletzend? Ignorant? Kühl?* »komisch war.«

Ich verschränkte die Arme und bemühte mich, nicht rot zu werden oder sonst wie auf ihn zu reagieren. »Und weiter?«

»Ich wollte dich nicht ... ahm ...« *Ignorieren? Blamieren? Für blöd verkaufen?* »übergehen.«

»Aha. Und was wolltest du dann?«

Er sah sich um und kam dann die Stufen hinauf, bis er direkt vor mir stand. Sein Blick glitt unruhig über mich hinweg. Konnte er mir nicht in die Augen sehen? »Vielleicht sprechen wir besser in deinem Studierzimmer.«

Ich hätte liebend gern von ihm verlangt, hier mit mir zu sprechen. Aber ich wusste, dass das nur nach hinten losgehen konnte. Offenbar hatte der Grund für sein Verhalten mit dem zu tun, was wir öffentlich lieber nicht aussprachen.

Also drehte ich mich kommentarlos um und lief weiter. Immerhin war der Raum mit der Nummer Sieben ja sowieso mein Ziel gewesen. Ich gab mir die größte Mühe, mir nichts anmerken zu lassen, und doch waren meine Sinne voll und ganz darauf ausgerichtet, Cole hinter mir wahrzunehmen.

Ja, er folgte mir.

Kaum schloss sich die Tür hinter uns, drehte ich mich wieder zu ihm um und sah ihn abwartend an.

»Ich hörte, du warst wieder mit Luce durch diese illegalen Ports unterwegs«, platzte es nach wenigen Sekunden aus ihm heraus.

Illegal.

Sie waren unbekannt.

»Was niemand weiß, kann auch niemand verbieten.« Also war das der Grund für seine Laune? »Die Frage ist: Wo hast du das gehört?«

Das war zugegeben nicht die beste Frage.

»Es ist also wahr.«

Es war wirklich nicht die beste Frage, die ich hätte stellen können.

»Selbst, wenn es so wäre. Was ist so schlimm daran?«

»Hat es nicht gereicht, dich einmal aus dem Schlamassel zu boxen, in dem du dank *ihm* warst?«

»Auch wenn es dich nichts angeht: Wir sind uns zufällig begegnet und diesmal war er es, der mir aus meinem eigenen Schlamassel geholfen hat.«

»Zufällig begegnet – beim Einbrechen in die Bibliothek.«

Verflucht! Er war wirklich gut informiert. »Ich bin nicht in die Bibliothek eingebrochen!«

Seine Brauen schossen in die Höhe, während er sich mit verschränkten Armen gegen die Tür lehnte. In dieser Gestik waren sich Luce und er verblüffend ähnlich.

»Ich war schon drin.« Ich klang unerfreulich kleinlaut. Cole hingegen schwieg weiter. Wahrscheinlich ging er davon aus, dass ich sowieso weitersprach. »Ich ... ich hab hier gewartet, bis niemand mehr da war. Die Tür zum Archiv war nicht mal verschlossen!« In diesem Sinne konnte man eigentlich wirklich nicht von einem Einbruch sprechen oder? »Ich wollte doch nichts stehlen. Ich wollte nur dieses verfluchte Buch haben, lernen und es dann wieder zurückgeben.«

»Schön und gut, aber was hat das mit Luce zu tun?« Cole sah kein bisschen versöhnt aus. »Sag mir nicht, du hast ausgerechnet einem Ulixes verraten, woher du kommst!«

»Das hab ich natürlich nicht!«

»Und wieso war er dann im Archiv?«

»Das«, ich brach ab. Das war eine gute Frage. Er hatte mir geholfen. Aber aus welchem Grund war er dort gewesen? »Das weiß ich nicht.«

»Und dir ist nicht vielleicht in den Sinn gekommen, dass er gar nicht so hilfsbereit war, wie es den Anschein hatte?« Ich biss auf meine Unterlippe. Gegen die Erinnerungen, die prompt in mir hochkamen, konnte ich nichts machen. Aber es waren definitiv die falschen Erinnerungen für diesen Augenblick. Ich konnte nur froh sein, dass Cole nicht zu den telepathisch begabten Druiden gehörte. »Wieso nimmst du ihn in Schutz?«

Er war doch kein Telepath oder?

»Hör mal. Ich weiß nicht, was Luce im Archiv wollte. Er hat mich nicht gefragt, also hab ich ihn auch nicht gefragt.« Hoffentlich waren meine Wangen nicht so rot, wie sie sich anfühlten. »Aber ohne ihn wäre ich da nicht so schnell wieder herausgekommen. Ich glaube, Thret hat mich nicht einmal erkannt.«

Cole antwortete nicht gleich. Es war, als rang er mit sich, welche Frage er als nächstes stellen sollte. Oder welchen Teil seines Wissens er mit mir teilen sollte. Ich nutzte sein Schweigen, um auch eine meiner Fragen loszuwerden. »Woher weißt du das alles überhaupt?« Hatte mich Thret am Ende doch erkannt? War es das, was Cole überlegte, mir zu sagen?

»Jemand hat euch letzte Nacht im Hauptgebäude gesehen.«

Das Hauptgebäude.

Also wurden wir gesehen, als wir uns ...

Spätestens jetzt mussten meine Wangen feuerrot glühen. Was wiederum auch Cole aufgefallen sein musste – so, wie er mich anstarrte.

»Ich denke, für heute hast du auch ohne meine Anwesenheit genug zu ... verarbeiten.« Mit diesen Worten verließ er das Zimmer.

***

»Ach Aby, ich hab's verbockt.« Ich saß auf dem Boden vor meinem Kleiderschrank. Die kleine Spieluhr in der Hand, Gingas ›Erinnerungspräsent‹. Um mich herum war das völlige Chaos ausgebrochen – und damit meinte ich nicht nur mein Zimmer, aber das spiegelte meinen Gesamtzustand wunderbar wider.

Aby kletterte auf meinen Schoß und damit zwischen mich und die Spieluhr. Sie schnurrte leise, bis ich die Uhr aufzog und abstellte und begann sie zu kraulen.

»Heute so schweigsam und versöhnlich?«

›Du wirkst nicht so, als würde dir meine übliche Methodik gerade guttun.‹

Ich lachte leise. Da hatte sie wohl recht.

Aber ich brauchte einen Rat.

Und ein Wunder.

Ich sah meinen erfolglosen Einbruch vor mir und mein wachsendes Sprachproblem. Und ich sah Luce vor mir, der direkt von Cole abgelöst wurde. Luce hatte mich beim ersten Mal überrumpelt, aber der zweite Kuss war meine Entscheidung gewesen. Eine Entscheidung, mit der ich Cole verletzt hatte.

Auch wenn er das wohl kaum zugeben würde. Es war mehr als deutlich. Auch wenn ich mich fragte, wie er davon überhaupt hatte erfahren können. Vielleicht hatte er nur Gerüchte gehört und mich die Woche über gemieden, weil er gar nicht erpicht darauf gewesen war, die Wahrheit zu erfahren.

Und dann hatte ich mich verplappert.

Abgesehen davon: Ja, wir verstanden uns gut. Aber war da mehr? Beide waren auf ihre Weise wirklich anziehend. Mehr als das. Wem machte ich etwas vor? Aber letztlich war es völlig unerheblich.

Seit ich gelernt hatte, meinen Blutdurst zu kontrollieren, war ich keinem Menschen mehr zu nah gekommen. Ich hatte nach und nach begriffen, was ich in meinen ersten Wochen nach meiner ›Wiedergeburt‹ getan hatte. Ich hatte begriffen, wie viele Menschen meinetwegen zumindest gelitten, wenn nicht sogar ihr Leben gelassen hatten.

Ich wollte nicht, dass das nochmal passierte. Und mich in jemanden mit einem Herzschlag zu verlieben war damit keine Option. Egal, ob Mensch, Nafish oder Mischling. Egal, ob leidenschaftlich oder gefühlvoll. Ich war weder für Luce noch für Cole gut. Und das frustrierende daran: Ich konnte es ihnen nicht erklären. Ich konnte ihnen nicht sagen, dass es gefährlich war, mir so nah zu sein.

Und ich wollte sie auch nicht verlieren.

Aber das war egoistisch.

Als die Melodie der Spieluhr verklang, verstummten auch meine Gedanken und ich starrte nur noch ins Innere des Schranks vor mir.

›Ach Cara‹, war alles, was ich in meinem Kopf hörte.

»Ich wollte nie eine Frau sein, die einen Mann so im Ungewissen lässt. Aus reinem Egoismus«, flüsterte ich.

›Du kannst es wohl kaum Egoismus nennen, wenn es für dich überlebensnotwendig ist.‹ Abys grüne Augen durchbohrten mich. ›Ja, der Kuss war vielleicht nicht die beste Idee. Aber dieser Luce ist nicht gerade ein Unschuldslamm. Ich bin mir sicher, er wird es überleben.‹

Ich musste leise lachen und zog Aby in eine Umarmung. »Luce tut so hart. Aber ich glaube nicht, dass er wirklich so ist.«

›Selbst schuld. Wenn er auf ›Harte Schale‹ macht, dann muss er auch damit leben, wenn man so mit ihm umgeht. Und dein Patronus soll sich nicht so anstellen. Ich bin mir sicher, dass er sich wieder einkriegt. Cole ist doch viel zu nett, um lange sauer zu sein. Also konzentriere dich besser auf die wirklichen Probleme: Deine Sprache und dieses Chaos hier.‹

»Was ist aus ›meine übliche Methode würde dir nicht guttun‹ geworden?«

›Die Schonfrist ist vorbei.‹

Das ging schnell. Mit einem Seufzen richtete ich mich etwas auf und begann halbherzig, Ordnung in mein Chaos zu bringen. Bei der Umsetzung von Abys Ratschlägen war ich natürlich wieder auf mich allein gestellt. Meine Katze beaufsichtigte die ganze Situation vom Schreibtisch aus.

Ich verstaute die Spieldose zusammen mit der Teetasse aus dem Lieblingsservice meiner Mutter in dem kleinen Nachttisch neben dem Bett. Das war unverfänglich – hoffte ich zumindest. Den kleinen Eiffelturm und das Foto von Ginga und mir versteckte ich in einem Fach meines Schreibtischs unter einigen Pergamenten und Mitschriften.

Magister Finnegan hatte uns erzählt, dass die meisten Papiere in Nafishur aus Gras, vor allem Schlinggras, hergestellt wurden. Einer Ressource, die schneller nachwuchs als es den Nafish recht war. Nur besondere Schreiben – wie die Immatrikulationen zu den Akademien – wurden auf Papier verfasst, dass aus abgestorbenen Lucernapflanzen entstand. Durch eine Permanentmagie, die die verbliebene Leuchtkraft für einige Zeit konservierte, entstand das Leuchten des Papiers.

Die meisten meiner Kommilitonen hatten gelangweilt das Wachstumshaus erkundet, während der Magister sich in Details zur Papierherstellung verlor. Ich hingegen hatte den leuchtenden Brief im Wohnzimmer meiner Eltern vor mir gesehen und fasziniert zugehört.

›Du lenkst dich schon wieder ab. Was machst du mit Dariels Dolch?‹

»Es wird das Beste sein, ihm den wiederzugeben. Jetzt kann er ihn sicher eher gebrauchen als ich.« Ich musterte den Dolch. Er war wirklich hübsch – für eine Waffe. Die Klinge war verziert und auch sein Griff. Die Fleur de Lis fiel am meisten auf. Dieser Dolch war ein Familienerbstück. Ich sollte ihn wirklich Dariel zurückgeben. Und bis ich dazu die Chance erhielt, würde er auf dem Boden meines Schranks gut versteckt sein.

Genauso wie das Buch mit lateinischen Redewendungen, das mir Madame Laval geschenkt hatte. Oder die Kamera. Auch wenn letztere eine echte Versuchung war. Nafishur war unglaublich.

Vielleicht sollte ich wenigstens ein paar Details in Nafishur in Bildern einfangen. Die Herausforderung war nur, mich dabei von niemandem erwischen zu lassen.

Gab es in Nafishur Kameras?

Ein Klopfen an der Wohnungstür riss mich aus meinen Gedanken und lockte mich aus meinem Zimmer. Es war bereits relativ spät am Abend und ich fragte mich, wer uns jetzt noch besuchte.

Noch während ich abwog, die Wohnungstür zu öffnen, war Juno schon darauf zugeflogen und riss sie auf. Ein guter Grund für mich, rasch wieder in meinem Zimmer zu verschwinden.

»O, Cole! Komm doch herein. Was führt dich zu mir? Kann ich dir irgendwie helfen?«

Cole?

Jetzt war ich erst recht froh, nicht selbst die Tür geöffnet zu haben. Leise schlich ich wieder näher an meine Tür und sah durch einen kleinen Spalt nach draußen. Tatsächlich. Juno führte gerade ihren heißgeliebten Patronus in unser Wohnzimmer. Er sah sich um, während sie um ihn herum flatterte wie eine Motte um das Licht.

»Naja. Eigentlich nicht viel. Ist Matrona Thetra Clow da? Ich muss mit ihr sprechen.«

»Mit unserer kleinen Matrona? Ich bin mir nicht sicher. Ich seh mal nach«, flötete sie und kam auf mich zu. In meinen Ohren klang ihre Antwort eher wie ›Was willst du denn von der? Wenn sie da ist, falte ich sie zusammen wie gesteifte Bettlaken‹. Ich schloss schnell die Tür und warf mich aufs Bett – schlafend.

›Hältst du das für eine angemessene Reaktion?‹

Ich will jetzt nicht mit ihm reden. Er kann ruhig noch etwas schmoren. Und lauschen konnte ich auch von hier aus.

›Wirklich ausgesprochen reif von dir.‹

Es gibt Momente, in denen kommen wir nicht über das Teenager-Stadium hinaus.

»Tut mir leid. Sie ist nicht da. Kann ich ihr was ausrichten? Steckt sie in Schwierigkeiten?« Er nahm ihr diese unechte Besorgtheit doch nicht wirklich ab oder?

»Nein, schon gut. Ich wollte nur etwas mit ihr besprechen. Ich komme einfach später nochmal wieder.«

»Du ... du kannst auch gern hier warten! Das macht mir nichts aus!« War sie so dumm oder nur blind vor Liebe? Wenn er warten würde, würde er früher oder später merken, dass ich gar nicht weg war. Womit würde sie sich dann herausreden?

»Aber nein. Ich will dir nicht zur Last fallen. Außerdem bin ich mir sicher, du hast wichtigeres zu tun, als dich mit mir zu befassen. Wie steht es beispielsweise um die Aufgaben von Magister Fulvia? Bist du da schon fertig?«

»Nein, aber das ist doch erst am Pyrdeg fällig. Ich kann schon etwas Zeit für dich erübrigen.« Ich konnte nicht anders, als die beiden heimlich zu beobachten. Sie führten den reinsten Tanz auf. Juno war so aufdringlich, dass es an ein Theaterstück erinnerte. Wie konnte man so Ich-fixiert sein, nicht zu merken, dass er ihre Anwesenheit nicht wollte? Jeder Schritt von ihr auf ihn zu hatte einen Schritt von Cole in die andere Richtung zur Folge.

»Das kann ich nicht verantworten, Juno. Und du weißt genau, dass schon am Coldeg neue Aufgaben dazu kommen werden. Es ist nie eine gute Idee, wichtige Dinge aufzuschieben.« Sein Blick huschte zu meiner Tür und ich duckte mich weg.

Ich war schnell. Schneller als ein normaler Nafish. Aber, ob ich es geschafft hatte, mich zu verstecken, bevor Cole mich hatte sehen können – das konnte ich nicht mit Sicherheit sagen.

In Sekunden warf ich den Großteil meines Kleidungs-Chaos in den Schrank und setzte mich an meinen Schreibtisch. Ich angelte nach einem der Bücher, schlug es auf und lehnte mich zur Sicherheit darauf, als wäre ich beim Lernen eingeschlafen.

Meine Augen geschlossen und mit einem betont ruhigen Atem blieb ich so und lauschte weiter.

›*Dein Ernst? Du wirst minütlich unreifer*‹, beschwerte sich Aby von der Fensterbank aus. Im Wohnbereich war es dafür nun ruhig. Ich hatte einen Teil der Unterhaltung verpasst. Hatte Cole die Wohnung bereits verlassen? Ich wollte mich gerade wieder aufrichten, als ich hörte, wie meine Zimmertür aufschwang. Kurz darauf war das leise Klicken zu hören, als sie jemand zurück in ihr Schloss beförderte.

Dann waren da Schritte.

Meine Jagdinstinkte wollte mich dazu zwingen, mich umzudrehen, mich zu verteidigen. Aber ich hatte die Schritte erkannt und es gab keinen Grund, über Verteidigung nachzudenken.

»Good Evening, Lady Thetra Clow«, flüsterte mir Cole ins Ohr, nachdem die Schritte neben mir gestoppt hatten.

»Cole!« Ich versuchte, so überrascht und verschlafen wie möglich zu klingen – ohne dabei einen zu blöden Eindruck zu machen. »Was machst du denn hier?«

»Dich besuchen.«

»Und wo kommst du her?«

»Aus der Bibliothek.« Was für ein geistreicher Dialog das doch war. Aber hey, ich hatte bis eben geschlafen. Ich fand mich durchaus realistisch. »Ich hab dir was mitgebracht.« Er griff in seine Hosentasche und zog ein ... ja, was war das? Eine kleine Schachtel? Nein. Als er es vor mir auf dem Tisch ablegte, erkannte ich es wieder: Das musste ein Buch sein. Solche Bücher hatte ich auch im Archiv gesehen.

»Was genau ist das? Offenbar ein Buch, aber das kann man doch unmöglich lesen!«

Lachend tippte Cole mit seinem Druidenstab dagegen und murmelte »Crescito«. Im nächsten Moment begann das Buch zu zucken und zu vibrieren wie ein Handy. Ich rutschte geschockt von meinem Schreibtisch weg. »Ganz ruhig. Es ist alles okay. Das sind die selten genutzten Bücher. Die sind komprimiert, um weniger Platz in der Bibliothek wegzunehmen. Quasi der Lagerbestand. Ich dachte, das könnte dich interessieren.« Nach ungefähr einer Minute lag es wieder still vor mir. Aber jetzt so groß wie die Atlanten in der Schule früher. »Erst wollte ich dir Octariamilch und Stix mitbringen. Sicher hast du heute Abend noch nichts gegessen. Aber dann dachte ich, dass das hier die bessere Wiedergutmachung ist.« Er zeigte auf den nun deutlich lesbaren Titel: ›Grundwortschatz Nefishit‹. »Du kannst es zwei Wochen behalten. So lang hab ich es ... ausgeliehen.«

»Ausgeliehen?« Ich sah zu ihm hoch. Die kleine Pause hatte mich skeptisch gemacht.

»Nun ja. Ich habe nicht nur dieses eine Buch ausgeliehen, sondern in etwa ein Dutzend. Alle aus dem Archiv. Da ich gut erzogen wurde, habe ich natürlich Nostradamus dabei geholfen, alles aus dem Archiv zu holen. Diese Menge hätte er unmöglich allein tragen können.«

»Nicht mal in der Größe?« Ich formte mit meinen Fingern einen Abstand von wenigen Zentimetern.

»Um sich zu versichern, die richtigen Bücher zu haben, musste er sie ja alle entpacken. Welchen Sinn hätte es ergeben, sie danach wieder zu schrumpfen, um sie am oberen Ende der Treppe wieder zu vergrößern? Magie ist keine endlose Ressource. Man sollte nicht zu verschwenderisch damit umgehen.« Das klang wie ein Zitat aus Magnus Vorlesung. »Zumal er kein Druide ist.«

Moment. Thret war kein Druide? Wie konnte er dann überhaupt diesen Crescito-Zauber wirken? Aber wenn ich ihn jetzt danach fragen würde, dann kämen wir von einem wichtigeren Thema ab. Eins nach dem anderen. Das war Coles Devise.

»Und als du unten im Archiv warst ...«

»Da fiel mir zufällig dieses Buch in die Hände und ich dachte, das könnte dich interessieren«, ergänzte Cole und grinste – mit sich selbst höchst zufrieden. Er lehnte sich gegen den Kleiderschrank und sah mich neugierig an. Es war fast wie vor einer Woche.

Wenn da nicht diese eine Woche gewesen wäre.

»Wieso?«

»Was meinst du?«

»Wieso willst du mir plötzlich wieder helfen?« Es war ja nicht so, dass ich nicht erleichtert war, aber ich traute dem Frieden noch nicht so ganz.

»Ich mag nicht *dein* Patronus sein. Aber ich bin *ein* Patronus und ich habe geschworen, auf meine Kommilitonen zu achten und sie zu unterstützen.« Er trat wieder etwas näher. »Und angesichts der ... besonderen Situation in deinem Fall habe ich beschlossen, ungeachtet anderer ... Vorfälle meine Aufgabe zu erfüllen.«

Ich drehte mich halb zum Buch um, das nun hinter mir lag. Ich musste zugeben, dass ich die ›anderen Vorfälle‹ nicht so einfach zur Seite schieben konnte. Aber für den Moment würde es schon reichen.

»Wie gesagt: Ich komme zur Wiedergutmachung. Ich habe überreagiert. Es geht mich nichts an, wen du küsst.«

Während ich mit heißen Wangen das Buch anstarrte, schritt Cole mein kleines Zimmer ab. Es war noch immer fürchterlich unaufgeräumt. Meine Unterlagen verteilten sich über das ganze Zimmer: um den Schreibtisch herum, auf dem Boden und auch auf meinem Bett – überall lagen Bücher und Notizen.

Wenigstens keine Wäsche mehr ...

»Dein Zimmer ist recht klein. Kommst du zurecht?«

Mon Dieu! Was für ein Themenwechsel.

Aber er kam mir gerade recht.

»Ich hab hier alles, was ich brauche.«

Wieder war da das verwegene Lächeln, das so gar nicht zu seiner Patronus-Rolle passte. »Schade. Es gibt da diesen einen Zauber ... Mit dem hätte ich wirklich nur zu gern vor dir angegeben ...«

»Was denn für ein Zauber?« Ich drehte mich um und lehnte mich möglichst lässig gegen den Schreibtisch, während ich nur hoffen konnte, dass mein Gesicht wieder seine normale Farbe hatte.

»Ein Geheimnis, das von Patronus zu Patronus weitergegeben wird. Eine Zauberformel, die ein Zimmer im Zimmer erschafft. Für jeden Visitator sieht das Zimmer so aus wie jetzt. Aber ist man allein oder mit Freunden, dann wird es größer und schöner und man kann es sich jenseits der Campusregeln einrichten.« Jetzt war aus dem verwegenen Lächeln ein waschechtes Grinsen geworden.

Ich hob nur überrascht die Brauen. »Das klingt ausgesprochen regelwidrig. Und sowas aus dem Munde eines Patronus!« Ich legte so viel Entsetzen wie möglich in meine Stimme und für einen Augenblick schien es fast so, als glaubte er mir meine Fassungslosigkeit. Aber dann fand er zu seinem Grinsen zurück.

Cole blieb direkt vor mir stehen. »Etwas, von dem niemand weiß, kann auch nicht verboten sein.« Ein kleines Lächeln huschte über sein Gesicht. »Hab ich mal gehört.«

Ich nickte leicht. »So, so. Dennoch klingt das alles andere als nach dir, Cole.« Wollte er mich testen oder mir damit etwas beweisen?

»Gut möglich. Patronus Iridium wird dir diesen Zauber sicher nicht verraten. Aber Patronus Aslanidou und ich sind da etwas offener. Immerhin ist es eine alte Tradition.« Er lehnte sich neben mir an den Schreibtisch. »Es heißt, einem Lehrling sei es gelungen, die Magie hinter dem Hauptgebäude zu entschlüsseln, die sein äußeres Erscheinungsbild von seinen inneren Maßstäben trennt. Und dieses Wissen soll er genutzt haben, um sein eigenes Zimmer etwas zu ... optimieren. Er war Patronus und teilte sein Wissen mit seinen zwei Mit-Patroni.«

Das Hauptgebäude war also wirklich verzaubert? Das erklärte, weshalb mein Orientierungssinn dort versagte. »Aber ich bin kein Patronus.«

»Das ist wahr. Aber wenn du für einen kurzen Moment dein Zimmer mir überlässt, kann ich die Formel nutzen, ohne sie dir verraten zu müssen.«

Ich schüttelte lachend den Kopf. »Ich kann mir beim besten Willen nicht vorstellen, wie das funktionieren soll.«

»Es ist gar nicht so kompliziert. Letztlich beruht alles nur auf einem Illusionszauber. Parsevi – also Patronus Aslanidou – hat ihn mir beigebracht.«

Eigentlich wollte ich nicht ›Ja‹ sagen. Im Zimmer war wenig Platz, aber es war auf seine Weise gemütlich. Zumindest ging ich davon aus, dass es das irgendwann sein würde, wenn ich mich eingelebt hatte. Aber ich musste zugeben, dass er mich neugierig gemacht hatte. Also gab ich nach, breitete die Arme aus, damit Aby mich begleitete, und verließ nach einem langen Blick auf Cole mein Zimmer.

Es fühlte sich komisch an, ihn in meinem eigenen Zimmer allein zu lassen.

›Vielleicht hättest du wenigstens mich dort lassen sollen.‹

Da hatte Aby nicht ganz unrecht. Aber ich konnte ihr nicht antworten, ehe Juno sich vor mir aufbaute. »Ist Cole noch da drin?« Sie lehnte sich an mir vorbei und versuchte, sich ihre Frage selbst zu beantworten.

»Nein, er ist gerade gegangen«, log ich mit einem zuckersüßen Lächeln. Jetzt würde sich Cole gleich hinausschleichen müssen, aber es wäre sicher schwieriger gewesen, Juno zu erklären, weshalb er allein in meinem Zimmer geblieben war.

»Tatsächlich?« Sie musterte mich skeptisch. Aber wenn ich wollte, konnte mein vampirisches Pokerface sehr überzeugend sein. »Er hat sich gar nicht von mir verabschiedet.«

Ich zuckte mit den Schultern. »Er hatte nur eine kurze Frage und es dann sehr eilig. Warst du in deinem Zimmer? Ihr müsst euch genau verpasst haben.« Ich legte so viel Bedauern in meine Stimme, wie mir möglich war.

Es war faszinierend zu beobachten, wie zwei Geister in Juno stritten: Da war die Juno, die sich unbedingt einer Matrona zur Freundin machen wollte. Und da war die Juno, die fast krank vor Eifersucht war, weil Cole mich hatte sprechen wollen und nicht sie.

»Er ist also wirklich schon gegangen?« Es war eine Frage, aber in ihr schwang die Erkenntnis mit, dass ich wohl die Wahrheit gesagt hatte.

Ich nickte. »Wenn du mich jetzt also entschuldigen würdest. Ich sollte weitermachen. Der Berg an Lektüre für die kommende Woche wird nicht kleiner und ich muss die meisten Bücher am Coldeg wieder bei Nostradamus abgeben.« Ich drehte mich demonstrativ in die Richtung meiner Zimmertür. Wohl wissend, dass ich sie wahrscheinlich noch nicht öffnen sollte – und viel schlimmer: Wohl wissend, dass Cole sie jeden Augenblick öffnen könnte.

»Lass dich nicht aufhalten. Ich«, sie sah abwechselnd zur Wohnungs-tür und zu mir und Aby. »Ich muss nochmal kurz los.« Für einen Moment schien sie zu erwägen, mir eine Frage zu stellen. Ihrem Blick nach ging es um Aby. Aber dann hatte sie ihre Prioritäten geklärt. In Windeseile warf sie sich ihren Umhang über und lief zur Tür. Sie war keine fünf Sekunden verschwunden, als Cole aus meinem Zimmer schaute.

»Das nenn ich Timing.«

Er sah mich kurz fragend an, dann entschied er, dass seine gute Tat wichtiger war. »Bereit für dein neues Zimmer?«

Aby kletterte auf meine Schulter, während ich nickte.

»Also gut.« Er sah an mir vorbei. »Wo ist Juno?«

»Gegangen. Ich glaube, sie sucht dich.«

»Draußen?«

»Draußen.«

»Ah ja. Na gut. Umso besser. Pass auf. Dieser Zauber ist so sicher vor fremden Blicken, weil er weniger den Raum verändert, als mehr die Wahrnehmung desjenigen, der eintritt und Teil des Zaubers ist.«
»Teil des Zaubers?«
»Genau. Ich habe beispielsweise vorerst Alisi, dich und mich in die Formel integriert. Damit wird sich das Zimmer für dich in dem Moment verändern, in dem du es betrittst. Für mich gilt das gleiche. Betritt jemand das Zimmer, der nicht Teil der Zauberformel ist, kann er die Veränderungen nicht sehen.«
»Also würde Juno nichts bemerken – auch wenn sie heimlich in mein Zimmer kommt? Egal ob ich da bin oder nicht?«
»Korrekt. Es ist gewissermaßen eine Illusion, die man betreten kann.« Er öffnete die Tür hinter sich und trat zur Seite. »Also. Bereit?«

Bereit vielleicht nicht. Aber neugierig genug. Und wie viel schlimmer konnte das schon sein in Relation zu ›illegalen Ports‹ oder intergalaktischen Reisen? Also machte ich den entscheidenden Schritt über die Türschwelle. Ich musste blinzeln und als sich meine Augen wieder öffneten, hatte sich mein Zimmer verändert.

Staunend lief ich weiter hinein. Ich drehte mich im Kreis und konnte mich kaum satt sehen. »Wie hast du es geschafft, so dermaßen genau meinen Geschmack zu treffen?«

Cole lachte – und war das Verlegenheit, als er rasch wegsah? »Ich habe mich einfach gefragt, was du an Paris vielleicht vermisst und es mit dem verbunden, wie du hier bist.«

Der Raum war jetzt nahezu quadratisch und allein dadurch schon doppelt so groß wie zuvor. An einem der jetzt bodentiefen Fenster stand ein kleines Chaiselongue voller Kissen. Auch mein Bett sah um Längen gemütlicher aus. Der Schreibtisch war größer geworden und bot nun genug Platz für meine ganzen Bücher und Unterlagen. In den Ecken standen Pflanzen, die an Palmen erinnerten. Und mein Kleiderschrank war genauso hell und freundlich, wie nun das gesamte Mobiliar. Eine seiner Türen war ein Spiegel, so dass ich nicht mehr auf das Badezimmer angewiesen war, um meinen Look zu überprüfen.

Ich sah zu Boden. Der bestand nicht mehr aus Holzdielen, sondern aus einem unglaublich flauschigen Teppich in Beere. Von der Decke hing über mir ein schöner, verzierter Leuchter, an dem goldene Lucernablätter zu hängen schienen. Passend dazu stand auf meinem Nachttisch eine Lucernapflanze mit leuchtenden Blüten.

»Cole, das ist unglaublich«, flüsterte ich irgendwann.

Kannst du das auch sehen, Aby?

Aby sprang von meiner Schulter und sah sich um. ›*Sieht noch genauso chaotisch aus wie vorher. Tut mir leid.*‹

Das tat auch mir leid. Ich wollte nicht, dass ich diese Erfahrung nicht mit ihr teilen konnte. Aber ich wusste nicht, ob der Zauber auch für Tiere funktionierte und ich wusste erst recht nicht, wie ich Cole davon überzeugen konnte, ohne Aby zu verraten.

»Ich freue mich, dass es dir gefällt. Ich hoffe, es ist nicht zu kitschig geworden?« Sein Blick hing kurz am goldenen Leuchter. »Die Lucernabäume haben dir so sehr gefallen, da dachte ich–«

Weiter kam er nicht mehr. Ich umarmte ihn schwungvoll. Das war wirklich ein ganz anderes Zimmer. So schön war es nicht einmal in Paris gewesen. »Ich danke dir, Cole!«

Er fing mich auf und stimmte in mein Lachen ein. »Sehr gern.« Sein Lachen wurde zu einem warmen Lächeln. Er war viel zu nett. Diesen Blick hatte ich gar nicht verdient. Genauso wenig wie die Hand, die jetzt über meine Wange strich.

›*Dann hör auf, ihn so anzuschmachten! Sonst passiert dir das gleiche wie mit Luce!*‹ Abys Worte waren begleitet von einem sehr lauten, unleidigen Maunzen und einem Sprung auf mein Bett.

Verlegen ließen wir einander los und brachten etwas Sicherheitsabstand zwischen uns. Cole räusperte sich und musterte dann Aby. Er ging dafür sogar in die Knie. »Hey, seit wann magst du mich nicht mehr?«

›*Seit jeder dahergelaufene Druide meine Cara küssen will.*‹ Ich konnte nur beten, dass nur ich das hörte. ›*Keine Sorge. Aber wenn du willst, kannst du ihm das gern ausrichten. ... Schleimt sich hier mit Zauberei ein.*‹

»Ich glaube, sie ist eher beleidigt, weil sie merkt, dass du irgendwas für mich getan hast. Aber nichts für sie.«

Nun sah Cole abwechselnd zu Aby und mir. »Tatsächlich? Hm, das ist schon möglich. Allerdings weiß ich nicht, ob ich Aby mit in die Magie einbinden kann. Zum einen habe ich das noch nie mit einem Tier versucht. Zum anderen ist Aby eine Katze und damit aus Luv.« Nun ruhte sein Blick nachdenklich auf meiner Katze.

Was Cole natürlich nicht wusste, war, dass Abys Talente sie durchaus zu etwas Besonderem machten. Vielleicht war sie ja dadurch doch geeignet? Vielleicht war irgendwann mal eine dieser Nafishur-Katzen – wie hießen die noch gleich? Soux? – durch ein Port nach Paris gefallen. Vielleicht waren Aby und Artemis Mischlingswesen zweier Welten.

›*Was redest du da für einen Unsinn!*‹

»Meinst du, es wäre gefährlich, es einfach mal zu probieren?«

›*Er hat es noch nie versucht! Natürlich ist es das!*‹ Aby machte auf dem Bett einige Schritte zurück.

»Ich glaube, Aby gefällt die Idee nicht.«

Ich atmete tief durch und musterte Aby nachdenklich. Wenn sie all das nicht sah, wollte ich es auch nicht. Ich wollte mich nicht gut fühlen ohne etwas dafür getan zu haben, während sie weiter mein chaotisches, kleines Zimmer vor sich hatte. Aber das Cole so direkt zu sagen, schien mir auch falsch.

»Hör mal. Ich muss es ja auch normal sehen können, wenn der entsprechende ungebetene Besuch hier ist. Wie sorge ich dafür, dass die Illusion für mich verschwindet?«

»Ganz einfach durch ›revela‹ in Kombination mit einer Berührung des Bannsiegels mit deinem Druidenstab.«

Während Cole sprach, führte er mich zu meinem Schreibtisch und hob seinen Druidenstab. Ein leises »revela« und eine Berührung des Stabs an einem kleinen Handspiegel später hatte mein Zimmer seinen Glanz verloren und ich stand auf einem meiner Bücher.

Au Revoir, du wunderschönes Zimmer.

***

Vielleicht lag es daran, dass ich langsam aber sicher wieder richtiges Blut brauchte, aber diese ganze Situation machte mich mit jedem Tag gereizter. Ich brütete nun schon den gesamten Andeg über Vokabellisten, Tabellen mit irgendwelchen Konjugationen und Deklinationen und war froh, dass ich inzwischen die Schrift entziffern konnte. Die Aussprache hingegen war für mich noch immer schwer. Mein verzaubertes Hirn erkannte nicht den Unterschied zwischen Französisch und Nefishit. Für mich hörte sich alles schlicht ›richtig‹ an.

Ich war schon wieder viel zu sehr auf Cole angewiesen und der hatte sich für heute entschuldigt. Er hatte mich extra beim Frühstück im Refectorium abgefangen, damit ich wusste, dass er mich weder versetzte noch ignorierte, sondern schlicht keine Zeit hatte. Der Tag stand ganz im Zeichen seines Patronus-Amtes. Die drei Patronii trafen sich wohl mit verschiedenen Magistern, um über die Planung des kommenden Semesters zu sprechen.

Meine liebe Alisi hatte zu Coles überschwänglicher Entschuldigung so einige Fragen, sobald er verschwunden war, und ich ahnte, dass ich noch nicht vom Haken war. ›Ich muss lernen und hab keine Zeit. Später!‹ würde sie nicht lange als Ausrede gelten lassen. Da war ich mir sicher.

Frustriet schlug ich den Grundwortschatz zu.

›Was denn? Du gibst schon auf? Du kannst immer noch Magnus fragen – wie Ginga und Dariel es dir empfohlen haben. Das weißt du?‹

»Damit er mich für eine total Versagerin hält, auf die er ständig aufpassen muss? Magnus hat mir genug geholfen.« Ich stöhnte leise. Mein Kopf brummte und irgendwo ganz hinten in diesem brummenden Haufen Elend flüsterte eine Stimme ›Frag ihn schon. Du hast dich redlich bemüht‹.

Aber ›redlich bemüht‹ reichte mir vor Magnus nicht.

›Dann schlage ich einen Standortwechsel vor. Du siehst müde aus. Geh an die frische Luft. Mach einen Spaziergang um den See. Was auch immer. Alles ist besser, als den gesamten Tag über bei geschlossenen Türen und Fenstern in diesem Zimmer zu verbringen.‹

Nicht zum ersten Mal am heutigen Tag bereute ich meine Solidarität zu Aby etwas. Wenn mein Zimmer noch immer so hübsch wäre, wie es Cole gezaubert hatte, wäre es sicher angenehmer, hier zu lernen.

›Dann bitte ihn doch, dir zu verraten, wie du die Illusion für weitere Gäste sichtbar machst. Mit etwas Glück funktioniert das dann auch bei mir.‹

Die Idee war gar nicht schlecht. Aber sie musste warten, bis ich mein echtes Problem gelöst hatte. Ich richtete mich auf und streckte mich ausgiebig. »Aby, du hast recht. Ein kleiner Ausflug wird nicht schaden. Ich kann die Formen der letzten zwei Tabellen beim Laufen wiederholen. Vielleicht hilft das.« Ich angelte nach meinem Umhang. Die Sonne würde bald untergehen und ihr Licht mich damit wieder rösten. »Je besser meine Theorie ist, um so einfacher fallen mir hoffentlich morgen nach den Kursen Coles Praxistests.«

›Stört es dich, wenn ich dich nicht begleite?‹

»Artemis?«

Mit einem leisen Maunzen huschte Aby an mir vorbei aus der Tür. Artemis also.

Ob sich der Kater bei Ginga und Dariel wohl genauso rar machte?

Ich folgte Abys Rat und umrundete den See. In der Dämmerung war es hier draußen unglaublich schön. Ich wünschte, ich hätte mehr Zeit, um mich mit dem See samt seinen Bewohnern zu beschäftigen – oder einfach jeden Abend unter diesen Lucernabäumen zu sitzen. Stattdessen sah ich diese Schönheit immer nur, wenn ich daran vorbeihetzte – auf dem Weg zur Bibliothek oder in der Nacht wieder in meine Wohnung.

Was für eine Verschwendung!

Vielleicht würde ich in den Semesterferien Zeit haben.

Als ich beinah auf Höhe der Bibliothek war, kam mir Endo entgegen. Er lief schnell und geduckt, doch seine rote Lockenpracht konnte er nicht verstecken. »Guten Abend, Endo«, rief ich, als er auf meiner Höhe war und mich fast umrannte. »Sag bloß, du warst in der Bibliothek?« Das wäre ja was ganz neues. »Weiß dein Bruder davon?«

Er blieb augenblicklich stehen und starrte mich mit großen Augen an. Oder eher durch mich hindurch. Wären wir auf der Erde und nicht in Nafishur, hätte ich die Villa darauf verwettet, dass er high war. Aber wer wusste schon, was es hier für Gräser und Kräuter gab – und ob die für so einen Zustand überhaupt nötig waren.

»Hey, Cara«, brachte er nach einigen Sekunden des Wartens und Starrens zustande. Cara. Nicht Matrona. Das ließ mich lächeln. »Was machst du denn hier?« Er sprach eindeutig langsamer als sonst. Schlagartig wurde ich wieder ernst. Es ging ihm nicht gut.

Ob ich das seinem Bruder verraten sollte? Oder wenigstens Cole? Aber vielleicht war das Zeug ja auch legal. War in Holland schließlich auch so. »Ich geh spazieren«, antwortete ich deshalb schlicht.

»Bitte verrate meinem Bruder nicht, dass ich hier war.«

Nun war ich es, die große Augen machte. »Findest du nicht, das würde euch guttun? Es wird deinen Bruder sicher freuen, dass du dir doch etwas aus dem Studium machst und in der Bibliothek gelernt hast.«

Er kicherte etwas albern. »Ich bezweifle, dass es irgendetwas jenseits seiner eigenen Leistungen gibt, auf das Flavi stolz ist.«

Flavi? Es fiel mir schwer genug, mir Patronus Iridium als einen ›Flavius‹ vorzustellen. Aber *Flavi*?! »Meinst du nicht, dass du das etwas zu negativ siehst?«

»Nope.« Wieder kicherte er. »Außerdem hab ich nicht gelernt.«

Und das erzählte er mir jetzt stolz? Wofür? Damit ich die Rolle seines Bruders einnahm und ihn zurechtwies? Das konnte er vergessen. »Ach. Nicht? Und was hast du dann angestellt?«

Er sah sich verschwörerisch um und dann wieder zu mir. »Geschlafen. Macht sich super in den Studierzimmern. Keiner stört. Keiner fragt, warum man schläft.«

Ich schüttelte den Kopf und konnte nichts gegen das Lachen machen, das über meine Lippen kam. »Entschuldige bitte. Aber«, ich räusperte mich, »das klingt einfach zu …«, ich winkte ab. »Wenn die Prüfungen am Ende des ersten Jahrs kommen, wirst du das Pauken sicher auch ernster nehmen. ›Flavi‹ hin oder her. Oder willst du durchfallen und hier länger als nötig feststecken?«

Er schüttelte energisch den Kopf. »Nee, aber ich muss mir da keine Gedanken machen.« Er klopfte auf seine Hosentasche. »Wofür ist man denn Druide? Hex, hex und alles ist im Kopf.« Er legte seinen Zeigefinger an seine Lippen und drückte sie dagegen. »Aber nicht vergessen: Das ist streng geheim!« Er nickte ernst und lief dann rasch weiter.

Ich sah ihm noch eine Weile nach, bevor ich meinen eigenen Weg fortsetzte. Wie wollte Endo denn in dem Zustand sein Geheimnis wahren? Mir gegenüber gelang es ihm ja schon mal nicht. Auf der anderen Seite hatte ich genug eigene Probleme. Sollte Patronus Iridium seinen Bruder doch selbst fangen und ausfragen.

Endos Worte hingegen gingen mir nicht mehr aus dem Kopf. ›Wofür ist man denn Druide?‹ Hatte er ernsthaft einen Zauberspruch – oder eine Zauberformel – parat, mit der man schnell und effektiv alles lernen konnte?

Ich hätte ihn fragen sollen. Aber das konnte ich ja noch nachholen. Seine Worte machten mir zumindest etwas Hoffnung. Ob es wirklich einen Zauber gab, mit dem man effektiver lernen konnte? Wahrscheinlich. Aber wie wahrscheinlich war es, dass das erlaubt war?

Auf der anderen Seite: Ich wollte damit ja nicht für die Prüfungen lernen. Ich wollte nur die Sprache beherrschen, die ich seit einigen Tagen fehlerfrei sprach ohne es zu bemerken. Momentan beherrschte die Sprache eher mich als umgekehrt.

Als ich den See fast umrundet hatte, kam ich am Wächter-Haus vorbei. Inzwischen war die Sonne untergegangen und ich fragte mich, ob ich vielleicht einfach mal wieder bei den beiden vorbeischauen sollte. Inzwischen war schon wieder eine Woche vergangen, seit wir uns das letzte Mal gesehen hatten.

Und vielleicht hatte Ginga einen Tipp für mich.

Oder zumindest einen Schluck Blut.

Ich hatte geklopft, bevor ich mich ganz entschieden hatte. Und ich hatte mich bereits wieder zum Gehen gewandt, als ich doch noch Schritte hinter der Tür hörte.

»Cara! Was machst du denn hier?«

Meine Freundin lehnte in der Tür und sah mich erwartungsvoll an. Ich hingegen starrte ihr konsterniert entgegen. »Was ist denn mit dir passiert?«

»Wieso?« Ginga setzte eine reichlich schlechte Unschuldsmiene auf und versuchte, das Vogelnest auf ihrem Kopf wieder in eine Frisur zu verwandeln. Erfolglos.

»Wieso? Weil du aussiehst, als hättest du gerade–«, ich unterbrach mich selbst. »Moment. Wo ist Dariel?«

Die beiden?
Nie im Leben!
Wirklich?

»Oben. Im Bad.« Sie blies sich eine Strähne aus dem Gesicht. »Und wo steckt dein Cole?« Sie kicherte leise und ihre Mimik bekam einen regelrecht verschlagenen Ausdruck. »Oder sollte ich besser nach Luce fragen?«

Augenblicklich spürte ich die Hitze in meine Wangen schießen. Ich sah Luce wieder vor mir, mit seinen türkisfarbenen Augen. Der alles durchdringende Blick. Und einen Wimpernschlag später war es Cole, der mich in meiner Erinnerung anstarrte. Wäre Aby nicht dazwischen gegangen, hätte ich jetzt beide …

»Volltreffer. Würde ich sagen.« Ginga drückte die Haustür von sich weg und damit auf. »Na komm schon rein.«

Ich war mir nicht mehr sicher, ob dieser Besuch eine gute Idee war. Ich würde Ginga dringend davon abhalten müssen, wieder über Luce und Cole reden zu wollen. »Okay. Aber bist du dir sicher, dass ich nicht störe?« Wieder glitt mein Blick über ihre verwüstete Frisur. »Bei was auch immer.«

Ich wollte es eigentlich gar nicht so genau wissen.

»O, dafür ist es jetzt sowieso zu spät.« Sie winkte ab und schloss die Tür. »Aber mach dir da mal keine Gedanken. Das holen wir schon noch nach.«

»Was holen wir nach?«, sprach ein anderer meine Frage aus.

»Hallo, Dariel! Tut mir leid, wenn ich euch störe.« Er kam gerade die Wendeltreppe herunter – ein Handtuch über dem Kopf –, als wir uns aufs Sofa setzten. Er war also wirklich im Badezimmer gewesen.

»Schon gut. In gewisser Weise bin ich dir dankbar.« Dariel antwortete mir, aber sein Blick lag fest auf Ginga. Ihre Augen verengten sich ein Stück und ich ahnte, dass die zwei auf ihren nächsten Streit zusteuerten. Etwas, bei dem ich ganz sicher kein Zeuge sein wollte. Es musste ein Ablenkungsmanöver her. Und zwar dringend. Zumal ich langsam aber sicher das Gefühl hatte, Streit gehörte bei den beiden zum Vorspiel.

»Ahm. Das freut mich zu hören. Dann ist es ja vielleicht nicht so schlimm, dass ich hier bin, weil ich eure Hilfe brauche?« Ich ließ es absichtlich wie eine Frage klingen.

Das half den beiden. Ich hatte sofort ihre Aufmerksamkeit und alles andere schien für den Augenblick vergessen. »Was ist passiert?«

»Naja. Ihr erinnert euch doch noch daran, dass ich euch von meinem Nefishit-Problem erzählt habe?« Beide nickten. »Ich habe inzwischen einen Weg gefunden und bin in Besitz von allem an Grammatiken und Wörterbüchern, was ich brauche. Aber auch mit den Dingern kann ich nicht innerhalb eines Wochenendes eine neue Sprache lernen.«

»Zumal das Wochenende schon wieder fast um ist«, warf Ginga wenig hilfreich ein. »Zur Erinnerung: Morgen darf ich dich zu Magnus tragen.«

Ich stimmte mit einem Seufzen zu, das etwas gequält klang.

»Du weißt ja, was ich dir rate«, murmelte Dariel, während er damit begann, seine Haare mit dem Handtuch zu trocknen.

»Ja, aber du kennst auch meine Gründe dagegen. Außerdem habe ich vielleicht eine Lösung für mein Zeit- und mein Lern-Problem gefunden.«

Das schien Dariel zu überraschen. »Herzlichen Glückwunsch. Aber wieso bist du dann hier und redest davon, dass du unsere Hilfe brauchst?« Und es schien ihn zu … beunruhigen.

»Weil ich einen Rat brauche.« Ich setzte mich aufrechter hin.

»Wir sind ganz Ohr.«

»Ich habe gerade Endo getroffen.«

»Endo? Noch ein Verehrer?! Cara! Langsam aber sicher mach ich mir Sorgen. Das ist doch nicht deine Art!«

»Was? Nein! Endo ist mit mir immatrikuliert worden. Wir sind Kommilitonen. Das ist alles.« Allein der Gedanke war absurd. Noch mehr nach dem merkwürdigen Treffen eben. »Endo ist der jüngere Bruder von Patronus Iridium. Er ... ich glaube, er hat ein paar ... Probleme.« Das ging mich letztlich nichts an. Wir waren alt genug, um unsere eigenen Entscheidungen zu treffen. Oder?

»Und seine Probleme sind die Lösung deines Problems, weil ...?«

»Weil Endo eben etwas zu mir gesagt hat, das mich auf eine Idee gebracht hat.«

»Jetzt lass dir doch nicht alles aus der Nase ziehen!«

»Er hat angedeutet, dass er nicht für die Prüfung lernen muss, weil es Zauber gibt, mittels derer man in kürzester Zeit alles lernt.«

»O«, machte Ginga und lehnte sich etwas zurück. »Das ist praktisch.«

»Das ist vor allem illegal, könnte ich wetten«, erwiderte Dariel trocken. »Außerdem: Wer sagt dir, dass dieser Zauber besser und länger bei dir wirkt als der andere? Was, wenn er auch diesmal irgendwann verblasst?«

»Das ist es ja! Ich muss herausfinden, wie der Spruch funktioniert. Vielleicht steigert er nur die Leistungsfähigkeit des eigenen Gehirns für eine begrenzte Zeit. Das muss ja nur sein, während ich es lerne. Danach kann der Zauber ja wieder verpuffen.«

»Solange dein Wissen nicht mit ihm gemeinsam ›verpufft‹«, murmelte Dariel wenig überzeugt und malte Gänsefüßchen in die Luft. Sollte ich ihm verraten, dass man hier zwei Halbkreise anzeigte?

»Tja. Das ist die große Frage und ob sich das Risiko lohnt, das herauszufinden.« Welche andere Wahl hatte ich denn? Mir lief die Zeit davon. »Aber die Zauberformel, die ich bisher nutze, ist am Ende ihrer Leistungsfähigkeit angekommen. Ich muss sie inzwischen jeden Morgen erneuern und sie hält dennoch nicht mehr den ganzen Tag.«

»Immerhin. Hier hast du bisher noch reines Nefishit gesprochen.«

Das war tatsächlich überraschend. »Oui, das ist nur leider eine reine Glückssache.«

»Also schön. Ich sehe ein, dass du ein Zeitproblem hast. Aber selbst wenn wir davon ausgehen, dass Endo die Wahrheit sagt UND dieser Zauber auch von dir angewandt werden kann, selbst wenn er dir wirklich dauerhaft hilft: Wie kommst du an ihn ran?«

»Das ist eben die andere Frage, die ich habe.« Was wollte ich eigentlich von den beiden? Eine Absolution? Das Okay, Endo eiskalt auszunutzen? Wenn ich ihn nochmal so erleben würde, wie er eben gewesen war, dann könnte es mir gelingen, ihm die Formel abzuschwatzen und mit etwas Glück erinnerte er sich danach nicht einmal mehr daran. Und falls doch, hätte ich alle Chancen, es abzustreiten. »Es ist so. Ich glaube, Endo hat ein Problem.«

»Das sagtest du bereits. Willst du ihm helfen, damit er dir hilft? Das ist ein gefährliches Spiel. Was willst du ihm als Grund nennen? Die Wahrheit kommt nicht in Frage. Und wenn du erzählst, du brauchst es selbst für die Prüfungen, dann kann er dich mit diesem Wissen erpressen.«

Wollte ich ihm helfen? Es war eher die Frage, ob ich ihm wirklich helfen konnte. Und in jedem Fall hatte Dariel recht. Wenn das schief ging, dann konnte mich Endo damit erpressen und er machte keinen sonderlich stabilen, verlässlichen Eindruck. Selbst wenn er mir versprach, zu schweigen, konnte ich mir da nicht sicher sein. Er plauderte ja schon seine eigenen Geheimnisse aus. Was geschah da erst, wenn ihm jemand seine Lieblingsdroge vor die Nase hielt?

Hatte ich überhaupt recht mit meiner Vermutung?

»Gibt es in Nafishur Drogen, Ginga?«

»Ja, da gibt es so einige.« Ginga sah mich nachdenklich an. Vielleicht wog sie ab, ob es wirklich gut war, dieses Wissen mit mir zu teilen. Ich war drauf und dran, mich ihr zu erklären, als sie sich nach einem kurzen Blick auf Dariel entschloss, weiterzusprechen. »Es gibt verschiedene Pflanzen, die Halluzinationen oder Taubheit auslösen. In geringen Dosen werden sie alle zur Heilung genutzt, aber natürlich haben ein paar Genies schnell bemerkt, wofür sie noch geeignet sind.« Ich folgte Gingas Blick.

Dariel verzog das Gesicht und sah wenig erfreut aus. Aber was erwartete ich bei dem Thema. »In hohen Dosen sind sie alle lebensgefährlich, nehme ich an«, war sein Beitrag zur Diskussion.

Meine Freundin nickte Dariel zu und wirkte betroffen. »Vor allem das Auraelum. In geringer Dosierung kann es in eine Art Trance versetzen und die Muskulatur entspannen. In hoher Dosierung halluziniert man bis hin zur Todesangst, während die Muskeln ihren Dienst versagen.« Dariels Miene war inzwischen wie versteinert. Es war beinah, als verband er mit diesem Kraut eine eigene Erfahrung, die ihm jetzt wieder hochkam. Aber wann soll das gewesen sein? Und wo? Ich bezweifelte, dass es auf dem Akademiegelände Drogen gab. »Zurzeit haben wir den Monat Aurantia. Benannt nach dem Auraelum, das zu dieser Zeit in voller Blüte steht. Dementsprechend giftig sind die Blütenpollen dieser Pflanze momentan.«

Und dieses Zeug sollte Endo schlucken? Oder rauchen? Oder was auch immer? »Ich kann nur hoffen, dass es nicht das ist, was er nimmt.«

»Dieser Endo schluckt das?«

»Ich weiß es nicht! Aber er war eben so merkwürdig. In Paris hätte ich gesagt, dass er total high war. Er war albern, unkonzentriert und nicht in der Lage, sein Geheimnis zu wahren. Er wirkte völlig neben der Spur.«

»Das kann auch Eurantis-Kraut gewesen sein. Davon halluziniert man auch. Aber anders. Mit Licht und Farben. Es senkt die Hemmschwellen und wurde früher auch als Wahrheitsserum verwendet. Eine Überdosis ist allerdings auch da nicht zu empfehlen. Viele fangen damit an, weil es so schön süß schmeckt.« Ja, das klang nach einer Einstiegsdroge. Aber leider klang es deshalb nicht wesentlich ungefährlicher. Im Gegenteil. »Aber Cara, wenn er wirklich irgendwas davon nimmt, dann gefällt mir der Gedanke gar nicht, dass du dich mit ihm treffen willst.«

»In jedem Fall nicht allein«, ergänzte Dariel sofort.

Die beiden sahen mich so dermaßen entschlossen an. Wollten sie mich bei dieser Nummer unterstützen? Zugegeben wüsste ich dann, dass ich wohl sicher wäre. Aber auf der anderen Seite: Was stand auf dem Spiel? Was, wenn ich nur durch meine Sturheit auch noch Dariels Herkunft verriet? Oder was wir sonst noch waren. Das durfte ich nicht riskieren. »Oh, nein! Euch zieh ich da nicht mit rein! Ich ... ich kann Cole um Hilfe bitten.«

»Cole!« Allein, wie Dariel seinen Namen aussprach, ließ mich ahnen, was gleich kommen würde. »Willst du ihm das also auch noch anvertrauen? Was denkst du, wie dein Patronus in strahlender Rüstung reagieren wird? Im besten Fall ist er wirklich so nobel, wie du glaubst. Dann verwickelst du ihn in diese Drogen-Geschichte. Und er kann das nicht für sich behalten. Egal, wie gern er dich hat. Damit kommt er in Teufelsküche.« Er fluchte verblüffend leise. »Im schlimmsten Fall ist er nicht ganz so nobel und du präsentierst ihm ein weiteres Geheimnis, mit dem er dich in der Hand hat.« Diesen letzten Satz hätte er sich wirklich sparen können! Dass Dariel aber auch in allem und jedem das Schlechteste sehen musste. Letztlich sah er ja selbst in sich nichts Besseres. In Paris hatte er mich vor sich selbst gewarnt. Das ist schon verflucht paranoid.

»So ist er ganz bestimmt nicht!« Aber einem musste ich bei all seinem Gezeter zustimmen. »Aber du hast recht. Ich sollte ihn da nicht mit reinziehen.« Das wäre Cole gegenüber nicht fair.

»Aber?«

Aber ich musste trotzdem einen Weg finden. Und Endo schien mir meine beste Option zu sein. Das allerdings, sollte ich wohl kaum laut aussprechen.

»Aber ihr habt auch in dem anderen Punkt recht. Ich weiß nicht, wie gut es wäre, ihn allein zu stellen.«

»Es beruhigt mich, das zu hören. Geh zu Magnus. Alles andere ist Irrsinn. Bitte«, erwiderte Dariel mit einem Nicken. Glaubte er ernsthaft, er hätte mich überzeugt?

»Ich werde darüber nachdenken. Aber das ist für mich wirklich nur die allerletzte Lösung.« Wahrscheinlich sollte ich es dabei belassen. Aber auch wenn er sein Leben lang mit diesem Pessimismus anderen gegenüber aufgewachsen war, musste das doch nicht auf mein Leben abfärben oder? »Und ich würde mich freuen, wenn du meinem Urteil etwas mehr Vertrauen schenken könntest.« Vielleicht half es ja, wenn ich Dariel etwas Vertrauen schenkte und ihm mehr über Cole verriet. Vielleicht konnte er sich dann ein besseres Bild machen. »Dass du Magnus nicht traust, weil er aussieht wie sein komischer Bruder, der euch angegriffen hat, kann ich ja noch verstehen.« Ich atmete tief durch. »Aber Cole hat nichts getan, was dein Misstrauen verdient, Dariel. Er hat mir immer nur geholfen. Mit meinem Unwissen, meinem Sprachproblem, in der Bibliothek und überall sonst. Er hat sogar mein Zimmer für mich verzaubert!«

»Er hat was?«

»Mein Zimmer verzaubert.« Okay. Das war kein gutes Beispiel. Dariels Blick nach bekam er das in den völlig falschen Hals. Glaubte er ernsthaft, dass Cole und ich ...? »Es gibt einen Zauber, der eine Art begehbare Illusion erschafft. Er hat mir ein wunderschönes Zimmer innerhalb meines Zimmers geschaffen. Wenn ich den Zauber aktiviere, dann sehe ich ein doppelt so großes, wunderschön eingerichtetes Zimmer vor mir. Und das beste: Niemand sonst. Nur Alisi, er und ich. Damit ist dieser Zauber sicher davor, von anderen entdeckt zu werden.« Cole hatte wirklich an alles gedacht.

»Verstehe ich das richtig? Er war in deinem Zimmer für diesen Zauber?«

Was dachte er denn, wie so ein Zauber funktionierte? Per Fernwartung? »Ja, ich hab ihn nur kurz allein gelassen und dann hat er mich mit diesem Zauber überrascht. Ich sehe ein anderes Zimmer in dem Augenblick, in dem ich durch den Türrahmen trete.« Ich nahm an, dass der Zauber, den Cole benutzt hatte, unter die Kategorie Bannzauber fiel. Also musste er sich in unmittelbarer Nähe zum zu verzaubernden Gegenstand befinden. Und er musste einige Bannsiegel angebracht haben, die den Bann an den Gegenstand binden. So viel hatte ich bei Magnus schon über Zauber gelernt.

»Du hast ihn in deinem Zimmer *allein* gelassen?! Und in der Zeit hat er irgendeinen Zauber in deinem Zimmer installiert, der dich eine andere Wirklichkeit sehen lässt?«

»Der Zauber ist ein Geheimnis unter den Patronii. Ich bin rausgegangen, damit er das Geheimnis nicht bricht.« Abgesehen davon wollte er mich mit dem Ergebnis überraschen. Ich konnte mich genau an sein Gesicht erinnern, als er mich beobachtete und sah, dass es mir gefiel.

»Wie ungemein rücksichtsvoll von dir!«

Wie ungemein rücksichtsvoll von dir.

Wie konnte man eigentlich so dermaßen schnell vom besorgten Freund zum Ignoranten werden? »Weißt du, wie schwer es ist, nach allem, was ich erlebt habe, Menschen zu vertrauen?« Verflucht! Ich wollte jetzt nicht weinen! »Ich bin umgeben gewesen von Verrat und Verlust.« Und ich wollte nicht all die Erinnerungen, die jetzt auf mich ein hagelten. »Aber Cole vertraue ich. Ich weiß einfach, dass ich ihm vertrauen kann. Selbst, dass ich dir vertrauen kann, weiß ich. Und Cole ist es nicht, der mich zum Weinen bringt.« Ich wollte diese ganze Diskussion nicht! »Merde!«

»Cara, Liebes. Nimm es dir nicht so zu Herzen.« Ginga zog mich in ihre Arme. »Du weißt doch, wie Dariel ist. Ihm fällt es einfach noch schwerer, jemandem zu vertrauen. Er macht sich nur Sorgen um dich.« Ich glaube, so hatte ich sie noch nie erlebt. Und gerade jetzt war ich ihr dafür wirklich dankbar.

Dariel hingegen stand einfach wortlos auf. Ich ging davon aus, dass er wieder abhauen würde, weil ihn die Situation überforderte. Lachhaft! Wenn jemand überfordert war, dann ich. Und am schlimmsten war die Tatsache, dass er es geschafft hatte, einen winzigen Samen des Zweifels zu säen. Ich vertraute Cole doch! Wie konnte es sein, dass da plötzlich eine Stimme in meinem Hinterkopf war, die forderte, dass ich nach weiteren Bannsiegeln in meinem Zimmer suchen sollte?

»Hier. Trinkt einen Schluck.« Ich schreckte aus meiner Trance auf, als auf einmal ein Glas vor meinem Gesicht auftauchte. Gehalten von Dariel.

»Das ist seine Art, sich zu entschuldigen«, flüsterte Ginga mir zu.

»Das hab ich gehört.«

Ich sah zu ihm hoch, aber er mied meinen Blick. Ich sah, wie sein Kiefer arbeitete und wie angespannt seine ganze Haltung war. Also ließ ich ihn nicht noch länger warten und nahm ihm das Glas ab.

Was auf den ersten Blick wie Rotwein aussah, gehörte definitiv in eine reichlich andere Getränke-Gattung. Und sobald ich daran roch, kratzten Fänge über meine Lippen – was das Trinken aus einem Glas ungemein erschwerte. Und was mir klar machte, wie durstig ich war.

Ich trank das Glas auf ex aus.

»Besser?«

»Ja. Besser. Danke«, murmelte ich, während ich das Glas auf dem Couchtisch abstellte.

»Also schön. Das war genug zu mir. Ich bin der Meinung, für die Aktion gerade habe ich etwas Widergutmachung verdient.«

»In Form von?«

»Informationen.«

Dariel hob eine Braue und sah mich an, als wüsste er nicht, wovon ich redete. Ginga rückte wieder etwas von mir ab und drehte ihr – längst leeres – Glas in ihren Händen.

»Ach kommt schon. Irgendwas stimmt hier nicht. Du bist zwar immer etwas paranoid und gereizt, aber heute ist es extrem. Welche Laus ist dir über die Leber gelaufen? Ginga? Was hat sie angestellt? Und was genau treibt ihr hier eigentlich?«

»Mir? Mir ist gar nichts über die Leber gelaufen. Auch Ginga nicht. Sie läuft nicht *einmal* drüber, sie trampelt permanent darauf herum.«

Jetzt war es an mir, eine Braue hochzuziehen und möglichst theatralisch den Skeptiker zu mimen. Ich glaubte nicht, dass sein Gedächtnis nicht reichte, um sich all meine Fragen zu merken. Warum beantwortete er die letzte nicht?

»Wir sind Wächter. Das weißt du doch, Cara«, sprang nach ein paar sehr merkwürdigen Sekunden der Stille Ginga ein.

»Ja, schon. Aber was bewachen Vampire an einer Feuermagieakademie?«

»Die Lehrlinge. Das Gelände. Die Bibliothek. Such dir was aus. Es gibt viele schützenswerte Dinge und Personen hier.«

»Da gebe ich dir recht, Ginga. Aber du verstehst schon, dass Vampire nicht meine erste Wahl wären, um mich gegen Feuermagie zu schützen?«

Dariel lehnte nun uns gegenüber an einer der Säulen, die das große Wohnzimmer stützten. »Das wäre eine gute Frage. Wenn sie nicht so eine offensichtliche Antwort hätte: Die Feuermagieakademie muss wohl kaum vor Feuer geschützt werden.« Während Dariel sprach, wurde sein Blick immer abwesender. »Und gegen alles andere sind wir ein ausgesprochen guter Schutz.« Und seine

Sprache schleppte immer mehr. Als würde er beim Sprechen eigentlich über etwas vollkommen anderes nachdenken. Dann fing er sich wieder, räusperte sich und sah zu Ginga. »Findest du nicht auch? Ginga, warum erklärst du Cara das nicht nochmal ausführlicher? Ich muss mal kurz ... ahm ... in mein Schlafzimmer.«

Noch bevor Ginga oder ich eine Chance hatten, auch nur zu antworten, war Dariel auf der Wendeltreppe nach oben verschwunden.

»Was ... war ... das?«

»Ich hab keine Ahnung«, murmelte Ginga und klang dabei fast genauso abwesend wie Dariel gerade.

Ich drehte mich auf dem Sofa weiter zu meiner Freundin um und sah sie ernst an. »Also schön. Schluss mit dem Theater. Ihr verheimlicht mir doch irgendwas. Was ist hier los?«

»Was? Nichts! Was soll denn los sein? Dariel ist nur mal wieder mit sich selbst überfordert. Er sucht doch schon den ganzen Abend nach einem guten Grund, um verschwinden zu können.« Ginga setzte ein fürchterlich falsch klingendes Lachen auf. »Du bist doch auf diese Nummer eben nicht reingefallen oder? Ach, Cara! Du hast noch viel zu lernen.«

»Du auch. Vor allem in Fragen der Schauspielerei.« Langsam hatte ich das ganze satt. Ich war mit meinen Sorgen und Problemen zu den beiden gekommen. Ich hatte ihnen schonungslos ehrlich alles erzählt, was mich belastete. Und jeder Blinde sah, dass die Zwei irgendwas beschäftigte. Aber aus irgendeinem Grund vertrauten sie mir ihre Sorgen nicht an.

Nach einer Weile senkte Ginga den Blick, um meinem starr auf sie gerichteten nicht mehr länger ausgesetzt zu sein. »Na schön. Du willst wissen, was los ist?« Sie hob resigniert die Hände. »Dariel. Wir haben uns geküsst. Mehrfach. Auch ... auch gerade eben, bevor du kamst. Aber«, meine Freundin knabberte nervös auf ihrer Unterlippe. »Aber er betont mir gegenüber immer wieder, dass all das nur das verfluchte Band sei und dass er Nerija wählen würde, wenn er eine Wahl hätte.« Ihre Hände ballten sich zu Fäusten und ich nickte anerkennend.

»Schon eine wesentlich bessere Vorstellung. Aber du vergisst, dass ich dich schon lange genug kenne. Du hast hier eine eifersüchtige Cara gespielt. Aber ganz sicher keine eifersüchtige Ginga. Ich hab dich erlebt, als du deinen Dariel und Nerija beobachtet hast.« Ich ließ mich seitlich gegen die Sofalehne sinken und beobachtete Ginga nun noch neugieriger. Was versuchte sie so vehement zu verheimlichen?

Die sonst so coole Vampirina vor mir wurde immer weniger cool. Ich konnte ihr ansehen, wie es in ihr arbeitete. Und um so sicherer war ich mir: Ja, sie verheimlichte wirklich etwas vor mir. Und ja, sie würde jeden Augenblick damit herausrücken. Sie brauchte nur noch einen winzigen Schubs.

»Nun komm schon.« Ich stupste sie in die Seite. »Ich dachte, seit ich von Nafishur weiß, ist die Zeit der Geheimnisse zwischen uns vorbei.« Und da hatte *ich* mir Sorgen gemacht, Geheimnisse vor Ginga zu haben. »Was fällt dir denn nun wirklich so schwer, mir zu sagen? Ich meine, welches Geheimnis könntest du hier ernsthaft vor mir haben müssen? Die Welt, von der du mir nichts erzählen wolltest, ist in Wahrheit meine Heimat. Wir teilen die meisten Geheimnisse hier. Wie schlimm kann das sein, was du mir nicht sagen kannst?«

Ginga starrte durch mich hindurch. Vielleicht auf der Suche nach einer neuen Ausrede. Vielleicht wog sie aber auch ab, ob sie mir ihr Geheimnis anvertrauen konnte. Vielleicht fragte sie sich auch, was Dariel davon halten würde, wenn sie jetzt einknickte.

Aber er hätte ja nicht abhauen müssen oder?

»Erinnerst du dich noch, wie du mich in Paris über Nafishur ausgefragt hast?« Gingas Blick ging noch immer durch mich hindurch. Aber sie redete endlich.

»Oui, natürlich erinnere ich mich. Du hast dir da schon alles einzeln aus der Nase ziehen lassen.«

»Und du hast mich einmal nach den Tieren Nafishurs gefragt.«

Ich nickte langsam. Wohin sollte diese Unterhaltung führen? War das wieder nur ein Ablenkungsmanöver? Aber diesmal fand ich Gingas Verhalten zwar merkwürdig, aber glaubhaft.

»Du hast gefragt, was es hier so alles gibt.«

Ich versuchte, mich an das Gespräch zu erinnern, auf das sie anspielte. Ihr Gedächtnis war deutlich besser als meins. Mein halbvampirisches Erinnern war besser als das menschliche. Aber ihr Kopf vergaß nichts. Auch nicht den unwichtigsten Nebensatz.

»Und wonach genau habe ich dich damals gefragt?« Es half alles nichts. Ich musste sie dazu bringen, mir von dem Gespräch in Paris zu erzählen. »Hilf mir auf die Sprünge.«

FORTSETZUNG FOLGT.

An dieser Stelle muss ich unser Abenteuer leider unterbrechen.
Nafishur II wurde länger und länger. Nicht zuletzt, um Yngwie mehr Platz zu geben – nachdem er Euch alle von meiner Schulter aus erobert hat. Dieses Mehr an Platz sorgte aber in den letzten Wochen dafür, dass Nafishur II zu dick geworden ist und so werden nun aus einem Band zwei.
Im Winter gibt es dafür direkt Nachschub mit Nafishur III – Custos Abest.

Bis dahin:
Hast Du schon in Dariels Sicht der Dinge hineingelesen?

P.S.: Dir gefällt Nafishur? Dann lern mich doch in den Social Media kennen, folge mir für News und erzähle anderen von Yngwie, Ginga, Dariel und Co. Eine kleine Hilfe dafür, findest Du in diesen beiden letzten QR-Codes. Der erste führt auf die letzte versteckte Seite samt des zu dieser Perspektive gehörenden Buchtrailers. Der zweite fasst alle Links zusammen, auf denen Du mich finden kannst.